Shiny Broken Pieces

Sona Charaipotra & Dhonielle Clayton

Shiny Broken Pieces

Traduit par
Alice Delarbre

hachette
ROMANS

Couverture : © Michelle Taormina / © 2015 Sean Freeman
Traduit de l'anglais (États-Unis) par Alice Delarbre

L'édition originale de cet ouvrage a paru en langue anglaise
chez Harper Teen, an imprint of HarperCollins Publishers,
sous le même titre.

Hachette Livre, 58 rue Jean Bleuzen, 92170 Vanves.

À nos filles, Kavya et Riley

Cassie

Parfois on désire une chose si fort qu'on est prêt à absolument tout pour l'obtenir. On en rêve, on l'imagine parfaite et irrésistible. On entend, dans son âme, un murmure enfiévré : *Tu n'es faite que pour ça.* On sent que son cœur injecte du sang, de l'adrénaline et de l'espoir dans ses veines. À chaque pirouette, chaque saut, chaque représentation sur scène, on se rapproche un peu plus du but ultime, on se souvient que son pouls bat en rythme sur la danse. Les pointes permettent de s'élever au-dessus des autres, de devenir plus légère que légère, aérienne.

Car c'est ce que les ballerines sont censées être. C'est ce que je veux être. Dois être. Je suis prête à n'importe quoi pour y arriver. Presque.

Les deux comprimés me fixent comme une paire d'yeux, rectangles lisses pleins de promesses. Ils sont rangés dans un pilulier et me font penser à une paire de pointes dans leur boîte m'implorant de les sortir. Leur coque brillante luit sous le plafonnier de la cafétéria. Je passe un doigt dessus puis le lèche et sens la discrète amertume qu'ils ont laissée sur ma peau. *Prends-en un petit pour voir si ça change quelque chose.*

Les autres filles s'agitent autour de moi. On est au cœur de novembre, elles parlent de Thanksgiving qui approche, du dernier film qu'elles ont vu et du garçon qui, selon elles, ferait le meilleur prince dans *Casse-Noisette.* Des sujets de conversation banals et sans intérêt, pourtant depuis mon retour de Londres tout me semble étrange. Les corps sont plus étroits, plus fins, plus délicats que le mien. Je ne me fonds pas aussi bien dans la masse que là-bas. Et, pour cette raison, les filles me détestent. En tout cas, j'en ai l'impression.

— Alors c'est ça, ton petit secret ? Tu réussis grâce à ça ? me lance Bette en se glissant sur la banquette à côté de moi.

Elle se rapproche tout près, si près que le parfum de sa laque me chatouille les narines. On a la même nuance de blond. Enfin, on *avait* la même : depuis peu j'ai les cheveux violets parce que quelqu'un a mis du colorant dans mon après-shampooing.

— C'est juste des vitamines, je lui réponds.

Je cherche Alec dans la foule. Le tableau en liège disparaît sous les messages des surveillants, les cantinières installent des yaourts à la citrouille allégés sur les présentoirs – le seul dessert auquel on a droit. Quand je reporte mon attention sur Bette, je remarque qu'elle m'observe. Je ne suis pas habituée à me retrouver seule avec elle. Je devrais lui être reconnaissante de m'adresser la parole, contrairement aux autres. Sa présence à ma table crée une sorte de bulle protectrice autour de moi. Je m'y sens en sécurité, inatteignable. D'un autre côté, je suis prise au piège avec elle.

— Je ne prends pas de médicaments.

Je m'efforce de contenir la note critique dans mon ton. Bette lève une main vers sa clavicule, puis ses doigts descendent le long de la chaîne autour de son cou, jusqu'au pendentif. Elle ne le quitte jamais, comme si c'était un rubis étincelant avec lequel elle espérait nous éblouir et pas un médaillon terne de la taille d'une pièce de monnaie.

— Qu'est-ce que tu as là-dedans, alors ? Ça sert à quoi ?

Je voudrais lui demander ce que ça peut bien lui faire. Mais ici, au conservatoire de l'American Ballet Company, personne ne pose ce genre de question à Bette.

— Des vitamines. Pour le supplément d'énergie, je mens en jetant un coup d'œil à mes pilules de régime.

Ici, je ne mange pas la même nourriture qu'à la Royal Ballet School de Londres. Je ne suis arrivée qu'il y a deux mois, et pourtant j'ai dû faire tellement d'ajustements que j'ai l'impression d'avoir perdu mon centre de gravité – je le sens pour les pirouettes. J'ai un kilo et demi à perdre. Mon regard va et vient à toute allure entre les petits rats qui déposent leurs plateaux sur le tapis roulant et les tables d'élèves de 7e et 8e années qui s'interrogent avec angoisse sur ce qu'elles peuvent ou non ingurgiter avant leur cours de danse.

Impossible de me dérober aux yeux inquisiteurs de Bette, malgré tout. Elle soulève un sourcil.

— Deux vitamines, seulement ?

Elle me prend le pilulier des mains sans que j'aie eu le temps de le refermer. Elle scrute les comprimés avec autant de concentration que si elle cherchait à déchiffrer un code secret. Puis elle me les rend : elle a terminé son petit numéro de détective.

— C'est la dose quotidienne. À prendre au milieu du repas.

Je referme le couvercle de la boîte d'un geste sec et la fourre dans mon sac de danse, espérant avoir réussi à mettre un point final à cette conversation. Eleanor se dirige vers notre table, visiblement décidée à se joindre à nous. Je pousse presque un soupir de soulagement. À ma surprise, Bette la chasse d'un mouvement de la main aussi dédaigneux que s'il s'agissait d'une mouche s'approchant trop près de son verre d'eau. Eleanor poursuit son chemin comme si de rien n'était.

— Pourquoi tu l'as…

— On est bien toutes les deux, me coupe Bette. Je ne suis pas d'humeur à la supporter aujourd'hui.

Elle tambourine sur la table avec ses ongles, cherche mon pilulier du regard.

— Tu sais, Cassie, tu peux tout me dire.

Elle vrille ses yeux bleus au fond des miens.

— Tu es nouvelle ici, j'aimerais que tu aies au moins une amie. On est presque de la même famille maintenant. J'ai dit à Alec que je m'occuperais de toi, ça l'a rassuré.

J'aimerais que ce soit une bonne idée en effet. J'aimerais avoir une confidente ici. Mes amis du Royal Ballet me manquent. Bette se rapproche encore. Frotte son épaule contre la mienne. On s'enfonce plus profondément au cœur de la bulle. Elle jette un regard à gauche, puis à droite, avant de détacher son collier et de le poser sur la table devant nous. Elle ouvre délicatement le médaillon. À l'intérieur se trouve un cercle parfait de pilules bleues autour d'un autre, plus petit, de pilules blanches. Les comprimés blancs ressemblent aux miens. Je ne peux m'empêcher de me demander comment les médicaments peuvent être de forme et de taille identiques et promettre pourtant des choses différentes.

— Je ne considère pas que je prends des médicaments, moi non plus. Parfois je dois juste répondre à un besoin. C'est un petit coup de pouce pour encaisser les remarques de Morkie, si tu veux. Tu sais, même ma sœur et d'autres danseurs de la compagnie en consomment. Ça n'a rien d'original.

Elle me tapote la jambe. Les bruits de la cafétéria ponctuent ses paroles.

— Un petit conseil, Cassie… Évite à tout prix les baisses de régime. Les Russes sont capables de reprendre d'un coup ce qu'ils donnent.

— Je sais.

Elle fait allusion au rôle que j'ai décroché dans *La Sylphide*, aux côtés des élèves de 8e année. Pour Monsieur K., je suis l'une des danseuses les plus talentueuses de mon âge. Pourtant, je continue à douter d'avoir fait le bon choix en quittant le Royal Ballet pour venir ici. Bette pousse son médaillon vers moi.

— C'est quoi ?

— De l'Adderall, un psychostimulant. Ça donne de l'énergie.

Elle écarquille les yeux, à la recherche d'une réponse dans les miens.

— Et les effets secondaires ?

— Tu es sérieuse, là ? Très bien, tant pis pour toi.

Elle referme le médaillon et le remet autour de son cou. Elle a retiré son offre aussi vite qu'elle l'avait faite, mais elle réussit à sourire pour atténuer la brutalité de son geste.

— Je veux juste t'aider, moi.

— Merci, Bette, c'est juste que…

Alec et son père, mon oncle Dom, viennent d'entrer dans la cafétéria. Ils foncent droit vers notre table. Dom me soulève dans ses bras et Alec en profite pour prendre ma place sur la banquette.

— Comment ça se passe, Cass ?

L'inquiétude perceptible dans le ton de mon oncle me donne envie de pleurer. J'essuie mes larmes avant qu'il puisse les voir. Il a les mêmes yeux que ma mère. Il me caresse les cheveux.

— Ils ne sont presque plus violets. J'aimais bien, je crois.

Il voudrait me faire rire, mais je ne réussis qu'à sourire. Cette histoire d'après-shampooing n'est que l'une des nombreuses crasses que les filles m'ont faites depuis mon arrivée ici en septembre – pointes trempées dans le vinaigre, collants déchirés, courrier volé, et plus particulièrement les lettres d'amour de mon copain, Henri, qui est à Paris. Rien qu'en y repensant, les larmes remontent. Je ne dois pas pleurer. Pas ici. Pas maintenant.

— Je vais bien, je lui réponds.

Et j'aimerais que ce soit vrai. Il m'embrasse sur le front et sourit en me voyant si courageuse. J'ajoute :

— De toute façon, c'est toujours un peu difficile au début, non ?

— Tiens bon, Cass, me dit-il en me serrant une nouvelle fois dans ses bras avant de tourner les talons.

Son absence me pèse aussitôt. Alec se lève, regarde son portable.

— Vous êtes prêtes ?

Si la question s'adresse à nous deux, c'est Bette qu'il regarde. Plusieurs danseuses quittent déjà le réfectoire pour aller s'étirer avant le cours. Bette me tend mon pilulier.

— Ne l'oublie pas, Cassie. Il est tombé de ton sac.

Elle le pose sur la table et se lève.

— À tout de suite.

Alec la prend par les épaules et me lance un sourire un peu penaud. Ils s'éloignent ensemble.

Malgré l'eau de la fontaine, j'ai du mal à avaler les comprimés. Je les imagine en train de se dissoudre dans mon ventre pour m'aider à devenir la meilleure version possible de moi-même.

Dans le studio, je trouve une place au fond, loin des autres, et tout particulièrement de Bette. Je mets mes demi-pointes. Je m'assieds sur le parquet et m'étire longuement, profondément, les jambes ouvertes en large V, les bras en couronne au-dessus de la tête puis sur mes orteils. Après vingt minutes d'échauffement, Madame Genkin tape dans ses mains pour attirer notre attention.

On se positionne à la barre pour la série d'exercices qui nous permet d'échauffer nos jambes, nos pieds, nos abdominaux. Madame Genkin me sourit après avoir scruté mes dégagés.

— Ton alignement est parfait, Cassandra. Tout est parfaitement placé.

Balayée par une vague de chaleur, je rougis. Cette journée va peut-être s'arranger.

Elle retourne au centre de la salle, et les miroirs qui se font face donnent l'illusion qu'elle se démultiplie un millier de fois.

— Bien, mesdemoiselles, au milieu, maintenant. Mettez vos pointes.

On se précipite toutes vers nos affaires pour protéger nos orteils avec du sparadrap et de la laine, avant de les glisser dans les chaussons et de lacer les rubans rose pâle autour de nos chevilles. On fait quelques relevés sur pointes et un tambourinement sourd résonne dans le studio.

Madame Genkin donne des instructions musicales à notre pianiste, Viktor.

— Mesdemoiselles, vous allez faire un petit adage qui se conclura par quatre pirouettes. Vous passerez deux par deux, et vous le répéterez deux fois. Je veux vérifier votre équilibre.

Plusieurs danseuses protestent tout bas.

— Cassie et Bette, commencez. Ensuite, je verrai June et Sei-Jin, préparez-vous dans le coin au fond.

On s'avance toutes les deux au milieu. Le miroir nous renvoie nos reflets. Ils se répondent : cheveux blond clair, yeux d'un bleu glacial, même nos carrures sont semblables.

Madame Genkin nous montre l'enchaînement : une série de *piqués**[1] tournés pour rejoindre le centre du studio depuis le coin au fond, un saut à gauche, un saut à droite, trois pirouettes puis un *balancé**. Bette exécute un grand *plié**. Elle l'accompagne d'un port de bras. Je l'imite.

Les premières notes résonnent. Bette est vive, stable, parfaitement en rythme sur la musique sans qu'il lui en coûte, en apparence, le moindre effort. On dirait qu'elle a déjà exécuté ces pas un million de fois. Je tends la jambe pour initier un nouveau tour, j'absorbe la musique. Mon esprit s'apaise : inquiétudes, critiques, visages derrière les vitres dans le couloir… Tout disparaît. Je croise mon reflet dans le miroir à chaque pirouette – les longues lignes allongées, le tourbillon de rose, de noir et de blanc cassé, comme une vraie étoile. Comme celle que je suis destinée à devenir.

Les lignes se brouillent un peu plus à chaque tour. Mes jambes et mes bras me paraissent lourds, épais. Ils ne me répondent pas aussi vite que je le voudrais. Je tourne plus vite, me repousse du sol. Madame Genkin tape dans ses mains en rythme. Je suis trop lente. Dans le miroir, je vois

---

1. Les mots ou expressions en italique suivis d'un astérisque sont en français dans le texte d'origine. *(Toutes les notes sont de la traductrice.)*

Bette, l'arc rose vif de sa bouche pincée. Une bouffée de chaleur me traverse, j'ai l'impression d'avoir perdu toutes mes forces, je ne contrôle plus ma nouvelle pirouette.

Mes yeux papillotent. Mes paupières sont lourdes. L'envie de dormir s'empare de chacune des cellules de mon être.

Je me noie dans la musique, envoûtée. Bette me rattrape et, au moment où mon corps, lourd et maladroit, s'abandonne contre le sien, elle me murmure avec un sourire :

— Ce n'est rien.

Comme si elle s'y attendait. Comme si elle savait depuis le début que ça allait arriver.

ACTE 1

Automne

1. Bette

Retour aux bases : cinquième position devant le miroir. La professeure russe que ma mère a engagée, Yulia Lobanova, fait pivoter ma hanche gauche avec ses petites mains ridées. Ça pince, ça brûle, et je me délecte de la douleur. Elle me rappelle que sous le rose pâle mes muscles sont puissants, qu'ils ont été modelés pour la danse.

Yuli porte toujours ses cheveux grisonnants en chignon élégant. Ses yeux d'un vert vif soutiennent mon regard dans le mur de miroirs de mon studio à domicile.

— Ta hanche est trop fermée de ce côté, *lapotchka*.

C'est l'une des anciennes étoiles du théâtre Mariinski. Sa photo était punaisée sur le mur de ma chambre autrefois. Elle était jeune, audacieuse et d'une beauté époustouflante.

— Ouvre, ouvre !

Je repousse mes limites, pour la satisfaire, et moi avec. Pour redevenir forte. Pour redevenir moi.

— Lève ! Plus haut, plus haut.

Travailler cinq heures par jour, sept jours par semaine m'évite de penser à tout ce qui s'est passé l'an dernier. Les souvenirs des vacheries, des drames, de l'accident de Gigi, de mon exclusion temporaire sont chassés par les pirouettes, les *fouettés** et les *ports de bras**.

— Montre-moi que tu es prête, dit-elle, satisfaite de ma meilleure ouverture de hanche.

Je m'approche du miroir et étire ma colonne vertébrale au maximum. Je reste l'incarnation vivante d'une danseuse de boîte à musique. Je reste une élève du conservatoire. Je reste moi.

Ma mère continue à payer les frais de scolarité, elle appelle Monsieur K. et Monsieur Lucas tous les soirs, se bat pour qu'ils me réintègrent. « Bette n'a pas poussé cette fille. Elle est totalement innocente. Et vous n'avez aucune preuve concrète que ma fille était la seule élève à embêter Mlle Stewart. »

Je l'ai entendue employer le verbe *embêter,* oui, comme si je m'étais contentée de dire à Gigi qu'elle était grosse.

« De toute façon, nous avons conclu un accord avec les Stewart. Ils ont touché une indemnisation confortable. Bette doit retrouver le chemin des studios dès la rentrée. Votre école ne peut pas se permettre d'essuyer un nouveau scandale. L'American Ballet Company et le conservatoire ont toujours pu compter sur la générosité des Abney. Le nouveau bâtiment en est une illustration parfaite. Dois-je vous rappeler que la place Rose Abney, juste devant, porte le nom d'un membre de notre famille ? » Elle ne laisse évidemment jamais le temps à son interlocuteur d'en placer une.

— Maintenant, tourne.

Mon professeur particulier se fiche des rumeurs et de la vérité. Elle est pragmatique, se concentre sur l'ici et le maintenant.

Je prends une profonde inspiration et n'expire que lorsqu'elle se met à taper dans ses mains. L'odeur de ma laque – poudreuse et sucrée – envahit la salle. L'espace d'une seconde, je suis de retour dans le studio A pour la toute première fois, le soleil s'infiltre à travers les parois vitrées et je lève ma jambe pour exécuter un tour.

Je suis une nouvelle Bette.

Différente.

Transformée.

L'année écoulée est une succession d'images floues que je ne suis pas prête à affronter. Si je laisse mon cerveau dériver, s'éloigner du cours de danse, les souvenirs me prennent dans leur étau : j'ai perdu deux rôles de soliste, Alec et l'attention de mes professeurs de danse, j'ai été accusée d'avoir poussé Gigi sous les roues d'une voiture, j'ai été exclue du conservatoire.

— Plus vite ! crie Yuli.

Ses claquements de main, ses cris sont engloutis par le mouvement.

— Ouvre-moi cette hanche ! Tiens ton centre !

Je ne peux plus me permettre de perdre autre chose. Ma mère a refusé de me dire ce que lui avait coûté l'accord qu'elle a conclu avec la famille de Gigi, ou combien Monsieur K. lui demandait pour conserver ma place. Je sais simplement que ça représente une somme plus conséquente que celle qu'elle a dépensée pour tous les cours particuliers d'Adele et ses commandes de vêtements de danse sur mesure. C'est moi qui lui reviens cher maintenant. Et pour les pires raisons qui soient.

— Change de sens.

Je fixe mon repère visuel dans le miroir, et je tourne la tête sans relâche. De la sueur dégouline dans mon dos. J'ai l'impression d'être une tornade. Si ça ne tenait qu'à moi, je retournerais à l'école et j'éliminerais toutes les personnes, tous les obstacles dressés sur ma route.

Dans une semaine, tout le monde retrouvera les dortoirs. Eleanor se réinstallera dans notre chambre. Ma chambre. Je devrais être avec elle.

Pas ici, dans un studio en sous-sol qui s'apparente à une prison.

La 8e année du conservatoire est la seule qui compte réellement. C'est l'année où l'on peut enfin tout faire – chorégraphier ses propres ballets, voyager à travers le pays, et le monde, à la saison des auditions, pour rencontrer d'autres compagnies. Mais le plus important, le point crucial, c'est que le nouveau directeur artistique de l'ABC, Damien Leger, assistera à certains cours de danse pour choisir ses futurs apprentis parmi les élèves. Seuls deux garçons et deux filles auront droit à cet honneur. Je dois impérativement être présente lorsqu'il fera sa sélection.

À l'issue de ma dernière pirouette, Yuli me secoue l'épaule.

— Tu es prête à y retourner…

Son ton semble hésiter entre la question et l'affirmation.

— Oui, je dis, à bout de souffle. Je suis prête.

— Madame Lobanova…

La voix de ma mère dévale l'escalier et rebondit sur les miroirs du studio. Ses accents légèrement traînants me donnent la chair de poule.

— C'est fini pour aujourd'hui. Bette a de la visite.

— Bien sûr, madame Abney.

Yuli rassemble ses affaires et dépose un baiser sur ma joue moite. J'ai envie de la retenir par l'épaule, de lui dire de ne pas partir. Elle file pourtant avant que j'aie pu ouvrir la bouche.

— Bette, monte te rafraîchir, me dit ma mère quand j'arrive au rez-de-chaussée.

Elle est juchée sur un tabouret devant l'îlot central de la cuisine, un verre de vin rouge déjà bien entamé devant elle. Elle lève un index vers le plafond pour indiquer la direction de ma chambre.

Je retire mon justaucorps et mes collants. Je m'approche de la fenêtre pour voir si j'aperçois une voiture familière dans la Soixante-Neuvième. Rien. Après une douche de deux secondes, j'enfile une robe puis redescends. Justina, notre domestique, se faufile dans la cuisine, à travers les portes qui la séparent du salon.

— Qui est-ce ? je lui demande tout bas.

— Un homme de votre école, je crois. Et une dame.

Elle dégage mes épaules, lisse mes cheveux lâchés. Ses doigts sont tièdes, son toucher léger.

— Sois gentille, hein ?

Je jette un coup d'œil par l'entrebâillement avant de me lancer. Je découvre Monsieur Lucas, de dos. Je manque de m'étrangler.

— Ah, te voilà ! lance ma mère en me faisant signe d'approcher.

Je prends une profonde inspiration puis expire, comme si j'étais en coulisses et m'apprêtais à entrer en scène. J'avance dans le salon d'un pas résolu et vais m'asseoir en face de lui.

Un homme de la trempe de Monsieur Lucas n'a pas pour habitude de débarquer chez les gens sans prévenir. Il est accompagné d'une femme qui n'est pas son épouse. Elle arbore une coupe de cheveux sophistiquée censée la vieillir et atténuer son côté « belle gosse ». Sans doute une stratégie pour éviter que les gens ne s'attardent trop sur ses cheveux blond platine et sa chemise trop serrée qui souligne sa poitrine généreuse.

— Bonjour, Bette.

Les danseuses sont le plus souvent des planches à pain, et je m'estime heureuse de ne pas avoir sa poitrine.

— Bonjour, Monsieur Lucas.

Je plante un ongle dans l'accoudoir bombé et laisse une trace en forme de croissant de lune dans le bois de palissandre. Un soir, d'ici peu, ma mère prendra place dans ce fauteuil devant la cheminée et demandera à Justina de lui apporter son habituel verre de vin de la soirée. Elle laissera courir des doigts rendus tremblants par l'ivresse et hurlera en la découvrant.

— Je te présente ma nouvelle assistante, Rachel.

Il désigne la jeune femme, qui m'adresse un sourire crispé. Il tient une épaisse liasse de feuilles qu'il agite dans ma direction.

— Ta mère vient de me montrer ceci.

Il s'agit de l'accord à l'amiable. Tout ce que je suis censée avoir fait subir à Gigi est écrit noir sur blanc. La petite typographie officielle donne l'impression que je me suis livrée à des actes bien plus déviants et répugnants qu'en réalité.

— Je continue à ne pas comprendre comment une seule de ces choses a pu arriver, tu sais.

Il a la même façon de plisser le front qu'Alec, lorsqu'il est perplexe.

— Je suis désolée, je bafouille, parce que c'est la ligne de conduite que la psy de la famille Abney m'a conseillé d'adopter.

J'ajoute un petit sourire gêné. L'idée étant de lui montrer que j'ai changé. Que j'ai retenu la leçon qu'ils cherchent à m'enseigner. Que je suis prête à reprendre une vie normale.

— Tu saurais me dire pour quelle raison tu es désolée ?

— De m'en être prise à Gigi.

Ma mère intervient :

— Dominic, inutile de rouvrir ce chapitre. J'ai du mal à croire que tu sois venu ici dans ce but.

— C'est bon, maman. Je suis prête à assumer ma part de responsabilité.

— Nous avons signé un accord, et tu n'as pas…

— Je t'ai dit que ça allait, maman.

Ça me fait du bien de l'interrompre, elle qui m'a si souvent coupé la parole. Elle avale plusieurs gorgées rapides de vin, fait signe à Justina de venir la resservir. L'assistante de Monsieur Lucas remue sur son siège et tire sur sa chemise. Elle est mal à l'aise. Le père d'Alec refuse le verre de vin et les fromages hors de prix que ma mère pousse Justina à leur proposer.

— Tu as de la chance que l'issue n'ait pas été plus grave, dit-il du ton le plus doux possible.

Les mots font encore plus mal quand ils sont décochés aussi mollement. Je ressens une douleur lancinante, qui se prolonge dans le silence de la pièce.

— Je peux revenir au conservatoire ?

— Non, me répond-il.

Son assistante me regarde avec inquiétude, elle a l'air de me prendre pour une petite chose fragile risquant de s'effondrer d'une minute à l'autre.

— Nous y avons mûrement réfléchi, et nous ne pouvons pas encore t'autoriser à revenir. Pas à ce stade.

Ma mère se lève du canapé.

— Mais…

— Qu'est-ce qu'il vous faudrait ?

Je plonge mes yeux tout au fond des siens. Je contrôle mon corps pour qu'il reste parfaitement immobile, même si le martèlement de mon cœur résonne dans mes oreilles. Je redresse ma cage thoracique et baisse mes épaules comme si je m'apprêtais à exécuter le plus incroyable des sauts qu'il ait jamais vu.

— Ceci, dit-il en agitant les feuilles, ne résout rien. Enfin plutôt ça ne résout pas tout. Loin de là. Je n'arrive pas à comprendre comment fonctionnent les filles. Les garçons ne se comportent pas de la sorte.

Il a raison. Je voudrais lui rappeler combien c'est différent d'être une ballerine, que les chorégraphes nous traitent en pions interchangeables alors qu'ils chantent les louanges des garçons, génies méconnus qui se dédient à l'art de la danse alors que le monde entier continue à y voir une activité dépourvue de virilité. Il se frotte le menton et rend les papiers à ma mère.

— Je n'ai pas poussé Gigi.

Mes mots résonnent dans le salon. Ils me paraissent aussi lourds que s'il s'agissait de mes tout derniers.

— Si tu es innocente, Bette, prouve-le.

C'est bien mon intention.

2. Gigi

Le studio D bourdonne comme un essaim de libellules dans le soleil de septembre. Les danseuses parlent de leurs stages intensifs estivaux, discutent de leurs nouvelles colocataires et professeures de danse. Les parents, eux, comparent les prix des billets ou se plaignent tout bas de l'augmentation des frais de scolarité. De nouveaux *petits rats** se jettent sur le buffet, d'autres lancent des regards curieux, les deux mains sur la bouche. J'entends de toutes petites voix aiguës prononcer mon nom. Aucune des autres filles de 8e année n'est présente.

Il n'y a que moi.

Je devrais être dans ma chambre, en pleine installation, avec les autres élèves de mon niveau. Je devrais être en train de casser mes nouvelles pointes en prévision de mon premier cours. Je devrais me préparer pour l'année la plus importante de ma vie.

Maman prend ma main dans la sienne.

— Gigi, s'il te plaît, j'aimerais que tu participes plus activement à cette discussion.

Retour à la réalité. Ma mère a acculé Monsieur K. dans un coin du studio. Il semble peiné.

— Qu'avez-vous mis en place pour garantir la sécurité de ma fille ?

— Madame Stewart, pourquoi ne prendriez-vous pas rendez-vous ? Je pourrais vous fournir plus de détails que lors de notre dernier coup de fil.

Elle lève les deux mains, exaspérée.

— Notre dernière conversation a duré à peine dix minutes. Vos appels ont été… Comment dire ? Sans aucune saveur. Vous vouliez que Gigi revienne ici. Elle le voulait aussi. Vous m'avez promis qu'elle serait en sécurité. Je continue à en douter.

Ses protestations m'ont poursuivie tout l'été, comme un gros nuage d'orage. *Pourquoi veux-tu retourner dans cet endroit ? Cette école est gangrenée par l'esprit de compétition ! La danse ne mérite pas que tu te mettes à ce point en danger.*

Une danseuse plus jeune me dépasse et murmure à sa compagne :

— Elle n'a pas l'air blessée.

J'observe mon profil dans l'un des miroirs. Je suis du doigt la cicatrice qui dépasse légèrement de mon short. Une ligne presque parfaite sur ma jambe gauche, un trait rose vif sur le brun.

Une marque pour ne pas oublier.

Ma mère craint qu'elle ne disparaisse jamais totalement, malgré les flacons d'huile à la vitamine E et les pots de beurre de coco qu'elle m'a achetés. Je ne veux pas qu'elle disparaisse, moi. Je veux me souvenir de ce qui m'est arrivé. Certains jours, si je ferme les yeux trop longtemps ou si je passe le doigt sur les reliefs de la cicatrice, je me retrouve dans la rue pavée et j'entends le bruit de tôle froissée au moment où le taxi me renverse, le hurlement lointain des sirènes et les *bip* réguliers des appareils de l'hôpital à mon réveil.

Une rage brûlante et dévorante fleurit sous mon épiderme.

Je trouverai le coupable. La personne qui m'a poussée va payer. Elle connaîtra les mêmes souffrances que moi.

Ma mère me touche l'épaule.

— Gigi, cette discussion te concerne.

Je regarde sa colère enfler.

— Elle est toujours logée dans le même couloir que toutes ces filles.

Son ton acerbe ne déstabilise pas Monsieur K.

— Les élèves sont toujours regroupés par année d'études, madame. Et les chambres dévolues aux danseuses de 8e année sont depuis toujours les plus prisées, lui explique-t-il de cette voix mielleuse qu'il réserve aux bienfaiteurs et aux membres du conseil d'administration. Il ne faudrait surtout pas que votre fille se sente isolée.

— Elle l'est déjà, isolée, à cause de sa couleur et de ce qui lui est arrivé.

— Maman, c'est bon. Il vaut mieux que je…

Elle me réduit au silence. Des parents nous ont remarquées. Dans ce décor, ma mère détonne autant qu'une fleur sauvage dans un vase de tulipes, avec son pantalon indien bouffant blanc, sa tunique et ses Birkenstock. Ses gestes d'irritation, ses expressions de contrariété ne leur échappent pas. Ils remarquent aussi que Monsieur K., lui, conserve son calme en dépit des circonstances. Il réussit même à sourire à ma mère en posant délicatement une main sur son épaule, comme pour l'inviter à exécuter un *pas de deux**.

— Je vous certifie que nous mettons tout en œuvre pour garantir sa sécurité. Nous lui avons d'ailleurs octroyé une chambre individuelle cette année.

— Oui, et nous vous en sommes très reconnaissants, mais après ? Comptez-vous prendre des mesures à l'échelle du conservatoire pour régler ce problème de harcèlement ? Les enseignants s'engagent-ils à être plus attentifs aux incidents qui se produisent entre les élèves ? Les caméras de surveillance pourront-elles…

— Un agent de sécurité lui sera personnellement dédié, je vous l'ai dit, et nous ferons par ailleurs tout ce qui est en notre pouvoir.

Ces mots ont l'effet d'une explosion sur elle : elle sursaute et secoue la tête, agite son imposante afro.

— Tu entends ça, Giselle ? Ils s'en fichent ! Est-ce que la danse mérite vraiment tous ces sacrifices ?

Je lui touche le bras.

— Arrête, maman. On en a déjà parlé un million de fois.

La honte rougit mon corps tout entier.

— Fais-moi confiance, s'il te plaît. Ma place est ici, je t'assure.

Plus personne ne bouge. Le regard de ma mère me balaie. Je me mordille l'intérieur de la joue, de peur qu'elle change d'avis et m'emmène en Californie. Je suis tentée de lui dire qu'elle ne comprend pas ce que la danse représente pour moi. De lui rappeler que j'ai failli perdre la possibilité de danser. De lui expliquer que je ne peux pas laisser Bette et les autres gagner. Que je suis plus forte qu'avant, et que ces filles vont payer pour ce qu'elles m'ont fait. Je n'ai pas cessé d'y penser depuis que j'ai quitté l'hôpital. Je ne revivrai plus jamais les mêmes choses que l'année dernière. Je ne permettrai pas que ça arrive.

Monsieur K. me fait un clin d'œil et vient se poster près de moi. Il pose une main chaude sur mon épaule.

— Votre fille est *moya koritchnevaya*. Elle est forte, madame. Nous avons besoin d'elle, ici. Elle nous a manqué pendant les stages d'été.

Ses mots viennent combler tous les vides en moi. Les minuscules fractures intérieures qui ont exigé plusieurs mois de repos et qui avaient besoin d'entendre que je reste importante ici. Que je suis faite pour danser. Que je suis faite pour devenir l'une des plus grandes ballerines de cette école.

Il m'a fallu la pause estivale pour guérir d'une côte fêlée, d'une jambe cassée et d'une petite déchirure au foie. Je suis restée à Brooklyn, chez ma tante Leah, avec ma mère, et j'ai enchaîné radios, visites médicales, scanners hebdomadaires pour vérifier l'évolution de ma commotion cérébrale. Sans oublier les deux séances de kiné quotidiennes une fois libérée de mon plâtre, ni, bien sûr, les rendez-vous chez le psy pour parler de mes sentiments après l'accident.

J'ai travaillé dur pour revenir ici.

Ma mère me caresse la joue.

— Bien, bien, dit-elle avant de se tourner vers Monsieur K. J'exige d'avoir un point hebdomadaire avec vous. Et je compte sur vous pour vous rendre disponible.

Il la conduit vers le buffet. Elle a un petit sourire. C'est une victoire, même minuscule.

Des mains m'enserrent la taille. Je fais volte-face. L'expression joyeuse d'Alec est à l'image de la mienne. Je me retiens de lui sauter dans les bras. Il sent légèrement la crème solaire.

— Pour tout le monde, tu es devenue « la danseuse ressuscitée ». Est-ce que je peux simplement t'appeler « mon bébé » ?

Je ris face à sa maladresse : il cherche à faire une blague. De jeunes élèves sortent le nez du livret d'accueil qui contient leur emploi du temps, la description des tenues requises, la répartition dans les chambres du dortoir, et nous dévisagent. J'empoigne Alec et l'embrasse à pleine bouche : ils en auront pour leur argent, comme ça

Je n'ai pas eu beaucoup d'occasions de voir Alec pendant l'été. Il a été très accaparé par son stage. Plutôt que de passer du temps ensemble, nous avons dû nous contenter de coups de fil, de chats vidéo et de textos. J'avais presque oublié son odeur et son goût.

Il s'écarte.

— Tu n'as pas répondu à mes SMS.

— Ma mère avait décidé de faire passer un interrogatoire à Monsieur K.

Je pointe mon index par-dessus mon épaule. Ils sont toujours en pleine discussion. Alec pousse un gémissement.

— J'aimerais pas être à sa place.

— Moi non plus.

— Comment tu te sens ?

— Très bien.

Je me redresse légèrement.

— Nerveuse ?

— Non, je réponds d'une voix plus forte que je ne le voudrais.

Il me touche la joue. Mon cœur s'emballe et le moniteur à mon poignet vibre.

— Tu m'as manqué, Gigi.

Il prend mes mains dans les siennes et me fait pirouetter comme si nous allions danser un célèbre pas de deux. Il me soulève de quelques centimètres pour que je me retrouve sur la pointe des orteils. Mes Converse me permettent de tourner presque aussi bien que des chaussons. C'est si bon de retrouver un partenaire, même si c'est juste pour s'amuser. La danse m'a manqué chaque jour de ma convalescence.

Tout le monde s'écarte pour nous faire de la place. Et nous regarder, fascinés.

Nous dansons le fameux pas de deux de *Casse-Noisette*. Nos corps connaissent chaque mouvement, chaque tour, chaque porté, même sans musique. Je le sais au rythme des pieds d'Alec, à sa façon de tendre les bras vers moi. Une mélodie silencieuse guide nos mains, nos bras, nos jambes. Les notes résonnent dans ma tête. Il me soulève pour un porté « poisson ».

— Tu es encore meilleure qu'avant, me murmure-t-il en me reposant, sa bouche tout près de mon oreille.

Ses mots se diffusent sous ma peau, me donnent l'impression qu'elle s'embrase. L'assemblée nous applaudit. Monsieur K. est aux anges. Ma mère sourit.

Personne ne me privera plus jamais de ça, personne.

3. June

Il est tard lorsqu'on finit par arriver au conservatoire, Jayhe et moi. Il se gare en double file – son père lui a prêté sa camionnette de livraison – et décharge mes affaires. Les autres années, c'était ma mère qui me déposait et je devais subir la longue heure de trajet depuis le Queens dans un silence gêné, sa désapprobation se diffusant dans le moindre recoin de la voiture gris métallisé. Et dans mon cerveau.

Cette année, tout est différent.

J'ai un copain. Maintenant que je suis au courant pour Monsieur Lucas, ma mère n'a plus de pouvoir sur moi. Et tout mon travail acharné paie enfin. Le stage d'été s'est bien déroulé, je suis prête à passer au premier plan cette année. Mon heure est enfin venue. Et je compte en profiter.

Je lève les yeux vers le sommet des immenses gratte-ciel qui entourent le Lincoln Center. Le conservatoire est niché dans le coin nord-ouest du complexe, à l'ombre de la salle de spectacle vénérée de la ville la plus importante au monde. Certains jours, je dois me pincer pour arriver à croire que c'est bien la réalité, qu'à la même époque, l'an prochain, je serai l'une des deux apprenties choisies pour intégrer l'ABC. Enfin, si tout se déroule selon mes plans.

Et ce sera le cas.

— Hé ! Tu comptes me donner un coup de main, ou quoi ?

Il se précipite vers l'entrée du bâtiment avec une première fournée d'affaires. Ses cheveux trop longs lui tombent dans les yeux, et ses biceps se gonflent sous le poids des cartons les plus lourds.

— Laisse-moi juste une seconde.

Je respire l'odeur des cornouillers, des fontaines et des bretzels vendus au coin de la rue. C'est si familier, si rassurant, comme une seconde peau. Jayhe s'interrompt un instant le temps de me donner un baiser passionné. J'ai aussitôt envie d'abandonner mes affaires sur les marches, de remonter dans la camionnette pour aller n'importe où avec lui. Le monde entier s'efface, jusqu'à ce que je sois obligée de reprendre mon souffle.

En rouvrant les yeux, je découvre les bâtiments du conservatoire derrière la tête de Jayhe ; aussitôt, une part de moi éprouve l'envie de retrouver la routine quotidienne, de réveiller mes muscles. Je rêve de la succession interminable de cours et de répétitions, de la possibilité de contrôler mon poids – les calories sont mentionnées à la cafétéria –, et même de la pesée dans le bureau de Connie.

Je garde la camionnette le temps que Jayhe finisse de décharger et je repère d'autres danseuses, accompagnées de leurs parents. Un père taquine sa fille, il l'accuse d'avoir rempli ses cartons de pierres.

— Papa ! proteste-t-elle en riant, le regard éclairé par l'amour et la joie.

Ce mot, *papa*, se fiche en moi, et je pense aussitôt à Monsieur Lucas, même si je ne devrais pas établir de lien entre ce mot et lui. *Mon* papa. Une bouffée de honte me traverse quand je repense au mail que je lui ai envoyé cet été et aux messages que j'ai laissés sur son répondeur et auxquels il n'a jamais donné suite. Je ne commettrai pas deux fois la même erreur. Je ne sais même plus pourquoi j'ai essayé de lui parler.

Un nouveau gloussement attire mon attention et je remarque une jeune Coréenne qui me montre du doigt. Je la foudroie du regard. Elle s'éloigne, gravit les marches de l'école. Jayhe a disparu. Je me demande si Sei-Jin est déjà là, si sa tante l'a déposée plus tôt comme les années précédentes. Elle a envoyé des textos à Jayhe tout l'été, et je sais qu'il n'a pas répondu. J'ai vérifié. Je culpabilise à peine : je ne peux pas me permettre de baisser la garde, même avec lui.

Je n'ai pas osé l'interroger sur les circonstances exactes de leur rupture. Comment a-t-elle réagi ? Que se sont-ils exactement dit ? Il a sans doute fait les choses avec douceur, avec son sens habituel de la diplomatie. Mon nom a-t-il été évoqué ? Au fond de moi, je n'ai aucune envie de connaître les réponses à ces questions. Je ne devrais pas vouloir les connaître. Je devrais être au-dessus de ça. Ça n'a aucune importance. Et pourtant…

Quand il me rejoint enfin, il a les joues roses et un petit filet de sueur coule sur sa tempe. Ça dégoûterait l'ancienne June, mais la nouvelle trouve ça plutôt sexy. Tout en lui l'est – la profondeur de son regard, les traces de crayon sur ses doigts calleux après des heures de dessin, la façon dont il prononce mon prénom –, surtout lorsque je l'agace.

— Il ne reste plus qu'un petit carton.

Il le pose sur le trottoir.

— Ça ira ? me demande-t-il.

— Ouais.

J'aimerais me dédoubler pour rester avec lui ici, tout en étant là-haut, occupée à déballer mes affaires dans ma nouvelle chambre, que j'occuperai seule cette année.

Le téléphone de Jayhe sonne et, l'espace d'un bref instant, mon cœur et mon cerveau paranoïaques s'imaginent qu'il s'agit de Sei-Jin. Il parle en coréen, très vite, ce qui ne m'empêche pas de saisir quelques mots au vol : *restaurant, grand-mère* et *occupé.* J'ai appris plus de vocabulaire à son contact en quelques mois qu'en seize ans avec ma mère. Il glissait une main sous mon menton et me faisait répéter les mots : je n'avais droit à un baiser que si je les prononçais correctement. Et je devais toujours réclamer d'être embrassée en coréen, *kiss-jwo*. Pas de coréen, pas de baiser. Ce souvenir me fait sourire. Il raccroche.

— J'ai tout posé dans le hall, m'informe-t-il. Ils n'ont pas voulu me laisser monter. Une histoire de dortoir réservé aux filles… Ils ne font pas de dérogation, même le jour de la rentrée.

L'irritation doit se lire sur mon visage, parce qu'il m'effleure la joue en souriant.

— Des parents se sont portés volontaires pour les monter.

Ses mains trouvent ma taille.

— Je suis vraiment content que tu sois seule dans ta chambre, cette année.

— Moi aussi, je murmure, soudain mal à l'aise.

Gigi a eu droit à un traitement de faveur à cause de ses blessures – pas de colocataire – et, par ricochet, j'en bénéficie. Ce qui nous permettra d'être tranquilles, avec Jayhe. Une part de moi frissonne de plaisir à la perspective de l'introduire en douce, sans que les surveillants ne se rendent compte de rien, au risque que je prendrai en le faisant, à l'idée que les autres sauront qu'un garçon me désire. Que Jayhe me désire.

Je soulève le dernier carton, celui qui contient ma bouilloire, et ma valise à roulettes. Je l'embrasse une dernière fois puis me dirige vers l'entrée du bâtiment.

Dix minutes plus tard, munie des clés que j'ai récupérées à l'accueil, je suis prête à m'installer. Je prends l'ascenseur jusqu'au 11e, où vivent les filles de dernière année. Quand j'arrive enfin à ma chambre, je trouve la porte grande ouverte… et les affaires de quelqu'un d'autre éparpillées partout. Enfin presque partout. Un édredon rose avec des volants est posé sur l'un des lits, au-dessus duquel sont accrochées des affiches de ballerines. Des cartes postales de Paris sont déjà alignées sur le tableau en liège au-dessus des deux bureaux. À l'autre bout de la pièce, sur le matelas nu, je découvre Cassie et Henri, aussi rouges et transpirants que des petits cochons.

Henri m'adresse un signe de tête avant de se remettre à embrasser Cassie dans le cou, mais elle le repousse sans ménagement, s'assied et rajuste son pull en V.

— Il était temps que tu arrives, dit-elle d'un ton parfaitement calme.

Elle n'a pas l'air surprise. Contrairement à moi.

— Connie est venue te chercher. Tu as raté le dîner. Elle a l'air de me prendre pour ton chaperon.

Sa voix est aussi glaciale que ses yeux sont bleus.

— Qu'est-ce que tu fais ici ?

— La chambre individuelle m'était destinée, mais je l'ai cédée à Gigi, à cause de sa situation. Pas la peine de l'accabler davantage, la pauvre.

Elle fronce les sourcils.

— Je…

— Écoute, ça ne me réjouit pas plus que toi. De toute façon, tu n'as aucune raison d'avoir une chambre seule, toi.

Son ton est acerbe, cassant, avec une pointe d'accent anglais.

— Et puis il est trop tard pour y changer quoi que ce soit, hein, E-Jun ?

Elle étire les syllabes de mon prénom, comme si mes origines coréennes étaient un poids qu'elle va devoir porter. Un fardeau.

— Tout le monde m'appelle June.

Elle devrait le savoir, on se connaît.

— Mignon, se contente-t-elle de lâcher.

J'ai l'impression que je viens de lui avouer un truc aussi idiot que si je me faisais appeler Étoile, Coquelicot ou Arc-en-ciel.

Elle se lève soudain de mon lit, l'air de ne pas y avoir pensé avant. Devant mon expression circonspecte, elle hausse les épaules :

— Henri sait que j'ai horreur de froisser mes draps.

— Entre autres choses, rétorque-t-il avec un clin d'œil grivois à mon intention.

Je vis un cauchemar éveillé. Ils échangent un dernier baiser enflammé avant de se dire au revoir. Je réprime un frisson. J'ai toujours eu un mauvais pressentiment au sujet de ce type, et je déteste l'idée d'avoir à subir sa présence ici, dans ma chambre. Enfin dans notre chambre, devrais-je dire.

Bouillonnant en silence, je commence à déballer lentement mes affaires et tente de faire disparaître mentalement celles de Cassie. Elle en a tellement. La penderie est déjà remplie aux deux tiers, et son étagère est pleine de livres – des philosophes politiques comme Machiavel ou Marx, et tous les grands classiques du ballet. Dans un coin, un petit cube contient son matériel de danse – pointes bonnes à jeter, justaucorps, rubans, jambières. Ma moitié de la chambre, ou plutôt ce qu'il en reste, semble désolée en comparaison.

À son entrée au conservatoire, en seconde, elle suivait la moitié des cours de 6e année, avec nous, et la moitié des cours de 7e année. Personne ne la connaissait vraiment. Personne ne voulait vraiment connaître une fille qui dansait aussi bien. Elle était la cousine d'Alec – et donc la mienne, je réalise avec étonnement –, et tout le monde savait que le conservatoire l'avait débauchée de la Royal Ballet School. Tellement elle était douée. Mais après ce que Bette et les autres filles lui avaient fait subir – les cheveux, les chaussons, l'accident lors du porté avec Will –, elle avait disparu. Et la voici de retour, déterminée à envahir mon espace personnel.

Je commence par le carton sur lequel est écrit « thé » et branche ma bouilloire électrique avant de la remplir d'eau minérale. J'espère que ça va m'aider à me détendre. J'ouvre ma nouvelle boîte à thé avec un couvercle en verre – un cadeau de Jayhe – et j'en sors un des petits sachets de camomille et de lavande qu'il m'a préparés. « Pour t'aider à décompresser », me répète-t-il sans arrêt. Comme si quoi que ce soit pouvait accomplir ce genre de miracle ce soir.

— Fais attention avec cette bouilloire, me lance Cassie. Elle pourrait provoquer un incendie.

— Je l'ai depuis des années, je n'ai eu aucun problème.

Je ne me rends compte que j'ai parlé tout haut qu'en la voyant faire volte-face et venir se poster à quelques millimètres de moi.

— À ta place, je me méfierais.

Elle me toise de haut en bas. Sa peau est si tirée sur son crâne qu'elle me rappelle Charlie, notre squelette du cours de biologie. On ne peut pas dire que je me sois montrée très accueillante à son arrivée au conservatoire. En me voyant frémir, elle éclate de rire.

— Monsieur K. m'a quasiment promis le rôle de la fée Dragée, ce qui me garantit pour ainsi dire l'une des places d'apprentie au sein de la compagnie. Alors je te conseille d'être gentille avec moi.

Mon cœur dévale tout au fond de mon estomac, où flottent les morceaux de poulet grillé que j'ai piochés dans mon sandwich. Tout menace de remonter, là, tout de suite. Je me précipite dans notre salle de bains privative et ferme à clé derrière moi.

Cassie a apporté un tapis de bain rose bonbon qui redouble ma nausée. J'ouvre un robinet et attends d'entendre la porte de la chambre. Elle est partie. Enfin.

Il y a une balance dans un coin. Je ne me suis pas pesée depuis le stage d'été, ma mère n'en a pas, à la maison. J'essaie de me concentrer sur ma respiration et mon visage dans le miroir. Mais cette balance ne cesse d'attirer mon attention.

Impossible de résister. Il faut que je sache. Les chiffres passent rapidement de 0 à 36, à 41 puis 45, puis 50, 51, 52. Je modifie légèrement la répartition de mon poids sur mes pieds, et ils changent encore avant de s'arrêter sur 49. Je n'ai jamais pesé autant. De loin.

Je ravale le sanglot qui monte dans ma gorge. Les intonations cruelles de Cassie continuent à résonner dans mon crâne. Quelques secondes plus tard, j'empoigne les bords de la cuvette des toilettes. Le carrelage est froid, dur sous mes genoux, l'odeur familière de désinfectant au citron déclenche la réaction habituelle. Elle s'accompagne d'une sensation de soulagement, de contrôle. Je me dis que c'est juste la brûlure de la bile qui fait couler mes larmes. Peu importe ce qu'a dit Cassie, c'est mon nom qui apparaîtra à côté du rôle de la fée Dragée quand la distribution sera annoncée. Je l'ai mérité. Grâce à ma performance dans *Giselle* l'an dernier.

C'est mon année. Mon tour est venu. Je serai la principale soliste des 8e année. J'aurai une place dans la compagnie. Je ferai ce qu'il faut pour ça.

4. Bette

Je suis assise en face de mon père dans son restaurant préféré de Manhattan. Avec son haut plafond et son sol en marbre, la salle est une chambre d'échos où résonnent des bribes de conversations ennuyeuses et les cliquetis des verres de vin posés sur les nappes blanches des tables. La nôtre donne sur l'Hudson, et pendant que mon père mastique son steak, je regarde un bateau remonter le fleuve vers le nord. On oublie que Manhattan est une île quand on vit à côté de Central Park, cet immense espace vert situé en plein milieu.

Mon père s'est laissé pousser la barbe. Les poils blonds sont parsemés de blanc. Il vit à environ huit blocs de la maison de ma mère dans le quartier de l'Upper East Side, mais je ne l'ai pas vu depuis des mois. Ma mère a toujours tout fait pour limiter nos interactions, depuis que, l'année de mes douze ans, il nous a posé un lapin, à ma sœur Adele et à moi, pour un brunch de Noël. Il avait préféré s'envoler pour les Caraïbes avec sa dernière maîtresse en date, qui n'était autre que sa nouvelle assistante. Avant ça, il lui arrivait de passer à l'improviste chez nous, pour nous préparer un petit déjeuner le dimanche matin ou s'installer dans le salon, l'après-midi, et lire le *Times.*

Un exemplaire du *Times Magazine* dépasse d'ailleurs de son sac, sous la table. En l'apercevant, je me demande si je dois y voir un signe que les choses vont revenir à la normale. J'adorais le lire avec lui pendant qu'Adele était occupée au sous-sol par ses cours particuliers avec la dernière prof de danse russe expatriée que ma mère avait embauchée. Il me parlait de l'état du monde comme si j'étais déjà adulte, comme si je pouvais comprendre. Et je comprenais, tant il m'expliquait bien les choses. Je repêchais les vieux magazines dans la poubelle et je les entassais sous mon lit.

Du sang s'échappe de son steak pas assez cuit à mon goût, et je regarde les monticules floconneux de purée l'absorber. Je joue avec ma salade dans mon assiette, j'ai perdu l'appétit.

— Je suppose qu'Adele ne nous rejoindra pas, lâche-t-il une fois qu'il a avalé sa bouchée.

Alors qu'on subit ce silence gêné depuis quarante minutes. Alors qu'on sait aussi bien l'un que l'autre qu'elle ne viendra pas et qu'il s'est d'ailleurs déjà résigné à commander. Alors qu'il a mangé la moitié de son steak. Alors qu'elle ne lui a pas adressé la parole depuis des années. Qu'elle refuse d'évoquer ce sujet avec moi.

— Elle a des répétitions.

Il s'agit d'un mensonge : je ne sais pas quels sont ses projets pour la soirée.

— Quel rôle interprète-t-elle en ce moment ? Quel ballet est programmé pour la millième fois ?

Il n'est même pas au courant que la distribution pour le ballet d'hiver n'a pas encore été annoncée.

— Je n'ai pas envie de parler de danse.

Nos regards finissent par se croiser, et j'ai l'impression de me voir dans un miroir. Des yeux d'un bleu clair glacial. D'après Adele, je plisse le nez comme lui quand je suis contrariée ou que j'ai dit quelque chose de désagréable.

— De quoi veux-tu parler, alors ?

Il fait signe au serveur de lui apporter un second scotch soda. Il faudrait que je lui donne une liste de tous les sujets tabous : ma mère, Adele, la danse, le conservatoire, mes projets d'avenir, les événements de l'an dernier, les raisons pour lesquelles il a été absent si longtemps, celles pour lesquelles il nous a abandonnées, sa dernière conquête en date. Autrement dit, il ne nous reste pas beaucoup de thèmes possibles, à part la météo, plutôt froide pour un dimanche de la mi-septembre.

— Tes cours particuliers ? Ils se passent bien ?

Et ça recommence. Encore des questions.

— Et tes leçons de danse ? Tes amies ? Tu les as revues ?

Je ne lui réponds pas. Que pourrais-je lui dire ? Rien n'a changé, et certainement pas lui.

— Le but de dîner ensemble, Bette, c'est de discuter. Comment va Alec ?

— Je n'ai pas non plus envie de parler de ça.

Je remplis ma bouche d'une feuille de laitue qui baigne dans une trop grande quantité de sauce basses calories. J'aimerais être capable de ne pas continuer à me nourrir comme une danseuse. Je suis dans le monde réel, pas à la cafétéria de l'ABC. Je pourrais manger normalement – à supposer que ce terme ait un sens –, si je le voulais. Mais je dois garder la ligne en prévision de ma réintégration au conservatoire.

Mon père a haussé un sourcil quand j'ai commandé une salade et rien d'autre. Il n'a pas eu le temps de s'habituer à mon régime alimentaire. On n'a pas partagé beaucoup de repas depuis son départ, et au restaurant il s'attend toujours à voir sa petite Bette commander un menu enfant avec un hamburger ou des chicken nuggets.

Les assiettes valsent devant nous, on nous apporte même des feuilles de menthe en guise de trou normand. Je file me réfugier aux toilettes et ouvre mon médaillon. J'avale un comprimé et guette la sensation de calme, de concentration qui ne devrait pas tarder à se diffuser en moi. La douce vague de détente. Rien ne se produit pourtant. Je voudrais hurler ou appeler Adele et pleurer, ce qui serait la pire chose à faire. J'entends d'ici son si redoutable « je t'avais prévenue, Bette ». Elle m'a mise en garde contre cette soirée avec notre père. Elle m'a dit que j'en sortirais déçue. Mais elle a toujours été la préférée de ma mère, et moi celle de mon père, jusqu'à son départ.

La table a été débarrassée en mon absence.

— Est-ce qu'on commande un dessert ? J'ai bien envie de goûter leur panna cotta, dit-il en consultant la carte.

— Ce ne serait pas raisonnable pour une danseuse, Robert.

Je n'ai pas pour habitude de l'appeler par son prénom, je cherche à provoquer une réaction.

— Robert ? Je suis ton père, enfin.

Il se prépare à ma riposte – « alors conduis-toi en tant que tel » –, or je refuse de lui faire ce plaisir. Il pose la carte. La femme à la table voisine a perçu la tension dans sa voix et nous observe. Il se racle la gorge avant de se pencher vers moi.

— Tu pourrais faire une exception ce soir, non ?

— Je suis une danseuse.

— Tu es certaine de le rester ?

Son ton est cassant. J'ai touché une corde sensible, apparemment.

— Ta mère m'a parlé de la position du conservatoire, Bette, insiste-t-il.

— Et ?

Hors de question de me détourner, je garde la tête haute et le regard ferme. C'est lui qui m'a appris cette leçon.

— Tu te soucies brusquement de ce qui peut m'arriver ? j'ajoute.

— Je m'en suis toujours soucié.

— Où étais-tu dans ce cas ?

Ses larges épaules sont agitées d'un sursaut qui ne peut qu'être dû à un mélange de surprise et d'humiliation. J'envisage d'ajouter quelque chose pour atténuer la colère, mais ce sont d'autres méchancetés qui me viennent à l'esprit. Depuis qu'il est parti de la maison, notre relation s'est résumée à une succession de dîners avortés, d'excuses en l'air et de virements bancaires.

— Ta mère a l'art de compliquer les choses.

Il place une main sous son menton, on dirait que les mots qu'il prononce sont trop lourds pour sa bouche, aussi solide soit-elle.

— Maman est pénible. Non, elle est horrible. Et tu nous as abandonnées avec elle.

J'agrippe mon médaillon. Il appartenait à sa grand-mère. Il me l'a offert pour mes treize ans. Mes mains tremblent. Le comprimé finit enfin par faire effet, je réussis à focaliser toute mon attention sur son regard. Il ouvre et referme la bouche plusieurs fois sans prononcer un mot.

Une petite flamme de culpabilité s'allume dans ma poitrine lorsque je songe à ce qu'il a dû vivre en étant marié avec ma mère. Mais je m'interdis d'éprouver de la compassion pour lui. Je ne peux pas me le permettre. Il a fait ce choix. Il nous a abandonnées. On n'a pas eu le choix, nous. Alors non, pas de pitié pour lui. Ni aujourd'hui ni jamais.

— Commande ta panna cotta, je lui dis. On se reverra une prochaine fois. C'est toi qui décideras quand, évidemment.

Le maître d'hôtel, sans doute habitué aux scènes de ce genre, a déjà préparé mon caban rouge en toile légère. Je m'arrête à peine le temps qu'il le dépose sur mes épaules. J'avance d'un air décidé pour masquer ma fébrilité intérieure.

Une fois dehors, mes épaules se voûtent et mon pas ralentit. C'est épuisant de faire semblant de maîtriser la situation. J'attends quelques secondes, m'imaginant que mon père va me rattraper et me supplier de revenir à table. J'avais espéré – bêtement, je suppose – que ce soir peut-être, peut-être seulement, je trouverais en lui un allié. Il l'était pour moi autrefois. Mais personne ne sort du restaurant. Et plus que jamais je comprends que je ne peux compter que sur moi pour m'extirper de la situation dans laquelle je me trouve.

Lundi matin, après le départ de ma mère pour le spa (elle a son rendez-vous hebdomadaire de remise en beauté post-week-end), j'appelle le cabinet d'avocats. Je me fais passer pour elle en parlant d'une voix colérique et en mangeant une partie des mots. Je réclame qu'on me fasse porter les dossiers concernant l'accord Abney-Stewart pour pouvoir les consulter. Moins d'une heure plus tard ils sont entre mes mains.

Je demande au coursier de déposer les cartons sur la table de la salle à manger. Dans la pénombre, on dirait des tombeaux menaçants. J'allume, ouvre les rideaux, et, si les cartons perdent de leur aspect terrifiant, ils m'intimident presque davantage avec leur côté froidement administratif. Ils contiennent ma vie entière, archivée à tout jamais ; chaque document clame que j'ai été une grosse vilaine.

Je parcours les dossiers. Le premier contient des photos de tous les élèves de mon année. Leurs noms sont griffonnés en bas, au feutre noir. Je les place sur la table comme si j'étais un maître de ballet préparant une chorégraphie.

Giselle Stewart

E-Jun Kim

Eleanor Alexander

William O'Reilly

Henri Dubois

Sei-Jin Kwon

Alec Lucas

J'effleure le visage d'Alec. Il me manque. Il n'a pas appelé une seule fois. Et, de mon côté, je n'ai pas fait de geste dans sa direction. J'avais trop peur de me casser le nez sur son répondeur ou de ne pas recevoir de réponse à un texto.

J'explore les cartons et étale toutes les preuves qui ont conduit à l'accord avec la famille de Gigi.

1) Une copie du témoignage d'Henri affirmant qu'il m'a vue pousser Gigi sous les roues du taxi.

2) Des photos de la scène de l'accident : la rue devant la boîte de nuit, le trottoir où on était, le capot du taxi sur lequel le corps de Gigi a laissé une empreinte.

3) Le rapport de police daté du fameux soir.

4) Une copie du témoignage de Will sur les mauvais tours que j'ai joués aux autres filles du conservatoire. Bien sûr, sa participation active est passée sous silence.

La lecture de ces documents me confirme ce que j'ai toujours su : je suis la personne la plus haïe du conservatoire. Et je mérite peut-être ce statut, si je me fie aux déclarations de Will, Henri et une demi-douzaine d'autres danseurs, à qui je n'ai, pour certains, jamais adressé la parole.

« Bette est toxique. »

« Bette s'en prend à toutes celles qui sont meilleures qu'elle. »

« La jalousie de Bette confine à la folie. »

« Bette terrorise les gens. »

Je ne suis pas censée lire ces documents. Ma psy est d'avis que je ne devrais pas me focaliser sur les choses que je n'ai pas le pouvoir de changer pour le moment. Elle n'a toujours pas compris que je n'écoute personne et que je ne suis aucune instruction, à moins qu'elle n'émane de Madame Morkovina. Je me demande ce que Morkie pense de moi à présent. Je ressens un pincement au ventre. Si fort que je ne peux l'ignorer.

Je tombe sur un croquis de la scène de l'accident, de la main d'un avocat. Il a utilisé des silhouettes stylisées, presque des bonshommes-bâtons, pour indiquer l'emplacement de toutes les personnes présentes ce soir-là. Je me trouve sur le trottoir à côté d'Alec, Gigi et Eleanor. Henri est un peu à l'écart sur la gauche, à moins que ce ne soit la droite. Cet été, mes souvenirs ne cessaient de se contredire chaque fois qu'on me demandait de relater, devant les avocats, les événements de cette fameuse nuit. Un jour, je plaçais Henri à droite. Le lendemain, derrière moi. Parfois, Will était plus proche de Gigi.

Je corne les coins de la photo de Gigi. Celle qu'elle a envoyée pour l'audition qui lui a permis d'intégrer le conservatoire. Elle sourit. De belles dents blanches, des yeux pétillants, une peau gorgée de soleil et parfaite. Mon regard se pose sur mon portrait. Ma mère l'a fait prendre par un célèbre photographe de mode. Je crois que je n'ai jamais été aussi heureuse que Gigi sur son cliché. Je me souviens de son premier cours de danse avec nous. Elle faisait tache et j'ai compris, pour la première fois, combien le monde du ballet était blanc. Même les Asiatiques se fondent dans le décor si on n'y regarde pas de trop près, avec leurs petits bras pâles, leurs silhouettes frêles et leurs personnalités discrètes.

Mais pas Gigi. Elle a déboulé dans le studio, avec son explosion de boucles sur la tête, des épingles coincées entre les dents : sous nos yeux, elle s'est débattue avec ses cheveux pour se faire un chignon. Elle portait un immonde justaucorps multicolore, au mépris des instructions très strictes sur ce sujet, inscrites noir sur blanc dans la brochure du conservatoire distribuée à tous les élèves. Je me souviens d'avoir pensé qu'elle était sublime malgré tout. Elle avait le teint éclatant, on aurait dit qu'elle venait de courir 5 kilomètres.

Je ferme les yeux et aussitôt je la vois danser. Je me rappelle avec quelle facilité elle s'est imposée. On était tous sciés. Un feu sacré animait ses mouvements. Une boule de rage, brûlante, se forme dans mon ventre. Je remets sa photo dans le carton et referme d'un geste brusque les rabats. D'accord, je la hais. Mais je ne l'ai pas poussée. Je ne l'ai pas blessée physiquement.

Je sors mon portable de ma poche et compose le numéro d'Eleanor. Répondeur. Je raccroche et je recompose le numéro. Une deuxième et une troisième fois. Elle ne décroche toujours pas. Je lui laisse plusieurs messages, lui dis que j'ai à lui parler, qu'elle me manque, qu'elle est ma meilleure amie. La seule.

Je trouve le courage d'appeler Alec, une seule fois. J'enregistre d'une toute petite voix le plus vague des messages. « Rappelle-moi. J'ai quelque chose à te dire. » Je le regretterai dans une heure, pourtant dans l'immédiat je sens monter l'adrénaline. S'il me rappelle, je dois trouver *quelque chose* à lui dire.

J'arpente le salon pendant ce qui me semble des heures. La fameuse nuit me revient par bribes – j'ai habillé June pour qu'elle nous accompagne en boîte, on a pris le taxi pour SoHo, j'ai vu Gigi danser avec Alec. Je me rappelle que j'ai essayé d'être sympa avec elle en lui offrant un verre pour conclure une trêve, façon de me racheter d'une partie de mes coups bas. Je décortique chacun de mes pas, ce soir-là, après avoir quitté le gala de printemps, comme s'il s'agissait d'une variation difficile que je ne parviens pas à retenir. Je tente de faire remonter à la surface chaque détail, au ralenti : le rire de Gigi, déformé par l'alcool, au moment où elle a trébuché sur les pavés avec Alec, devant nous. La légère brume du mois de mai. La main d'Alec au bas du dos de Gigi. L'expression de Will, à qui ce geste n'a pas échappé non plus. Je suppose que j'avais à peu près la même.

Et puis, le feu qui est passé au vert au moment où Gigi a perdu l'équilibre et a basculé en avant, percutée par le taxi. Je frémis à ce souvenir, si net dans mon esprit.

— Qui me déteste à ce point ? je lance tout haut.

Une voix intérieure me répond : *Tout le monde.*

Des larmes me brûlent les yeux. Je secoue la tête. Ce n'est pas le moment de craquer. Ma mère me dirait que les femmes Abney ne s'effondrent jamais. Je tire mes cheveux en arrière pour dégager mon visage, les attache en chignon lâche. Ils sont habitués à tenir en place sans épingles, sans laque ni eau.

Je parcours à nouveau les documents du dossier, j'essaie de comprendre qui a pu me faire un coup pareil. L'explication la plus plausible : Cassie. Sauf qu'elle n'était pas présente ce soir-là. Henri n'a pas caché son intention de me détruire, l'an dernier, sous les ordres de Cassie. Je réalise que je ne sais pas où il se trouvait, lui. Le sentiment de tenir un début de piste se met à bouillonner en moi, menace de me déborder.

Les preuves dont j'ai besoin doivent se trouver dans les dortoirs, car c'est là que tout se passe.

Il faut que je me débrouille pour y retourner.

5. Gigi

Une sensation magique se diffuse en moi tandis que je me change pour le cours de danse. Les bruits de pieds glissés dans des chaussons et des éclats de rire me parviennent à travers les fines cloisons de ma chambre. Des portes s'ouvrent et se ferment. Le tintement des ascenseurs résonne dans le couloir. Je perçois l'excitation des filles qui se préparent pour l'après-midi.

J'enfile des collants et essaie de voir si ma cicatrice se devine à travers le voile rose. À peine. Je réunis mes affaires dans mon sac de danse, maintenant pourvu d'un horrible cadenas provenant d'une valise de ma mère. J'ai cousu la clé dans la doublure de mon justaucorps pour la garder sous la main. Ce qui me pousse soudain à me demander ce qu'est devenu le pendentif représentant une petite rose qu'Alec m'avait offert l'année dernière pour me porter chance. Il a disparu depuis longtemps.

Je mets mon moniteur cardiaque au poignet. Tout le monde est au courant maintenant. Et ça m'est complètement égal. J'envoie un texto à Alec pour lui dire que je le retrouve au rez-de-chaussée. Je reçois un smiley en réponse. Je jette un coup d'œil aux réseaux sociaux. Les posts consacrés à la rentrée du conservatoire défilent sur l'écran. Des messages d'encouragement et des images de pointes se succèdent. Je consulte les profils de plusieurs élèves : Eleanor, June, Will, Alec, une nouvelle, Isabela, et même celui de Bette. J'ai baissé la garde l'an dernier, et ça a failli me coûter la vie. Cette année, j'ai bien l'intention de surveiller ce que chacun manigance.

Je saute la case déjeuner pour descendre directement aux salles de danse du rez-de-chaussée. Je suis incapable d'avaler quoi que ce soit de toute façon. Mon estomac n'est qu'une boule de nerfs.

Le hall est envahi de corps. Des mères et des pères qui viennent déposer les *petits rats** pour l'après-midi. Les jeunes danseurs s'agitent dans un chaos de justaucorps blancs, rouges, jaunes et verts, à la recherche du studio où ils sont attendus. Les parents vont se poster devant les vitres des différentes salles, espérant avoir une place de choix. L'espace d'un bref instant, je regrette que ma mère soit déjà partie au lieu d'être en train de me tripoter les cheveux, de les enduire d'huile pour éviter les frisottis. Elle adorait me regarder danser, avant. En Californie, elle m'accompagnait au studio en avance et s'étirait avec moi. Puis elle m'observait pendant le cours, ignorant les autres mères qui tentaient d'engager la conversation pour se concentrer entièrement sur moi. Fascinée par ma façon de bouger, elle me demandait toujours ce que je ressentais. Elle aimait la danse à cette époque.

L'une des mères me dévisage. Elle donne un coup de coude à sa voisine. Une main devant la bouche, elles échangent des regards et des messes basses. Quelques autres parents m'ont repérée à présent. Sur leurs visages se dessinent des demi-sourires sans conviction ou des grimaces de pitié. Je voudrais allonger le bras et exécuter la plus incroyable des arabesques plongées qu'ils aient jamais vue. Un grand écart en l'air, juste au-dessus de leurs têtes. Histoire de leur faire savoir une bonne fois pour toutes que je vais bien.

Les portes de l'ascenseur s'ouvrent. C'est la blondeur qui me frappe en premier – un halo doré familier qui me donne l'impression de me retrouver face à un fantôme.

Mon ventre se serre et proteste. Mon cœur bas plus vite. Le petit moniteur à mon poignet vibre. Je me dis : *Tu n'as pas peur de Bette. C'est elle qui devrait avoir peur de toi.*

Mais ce n'est pas Bette. C'est Cassie.

— Bonjour, me lance-t-elle.

Leur ressemblance est déconcertante.

— Bonjour, je réussis finalement à articuler.

Nous ne nous sommes jamais adressé la parole.

— Je suis Cassie. Et tu dois être Gigi.

Elle me sourit et je perçois la différence entre Bette et elle.

— J'ai entendu dire qu'on avait beaucoup en commun, toutes les deux. En plus de mon merveilleux cousin Alec, bien sûr.

— Ça ne m'étonnerait pas.

Elle arque ses sourcils de façon révélatrice. Des danseuses en plein étirement nous observent lorsque nous remontons le couloir vers le studio B. Au moment où nous dépassons les services administratifs, Madame Yelena Dorokhova – l'une des directrices de l'ABC – en sort. Elle est en tenue de danse et tapote sur une tablette. Aussitôt toutes les filles présentes dans le couloir la saluent d'une révérence, courbant la tête en signe de respect. Les professeurs sont parés d'une aura quasi présidentielle ici. Et je dois bien reconnaître qu'elle m'impressionne. Après tout, c'est une ancienne danseuse de l'ABC, qui a été étoile pendant quinze ans. Je ne peux m'empêcher de lui adresser un sourire. Elle me le retourne. Elle est belle : des cheveux et des yeux noirs, le teint pâle. Il suffit d'un signe de tête de sa part pour que nous nous dispersions, comme si elle venait d'appuyer sur la touche *play* d'une télécommande.

Je file avec Cassie vers le studio B. Nous nous laissons tomber sur le parquet juste devant. Elle joue avec le verrou sur mon sac.

— Malin. Je devrais faire pareil.

J'observe son profil pendant qu'elle s'étire. Je prends soudain conscience qu'elle est la seule autre personne du bâtiment, de la ville, du monde, à pouvoir comprendre le tour exact qu'a pris mon existence l'an passé.

— Tu sais, en un sens, l'an dernier, j'étais la nouvelle Cassie.

— Je sais…

Elle se tourne vers moi et ajoute :

— Tu as trouvé qui t'avait pourri la vie ?

— Oui, et toi ?

Une étrange toile d'énergie se tisse autour de nous. Nous sommes diamétralement opposées, et pourtant nous sommes pareilles : la souffrance, la peur, la colère nous relient.

— Oui.

Aucune de nous ne prononce son prénom.

— J'ai chargé mon copain, Henri, d'enquêter. Pour avoir confirmation de mes soupçons. J'étais tellement naïve à mon arrivée ici... Je n'avais pas conscience que certaines étaient prêtes à aller aussi loin pour pouvoir danser.

Je hoche la tête, pense à Henri, à son regard si étrangement ardent, à ses gestes si caressants. Un frisson me parcourt.

Cassie m'aide à m'étirer en avant.

— On devrait unir nos forces.

Le mot se pose sur mon chignon. Je hoche la tête, inspire et expire. Je me redresse et attire Cassie vers moi. Ses mains sont douces mais puissantes, elle sent la laque, le talc et la colophane. Comme Bette. Sauf qu'elles sont différentes. Je dois me le remémorer. Elles n'ont rien à voir.

— Henri m'a dit combien tu avais été gentille avec lui.

Nous ouvrons les jambes et je place mes pieds contre les siens. Je me demande s'il lui a raconté qu'il m'avait embrassée. Sur la joue, d'accord, enfin quand même. Je me demande si ça faisait partie de son *enquête*.

— Comment va ton pied ? Il m'a raconté l'incident du verre dans ton chausson... Enfin, même sans lui je l'aurais appris, je crois... grâce au monde merveilleux d'Internet.

— Mon pied est comme neuf.

Je le flexe. À l'exception d'une minuscule cicatrice, il n'y a plus aucune trace des éclats de verre qui ont transpercé plusieurs couches d'épiderme et de muscle.

— Henri a découvert que c'était un coup de Sei-Jin.

Je lâche ses bras. Elle se redresse. Son visage est calme en dépit de la révélation fracassante qu'elle vient de faire.

— Pardon ?

— Il l'a entendue se vanter d'avoir glissé ces morceaux de verre dans ton chausson.

Son regard ne lâche pas un seul instant le mien.

— Comment a-t-il pu surprendre un aveu pareil ?

Je n'ai jamais rien fait à Sei-Jin. Je lui ai à peine adressé la parole de toute l'année.

— Henri a un don. La plupart des élèves l'ont snobé l'an dernier. Ils ne se rendaient pas compte qu'il était là, et qu'il laissait traîner une oreille.

Elle lève les bras au-dessus de sa tête avant de les poser sur ses chevilles.

— Je préférais te prévenir, dans ton intérêt, tu vois. Puisqu'on est dans la même situation.

Des filles arpentent le couloir ; les cours vont démarrer. Nous nous levons, Cassie et moi, pour entrer dans le studio B. Elle pose une main sur mon épaule juste avant d'en franchir le seuil.

— Je sais très bien ce que tu ressens.

La salle est semblable à mon souvenir. Des parois vitrées, un parquet lisse, baigné de soleil, l'odeur des collants, des chaussons et celle, discrète, de la transpiration des cours matinaux. Des chaises sont alignées devant les miroirs. Assis au piano, Viktor taquine les touches pour s'échauffer. À côté de lui, juchée sur une chaise, Madame Dorokhova prend déjà des notes sur nous. Un papillonnement se diffuse dans ma poitrine. Que fait la directrice de l'ABC ici, le jour de la rentrée ?

Les autres danseuses se placent le long des murs, s'étirent, s'hydratent, cousent des rubans et des élastiques sur leurs nouvelles pointes.

Je parcours la pièce du regard. Je croise celui d'Eleanor, qui me sourit avant de baisser aussitôt la tête. Elle a toujours ce même visage rond, rose avec des yeux incroyablement brillants et optimistes. Je ne souris à personne, moi. Je veux qu'on sache que je ne suis plus la même. Je veux qu'on ait peur de ce que je pourrais faire.

Je remarque des nouvelles : une métisse comme moi, Isabela, qui vient du Brésil, une Japonaise, Riho, qui semble avoir déjà été adoptée par les autres Asiatiques. Peut-être que j'appartiendrais à un groupe, moi aussi, si elles m'avaient acceptée. Je cherche June, elle n'est pas avec eux. Évidemment. Elle n'a jamais fait partie de leur bande. Sei-Jin me sourit. Les mots de Cassie résonnent en moi. Un frémissement de rage m'envahit. Je me détourne.

— Salut, Gigi, bon retour parmi nous, me disent certaines élèves.

Je ne réponds pas à leur accueil chaleureux. Je les ignore. Je trouve un coin où poser mes affaires et m'absorbe dans d'ultimes étirements. Je sens qu'on me regarde mais préfère me focaliser sur le relâchement de mes ischio-jambiers et l'ouverture de mes hanches.

Un pied effleure ma jambe et je relève les yeux. June. Elle me sourit. Un sourire si large, si franc, si sincère qu'il me prend au dépourvu : on dirait qu'il provient directement de son âme. Je me relève et nous nous dévisageons en silence pendant ce qui me semble un long moment. Puis elle me prend dans ses bras. Cette étreinte me paraît si incongrue que je ne sais pas quoi faire de mes bras et de ma tête. J'essaie de m'abandonner contre elle, d'oublier mes inquiétudes… Elle m'attire plus près encore et me serre, comme si elle avait compris. Elle est plus douce qu'avant. Plus enveloppante.

— Comment vas-tu ?

Ses mots glissent dans ma nuque.

— Ça va.

Elle s'écarte et ouvre la bouche à plusieurs reprises, les mots restent coincés dans sa gorge.

— C'est bon de te revoir, je lui dis pour qu'elle cesse de se débattre avec sa langue. Tu as passé un bon été ?

— Très bon. Tu as l'air d'aller beaucoup mieux, lâche-t-elle d'une voix hésitante. Plus solide.

— Je suis en pleine forme.

Je sais que les autres n'en perdent pas une miette.

— Comme neuve, j'ajoute.

— Je… débute-t-elle avant d'être interrompue par une salve d'applaudissements.

Monsieur K. fait son entrée dans le studio, suivi de nos professeurs de danse, Morkie et Pavlovich. Madame Dorokhova donne une brève accolade à Monsieur K., puis se rassied.

Nous nous dirigeons au centre du studio en vérifiant qu'aucune mèche ne dépasse de nos chignons. Nous sommes prêtes à les écouter, prêtes à danser. Je me souviens pourquoi j'aime autant ça : la routine, la discipline, l'élégance.

— Bienvenue, mesdemoiselles, pour cette année la plus importante de vos vies, clame-t-il avec un geste ample des mains.

Nous l'applaudissons en nous inclinant.

— Vous allez toutes atteindre l'apogée de votre carrière d'élève lors de cette huitième année de formation. Certains d'entre vous auront la chance d'entrer dans le monde de la danse professionnelle.

Il fait des allées et venues devant nous en frottant son bouc.

— Il faut que vous y preniez du plaisir. C'est le seul moyen de surmonter les épreuves qui vous attendent cette année. Le plaisir.

Nous nous écartons pour le laisser fendre notre petit troupeau. Je sens qu'il me dévisage avec intensité. Il s'est arrêté juste devant moi, et je revis la scène de l'an dernier, l'annonce de la distribution du ballet d'hiver, qui a signé le début de mon calvaire.

— À ce sujet, accueillons chaleureusement *moya koritchnevaya*, Giselle.

Le papillon brun.

Je repense à mes propres papillons, assassinés et épinglés sur le mur de ma chambre, et je ne peux retenir le frisson qui me parcourt. Monsieur K. dépose un baiser sur chacune de mes joues, puis me prend les mains comme si nous nous préparions à exécuter un pas de deux sur scène. A-t-il remarqué que je tremblais ? Il m'entraîne vers les miroirs et me fait tourner sur moi-même.

— Tu as une trempe d'acier.

Il crie presque.

— Et c'est ce qu'exige la danse, ajoute-t-il.

Je m'incline jusqu'à terre. Il me relève. Morkie me prend la main et m'embrasse.

— Tu vas bien, dit-elle en la serrant. Tu as l'air en forme. Forte.

Je voudrais que ses mots puissent traverser ma peau pour pénétrer mes muscles et mes os, qui me paraissent encore fragilisés par le manque d'entraînement.

Monsieur K. retourne vers le groupe d'élèves pour en extraire Cassie.

— Une autre danseuse nous est revenue.

Elle exécute un tour sur elle-même.

— Cassandra Lucas. Je croyais avoir perdu ce papillon il y a longtemps.

Il la prend par la taille et la fait tourner. Elle m'adresse un clin d'œil. Tout le monde applaudit Monsieur K., qui nous quitte pour se rendre dans le studio des garçons.

Nous commençons la leçon à la barre. Morkie rôde autour de nous. Je sens immédiatement la différence : mes dégagés manquent de fluidité, mes *relevés** sont moins hauts du côté gauche. J'ai travaillé tout l'été, mais j'ai encore beaucoup de chemin à faire. J'ai beau me répéter que rien n'a changé, mon assurance s'effondre. Je sens le regard de Madame Dorokhova sur moi, curieux et scrutateur.

Morkie ne dit pas un mot. Elle qui relève les petites erreurs de toutes les autres danseuses ignore les miennes, ferme les yeux même lorsque je trébuche au moment d'enchaîner des piqués tournés sur le parquet. C'est sa façon de m'encourager, je le sais bien, mais elle ne parvient qu'à produire l'effet inverse.

À la fin du cours, j'attends June pour lui proposer d'aller à la cafétéria ensemble : nous pourrions nous raconter nos étés. Elle disparaît sans un mot, pourtant. Jayhe l'attend dans le couloir. Il l'embrasse, entremêle ses doigts aux siens et ils se dirigent vers le hall. Quand ont-ils officialisé leur histoire ? Est-ce que je n'ai pas été assez attentive ? Je me remémore la fameuse soirée, à la fin de l'année dernière, ma tête se met à tourner. Je me souviens de Jayhe dans le club, après le gala. Je les revois ensemble, June et lui, au grand dam de Sei-Jin. Je me souviens de m'être interrogée : June avait-elle vraiment un faible pour Jayhe ou s'agissait-il simplement d'un stratagème pour embêter Sei-Jin ? Je me souviens qu'Alec marchait devant moi, que j'essayais de le rattraper.

Je m'arrête au milieu d'un groupe de danseurs. Le bruit de leurs pieds et de leurs conversations, les *ding* des ascenseurs, les accords de piano qui s'échappent des salles de danse, tout se mêle, les visages se brouillent. Mes jambes se dérobent et je plonge tête la première dans les ténèbres, je me fracasse comme cette nuit-là. La nuit où tout a basculé. Je presse mon dos contre le mur le plus proche, me raccrochant désespérément à quelque chose.

Une main se pose sur mon épaule et me ramène à l'instant présent, ici, dans ce bâtiment, dans ce couloir. C'est encore Cassie.

— Respire, Gigi, respire.

Elle vrille ses yeux au fond des miens, me force à me concentrer sur eux.

— Sois forte, pense à ta vengeance, ajoute-t-elle avec un sourire.

— Oui.

Elle a raison. Je dois être forte. Je dois me venger.

Je me penche vers elle pour que personne ne puisse entendre.

— Ce que tu m'as dit, au sujet de Sei-Jin…

— C'est la vérité, Gigi.

Je n'ai pas besoin d'ajouter quoi que ce soit. Mes yeux parlent pour moi. Sei-Jin va payer. Elles vont toutes payer.

— La nouvelle Gigi ne fera pas de quartier, dit Cassie en souriant.

Pas de quartier. Je me délecte de ces trois petits mots. Oui. Il est grand temps.

6. June

Le soleil, qui inonde le studio à travers les vitres, me réchauffe le haut du dos. Je porte mon thermos à mes lèvres, il contient mon thé *omija*. Je me demande pourquoi Monsieur K. nous a tous convoqués aussi tôt dans l'année. Comme s'il comptait nous annoncer la distribution du ballet d'hiver, alors qu'on n'est pas encore en octobre.

La salle bruisse de conversations chuchotées, la nervosité se lit sur les visages angoissés. Il n'y a que des élèves de 8e année, à quelques exceptions près – la Brésilienne, Isabela, et la nouvelle, qui traîne avec Sei-Jin et sa bande. Elles sont toutes les deux en 6e année. Elles s'émerveillent, en gloussant, du nouveau sac de danse de Sei-Jin, en cuir rose. Je suis sûre qu'il vient de Corée.

Je ne me suis jamais sentie aussi seule qu'au milieu de cette foule.

Mon regard se pose sur Gigi et, pour une raison étrange, mon ventre se serre. Assise à côté de Cassie, elle se poudre le visage. Depuis quand se maquille-t-elle ? Peut-être qu'elle a changé. Peut-être que tout a changé maintenant. Elle était ma colocataire l'an dernier, et en quelque sorte mon amie. J'espère qu'elle ne découvrira pas ce que je lui ai fait. Qu'elle continuera à être l'une des rares ici à m'apprécier.

Cassie et elle attirent l'attention avec leurs rires. Elles sont hystériques, avachies l'une sur l'autre. Quand sont-elles devenues aussi proches ? La rentrée ne date que de quelques jours.

Mon cœur dégringole vers les profondeurs de mon estomac vide. J'ai l'impression de ne plus réussir à respirer dans ce bâtiment – pas même dans ma chambre.

Les garçons font leur entrée. Alec s'assied à côté de Gigi, suivi de Henri, qui s'adosse au mur, près de Cassie. Will s'attarde près de la porte. Cassie lui accorde un bref coup d'œil avant de diriger ses yeux d'un bleu glacial sur moi, pour me transpercer d'un regard. Son expression est un mélange de sérieux et de suffisance, son langage corporel n'est qu'assurance. Elle se penche vers Gigi pour lui murmurer quelque chose. Un frisson me traverse. Encore des messes basses. Gigi rejette la tête en arrière et pousse ce rire cristallin et saccadé qui donne l'impression qu'elle mourra si elle s'arrête. Tous les regards se braquent à nouveau sur elle. Et voilà, les pièces du puzzle se mettent en place : Cassie est la nouvelle Bette, Gigi, son Eleanor.

Surprenant mon regard sur elles, Gigi vacille brièvement, mais Cassie capte à nouveau son attention avec une remarque qui provoque leur hilarité.

Je me détourne.

Comme en écho à ma solitude, Eleanor entre seule dans le studio. Elle est suivie d'un trou béant qui a la forme de Bette. Elle s'assied à quelques centimètres de moi, cependant nous n'avons jamais vraiment parlé ensemble, et ça me paraîtrait bizarre de commencer aujourd'hui. Je préfère me concentrer sur les peluches de mon collant.

Des bribes de conversation m'enveloppent. *Pourquoi nous ont-ils convoqués ce matin ?* C'est le principal sujet d'inquiétude. J'entends aussi : *Pourquoi Monsieur K. est-il en retard ?*

C'est vrai que c'est un maniaque de la ponctualité, et il s'applique ce principe à lui-même, autant qu'à ses danseurs. Son assistante patiente d'ailleurs avec un sourire figé et paniqué, semblant craindre notre réaction.

Monsieur Lucas pénètre soudain dans la salle. Une vague de chaleur me balaie aussitôt, j'ai l'impression d'être collée à un radiateur. Il prend place sur l'une des chaises le long du mur de miroirs. J'essaie de ne pas le dévisager, mais je ne peux pas m'empêcher de comparer ses traits, ses longs doigts, la forme de son nez avec les miens et ceux d'Alec. Il doit sentir que je le dévisage. J'espère que mon regard lui fait l'effet d'un rayon laser. Il ne jette pas un seul coup d'œil dans ma direction pourtant. À croire que je suis invisible pour lui.

— Il arrive, souffle quelqu'un.

Le silence se fait soudain dans la salle. Monsieur K. arrive enfin, ses chaussures claquent sur le parquet. Cette fois, notre révérence ne s'adresse pas qu'à lui. Il est accompagné de Damien Leger, un ancien danseur étoile de l'ABC qui vient d'en prendre la direction. Si Monsieur K. est la lune ou le soleil de notre univers, alors Damien en est le ciel : infini, il nous englobe tous.

L'énergie ambiante se métamorphose imperceptiblement, un léger mouvement vers l'avant du studio, où Monsieur K. et Damien se postent, côte à côte. Je me redresse de toute ma hauteur, espérant dégager une aura plus brillante que les autres, espérant qu'il jettera un regard dans ma direction, qu'il me remarquera. Leurs visages sont aussi impassibles que leurs yeux qui parcourent l'assemblée de danseurs. Ils ne trahissent rien.

— Je vous ai tous faits venir aujourd'hui pour vous annoncer que les choses vont changer cet automne, annonce Monsieur K. en remuant, à son habitude, les mains. Habituellement, nous organisions en octobre des auditions pour choisir la distribution de notre représentation annuelle de *Casse-Noisette*. Cette année, le ballet d'hiver sera interprété par des élèves plus jeunes, dont le niveau ne dépasse pas la 6e année.

Je suis si estomaquée par cette annonce que je n'arrive pas à détacher mes yeux de sa bouche. J'ai trop peur de rater une information. Il s'interrompt et tapote ses lèvres avec son index.

— La tragédie de l'an dernier a laissé une tache sur le conservatoire et la compagnie elle-même. Ce que vous ne semblez pas avoir compris, encore, c'est que le monde merveilleux du ballet est tout petit. Ce qui se passe ici…

Il désigne la pièce d'un ample geste du bras.

— … a des répercussions ailleurs. Ce scandale a ému d'autres écoles et compagnies de danse célèbres. Nous devons réagir, frapper un grand coup, pour sauver notre conservatoire et l'ABC.

Il s'interrompt le temps que ses paroles infusent.

— En clair, cela signifie augmenter nos effectifs, vendre plus de billets, redynamiser l'image de l'école et de la compagnie, pour que l'ABC occupe à nouveau une place de choix dans le monde de la danse. Pour cela nous voulons repenser vos interactions pour créer un véritable esprit communautaire. Quel danseur, enfin plutôt quelle danseuse voudrait venir dans un endroit où elle risquerait d'être agressée ?

Il pose délibérément les yeux sur Gigi puis Cassie.

— Comment notre conservatoire peut-il espérer fournir une légion de talents à l'ABC et aux compagnies des quatre coins du monde si plus personne ne souhaite s'y former ? Si les gens ont peur ?

Il fait un signe en direction de son assistante, qui tient des papiers.

— Dans ce but, nous avons créé un nouveau programme, basé sur la transmission. Certains d'entre vous se verront attribuer un nouvel élève, vous aurez pour fonction de le guider le temps de son adaptation ici. De veiller à ce qu'il se sente bien accueilli et intégré.

Il tend le bras.

— J'ai aussi demandé à Gigi et Cassie de dire quelques mots sur les conséquences pour elles du harcèlement dont elles ont été victimes.

Gigi s'approche de Monsieur K. Il pose une main sur son épaule. Elle prend une profonde inspiration.

— Tout le monde sait déjà ce qui m'est arrivé.

Elle a des trémolos dans la voix. Mon cœur s'emballe. Je serre mon thermos de toutes mes forces, il me brûle quasiment les doigts.

— Ça a commencé par de petites choses. Des regards assassins, des messes basses, des messages. Des éclats de verre dans mon chausson. Et même…

Elle s'étrangle et je comprends ce qui va suivre. Elle va parler des *papillons*. Le mot tambourine dans ma poitrine, et je ne peux m'empêcher d'y repenser. C'est ce que j'ai fait de pire l'année dernière. C'est ce que j'ai fait de pire de toute ma vie.

Tout le monde loue la beauté des papillons. En coréen, ils portent le nom de *nabi*. Ma grand-mère m'envoyait toujours une carte au printemps, à l'époque où ma mère et elle se parlaient encore. Elle m'écrivait de guetter de jolis papillons jaunes par ma fenêtre parce qu'ils portaient chance.

Peut-être que certains d'entre eux ont ce pouvoir. Ceux de Gigi n'étaient pas jolis. D'un orange terne avec des taches noires et de grands yeux menaçants qui m'ont fixée quand j'ai plongé mes mains délicates dans le terrarium de Gigi, sur le rebord de la fenêtre. Des yeux qui continuent à me hanter. Pourtant, sur le moment, ça m'a fait du bien de planter des aiguilles dans leurs corps, de mettre un terme au battement incessant et frénétique de leurs ailes, qui m'avait empêchée de dormir pendant des mois.

Ma grand-mère *halmeoni,* dirait que je me suis privée à vie de chance ce jour-là.

Ce souvenir me fait trembler. Je m'ordonne de ne plus y penser. Je me répète que je ne suis plus la fille qui a commis cet acte. Je peux me racheter. Monsieur K. tape dans ses mains et me tire de mes pensées. Cassie et Gigi vont se rasseoir en se tenant par la main.

Monsieur K. invite Damien à prendre la suite. Il s'avance.

— Merci, Anton. Je ne vais pas y aller par quatre chemins. L'honnêteté est ce qui fait de nous tous des artistes. J'ai beaucoup entendu parler de vous, parfois en bien, souvent en mal. La presse vous a qualifiés de bande de danseurs sans morale. Les 8e année qui vous ont précédés ont été, eux aussi, une source de déception. Ils n'étaient pas à la hauteur, ni par leur talent, ni par leur technique. Nous ne les avons pas jugés prêts pour le monde de la danse. Vous avez le talent, mais vos comportements ont eu de terribles répercussions sur la compagnie. En plus de ne pas danser *Casse-Noisette*, vous n'aurez pas l'occasion de présenter vos propres chorégraphies à la fin de l'année.

Tout le monde retient son souffle : une grande inspiration collective et sonore. Le poids de cette nouvelle est accablant. On la redoutait. On savait tous, au fond de nous, que nos actes avaient le pouvoir de nous disqualifier. Après tout, on avait presque tué quelqu'un. Pourtant Gigi, elle, mérite toujours de danser, non ? Je l'observe – comme tout le monde, je m'en rends compte. Elle est livide, ce qui est souvent le signe que son cœur devient incontrôlable.

— Cette année, au printemps, pour le cinquantième anniversaire de l'ABC, nous monterons, en étroite collaboration, Monsieur K. et moi, *Le Lac des cygnes*. Les danseurs de la compagnie danseront pour la première. Vous serez sur scène le deuxième soir. Les rôles principaux, ceux d'Odette et d'Odile, seront interprétés par deux danseuses différentes. Je choisirai mes apprenties sur la base de cette représentation.

Il marque une pause, prend le temps d'avaler une gorgée d'eau citronnée.

— Néanmoins, les danseurs qui se verront attribuer les rôles titres n'ont aucune garantie d'être sélectionnés pour être mes apprentis.

— Damien choisira deux filles et deux garçons, précise Monsieur K. Ou moins, si vous ne vous révélez pas à la hauteur de cette opportunité. L'ABC n'a pris aucun apprenti l'an dernier.

Des épaules s'affaissent légèrement. Certains acceptent déjà la défaite. Je la refuse, moi. Je sais que je suis née pour danser, et j'accomplirai ma destinée.

Monsieur K. conclut cette annonce en tapant, à son habitude, trois fois dans ses mains pour attirer notre attention.

— Monsieur Leger et Madame Dorokhova assisteront régulièrement à vos cours pour vous observer. Vous devrez donner le meilleur de vous à chaque cours, chaque répétition.

Les applaudissements, d'abord timides, sont de plus en plus nourris. Je me surprends à taper dans mes mains aussi. C'est dur de résister à l'envie de satisfaire ces hommes, de leur montrer qu'on est prêts à relever ce défi. On est si nombreux à vouloir atteindre ce rêve, et si peu réussiront.

Je ferai partie des rares élus. Et j'y parviendrai à la loyale, en dansant de mon mieux. En étant la meilleure.

Oui.

7. Bette

J'attends que le léger ronflement de ma mère me parvienne depuis sa chambre avant d'appeler la compagnie de chauffeurs à laquelle elle est abonnée. Je me cache dehors, près du buisson de houx que ma mère fait installer dans la petite cour devant la maison, chaque année à l'automne.

J'aperçois les phares de la voiture, dès que celle-ci s'engage dans la Soixante-Neuvième. Je vais à sa rencontre pour éviter au chauffeur d'appeler afin d'annoncer sa présence.

— Angle de la Soixante-Cinquième et de Broadway, je lui dis sur un ton ferme, censé lui laisser penser que je suis une adulte et qu'il n'a pas la moindre raison de me demander si j'ai bien l'autorisation de mes parents.

Il n'est que 20 h 56, mais au conservatoire la plupart des élèves doivent déjà être de retour dans leurs chambres, pour le couvre-feu. Enfin ceux qui suivent les règles. Parce que Eleanor a posté, il y a cinq minutes, une photo d'un latte. Elle est au café, à un bloc de l'ABC, sans doute le nez dans un bouquin, au lieu de sortir comme le font les gens normaux le vendredi soir. Comme on le ferait si on vivait toujours ensemble.

— Le Lincoln Center ? me demande le chauffeur.

— Oui.

Il traverse Central Park. Il pleut à verse et le vent projette de grosses gouttes de pluie sur les vitres. Des arbres sombres ont déjà perdu leurs feuilles. L'automne arrive trop tôt. Les semaines passent et, avec elles, mes chances de revenir un jour au conservatoire.

Le chauffeur prend les virages de la voie rapide à toute allure et on quitte le parc pour entrer dans le West Side, avec tous ses bars, ses restaurants, sa vie nocturne animée. Les lumières vertes des bouches de métro laissent une traînée luisante sur les trottoirs. Le chauffeur tourne à gauche pour descendre vers l'ABC sur Broadway, plus vivante que jamais.

Dans ma poitrine, mon cœur cogne aussi fort que si je venais de sortir de scène. *Ressaisis-toi.* Ce sont quasiment des enfants encore, comme moi. Ils ne peuvent rien me faire. Et puis je ne vais pas pénétrer dans l'enceinte de l'école. Je ne peux pas prendre le risque de transformer mon exclusion temporaire en renvoi définitif.

Le chauffeur prend un dernier virage et les immenses vitres du conservatoire scintillent sous les réverbères. Le bâtiment est aussi beau que la première fois que ma mère m'y a emmenée, pour voir Adele danser.

Je descends. Je ne franchis pas les portes d'entrée, je ne passe pas, tête haute, devant l'agent de sécurité à l'accueil – pourtant j'en rêverais. Je longe le bâtiment avec nonchalance, en direction du sud. La vitrine du café, généreusement éclairée, est réconfortante.

Je ralentis en arrivant à sa hauteur et jette des coups d'œil à l'intérieur. J'aperçois quelques filles de 7e année, que, par chance, je connais seulement de vue. Je me fonds sans mal dans la masse. Je suis habillée comme une ballerine qui a passé sa journée à danser. Gros pull confortable sur l'uniforme moulant de la danseuse, jambières glissées dans des bottes fourrées.

Dans un coin, au fond du café, juste à côté de la petite cheminée, Eleanor est seule. Je mets ma capuche.

Avant d'entrer, j'écoute. On pourrait croire que je compte les temps de la musique pour faire mon entrée sur scène au bon moment. Mon cœur palpite dans ma poitrine. La porte s'ouvre, un client sort. Je la retiens pour empêcher la clochette de tinter et me faufile à l'intérieur. En m'approchant d'Eleanor, je l'entends fredonner. Elle a l'air contente d'elle. Écouteurs aux oreilles, elle plonge des bâtonnets de carotte dans un pot de houmous. Son regard circule entre son téléphone et un problème de maths à moitié résolu.

L'horrible chanson sur laquelle elle chante monte dans les aigus et, même si ça me coûte de l'avouer, je prendrais du plaisir à subir sa voix perçante tous les soirs. Parce que ça signifierait que j'ai retrouvé ma vie normale.

Je me prépare, me tiens bien droite et me dirige vers sa table. Elle semble plus mince, plus heureuse. Je lui tapote l'épaule. Elle redresse la tête et arrache ses écouteurs de ses oreilles.

— Tu as l'air en forme, El.

Une entrée en matière sobre et directe, pour un effet théâtral maximal. Elle lâche ses écouteurs sur la table.

— Qu'est-ce que tu fais ici ?

Avec ses yeux exorbités, elle perd de son éclat, de sa beauté. On dirait un insecte. Je m'attends à ce qu'elle se lève et me prenne dans ses bras. Elle ne bouge pas. Je m'assieds en face d'elle.

— Heureuse de me voir ? J'ai dû t'appeler un million de fois.

— Bette, tu ne devrais pas être ici.

— Je dois te parler.

— Tu...

— Je sais que je ne devrais pas être ici. Et je m'en fiche dans l'immédiat.

Elle a un mouvement de recul. Un long silence glacial s'étire entre nous, de ceux que même des flammes ne pourraient pas faire fondre. J'insiste :

— Comment ça va ?

Une puissante odeur de café, de pâtisseries et de non-dits alourdit l'atmosphère, mais je suis de taille à faire face.

— Très bien.

Elle pose son téléphone sur ses genoux.

— Bette…

— Sois juste normale.

— Comment ça ?

Je ravale la boule dans ma gorge. On a passé tellement de soirées ici, dans ce café, à disséquer tout ce qui se passait au conservatoire, avec Will, Alec. Je ne compte plus les jours qu'elle a passés avec moi en enfer, autrement dit dans ma maison de famille de Cap Cod ou dans celle des Hamptons. Elle a été un témoin privilégié des crises alcoolisées de ma mère. Depuis nos six ans, on a suivi tous les cours de danse ensemble, on est montées sur scène en se murmurant tout bas *merde* pour se souhaiter bonne chance. Je ne la laisserai pas s'en tirer aussi facilement.

— J'ai besoin qu'on redevienne nous. Raconte-moi les dernières nouvelles du conservatoire, comme si on était dans notre ancienne chambre et qu'on se préparait pour aller se coucher.

Elle soupire sans me regarder, prend son téléphone et écrit un texto. Elle m'ignore.

— Pourquoi est-ce que tu refuses de me parler ?

— Beaucoup de choses ont changé.

Ses yeux finissent par croiser les miens. Je n'y lis aucune crainte, aucune quête de mon approbation, contrairement à autrefois. Ils sont différents. Ses pupilles dilatées engloutissent les tournesols dorés qui les entourent habituellement. Elles luisent d'une assurance, d'une confiance en soi que je ne connais pas. Elle n'était pas aussi bien armée l'an dernier. Elle ne l'a jamais été. Je voudrais me réjouir de sa nouvelle force, mais celle-ci signifie sans doute qu'Eleanor n'a plus besoin de moi.

Je pousse ma chaise vers la sienne, si près que je peux sentir le shampooing à la rose qu'elle utilise maintenant.

— S'il te plaît, Eleanor. Tu me manques.

Je passe mes bras autour de ses épaules et je les y laisse jusqu'à sentir sa froideur céder. Sa respiration est syncopée. Je regrette de ne pas avoir, toutes ces années, été plus gentille avec elle, de ne pas l'avoir mieux traitée.

— Tu me manques aussi, murmure-t-elle.

— Je vais tout arranger. Je ne suis pas coupable, je te le jure.

Elle ne me dit pas qu'elle me croit, se contente de me caresser le dos.

— On partagera à nouveau notre chambre et tout redeviendra comme avant.

Elle s'écarte légèrement.

— L'accident a posé de gros problèmes au conservatoire. La situation est grave. La compagnie a perdu des mécènes et donateurs capitaux. Ça rend Monsieur K. complètement fou. Les demandes d'inscription ont diminué. Je pourrais perdre ma bourse. Plusieurs parents ont retiré leurs enfants. Surtout des *petits rats**. Le conservatoire a mauvaise presse en ce moment…

— J'ai vu les articles.

— Les élèves de 8e année ne sont pas autorisés à danser *Casse-Noisette* cette année.

— Quoi ? Comment…

Elle ne me laisse pas le temps d'aller au bout de ma question.

— Tais-toi deux secondes, si tu veux que je t'explique.

Les mots se bousculent sur ma langue, je ne sais plus m'adresser aux gens. Moi qui maniais si bien le langage. Surtout les phrases assassines.

— Ils montent *Le Lac des cygnes* pour le cinquantième anniversaire de l'ABC. C'est la compagnie qui dansera la première, mais on montera sur scène le soir suivant. Le nouveau directeur, Damien Leger, choisira les apprentis avec Monsieur K. Il décidera, en fonction des répétitions et de la représentation, qui pourra intégrer la compagnie. Il peut très bien ne retenir personne.

J'essaie de digérer toutes ces informations. Damien Leger ? Avec lui, j'ai peut-être une chance. Si je parviens à prouver mon innocence. À retourner au conservatoire. J'ouvre la bouche pour l'expliquer à Eleanor, qui se met à réunir ses affaires.

— Il est tard, Bette, dit-elle d'une voix plus lasse que jamais. J'ai cours de caractère demain matin.

Je hoche la tête, remonte la fermeture Éclair de mon sweat-shirt et mets ma capuche.

— Tu veux bien m'aider ?

— T'aider à quoi ?

— Tout le monde doit savoir que je n'ai rien fait.

— Je ne comprends pas. Tu as signé un accord, non ? Tout le monde raconte...

— Ma mère s'est arrangée avec les parents de Gigi, ce qui ne signifie pas que je l'ai poussée. Je ne l'ai pas fait. On voulait juste tourner la page.

Je perçois les accents de désespoir dans ma voix, je tente de les faire disparaître.

— J'ai besoin d'aide pour découvrir le vrai coupable. Personne ne me croit. Mais toi, si, hein ? Tu m'aideras ?

— Je ne sais pas ce que tu me demandes au juste.

Elle se lève.

L'écran de son portable s'allume et c'est comme si je n'existais plus. Je me demande si c'est ce qu'elle a ressenti, si elle a eu l'impression qu'elle était indésirable, insignifiante. Je me demande si je l'ai traitée de la sorte.

— Je dois filer.

Elle empoigne son sac et s'éloigne vers la sortie. La clochette de la porte du café tinte.

Quelqu'un me reconnaît, un ricanement monte aussitôt. Une tablée de danseuses plus jeunes pointent un doigt dans ma direction. Il y a un an, elles se seraient faites toutes petites en ma présence, ou elles auraient espéré que je me joindrais à elles. Elles auraient jalousé tout ce que je possédais : mon physique, mes rôles, Alec. Tout. Et aujourd'hui, les yeux brûlants de larmes, c'est moi qui voudrais avoir ce qu'elles ont, même si ce n'est pas grand-chose : un groupe d'amies qui se haïssent en secret. Voilà à quoi j'en suis réduite.

Je retrouve le froid dehors. Les réverbères m'éclairent avec sévérité. Je me dirige d'un pas vif vers Broadway, avant d'hésiter à appeler un chauffeur. Je préfère marcher. Traverser le parc de nuit est déconseillé. En temps normal, je ne prendrais pas ce risque, mais dans l'immédiat je n'ai plus rien à perdre.

8. Gigi

— J'ai besoin de ton aide.

J'agrippe Will par le bras pour le traîner hors du studio E. Des élèves défilent, déposent leurs affaires pour leurs cours de l'après-midi, vont déjeuner à la cafétéria ou s'étirent dans un coin.

Il libère son bras.

— Ah parce que tu as du temps à m'accorder maintenant ?

Il suit du bout des doigts le motif sur le côté gauche de son crâne rasé avant de vérifier que son chignon roux est bien en place sur le sommet de sa tête.

— Je comptais répondre à tes textos…

Nous n'avons pas passé de temps ensemble depuis la rentrée, et chaque fois que je lui ai proposé de se joindre à Alec et moi, il a refusé.

— Bien sûr.

— Je t'ai proposé de venir dîner hier soir.

— Je ne veux pas voir Alec. Je veux te voir, toi.

La fêlure dans son ton cède la place à un énervement feint. Ses yeux verts sont embués.

— Très bien, alors viens passer un moment avec moi maintenant. J'ai besoin de toi.

Je lui donne des petits coups dans les côtes jusqu'à ce qu'il éclate de rire.

— Tu me pardonnes ?

— D'accord… mais seulement parce que tu me supplies.

Nous rions ensemble.

— Tu m'as manqué cet été, tu sais, dit-il en me serrant la main.

— On s'est vus tous les week-ends.

Il n'a pas manqué un seul rendez-vous, le vendredi soir. Je l'ai vu plus souvent qu'Alec. Il apportait du yaourt glacé et des films de danse. Le copain de tante Leah en a eu tellement marre de le voir débarquer que j'ai dû inventer de fausses occupations certains soirs ou faire semblant d'avoir une baisse de forme.

— Mais c'est quand même mieux de pouvoir être ensemble tous les jours, non ? dit-il en me caressant le bras.

Je confirme d'un hochement de tête pour qu'il se débarrasse de son air pitoyable. Il s'est, bizarrement, transformé en vrai pot de colle depuis la rentrée. Je devrais être touchée par son amitié. Je ne peux me fier qu'à trois personnes dans cet endroit : Alec, Cassie et lui.

— Alors qu'est-ce qu'il y a ? me demande-t-il.

— Cassie m'a dit quelque chose, je murmure.

— Vous êtes amies maintenant ?

Il a eu un mouvement de recul en entendant ce prénom, et ça m'inquiète un instant. Je me rassure aussitôt : il est juste sensible.

— Non, pas vraiment. Elle a été sympa avec moi.

Il s'apprête à faire une remarque sur Cassie et je l'interromps :

— C'est Sei-Jin qui a mis les morceaux de verre dans mon chausson.

Il plaque une main sur sa bouche.

— Mais…

— Je veux lui rendre la pareille.

Un frisson glacial me chatouille la base de la colonne vertébrale.

— Pourquoi est-ce que tu crois Cassie aussi facilement ?

— Pourquoi je ne le ferais pas ? Qu'est-ce qu'elle gagnerait à me mentir ?

Il écarquille les yeux.

— Elle est tellement…

— Quoi, Will ? On a vécu la même chose toutes les deux. Elle veille sur moi.

— La Cassie que j'ai connue avant était… différente. À ta place je ne…

— Moi aussi, je suis différente. J'ai changé cette année. Tu comptes m'aider ou pas ?

— J'adorais l'ancienne Gigi.

— Elle était faible, et trop gentille.

Je secoue son bras pour tenter de le faire rire.

— Viens à la cafétéria avec moi. Je veux voir si Sei-Jin y est. Et j'ai besoin de vinaigre.

Je le traîne jusqu'à l'ascenseur. Au deuxième étage, le réfectoire résonne de rires, de conversations, de corps en mouvement.

— Elle est là-bas.

Will incline la tête vers la droite tout en faisant semblant de s'intéresser au stand de fruits. Je regarde dans la direction qu'il m'indique : Sei-Jin est attablée avec les autres filles asiatiques. Je pose une main sur l'épaule de Will.

— Parfait. Je reviens. Observe-la.

Je fonce vers la cuisine. Je demande à l'un des cantiniers du vinaigre pour un bain de pieds. Il m'en remet une petite fiole. Je le remercie et la glisse dans une de mes jambières.

— Tu crois qu'elle en a pour un moment ici ? je demande à Will en le rejoignant.

— Elle vient juste de commencer son repas.

Je souris. Nous descendons au studio B, où nous aurons cours à 14 heures. La salle est vide à l'exception de Viktor, qui s'échauffe au piano. Il ne relève même pas la tête. J'examine les sacs posés le long des murs, à la recherche de celui de Sei-Jin. Fournis par le conservatoire, ils portent le logo de l'ABC et nos noms brodés. Celui de Sei-Jin se distingue des autres, évidemment. En cuir rose bonbon, il est couvert de stickers de stars de la K-pop et de badges. Je glisse les anses du sac sur mon épaule comme s'il m'appartenait. Avec Will, nous nous faufilons dans les toilettes mixtes près des ascenseurs. Il ferme à clé derrière nous.

— Qu'est-ce que tu vas faire ?

Il tapote avec ses ongles bleu marine sur le rebord du lavabo. Je lui souris et ouvre la fermeture Éclair du sac de Sei-Jin. Au milieu du méli-mélo de sachets d'algues, de maquillage, de justaucorps et de collants, je récupère trois paires de chaussons – une flambant neuve et deux autres usées.

— Ferme la bonde, s'il te plaît.

Will s'exécute aussitôt. Son sourire remplit la minuscule pièce. Je pose les chaussons de Sei-Jin au fond du lavabo puis verse le vinaigre dessus. Le tissu rose pâle s'assombrit en absorbant le liquide âcre, on dirait une fleur fanée. L'odeur puissante et irritante se mêle à celle, plus diffuse, de transpiration des paires usagées ; ensemble elles détruisent celle si agréable de la paire neuve, si riche de promesses.

Will se bouche le nez, et j'essaie quant à moi de ne pas vomir. Je jette la fiole vide dans la poubelle et la recouvre de serviettes en papier et de feuilles de papier toilette.

— Elle va être dingue, observe Will en regardant les pointes. Elles étaient parfaites. Elle n'aura rien à mettre en cours.

— J'espère bien qu'elle sera folle de rage, oui. C'est loin d'être aussi cruel que ce qu'elle m'a fait.

— Et elle ne se doute de rien surtout !

Je souris, ignorant le léger pincement de culpabilité dans ma poitrine. Une toute petite voix intérieure me murmure : *Tu n'es pas quelqu'un de méchant.*

— Si, je dis tout haut.

— Si, quoi ?

— Oh… rien.

— Je devrais faire pareil, dit Will pendant que le vinaigre finit d'imbiber entièrement le satin.

— À qui ?

Il pique un fard.

— Tu te souviens, l'an dernier, je t'avais raconté que j'avais presque un copain ?

— Comment ça, presque ?

Je devrais plutôt lui demander *qui*, mais je sens que ce serait la mauvaise question à poser.

— Je ne sais pas trop… Je croyais être avec quelqu'un, et puis ça s'est arrêté du jour au lendemain. Il ne répond plus à mes textos. Il ne m'adresse même plus la parole ici, au conservatoire.

— Vous avez eu *la* conversation ?

— Quelle conversation ?

— Celle qui permet de décider si les choses sont sérieuses ou pas.

— Ce n'était pas aussi tranché, Gigi. Notre relation était plus… informelle.

Il joue avec ses cheveux, évite mon regard.

— C'était comment alors ?

Je soulève un chausson et le secoue légèrement, m'assure qu'il ne goutte pas trop.

— On passait du temps ensemble. Je suis sûr qu'il m'allumait. Il s'arrangeait pour me toucher régulièrement. On s'étirait ensemble.

Je n'ose pas lui dire que ça ne ressemble pas à une vraie histoire.

— On se rendait des services, poursuit-il. Des tonnes de services. Je rédigeais ses devoirs d'anglais, il n'était vraiment pas doué. Et je… je suis furax qu'il m'ait laissé tomber.

Je range les pointes gorgées de vinaigre dans le sac de Sei-Jin. Elles contaminent immédiatement ses autres affaires.

— Je t'aiderai à trouver une idée, Will. Viens, le cours va commencer.

Il sort en premier des toilettes. Je compte jusqu'à vingt avant de le suivre. Personne ne me remarque lorsque je traverse le hall à toute allure pour retourner au studio. Je remets le sac de Sei-Jin à sa place. En voyant les danseuses entrer dans la salle, je ressens une bouffée de satisfaction.

La maison d'Alec a une porte rouge cerise. Je prends le temps de m'émerveiller, de laisser mes doigts courir sur la surface lisse. On dirait un décor de film, avec des petites bougies devant chaque fenêtre et des barreaux en fer forgé magnifiquement incurvés. Nous sommes là pour l'anniversaire de sa sœur cadette, Sophie. Je suis nerveuse. C'est la première fois que je suis invitée chez les Lucas, même si nous sommes ensemble depuis presque un an maintenant.

— Viens, dit-il en me prenant par la main.

Je n'ai jamais mis les pieds dans une demeure aussi luxueuse. Le quartier est très différent de celui où je vis à San Francisco. Ma mère me répétait souvent que nous habitions dans une maison de conte de fées : des carreaux jaune pâle, des fenêtres entourées d'un filament bleu ciel et un petit escalier rouge.

— Bienvenue chez nous, Gigi !

Monsieur Lucas nous accueille dans le hall d'entrée. Un lustre étincelant découpe des ombres sur le parquet en bois massif et il y a une énorme composition florale sur une console. D'élégants portraits en noir et blanc des membres de la famille Lucas s'alignent sur le papier peint dans le couloir. Les étagères sont chargées de bibelots et de babioles, j'ai l'impression d'être dans un musée. Je croise les bras pour ne pas risquer de renverser quelque chose par accident.

Alec décroise mes bras pour glisser sa main dans la mienne. Il me fait faire un tour rapide du rez-de-chaussée – le salon, la bibliothèque, le bureau de son père et la cuisine. Ma mère dirait qu'on n'ose pas respirer ici. Elle détesterait cet endroit.

La chambre d'Alec est au second. Elle est propre et sent la lavande. Les murs, les draps et même son bureau sont blancs. Ça ne lui ressemble pas, en tout cas pas au Alec que je connais. Je ne me sens pas à ma place dans ce décor.

— J'ai quelque chose pour toi.

Il me plaque contre un mur et m'embrasse. Son père pourrait débarquer d'un instant à l'autre. Et pourtant je lui rends son baiser pour prolonger ce minuscule frisson d'excitation quelques secondes supplémentaires. Il s'écarte, récupère une petite boîte emballée sur son bureau.

— Un cadeau pour fêter ton retour.

— Un origami ?

— Ouvre, tu verras.

Je déplie lentement le papier, m'interdis de le déchirer. Il est beau, épais et brillant, avec au verso des pointillés et des instructions. Ma mère trouverait que c'est de l'argent jeté par les fenêtres, elle a toujours préféré utiliser du papier journal et peindre elle-même des motifs sur les articles consacrés à des guerres ou des feux tricolores cassés. Et moi, j'ai toujours conservé ses œuvres d'art pour décorer l'intérieur de mon placard.

Le papier cache une boîte en carton percée de trous. Elle contient un globe en verre rempli de terre, de cailloux, de sable et de plantes aux couleurs éclatantes, dans les violets et les verts. Certaines ont de grosses tiges mouchetées. D'autres sont striées, avec des piquants. Il y a même un adorable petit cactus à trois branches. Le terrarium tient dans le creux de ma main comme un gros melon.

— Ce sont des su…

— Des succulentes.

Il bute sur le terme alors je vole à son secours.

— Je ne sais pas très bien ce que ça veut dire. Je les ai achetées au marché fermier près du musée d'Histoire naturelle. J'ai composé la petite serre pour toi. J'ai pensé que… tu sais, ça pourrait remplacer…

Je pose mon index sur ses lèvres. Je ne tiens pas à parler de mes papillons. Je ne veux plus jamais repenser à leur sort tragique.

— C'est magnifique. Merci.

Les mots, bancals, s'emmêlent entre eux, à croire que je reçois un cadeau pour la toute première fois. J'essaie de contrôler les trémolos dans ma voix.

— J'ai conscience que ça doit être dur… de revenir au conservatoire.

Il joue avec mes cheveux, glisse une mèche derrière mon oreille puis la soulève à nouveau.

— Je suis contente d'être avec toi, Alec.

Je suis en train de l'embrasser lorsque quelqu'un l'appelle. Nous descendons quelques marches.

— Ta maison est magnifique, je lui dis.

— Elle ne ressemblait pas à ça avant, me glisse-t-il à l'oreille. Ma belle-mère a tout changé. Elle a fait des travaux pendant deux ans et j'ai l'impression d'être dans un hôtel maintenant, je ne m'y sens plus chez moi.

Il ouvre les portes de la salle à manger, et c'est elle qui nous accueille, justement, avec une expression sévère, comme si elle avait entendu ce qu'il vient de dire.

— Bonjour, Giselle.

Elle me prend les mains et m'embrasse sur les deux joues.

— Je suis si heureuse que tu aies pu te joindre à nous ce soir.

Ses lèvres sont froides. La table est couverte de chandeliers, de fleurs et de rubans. Sophie porte une couronne de fleurs et discute avec trois autres filles du conservatoire. Elles ravalent leurs éclats de rire en me voyant. Je me demande si je ne devrais pas imprimer une pancarte INCASSABLE et la scotcher sur ma poitrine et dans mon dos, comme un numéro lors d'une audition. Les gens cesseraient peut-être de se poser autant de questions à mon sujet.

Je n'ai jamais adressé plus de quelques mots à Sophie. Elle assistait en spectatrice à mes cours l'an dernier, et quand nos regards se croisaient nous échangions un sourire, mais ça s'arrêtait là.

— Joyeux anniversaire, Soph ! s'exclame Alec en se précipitant vers elle pour l'embrasser sur la joue.

Elle se dérobe.

— Arrête, dit-elle d'un ton enjoué.

— Tu connais Gigi, non ?

— Bien sûr, qui ne la connaît pas ?

Ses amies confirment d'un signe de tête. Elles échangent un regard.

— Joyeux anniversaire, Sophie, je lui dis.

Elle a les mêmes yeux bleus que son frère, et leurs coins se plissent aussi lorsqu'elle sourit.

— Joignez-vous à nous, nous invite la belle-mère d'Alec en indiquant les deux places vides à table.

Elle porte un vernis à ongles crème et un bracelet en diamants enserre son fin poignet. Elle est si impeccable qu'on dirait un portrait animé plus qu'une personne. Je sais qu'elle n'est pas la mère d'Alec – retournée en Angleterre après le divorce –, pourtant elle a les mêmes cheveux blonds, le même regard bleu pétillant et le même teint clair. Comme si Monsieur Lucas choisissait ses épouses chez le même fabricant. Il dépose un baiser sur le sommet du crâne de Sophie avant de prendre place en bout de table.

— Je ne comprends pas pourquoi Alec ne t'a pas invitée plus tôt à dîner avec nous, lance Madame Lucas.

— C'est vrai, ça, j'acquiesce pour taquiner Alec.

— On avait mieux à faire.

Il prend un morceau du petit pain qui semble avoir surgi de nulle part. En regardant autour de moi, j'aperçois une femme en tenue de serveuse, de dos. On dirait un costume d'Halloween d'une de ces boutiques de mauvais goût, le côté sexy en moins. J'essaie d'imaginer mes parents ici. Ma mère a une nette préférence pour, je la cite, les repas « bazar » : les plats familiaux qui éclaboussent ses plus belles nappes, dégustés au milieu des éclats de rires et de la musique diffusée sur sa vieille platine – jusqu'à ce que les voisins appellent pour se plaindre du bruit.

La porte de la salle à manger s'ouvre.

— Désolée pour le retard !

La voix de Cassie résonne dans la vaste pièce, aussi sonore qu'une cloche. Monsieur Lucas se lève pour lui donner une accolade avant de l'embrasser sur les deux joues. Cassie fait le tour de la table, chatouille Sophie dans le cou, salue ses amies *petits rats**, tire Alec par l'oreille et embrasse sa tante sur la joue. Après m'avoir adressé un clin d'œil, elle s'assied à gauche de Sophie. Ça me fait plaisir de la voir.

La domestique revient avec une grande soupière en porcelaine. Elle nous sert des louches d'une épaisse soupe à la pomme de terre et au poireau. Même si personne d'autre ne dit un mot, je murmure un petit merci timide. Elle me répond d'un bref sourire, puis passe à Alec.

— Comment se passent les cours de 6e année avec Armeïskaya ? je demande à Sophie.

— Rien n'est jamais assez bien pour elle…

Une des filles l'imite :

— « Plus haut, plus haut ! Vos jambes sont trop lourdes. Grandissez-vous par le sommet du crâne ! Tournez plus vite ! »

Nos assiettes à soupe disparaissent avant que j'aie pu terminer la mienne. Elle est remplacée par un plat parfait d'un point de vue diététique : saumon et haricots verts.

Madame Lucas agite une main.

— Ah non, on ne parle pas de danse, s'il vous plaît. Ça vous met toutes dans un de ces états… J'ai besoin d'une soirée sans histoires de ballerines.

Mes joues prennent une teinte rouge vif et je mastique plusieurs haricots verts. Je plante ma fourchette trop fort dans mon assiette et le bruit attire les regards dans ma direction.

— Tout va bien, Giselle ? me demande Madame Lucas, haussant ses sourcils épilés à la perfection.

— Oui, très bien. Ce repas est délicieux.

— Je vois que tu aimes les haricots verts. Je vais demander à Marietta de te resservir.

Elle fait signe à la femme qui se tient prête, dans un coin de la pièce, à satisfaire le moindre de nos désirs.

— Oh, ça va aller, merci.

— J'insiste, tu as à peine touché au saumon.

— Ce poisson ne me réussit pas très bien.

— Toutes mes excuses, Giselle. J'ai voulu appeler Alec plusieurs fois pour discuter du menu avec lui.

Il serre la mâchoire.

— Je n'ai pas réussi à le joindre, ajoute-t-elle avant de faire signe à la domestique. Resservez Giselle, s'il vous plaît. C'est amusant quand même… Bette était allergique au poisson, elle aussi.

Le nom de Bette me fait l'effet d'une gifle. Tout le monde se fige pendant que Marietta remplit mon assiette de haricots verts. Alec lâche bruyamment sa fourchette et soupire.

— Qu'est-ce que tu aimerais ? Je peux te faire préparer autre chose.

— Non, tout va bien, madame Lucas. La soupe m'a bien rassasiée déjà. Avec les haricots verts et la salade, ce sera parfait.

— Mais si, dis-moi. Marietta est une excellente cuisinière. Que penses-tu d'un steak ? On a du délicieux filet de bœuf au frigo. Ou des farfalle à la carbonara ? Tu verras, ce sera prêt en une seconde.

— Ce n'est pas nécessaire, madame Lucas.

— Ne sois pas bête. Comment réagiraient tes parents s'ils te voyaient ? Tu dois…

Alec intervient :

— Arrête ça, Colette.

— Tante Colette, je crois que Gigi n'a besoin de rien, ajoute Cassie.

— Chérie, ne t'inquiète pas, enchaîne Monsieur Lucas en lui tapotant la main.

— Oui, madame Lucas, je me suis régalée. C'était merveilleux. Je n'ai plus faim, je vous assure.

Elle plisse le front.

— Je voulais juste…

Elle s'interrompt en voyant Alec quitter la table.

— Allons-y.

— Attends un peu… proteste Monsieur Lucas, qui se lève à son tour.

Alec a déjà traversé la moitié de la salle à manger.

— Il faut qu'on rentre au conservatoire, dit-il avant de quitter la pièce avec fracas.

Cassie me fait signe de la suivre. Elle embrasse son oncle, puis Sophie. La belle-mère d'Alec contient ses larmes, ses yeux sont injectés de sang. Elle mordille sa lèvre qui tremble.

— Merci beaucoup pour le dîner, monsieur et madame Lucas. C'était un régal, vraiment.

Colette ne me répond pas. Elle semble incapable de parler.

— Tu seras toujours la bienvenue ici, Giselle, me dit Monsieur Lucas en me raccompagnant. Je suis désolé pour le saumon.

— Mais ce n'est rien, je vous assure. Et joyeux anniversaire, Sophie.

Elle ne lève pas le nez de son assiette, joue avec des morceaux de poisson bien rose. Le silence dans la salle à manger est assourdissant à présent. Il n'y a plus une once d'oxygène. Les amies de Sophie se concentrent sur leurs plats, elles aussi. Je me dépêche de rejoindre la porte d'entrée.

Monsieur Lucas referme derrière moi. Alec a déjà hélé un taxi et m'attend sur la banquette arrière. Cassie monte après moi, je me retrouve prise en sandwich entre eux deux.

Je glisse ma main dans celle d'Alec. Après avoir un peu résisté, il détend les doigts et les entrelace avec les miens.

— Ce n'est pas grave, je t'assure, je lui murmure.

— Non, dit-il sans me regarder. On ne force pas les gens à manger. Elle cherche toujours à contrôler tout ce qui m'entoure. Je refuse de la laisser faire son cirque avec moi ou avec les personnes qui m'accompagnent.

— C'était juste un repas, rien de dramatique. Elle a voulu être sympa. Un peu insistante, mais sympa.

— Ma mère n'aurait jamais fait ça. « De toute façon, quand on a faim…

— … on mange », complète Cassie. Tante Gemma me manque, à moi aussi.

Alec porte ma main à sa bouche et l'embrasse.

— Elle t'aurait adorée.

Il s'abandonne contre le dossier le temps du trajet, la tête sur mon épaule, la main dans la mienne. Quelque part, je m'étais imaginé que cette soirée chez Alec nous rapprocherait. Et j'ai l'impression, au contraire, de ne pas le connaître aussi bien que je le pensais. Je ne peux m'empêcher de me dire que Bette aurait sans doute été plus à sa place autour de cette longue table en acajou sculpté. Elle saurait quelle attitude adopter, quels mots prononcer pour réconforter Alec. Et ça, ça me fait un peu mal.

9. June

Cette semaine, je me retrouve avec une seconde ombre. Une qui menace de m'éclipser totalement, malgré sa petite taille. Monsieur K. ne plaisantait pas avec cette histoire de tutorat. On m'a assigné une nouvelle, asiatique bien sûr. Riho Nakamura. Elle vient du Japon, donc d'un tout autre pays que le mien… Enfin, Monsieur K. ne s'arrête pas à ce genre de détail. Le matin, elle suit les cours de 6e année, mais l'après-midi elle se joint à nous, signe qu'il place beaucoup d'espoirs en elle. Voyons le bon côté des choses : ça me permet de garder un œil sur elle.

J'ai déjeuné avec elle à la cafétéria, un jour, pour essayer de lui donner les informations qui me semblaient utiles : Morkie n'aime pas le bruit des chaussons sur le parquet et attache beaucoup d'importance aux ports de bras, Pavlovich, elle, est intraitable sur le positionnement des doigts… Riho n'a pas décroché un mot de tout le repas. Elle s'est contentée d'incliner la tête d'une façon qui m'a paru très japonaise.

Elle me suit en silence dans les couloirs, sans émettre un seul son. Puisqu'on doit attendre le début du cours de danse devant le studio B, j'en profite pour lui poser des questions :

— Tu as étudié la méthode Vaganova au Japon ?

Elle me regarde en clignant des yeux et je me demande si elle comprend l'anglais. Si ça se trouve, je pourrais lui dire tout ce que je veux : que je n'ai jamais mis les pieds en Corée et que j'ai honte. Que j'ai séduit Jayhe pour me venger de Sei-Jin, mais qu'il se pourrait bien que je sois tombée amoureuse de lui maintenant. Que j'ai tué les papillons de Gigi. Elle ne saisirait pas un traître mot.

Elle passe du temps avec Sei-Jin et sa bande, et j'imagine qu'elles n'ont pas hésité à lui bourrer le crâne de gentillesses à mon sujet. Je serais curieuse de connaître mon dernier surnom en date : voleuse de copain ? traîtresse ? pauvre fille ?

— Sei-Jin n'est pas quelqu'un de bien, tu sais.

Elle hoche la tête, elle a toujours cette expression affectée, on dirait qu'elle acquiesce sans avoir réellement compris. Elle ne répond rien.

— C'est une vraie méchante.

Tu verras. Je me relève au moment où les premières filles entrent dans le studio. Le cours débute. Morkie réclame notre attention de sa voix qui porte autant que si elle criait dans un mégaphone. Elle est de mauvais poil, ce qui signifie qu'on va passer plus de temps à la barre. On commence par une série de grands *pliés** pour ouvrir nos hanches, suivis d'une succession de dégagés rapides pour échauffer nos pieds. Puis vient le tour des *ronds de jambe en l'air**. Mes jambes me brûlent, mon justaucorps est mouillé de transpiration. Gigi se dresse de toute sa hauteur devant moi, et la petite Riho est derrière moi. Elle suit mes mouvements, ses bras se lèvent en synchronisation avec les miens, ses jambes suivent exactement le même trajet que les miennes, en mieux. Je ne peux pas m'empêcher de l'observer dans le miroir. Elle est dans la précision et le contrôle, tout en conservant de la fluidité.

— Plus haut, June, cingle Morkie, en attrapant ma jambe et en la soulevant derrière moi. Concentre-toi. Il faut que tu sois ici, dans cette salle. Ton esprit vagabonde, et je n'aime pas ça.

Son reproche me vexe. Je me concentre pour exécuter des mouvements impeccables. Je dois sortir du lot. À la fin de l'échauffement, Morkie nous fait venir au milieu.

— L'adage sera difficile aujourd'hui. Vous ne travaillez pas assez dur.

Elle énumère les positions les unes après les autres, en français, comme autant d'attaques. Elle nous montre rapidement l'enchaînement sans aller jusqu'au bout des pas, que ce soit avec ses jambes ou ses bras.

La porte s'ouvre. Damien Leger entre et envahit aussitôt tout l'espace de sa présence. Il salue Morkie d'un signe de tête avant de s'asseoir devant les miroirs.

— Toutes ensemble pour commencer, puis par trois, nous indique-t-elle.

On se place en rangées pour esquisser l'adage deux fois. Morkie râle, nous montre à nouveau les pas.

— Reculez maintenant. Vous allez passer par trois. Deux à l'avant, une à l'arrière. Riho et June, devant.

Je jurerais que Riho me décoche un sourire au moment de rejoindre le centre de la salle. Isabela, une autre élève de 6e année, est invitée à se placer derrière nous.

— Soyez précises, mesdemoiselles, nous intime Morkie.

L'adage doit nous permettre de démontrer notre technique et notre aisance sans le point d'appui que constitue la barre. On perfectionne notre travail au milieu depuis la 1re année, à l'époque où on était encore des *petits rats**.

L'enchaînement d'aujourd'hui est exigeant. Viktor presse les touches du piano et de longs accords puissants résonnent. Je me sens chancelante, bousculée. J'aurais eu besoin de voir les autres passer avant moi, pour avoir le temps d'intégrer les différents pas.

J'étais convaincue que personne ne pouvait me stresser autant que Monsieur K., pourtant j'ai des crampes à la perspective de danser devant Damien. Il représente notre nouveau Graal, à toutes. C'est lui qui décidera si on a, si j'ai un avenir dans la compagnie.

Au début, on est des doubles, Riho et moi – je vois mon reflet dans ses yeux noirs, dans son expression grave. Bras délicats qui s'élèvent vers le plafond : cinquième position puis première et ouverture en seconde.

Nos jambes dessinent d'amples arabesques, pieds bien pointés et bien ancrés. Je sens que mon corps va jusqu'au bout de chaque mouvement, se dépasse à chaque pas, épousant chaque note.

Je suis en pleine possession de mes moyens. J'ai travaillé dur pour y arriver.

Sauf que dans le miroir, mon double, Riho, me renvoie la même excellence. Si l'on peut voir le travail que j'ai fourni, l'intention que je mets dans mon exécution, Riho, elle, s'y abandonne tout entière, son regard est tendre, son visage serein, son sourire naturel. J'ai pour moi la perfection. Elle a pour elle la magie. La féerie. Le naturel.

Je focalise à nouveau toute mon attention sur l'adage, je rentre en moi-même et, lorsque la dernière mesure arrive, Morkie crie :

— Ajoutez trois *piqués** tournés à la fin.

Je pirouette, pirouette, pirouette sur le parquet le long d'une diagonale, tandis que Riho déboule dans la direction opposée. Ses tours sont légèrement plus précis et rapides que les miens. Arrivées aux deux coins opposés du studio, on salue.

— Bravo ! crie Morkie avec entrain, signifiant son approbation d'un hochement de tête. Riho, c'était un sans-faute.

Les traits de Damien ne trahissent aucune émotion, ni plaisir ni déception. Il reste de marbre, inflexible. Morkie vient se placer juste devant moi. Elle me tapote la joue.

— June, ta technique est très solide.

Je savoure le compliment.

— Détends-toi un peu, prends exemple sur Riho. Il faut que tu donnes l'impression de prendre du plaisir. Je veux voir de la passion.

Elle frappe le sol avec son pied et fait un port de bras typique des « danseurs russes ».

— Tu dois nous donner envie de te regarder.

Le découragement s'empare de moi. Toute énergie déserte mes bras, mes jambes, mes pieds et mon cœur. Je me tourne vers le mur pour que personne ne puisse voir les larmes qui embuent mes yeux. *Tout va bien. J'en suis capable. J'ai de la passion.*

On retourne rapidement dans le coin au fond, avec les autres filles qui patientent. Gigi, Cassie et Eleanor se dirigent vers le milieu. Riho est immédiatement entourée par la bande de Sei-Jin ; je les entends glousser et jacasser en coréen. Comment Riho peut-elle comprendre quoi que ce soit à ce qu'elles racontent ? Peut-être qu'elle s'en fiche, tout simplement…

— Quel dommage, lance Sei-Jin, assez bas pour que sa pique n'atteigne pas les oreilles de Morkie, mais assez fort pour qu'elle écorche les miennes. Cette pauvre June n'atteindra jamais la perfection. C'est tellement triste…

Je m'efforce de l'ignorer, me concentre sur Gigi et Cassie, sur le contraste qu'elles forment. Sei-Jin se rapproche, ne laisse que quelques centimètres entre nous et je sens son souffle tiède dans ma nuque lorsqu'elle glisse à mon oreille :

— Il serait peut-être temps d'abandonner. Pourquoi tu ne démissionnerais pas ? Ça te permettrait de t'en tirer avec dignité.

Mes joues sont brûlantes. Je ne dois pas me laisser atteindre de la sorte. Pas maintenant. Plus jamais. Je ramasse mon sac de danse pour en sortir mon portable. J'envoie un texto à Jayhe et m'arrange pour que Sei-Jin puisse le lire.

Je suis tellement impatiente de te voir ce week-end !

— T'es dégueulasse, lâche-t-elle un peu trop fort. Il se sert de toi. Tu t'en rendras bientôt compte.

Je fais volte-face vers elle, manque de la bousculer.

— Oh, non, Jayhe m'aime. Il me l'a dit. C'est peut-être de toi qu'il s'est servi.

Je remarque alors que la musique s'est arrêtée, que Gigi, Cassie et Eleanor ne dansent plus. Leurs visages expriment, dans l'ordre, colère, amusement et perplexité. Morkie fond dans notre direction. Damien s'est levé et il se tient près du piano, l'air irrité.

— Mesdemoiselles ! hurle Morkie en jetant un bref coup d'œil au directeur de la compagnie. Vous avez perdu la tête ? Ce genre d'attitude n'est pas tolérable en cours de danse. Montez dans vos chambres. Je vais informer Monsieur K. de cet incident.

Sans un mot, on se dirige, Sei-Jin et moi, vers l'ascenseur avant de monter en silence jusqu'au 11e. Quand les portes s'ouvrent, elle descend. Je reste dans la cabine.

— Où est-ce que tu vas, June ? hurle-t-elle.

Les portes se referment et j'ai la satisfaction de les voir effacer son visage et sa voix. J'appuie sur le bouton du rez-de-chaussée et redescends. La colère monte progressivement en moi, menace d'éclater. Comment Morkie peut-elle me traiter ainsi ? Oserait-elle me parler sur ce ton si elle savait qui je suis réellement ? À moins que tout le monde ne sache déjà que Monsieur Lucas est mon père et s'en fiche – vu qu'il ne m'a pas reconnue à la naissance.

Je traverse le hall en trombe, longe le studio B, où le cours a repris, le bureau de Monsieur K. et atteins enfin ma destination. Je fais irruption dans la pièce sans frapper.

Il est là, l'homme que j'ai toujours connu sous le nom de Monsieur Lucas, froid et distant. Mon entrée fracassante l'a surpris en pleine lecture, sans doute d'un rapport sans intérêt, et le désarroi se peint sur ses traits, écarquille ses yeux bleu pâle, identiques à ceux d'Alec. Et très différents des miens.

— Ferme la porte.

Voilà tout ce qu'il me dit dans un premier temps. Avant d'ajouter :

— Prends un siège.

Il pose la liasse de papiers entre ses mains, signe que j'ai toute son attention. C'est risible.

— En quoi puis-je t'aider ?

Je ne m'assieds pas. Je prends appui sur son bureau et me penche vers lui pour plonger mes yeux au fond des siens.

— En quoi vous pouvez m'aider ? je reprends d'une voix grave et menaçante que je ne reconnais pas. En disant à tout le monde ici que vous êtes mon père. Que je suis aussi légitime qu'Alec, Sophie ou Cassie. Que ma place est ici. Que je suis faite pour danser. Qu'on ne peut pas me traiter aussi mal. Que je suis quelqu'un d'important.

Il a l'air sonné. Il ouvre la bouche pour parler et je m'affale sur la chaise face à lui, submergée par les larmes. Elles dégoulinent sur mes joues, brûlantes et enragées. Il se lève. Au lieu de me prendre dans ses bras, de me réconforter, il pose une main froide sur mon épaule et me murmure :

— June, ressaisis-toi, pour ton bien et pour le mien. Ce n'est tout simplement pas possible. Personne, ici, n'est responsable de la situation. Les choses sont comme elles sont, point. Et il ne faut pas que ça change.

Un sanglot étrangle ma voix.

— Mais pourquoi ? Je ne comprends pas. Pourquoi est-ce que vous n'étiez pas là ?

J'abandonne ma tête sur son bureau pour partager mon fardeau avec le bois massif et ciré. Les pères dignes de ce nom viennent chercher leurs *petits rats** à la fin des cours, ils les serrent contre eux, ils leur demandent comment s'est passée leur journée. J'aimerais que pour une fois, une seule, il m'interroge sur ma vie. Je saurais enfin ce que ça fait d'avoir un vrai père.

Il ne prononce pas un seul mot. Il reste près de moi, mal à l'aise, comme s'il n'était qu'un administrateur ici, pas l'homme qui m'a transmis son nez fin et ses doigts effilés. Il retire sa main de mon épaule, va reprendre sa place de l'autre côté du bureau, dans son fauteuil.

— Écoute-moi bien, June, et essaie de comprendre.

Il a le ton sérieux d'un enseignant qui s'adresserait à une élève récalcitrante. Ce qui, à ses yeux, est sans doute le cas.

— Avant ta naissance, nous avons signé, ta mère et moi, un contrat. Elle m'a dit que tu avais lu ce document. Tu connais donc son contenu. Tes études, ici puis plus tard à l'université, seront entièrement financées par mes soins. Ta mère a pu monter une entreprise très prospère. Et grâce à ses investissements judicieux, tu serais à l'abri du besoin jusqu'à la fin de tes jours si tu décidais de ne pas travailler. Elle a pris cette décision bien avant que tu ne voies le jour. Nous n'avons pas d'autre choix que de la respecter.

J'en reste bouche bée. J'essaie de digérer ses mots.

— Pas d'autre choix ?

Il se lève pour aller ouvrir la porte.

— Tu devrais retourner en cours, dit-il en regardant sa montre. Dépêche-toi, il va bientôt se terminer.

Il se réinstalle derrière son bureau alors que je me lève lentement. Je dois réunir toute l'énergie dont je dispose pour sortir de la pièce et remonter lentement le couloir jusqu'à l'ascenseur qui est, dieu merci, encore vide.

Arrivée au 11e, je me dirige vers ma chambre et me jette sur mon lit. Ce n'est pas l'étreinte moelleuse de ma couette qui m'accueille, mais le bruit d'une feuille froissée. De plusieurs feuilles. J'en récupère une : c'est une photo du cours d'aujourd'hui, reproduite en une centaine d'exemplaires, qui représente Riho en pleine pirouette gracieuse et élégante. À côté d'elle, je parais raide, maladroite. Sur chacun des exemplaires, on peut lire la même phrase, sans doute de la plume de Sei-Jin : « Rude compétition ! »

Mon portable se met à vibrer. Des alertes se succèdent sur mon écran, elles annoncent la diffusion de la même photo sur les réseaux sociaux. On est taguées, Riho et moi.

L'espace d'un instant, je regrette de ne pas avoir réussi à blesser Sei-Jin quand je l'ai poussée dans l'escalier l'an dernier. Puis je me rappelle que j'ai décidé de changer cette année. Je dois être au-dessus de ça. Ma mère était danseuse. Mon non-père était danseur. Je suis faite pour danser moi aussi.

Il faut juste que j'arrive à le prouver. À tout le monde. À moi-même.

Je saute le dîner, même si je sais que je vais en entendre parler lors de mon prochain rendez-vous avec l'infirmière, Connie. Je ne suis pas en état de jouer la comédie à la cafétéria, de faire semblant de manger, de voir Sei-Jin et sa clique. Je pensais être seule dans la chambre, mais Cassie est là, elle planche sur ses devoirs.

Je suis au lit, le livre rasoir que je dois lire pour le cours de littérature sur les genoux. J'ai entassé plusieurs couvertures sur mes jambes pour avoir les pieds bien au chaud. Jayhe vient de m'envoyer les dessins de sa nouvelle série consacrée à la danse, inspirée de moi. La joie qui se diffuse dans ma poitrine ressemble au rush d'insuline qui accompagne la consommation d'un aliment trop sucré. J'en suis étourdie. Je suis presque tentée de les montrer à Cassie, toujours à son bureau. Elle écoute l'air d'Odile en boucle. Elle n'est pas Gigi, malheureusement, et cette pensée s'accompagne d'un coup au cœur : je ne l'aurais jamais cru, mais Gigi me manque.

Cassie est penchée sur son ordinateur, dos à moi, et elle pioche des morceaux d'abricots secs dans le bol posé à côté d'elle. Le bruit de mastication est continu, *scrounch scrounch scrounch*. J'ai envie de lui lancer un objet. Ou d'aller vomir. Sauf que je ne peux pas en sa présence. Alors je continue à vriller mon regard sur sa nuque, jusqu'à ce qu'elle lâche :

— Prends une photo plutôt. Tu pourrais la regarder quand tu veux comme ça.

Je rougis.

— C'est interdit de manger ça dans la chambre.

Je me lève, résiste à la tentation de vider le contenu du bol dans la corbeille.

— Le sucre attire les insectes. Tu es censée laisser ça dans la cuisine.

— Oh, là là, j'ai peur… Pourvu qu'E-Jun ne me dénonce pas aux surveillants.

Son ton est si glacial qu'il me fait frissonner. Je perçois combien sa froideur est profonde. La plupart des gens ne voient que ses yeux bleu clair, ses dents blanches bien alignées qu'elle découvre lorsqu'elle décoche son sourire de concours de beauté. La plupart se souviennent qu'elle était une excellente danseuse. La plupart se souviennent de ce qu'on lui a tous fait à son arrivée au conservatoire. Personne ne semble avoir pensé à ça : elle l'avait peut-être mérité. Je serre les dents et essaie de me concentrer. Ce qui est difficile, avec l'agitation dans le couloir. Une succession rapide de coups aux portes.

Un contrôle des surveillantes… ça tombe à pic ! J'observe Cassie, la panique se diffuse sur ses traits.

— C'est quoi ? lance-t-elle en se levant précipitamment et en renversant le bol sur son bureau.

Elle devrait ramasser les abricots pour les cacher, mais elle semble avoir quelque chose de plus urgent à faire : elle récupère un objet dans un de ses tiroirs, une petite boîte blanche, pour la fourrer dans la poche de sa robe de chambre.

Je me lève calmement pour aller ouvrir notre porte, adressant un sourire à Cassie au passage. C'est bien une surveillante.

— Contrôle des chambres, annonce-t-elle de cette voix de méchant flic qu'elle adopte toujours dans ces circonstances. Dehors !

Sans attendre, elle se met à explorer la pièce, tâte nos lits, ouvre les tiroirs, les penderies, vérifie l'état de propreté de la salle de bains. Elle repère les fruits secs sur le bureau de Cassie et les jette dans le sac poubelle qu'elle tient à la main. Cassie ouvre la bouche pour protester, la surveillante ne lui en laisse pas le temps.

— C'est interdit dans les chambres. Si tu fais des histoires, j'écrirai un rapport.

Je hoche la tête d'un air penaud et souris. Au moment où la surveillante s'apprête à quitter notre chambre, je la retiens.

— Attends…

Et je le jure, à cet instant, la peau pâle de Cassie devient translucide, les veines bleues sur son visage sont une carte qui pourrait conduire aux vérités qu'elle dissimule. Je ramasse un abricot sur le parquet et le tend à la surveillante.

— Tu en as oublié un.

Je lui adresse mon plus beau sourire.

Cassie me foudroie du regard, mais je ne me débinerai pas. J'ai remporté cette manche.

La surveillante s'éloigne dans le couloir et je suis du regard le bras pâle de Cassie. Elle serre dans son poing le pilulier caché au fond de sa poche. Impossible de retenir le sourire narquois qui apparaît sur mon visage.

10. Bette

Ce soir, on fête Halloween, la nuit des déguisements et des identités secrètes. Je me suis d'ailleurs glissée dans la peau d'une autre pour pouvoir me faufiler dans le hall du conservatoire. Ils n'ont pas lésiné sur la décoration : toiles d'araignées tendues sur les bancs de la place qui porte le nom de ma grand-mère, citrouilles éclairées sur chaque marche de l'escalier menant à l'entrée et vitres des studios tapissées de silhouettes menaçantes – fantômes, vampires, pierres tombales. La fête bat son plein et elle est toujours aussi ringarde.

Je suis déguisée en bouffon, avec une sorte de barboteuse verte et violette scintillante. Mes cheveux sont relevés sous une coiffe en velours vert, je porte des talons vertigineux et, surtout, un masque de style vénitien qui cache la moitié supérieure de mon visage. Il y a trois ans, j'étais à cette fête grotesque avec Eleanor. J'incarnais Peter Pan, et elle, la fée Clochette. À l'époque, on trouvait ça merveilleux d'être tous ensemble, de boire un cidre chaud à la citrouille et de jouer à tous les jeux débiles que les surveillants nous avaient concoctés. Tout le monde nous avait félicitées pour nos costumes adorables. J'avais convaincu Eleanor de porter un justaucorps argenté et des ailes en plumes. Je l'avais tellement maquillée qu'elle aurait pu se faire remarquer dans une pièce remplie de drag queens sur leur trente et un. On avait passé la soirée à rigoler en échangeant des ragots sur les garçons et les cours, avant de se lâcher sur la piste de danse. On était les reines du conservatoire. L'envie de retrouver cette époque de ma vie est si forte qu'elle me suffoque.

Il faut que je me concentre. J'ai un plan à mettre à exécution.

Je me fonds sans difficulté dans la foule de danseuses costumées. Le gardien à l'accueil m'accorde à peine un regard et ne me demande pas ma pièce d'identité. Je suis chez moi, ici. Cet endroit est inscrit dans mon ADN.

La totalité des élèves sont répartis entre les quatre salles du rez-de-chaussée. Tous mes muscles se tendent au moment où je pénètre dans le studio B, où sont réunis les élèves des années supérieures. Je repère facilement Alec, déguisé en pirate. Gigi, juste à côté de lui, incarne une damoiselle en détresse. Ils ont choisi des costumes assortis, trop mignon. Enfin très cucul surtout.

— Souquez les amarres, matelots, s'exclame Gigi en dénudant une de ses longues jambes fuselées.

Ce genre d'attitude ne lui ressemble pas. On dirait qu'elle cherche à aguicher tout le monde. Typiquement ce que je pourrais faire, moi...

Le parquet vibre légèrement sous les assauts de la ligne de basse – un DJ passe des disques dans le coin le plus éloigné. Mon cœur fait un bond lorsque Alec me frôle – je suis assaillie par une bouffée de son odeur, si familière et réconfortante. Il se dirige vers une table croulant sous les mets teintés en orange. Ses yeux glissent sur moi sans s'arrêter. Je me demande s'il a repéré mon odeur. S'il s'en souvient comme je me souviens de la sienne.

La pièce est décorée de bannières noires et orange. De vieux arbres en bois provenant du décor de *Giselle* ont été placés dans les coins du studio et recouverts de toiles d'araignées. Une couche de fausse poussière tapisse le miroir. Des ampoules oscillent au-dessus de nos têtes, créant une ménagerie d'ombres changeantes qui dansent sur les murs. Et puis il y a cette chose intangible, cette énergie destructrice produite par tout ce qui s'est passé entre ces quatre murs l'an passé, cet écho terrifiant des choses que j'ai faites. Du mécanisme que j'ai mis en branle.

J'ordonne à mes mains de cesser de trembler et m'éloigne du miroir où j'avais laissé ce fameux message à Gigi. Il y a trop de mauvais souvenirs entassés dans un endroit aussi exigu, qui déborde en plus de corps maigres et dénudés. Tout le monde prend Halloween trop au sérieux. Ou alors c'est moi qui ne sais plus m'amuser avec des gens qui connaissent, et aiment, la danse autant que moi. C'était pourtant le meilleur aspect de ce conservatoire. Je cherche Eleanor dans la foule : elle n'est pas là. À moins que son déguisement la rende méconnaissable.

Une fille que je ne connais pas me fait signe. Elle est en chat : elle porte un justaucorps, des oreilles… et pas grand-chose d'autre. Elle est minuscule, ou alors mes yeux se sont accoutumés aux corps du vrai monde depuis que j'ai quitté le conservatoire. Ses rotules sont si protubérantes qu'on dirait deux bulbes sur des brindilles. Elle porte une mini-jupe en daim qui menace de glisser sur ses hanches. Ses fesses sont inexistantes, et ses cuisses sont plantées comme deux flèches dans ses hanches. Ça me fait mal de la voir. J'ai l'impression d'entendre ses os grincer à chacun de ses pas.

— Ne me parle pas, ne me parle pas, je marmonne tout bas.

Ce n'est pas mon soir de chance.

— C'est toi, Megan ?

— Non, je suis nouvelle, je viens d'arriver.

Je ne sais pas qui est Megan et je m'en cogne. Je ne veux qu'une chose : que cette fille me foute la paix au plus vite.

— Susie, j'ajoute, choisissant un prénom que je déteste.

— Tu es en 6e année ? Avec Ivanov ? Je ne t'ai jamais vue en cours.

— En 5e.

J'essaie de rendre ma voix plus fluette et d'adopter l'attitude d'une fille de 14 ans. Elle me tapote l'épaule avec condescendance et me donne des conseils, croit me dévoiler les ficelles du conservatoire. Elle s'appelle Piper. Pas étonnant qu'elle ait un prénom aussi ridicule. Elle fait partie de ces gens qui parlent trop et se livrent trop, parce que personne ne lui a appris que ça n'intéressait pas les autres.

Lassée de jouer les filles gentilles, je plante Piper au beau milieu d'une phrase.

Au bout de deux pas, je tombe sur elle. Enfin plus exactement je l'entends rire avant de la voir : Cassie.

Un coup d'œil à gauche. Henri la tient par les épaules, une cigarette éteinte à la bouche. Elle est en Ariel de *La Petite Sirène*, avec soutien-gorge en noix de coco. Elle appelle Gigi, qui les rejoint en traînant Alec. Il l'enlace par la taille. Alec pique sa cigarette à Henri, et je me demande depuis quand ils sont amis. S'il y a été contraint par le retour de Cassie. Voir Henri me donne des frissons. Je me remémore l'expression froide et impitoyable de ses yeux le soir où Gigi a failli perdre la vie. Et la voilà qui rit aux blagues de Henri, elle aussi. Si je ne la détestais pas autant à cet instant précis, je la mettrais en garde. Quelqu'un devrait la prévenir. Et prévenir Alec aussi. Que penserait-il de son nouvel ami s'il savait de quelle façon il m'a touchée l'an dernier ? Touchée et manipulée…

Il ne sait rien et il est suspendu aux lèvres de Henri, éclate de rire quand ils font semblant de se battre, exulte en voyant Gigi partager un regard complice avec Cassie. La douce Cassie. Évidemment qu'elles sont amies. Elles ont tout pour devenir amies à la vie à la mort, ces deux cruches sentimentales au charisme incontestable qui m'ont volé la vedette sans même le vouloir, qui se sont fait passer pour des « victimes ». Elles se méritent mutuellement. Cassie a beau être sublime ce soir, c'est Gigi qui sort du lot avec son teint éclatant – que ce soit dû à l'éclairage ou à sa lumière intérieure – et ce rire cristallin qui lui échappe quand elle rejette la tête en arrière. À la façon dont elle s'appuie, d'un air naturel, contre Alec, à la façon dont elle exhibe ses jambes interminables, on n'imaginerait jamais qu'il lui est arrivé quoi que ce soit. Elle est parfaite. C'est exaspérant.

— Qui veut boire ? lance Alec.

Gigi a la réaction parfaite : regard alangui, cils qui papillonnent, et lèvres humectées qui semblent réclamer un baiser. J'aimerais tant être à sa place.

Alec sort des petites bouteilles d'eau qui doivent être remplies d'alcool. Il les distribue en essayant de ne pas se prendre les pieds dans l'épée de son costume, qui pend à sa ceinture. Des filles de 6e année les dépassent en poussant des gloussements –, elles sont sans doute amoureuses des deux garçons, Alec et Henri.

C'est alors, seulement, que je remarque Will. Il se tient à proximité de leur petite bande de quatre et discute avec une fille déguisée en serveuse aguicheuse, tout en suivant leur conversation par-dessus sa tête. Il rêverait de faire partie du groupe et il est relégué sur le banc de touche. Je ne réussis pas à contenir un sourire.

Après avoir vérifié qu'il n'y avait pas de surveillants dans les parages, Alec avale une grosse gorgée d'alcool, comme pour montrer à tout le monde comment faire. J'ai tellement envie de m'approcher d'eux et de retirer mon masque, de leur annoncer que je suis de retour, que j'ai été accusée à tort. Bientôt, j'aurai des preuves. J'ai tellement envie de glisser ma main dans celle d'Alec et de sentir les callosités sur ses paumes, apparues parce qu'il a soulevé beaucoup de minuscules ballerines. J'aimerais sentir cette stabilité qui émane de lui, me souvenir de l'époque où tout allait bien.

Je fais un pas dans leur direction. Des piques spirituelles défilent dans ma tête… Des filles me coupent la route et je me fige. Les poils de mes bras se dressent à cause du mélange de peur, d'excitation et d'impatience.

Gigi est accrochée à Alec. De plus près, je remarque combien il est raide, droit. Il ne la touche presque pas, en dépit de la quantité sans doute généreuse de vodka dans son organisme. Il donne des petits coups dans les côtes de Henri avec sa bouteille d'eau et dit d'une voix traînante :

— Tu sais, avant, je te croyais amoureuuuuuux de Gigi.

Cassie se penche vers lui en pinçant les lèvres. Elle n'a jamais été douée pour cacher ses émotions. Henri a perdu toute envie de rire. Gigi essaie d'intervenir, mais Alec est déjà tellement bourré qu'il ne peut plus s'arrêter.

— Tu avais une de ces façons de la regarder… C'est pour ça que je pouvais pas t'encadrer au début.

Henri se raidit davantage, et ses quelques muscles encore relâchés se crispent. L'accusation d'Alec est grave, et je ne comprends pas pourquoi il s'aventure sur ce terrain. C'est peut-être l'esprit d'Halloween, à supposer qu'un truc pareil existe, qui rend Alec plus grinçant et le pousse à exprimer ses émotions.

— Et tu regardais Bette pareil, ajoute-t-il.

Je rougis. Il pense à moi. Au fond de lui, il continue à tenir à moi.

— Pourquoi est-ce que tu parles d'elle ? Tu as trop bu, Alec.

Gigi lui prend la bouteille en plastique des mains. Je suis du même avis qu'elle : l'alcool a la fâcheuse tendance à effacer la distance entre la pensée et la parole.

— Qu'est-ce que tu racontes, Alec ?

Les yeux de Cassie se réduisent à deux fentes perdues dans un amas d'eye-liner et de paillettes, on ne voit plus du tout le bleu de ses iris. Elle ne cherche pas à contenir son agressivité, elle veut des réponses : comment son soi-disant copain énamouré s'est-il réellement conduit pendant qu'elle était, elle, en pleine convalescence. Se pourrait-il qu'il n'ait pas été un ange de perfection ?

Le DJ annonce la dernière chanson. Je tourne les talons : je dois accomplir ce pour quoi je suis venue. Je me faufile dans la pénombre du couloir. À proximité des ascenseurs, j'entends un rire familier. Eleanor.

Je suis tentée de me dévoiler, de lui montrer combien je suis maligne. De lui rappeler qu'on s'amusait bien toutes les deux. Puis un autre rire retentit. La voix d'Eleanor me conduit à la porte de la cage d'escalier. Elle est là, déguisée en Petit Chaperon Rouge avec une guêpière, une jupe fluide et un capuchon. Le rouge sombre fait ressortir son teint clair, aussi pâle que de la neige. Sa peau semble éclairée de l'intérieur, elle possède un éclat si doux, si profond, si séduisant, qu'on a envie de la toucher. Et quelqu'un le fait justement. Une grande silhouette masquée est penchée vers elle, lui parle tout bas à l'oreille et provoque ses éclats de rire. Je n'arrive pas à voir son visage.

Ils m'entendent approcher, d'autant que je chancèle un peu sur mes talons vertigineux. Ils disparaissent dans la cage d'escalier, et je perds Eleanor.

Avec qui était-elle ? L'an dernier, j'aurais su tout de ce mystérieux garçon avant même qu'elle trouve le cran d'aller lui parler. J'aurais su ce qu'il aime manger au dîner, combien de frères et sœurs il a, j'aurais eu droit à tellement de commentaires sur sa façon de danser que j'en aurais eu la nausée. Je ressens un pincement au cœur : j'ai l'impression d'être passée à côté de tellement de choses depuis la rentrée… La place que j'occupais dans cet établissement, dans ce monde, dans la vie d'Eleanor, est menacée de disparition.

Je monte au 11e. Les surveillantes ont décoré les tableaux d'affichage et les portes avec des araignées, des sorcières, des fantômes. Devant chaque chambre se trouve une petite citrouille. J'essaie toutes les poignées des chambres du côté droit – le mien, si j'avais pu faire ma rentrée. Aucune ne me résiste ; il semblerait que le conservatoire n'ait pas renoncé à sa tradition de laisser les portes ouvertes, malgré les événements de l'an passé. J'arrive à la chambre de Gigi. C'est peut-être la magie d'Halloween, elle est ouverte, également.

Dès que j'allume la lumière, la pièce prend vie. Ses papillons ont disparu, mais un immense terrarium plein de plantes bizarres est posé sur le rebord de la fenêtre. Des silhouettes de fantômes et de sorcières sont affichées sur les murs et une bonbonnière remplie de chocolats emballés dans du papier d'alu orange trône sur son bureau. Du matériel de kiné est entassé devant sa penderie, dans le coin, et je reconnais quelques vieux sweat-shirts d'Alec, jetés en vrac sur le lit inoccupé. Une barre de danse occupe le centre de la chambre.

Je repère une minuscule caméra vidéo cachée au milieu des livres sur l'étagère au-dessus de son bureau, plus précisément entre les tragédies de Shakespeare et la dernière romance à la mode. J'ouvre l'application sur mon téléphone pour me connecter à la caméra. Je vérifie que la connexion est bien établie. Mon ventre se serre. Je ne devrais pas être là, je ne devrais pas faire ça, envahir l'espace de Gigi… Et si elle s'en rend compte ?

D'un autre côté, je n'ai pas le choix. Elle a envahi mon espace elle aussi, elle m'a tout pris, tout le monde. Ce n'est pas moi qui l'ai poussée sous les roues de ce taxi. Je n'ai pas le choix, je dois la surveiller. La personne qui lui a fait du mal cherchera sans doute à recommencer.

J'entends des voix dans le couloir et sors précipitamment de la chambre. Il y a trop d'animation et de gaieté pour qu'on me prête attention. Plusieurs danseuses me bousculent. Avant, les filles s'écartaient sur mon passage. Elles retenaient leur souffle et se hasardaient parfois à m'adresser la parole. Elles sont toutes si fines et filiformes que je n'ai aucun mal à me frayer un passage. Les plus faibles ressemblent à des squelettes. Elles ne réussiront jamais parce qu'elles pensent que s'affamer est la clé du succès. Or c'est la force.

La porte de l'ascenseur s'ouvre et d'autres filles en sortent. Gigi, Cassie et d'autres que je ne reconnais pas à cause de leurs costumes – à moins qu'elles ne soient nouvelles. Eleanor reste dans la cabine. Je monte et me place juste à côté d'elle. On n'échange pas un mot. Je me demande si elle me reconnaît, si elle peut sentir mon parfum, si elle devine que c'est moi. Elle descend à l'étage suivant et jette un regard par-dessus son épaule. Ses yeux trouvent les miens et je lis de la surprise dans son regard. Je lui envoie un baiser au moment où les portes se referment. L'étonnement arrondit sa bouche.

Pendant que l'ascenseur descend au rez-de-chaussée, des larmes mouillent mon masque. Si abondantes que je ne peux pas toutes les retenir. Ce ne sont pas des larmes de rage ou d'amertume, mais des sanglots de petite fille. Tristes. Inattendus.

11. *Gigi*

Les bruits d'une dispute parviennent jusqu'à ma chambre. Elle a lieu dans la cage d'escalier. Cris, pas lourds, portes qui claquent. Il est presque minuit. Je sors de mon lit, enjambe des bouts de mon costume d'Halloween qui auraient dû atterrir dans le panier à linge sale et entrouvre ma porte. Le couloir est plongé dans le noir – les surveillants ont éteint toutes les lumières à l'heure du couvre-feu.

Je devine Sei-Jin, déguisée en chat noir, ce qui lui permet de se fondre à la perfection dans l'obscurité de la cage d'escalier.

Je me pétrifie et me plaque contre le mur de ma chambre, de manière à l'observer sans qu'elle puisse me voir.

— Tu mens comme tu respires, E-Jun. Je ne sais pas qui peut encore te croire.

June.

— Quelqu'un est entré dans ma chambre. Mes affaires étaient sens dessus dessous.

— Peut-être, mais ce n'est pas moi, crie June. Je ne suis pas la seule à te haïr ici.

— Tu as bousillé mes chaussons, aussi. Ça te ressemble tellement, en plus.

— Je n'ai rien fait à tes chaussons, Sei-Jin.

La voix de June résonne jusque dans le couloir.

— Par contre, toi, tu as laissé ces photos de Riho dans ma chambre.

J'ai l'impression que cette histoire de pointes trempées dans le vinaigre remonte à si longtemps… Je me souviens de la mine décomposée de Sei-Jin, de son visage rougi par les larmes. Elle n'a pas pu assister au cours après avoir découvert ses chaussons abîmés.

Mon pouls s'accélère, et je n'ai pas besoin de mon moniteur pour savoir que mon cœur bat trop vite. Une culpabilité brûlante me serre le ventre. Si j'ai éprouvé une certaine satisfaction en voyant Sei-Jin défaite, une part de moi n'a pas pu s'empêcher d'avoir de la peine pour elle.

— Je sais que c'était toi, insiste-t-elle.

June est coincée dans la cage d'escalier – elle est sans doute sortie en douce et rentre après le couvre-feu –, et je sens la panique la gagner. Sei-Jin l'empêche de passer.

— Tu as toujours été jalouse de ce que j'avais. Et tu as toujours été prête à tout pour me le piquer. Tu es lamentable, tu me dégoûtes.

— Ça n'a pas toujours été le cas. Tu veux que je te rafraîchisse la mémoire ?

June se rapproche de Sei-Jin au point que celle-ci tourne la tête sur le côté tout en essayant de la repousser.

— Tu ne te souviens pas que tu m'as embrassée ? Tu n'es qu'une menteuse !

Je m'écarte de ma porte. Je ne suis pas certaine d'avoir bien entendu. Sei-Jin et June se seraient embrassées ? Je retiens mon souffle et tends l'oreille, même si j'ai conscience d'être indiscrète.

Je repense à ce que June m'a dit l'an dernier au sujet de Sei-Jin. Elles partageaient une chambre en 5e année, elles passaient tout leur temps libre chez la tante de Sei-Jin. Elles se prêtaient leurs vêtements. Sei-Jin avait même voulu lui apprendre le coréen grâce à la K-pop. Puis Sei-Jin est sortie avec Jayhe, un garçon que June connaissait depuis l'époque où elle portait encore des couches. Je me souviens de la tristesse dans son ton, de la souffrance qui transparaissait, comme s'il s'agissait d'une vieille cicatrice qui l'élançait encore parfois.

La voix de Sei-Jin s'étrangle.

— Je ne sais pas de quoi tu parles.

— Oh que si, tu le sais très bien.

June tente de forcer le passage, et Sei-Jin la bloque.

— Tu veux encore m'embrasser ? Aie le courage de dire la vérité à tes parents. Avoue-leur que tu aimes les filles aussi, pas seulement les garçons. Je suis sûre qu'ils seront ravis.

— Tais-toi. Tais-toi ! lâche Sei-Jin, dents serrées. Arrête de mentir et ne touche plus à mes affaires.

— Je n'ai rien fait à tes chaussons. Et je ne suis pas entrée dans ta chambre.

— Si tu me cherches encore, je dirai à tout le monde la vérité.

— Oh, cette vieille rumeur sur ma prétendue homosexualité ? Depuis que je sors avec Jayhe, plus personne ne voudra y croire.

Sei-Jin sourit.

— Non, E-Jun. Un secret bien pire. Personne ne te pardonnera.

— Tu ne me fais pas peur. Tu n'as rien sur moi.

— Si, je sais que tu as tué les papillons de Gigi.

June paraît soudain aussi terrifiée que si elle venait de voir un fantôme. J'en ai le souffle coupé. J'ai l'impression d'avoir reçu un coup en pleine poitrine. Je me plaque contre ma porte, la poignée s'enfonce dans mon dos.

— Tu es malade, E-Jun, lâche Sei-Jin alors que June chancèle, comme si elle venait de recevoir un coup dans le ventre. Complètement tordue. Ça relève de la psychiatrie, à ce niveau.

— Je n'ai pas… Laisse-moi passer.

June la bouscule. Sei-Jin la retient par l'épaule et je devine son rictus malgré l'obscurité. Je l'entends presque grogner en montrant ses dents bien blanches.

— Je t'ai vue t'échapper pendant la répétition ce jour-là. Tu croyais que personne ne faisait attention à toi. Et puis tu es réapparue, *pouf !*, pour l'essayage des tutus. Je te parie que si on regardait sur les images enregistrées par les caméras de sécurité ce jour-là, on te verrait monter dans ta chambre.

— Je n'ai…

— Tes aiguilles t'ont trahie. Tu es la seule à faire un trait de vernis à ongles dessus pour mieux les tenir.

Sei-Jin plante son index dans la poitrine de June.

— Je les ai bien vues, tu sais, tes aiguilles avec leur trait de vernis à ongles.

Un silence s'étire entre elles deux. Je retiens mon souffle, je m'attends à ce que June démente une fois de plus. À ce qu'elle nie et se débarrasse de Sei-Jin une bonne fois pour toutes.

— Bon, très bien. D'accord, c'était moi. C'est ce que tu voulais entendre ? Tu vas bouger, maintenant ? Ou tu préfères que je hurle pour attirer une surveillante ?

Des larmes coulent sur mes joues, impossible de les retenir. Comment June a-t-elle pu me faire ça ? Quelques portes s'ouvrent. Des filles sortent dans le couloir. La surveillante de l'étage les rejoint.

Un chœur de voix confuses s'élève.

— Qu'est-ce qui se passe ?

— Ça va, June ?

Elle éclate en sanglots. Des sanglots sonores, hystériques, pleins de morve.

— Sei-Jin, laisse-la passer, ordonne la surveillante. Pourquoi êtes-vous encore debout, toutes ?

Je recule à pas de loup dans ma chambre, jusqu'à la barre, au centre, sur laquelle je prends appui. Je ferme les yeux. Je me souviens des yeux sombres, et morts, de mes papillons, de leurs ailes fragiles. Je revois les aiguilles plantées dans leurs corps pour les maintenir en place. Je me souviens des battements déchaînés de mon cœur, menaçant d'éclater. Je me souviens d'avoir hurlé si fort que j'en ai eu la gorge écorchée.

La boule de rage en moi se solidifie. Je repense à toutes les fois où j'ai cherché à me lier d'amitié avec June, à tous les petits cadeaux que je lui ai offerts, à toutes les occasions où je lui ai proposé de passer du temps avec moi. Je la revois admirant mes papillons dans leur terrarium, sur le rebord de la fenêtre. Nous en parlions parfois, les appelions les danseuses du monde des insectes. Je me rappelle tout ce qu'Alec a pu dire de méchant sur la froideur de June ou son attitude étrange. Je prenais systématiquement sa défense.

Mes mains agrippent la barre en bois. Je me mords la lèvre, essaie de retenir le cri qui monte en moi. La rage crépite dans mes veines comme un véritable feu et réveille la douleur.

Je réfléchis à tout ce que je pourrais lui faire : parler aux surveillants de ses troubles alimentaires, raconter à Jayhe qu'elle a tué mes papillons, informer tout le monde que Sei-Jin et elle se sont embrassées. Mais non. Je veux lui infliger une blessure profonde, je veux qu'elle ait l'impression d'avoir perdu quelque chose d'essentiel, je veux qu'elle soit si mortifiée qu'elle s'en souviendra toute sa vie.

De nouvelles larmes coulent sur mes joues. Je m'assieds à mon bureau et sors un miroir. Le foulard que je porte pour dormir a glissé et quelques-unes des épingles avec lesquelles j'avais attaché mes cheveux sont tombées. J'essuie mon visage en reniflant avant d'enrouler les mèches folles autour de mon doigt et de les fixer à mon crâne. Je renoue mon foulard et me force à respirer tranquillement.

Je retourne à la barre exécuter une seconde fois mes exercices de kiné du soir, qui me permettent de consolider et d'étirer les muscles de ma jambe gauche.

Une idée prend forme dans ma tête, à peine plus audible qu'un murmure d'abord. Une idée dangereuse. Je sais très bien comment me venger de June. Je sais très bien comment lui faire très mal.

La seule chose qui soit plus belle à New York qu'en Californie, c'est la couleur changeante des feuilles. Il y en a partout, aujourd'hui, le vent qui les soulève devant les vitres du studio C me fait regretter de ne pas être à Central Park – plutôt que d'être coincée ici, un dimanche matin, pour faire les exercices prescrits par mon kiné. J'en suis déjà à deux heures d'étirement et de mouvements, mais je ne suis pas contente de moi, mes pirouettes manquent de rigueur, mes *grands jetés** ne sont pas tout à fait aussi majestueux qu'autrefois. La colère qui m'envahit me rend instable.

Épuisée, endolorie, je m'assieds au centre de la salle. Les miroirs me renvoient mon reflet. Je ferme les yeux pour oublier mon image et je médite, comme ma mère et ses amis qui pratiquent la médecine holistique m'y ont encouragée. En général, je déteste ça, parce qu'il me suffit de fermer les yeux pour revivre l'accident. À présent, mes pensées sont entièrement accaparées par le souvenir de mes papillons, de June et de mon envie dévorante de lui rendre coup pour coup.

J'éteins mon portable. Je consulte de façon obsessive les différents profils de June depuis quelques jours. Sei-Jin l'a inondée de photos de papillons. June est systématiquement taguée. Même Bette a laissé un commentaire pour dire combien elle avait trouvé l'épisode des papillons cruel.

Je tente de respirer profondément, en comptant à rebours et en me raccrochant à un mot ou à un son, jusqu'à ce que le reste disparaisse. Ça ne fonctionne pas parfaitement.

Je pose mes mains sur mes genoux. Je cherche le plus grand des arbres à travers la vitre. Je ne sais pas si cette technique est « homologuée », mais je laisse mes yeux remonter le long de ses branches, vers les couleurs qui se mêlent et se brouillent. Mon esprit s'apaise. Rouges, orange, jaunes engloutissent les autres couleurs de la ville, submergent les bâtiments en pierre sur le trottoir d'en face et les gratte-ciel argentés.

J'en suis à environ quinze minutes de cette méditation qui devrait en compter trente (si je veux être honnête lors de mon compte rendu quotidien à ma mère, au téléphone, ce soir), quand je sens une présence au-dessus de moi. Je ne sais pas combien de fois elle a déjà prononcé mon prénom, mais lorsque je l'entends enfin son irritation est perceptible.

— Gigi ! répète Eleanor.

Les syllabes troublent le silence du studio et mon moment de relaxation rouge et orange.

— Ah… Salut !

Je secoue la tête pour m'ancrer à nouveau dans le monde du conservatoire.

— Ça va ? me demande-t-elle.

— Très bien.

Il y a un silence gêné, impossible à combler, alors nous écoutons le vent dehors et le léger grattement des feuilles sur la vitre. Voir Eleanor me fait penser à Bette. Nous avons échangé plus de mots en une minute que depuis la rentrée scolaire. Je m'interdis de repenser à notre véritable dernière conversation – pendant laquelle elle m'a avoué qu'elle m'avait envoyé cet immonde cookie en forme de cœur, recouvert de cafards morts. Elle pose les mains sur la vitre et son regard se perd en direction des arbres.

— Je comptais aller à Central Park, aujourd'hui.

— Super…

Elle écarquille les yeux.

— Qu'est-ce que tu me veux, Eleanor ?

— Je t'ai vue en passant et j'ai eu envie de te dire bonjour.

— Tu te sens seule maintenant que Bette n'est plus là ?

Les méchancetés sortent toutes seules de ma bouche. Une bouffée de chaleur m'envahit. Je n'avais jamais dit une chose pareille de toute ma vie. Je prends du plaisir à la voir grimacer. Sa bouche se pince et ses joues rougissent. Son corps se tend, on dirait qu'elle se prépare à un corps-à-corps.

— Je ne suis plus amie avec Bette. Et je suis désolée d'avoir pris part à tous ces trucs l'an dernier.

— Tous ces trucs, comme tu dis, ont failli me tuer.

— Je sais, chuchote-t-elle.

— Je dois me concentrer.

Je me détourne et reprends mes étirements.

— Je peux t'aider à découvrir qui t'a fait ça, si tu veux.

Elle sort de son sac de danse un pot de houmous et des légumes en morceaux dans de petits sachets en plastique.

— Tu en veux ?

Je fais la moue.

— Je déteste le houmous. Et je n'ai pas besoin de ton aide.

— Dans ce cas, je pourrais simplement…

Elle me tend un sachet de carottes. Elle accompagne son geste d'un léger sourire, qui ne réussit pas à dissimuler son malaise.

— Ce que j'essaie de dire, c'est que les choses sont différentes cette année, c'est un nouveau départ en quelque sorte, non ?

Elle plonge une carotte dans le pot et un peu de houmous atterrit sur mon collant. Je me crispe, mais elle ne remarque rien. Je le chasse d'une pichenette sur le parquet du studio.

— Je suis emballée par toutes ces nouvelles opportunités, ce qui ne m'empêche pas de me sentir un peu seule parfois. Pas toi ?

Elle baisse des yeux légèrement brillants vers moi, elle s'attend à ce que j'acquiesce, voire à ce que je compatisse. Je n'en ai pas l'intention. Je hausse les épaules.

— Pas vraiment. Je suis très occupée.

Je me demande d'ailleurs ce qu'elle fait de son temps libre maintenant que Bette est partie.

— Et c'était d'ailleurs le cas avant que tu viennes m'interrompre.

Le cours optionnel de 4e année du dimanche est terminé. Des parents envahissent le couloir avec leurs *petits rats**. Les jeunes danseuses nous font signe à travers les vitres. Elles forment une marée de justaucorps verts, de collants roses, de larges sourires, de dents éclatantes et d'yeux innocents. Nous leur répondons. Je les entends prononcer mon prénom si fort qu'il claque contre le verre. Des parents nous sourient.

— Tout le monde t'adore.

Soudain pensive, Eleanor paraît déçue, comme si elle venait d'avoir une vraie révélation.

— Tu as un truc en plus, Gigi. Et je ne parle pas seulement de charisme, je...

Cassie vient de nous rejoindre, et Eleanor fait un bond en arrière, on dirait une gamine prise la main dans la boîte à biscuits.

— Tu es prête ? me demande Cassie.

Eleanor réunit ses affaires, son expression paniquée déforme ses traits si doux par ailleurs.

— Je nous ai réservé une table à 10 heures.

Elle pose sur Eleanor un regard glacial.

— Toujours en train de grignoter au lieu de bosser, hein, El ? Alors c'est bien vrai que les habitudes ont la dent dure...

Je me relève d'un bond.

— Allons-y, je dis en agrippant Cassie par le bras.

Je n'ai pas besoin de lancer un coup d'œil par-dessus mon épaule pour savoir qu'Eleanor est restée figée sur place, anéantie.

— J'étais en train de me débarrasser d'elle quand tu as débarqué.

— Elle ne mérite rien d'autre. J'aurais dû être encore plus cassante.

Elle fait des enjambées si rapides et furieuses que je dois presque courir pour tenir le rythme.

— Tu ne dois pas la laisser t'attendrir avec son numéro de pleurnicheuse. Elle est loin d'être aussi innocente qu'elle en a l'air.

— Je sais bien.

Cassie pile net.

— Non, Gigi. Même après tout ce que tu as traversé, tu ne comprends toujours pas. Elle a toujours été le toutou de Bette, sa marionnette. Elle a enfin une occasion d'exister. Tu peux être sûre qu'elle va la saisir.

Je lis très bien entre les lignes.

— Et elle a été à bonne école.

Cassie hoche la tête d'un air solennel.

— Exactement. Alors pas question de pactiser avec l'ennemi.

Puis elle ajoute, avec un sourire en coin :

— À moins, bien sûr, de le faire uniquement pour la piéger.

12. June

— Un pique-nique ? je répète dans un éclat de rire. En novembre ?

Je tremble au moment de m'asseoir à côté de Jayhe, et ce n'est pas qu'un effet du froid. Une part de moi angoisse à l'idée qu'il puisse deviner les plaies que les mots de Sei-Jin m'ont laissées hier soir. Après notre dispute, j'ai éprouvé le besoin de le voir, de me rassurer sur le fait que c'est cette réalité-là qui compte, et pas ces papillons morts qui, de toute façon, me hanteront jusqu'à la fin de mes jours.

— J'ai apporté des ailes de poulet. Et des raviolis.

Il désigne les différents plats exposés sur une nappe à carreaux rouges et blancs dans le parc. Il déballe une boîte d'un blanc immaculé et la pose au centre.

— Sans oublier le gâteau à la noix de coco pour le dessert.

— Les danseuses ne prennent pas de dessert.

J'essaie de tourner ça à la plaisanterie. Ça ne le fait pas rire.

— Je le mangerai tout seul.

Avec un sourire d'idiot, il ajoute :

— Tu te contenteras de profiter du spectacle.

Il continue à sortir des affaires : serviettes, boîtes de nourriture et bouteille d'eau pétillante de la même marque que celle qu'on a bue sur la plage à Brooklyn, cet été. Il m'en tend une. Je constate qu'elle est à la pastèque – une saveur qui n'existe plus depuis.

— Ta préférée.

Je souris en acceptant la bouteille et en l'ouvrant. J'avale quelques gorgées, laisse les bulles fruitées apaiser l'angoisse qui me ronge. Je resserre les pans de mon caban, regrettant de ne pas avoir mis un manteau plus chaud.

— Je sais qu'il fait froid, dit-il en me serrant dans ses bras.

Je me concentre sur sa chaleur qui m'enveloppe. On n'est qu'au tout début de novembre, mais il est certain que l'hiver sera rude, la fraîcheur est déjà bien installée.

— J'ai apporté des couvertures.

On s'assied sur la nappe et il place une couverture écossaise sur nos jambes. Il commence à remplir une assiette en veillant à ce que les différents aliments ne se touchent pas – il sait que je n'aime pas ça. Puis il se sert et mélange tout, lui, avant d'arroser son repas de sauce pimentée. Il se blottit contre moi et mange avec appétit.

Je respire les parfums de porc et de ciboulette des raviolis confectionnés dans le restaurant de son père. Je n'arrive pas à en prendre une bouchée. La bile et la panique macèrent dans mon estomac. Je m'abandonne contre Jayhe et l'écoute me parler entre deux bouchées – de sa petite cousine, qui va avoir un an et qui est à cet âge où l'on change d'un jour à l'autre.

— Goûte le poulet, dit-il en remarquant que je n'ai pas touché à mon assiette. Il est délicieux. Mon père ajoute maintenant une pointe de miel dans la sauce pour adoucir le feu du piment.

Il approche un morceau de ma bouche.

— Les Occidentaux adorent, ajoute-t-il.

Je mâche longuement, essaie de noyer mes inquiétudes dans ce mets bien gras.

— Un régal, j'approuve en attrapant la sauce pimentée. Mais j'aime quand c'est relevé, moi.

Je ne mange pas tout. Juste assez pour qu'il arrête de se focaliser sur mon assiette.

Je sens son regard sur ma bouche. Il me sourit et je découvre une lueur dans ses yeux. Avant que je puisse comprendre ce qui se passe, on est allongés sur la nappe et la nourriture n'existe plus. Ça ressemble à un jeu de gamins d'abord, on roule sur l'herbe, je ris, il arrache un bouton de mon caban en voulant l'ouvrir. Je sens ses mains chaudes et calleuses se glisser sous mon pull, dans mon dos, explorer des territoires encore inconnus. Sa langue s'enfonce un peu plus loin dans ma bouche, et je réponds à sa sollicitation, désireuse d'effacer le souvenir de la veille. Dès qu'il me touche, j'ai la chair de poule ; le chaud et le froid se livrent une bataille à la fois inconnue et familière. Ça ressemble au plaisir mêlé de douleur que l'on ressent en enfilant une nouvelle paire de pointes.

Je ne sais pas combien de temps on reste allongés là. Le temps s'est suspendu, le monde a disparu… Un sifflement strident nous tire brutalement de notre bulle. Alors qu'on enfile à toute allure nos manteaux, un groupe de gosses passe devant nous en courant. Leur accompagnatrice tente, à l'aide de son sifflet en plastique orange, de rétablir l'ordre.

— Allez, allez ! En rang deux par deux, avec votre moitié ! crie-t-elle.

Je rougis en songeant que j'ai peut-être enfin trouvé ma moitié, moi. Jayhe remarque mon expression et sourit. Puis il attrape un ravioli. Il en mange deux, avant de m'en proposer un. Ils sont froids maintenant, compacts, et je sens la brûlure familière de la bile dans ma gorge. Je lui dis que je n'ai plus faim. Il se renfrogne mais n'insiste pas.

— Plus qu'un mois à patienter maintenant avant l'ouverture du nouveau restaurant de Brooklyn.

Il plonge un autre ravioli dans la sauce pimentée au soja et à la ciboule qui fait la réputation de son père.

— Je crois que mon daron voudra que je m'en occupe.

Il parle tout bas, comme si on risquait de nous entendre. À l'exception du groupe d'enfants qui vient de passer, le parc est étonnamment calme pour un dimanche après-midi, sans doute à cause du froid. Je suis si obnubilée par mes problèmes qu'il me faut une minute pour saisir l'implication de cette nouvelle pour Jayhe.

— C'est une sacrée responsabilité, je dis, m'efforçant de me montrer encourageante. Tu penses réussir à mener de front le restau et tes études ?

Il me parle de ses cours de dessin du jeudi soir.

— Ça fait deux mois que j'ai commencé et la prof n'a toujours pas validé mon esquisse.

Il sort de son sac à dos un de ses carnets noirs que je connais par cœur. Il l'ouvre au milieu et je découvre un des premiers dessins qu'il a faits de moi : je pirouette au centre du studio, et mon reflet apparaît dans plusieurs miroirs. Il m'explique son travail sur les couleurs et les ombres. Je trouve ça magnifique et je le lui dis. Il hausse les épaules.

J'imagine que tout le problème est là : ce n'est pas de ma bouche qu'il a besoin de l'entendre. Et c'est pareil pour moi quand il est question de danse. Jayhe juge mes mouvements gracieux, parfaits. Les défauts de mes pirouettes lui échappent, tout comme le fait que mes sauts manquent d'amplitude.

— J'ai demandé à la prof, Madame Takeda, une lettre de recommandation pour l'école de design de Rhode Island, la RISD. Elle a été élève là-bas, elle a peut-être encore des contacts.

— Excellente idée. C'est une bonne école ?

— L'une des meilleures. Je ne sais pas si je serai pris, mais pour te citer « qui ne tente rien n'a rien ».

Il s'absorbe dans ses pensées une minute, puis finit par ajouter :

— Il y a quand même un truc. Rhode Island est à cinq heures de route d'ici, tu sais. On se voit déjà à peine alors qu'on vit à quarante-cinq minutes l'un de l'autre. Du coup…

— Tu me manqueras.

Je pose une main froide sur sa joue tiède.

— Tu me manques déjà.

Il recouvre ma main de la sienne et l'écarte de son visage. À cet instant précis, ce n'est pas le garçon nonchalant que j'ai toujours connu. Il est si sérieux qu'il a des rides sur le front et les joues. Il paraît plus vieux. Las.

— C'est juste que j'ai réfléchi, et… tu sembles si malheureuse ici.

Je sais ce qui va suivre et je secoue la tête. Mais il se jette tête la première et continue :

— Tu allais si bien, cet été. Les cours étaient moins stressants. Tu mangeais plus, tu voyais un psy, tu apprenais le coréen, tu passais du temps en famille, même avec ta mère. Depuis la rentrée, tu…

— Quoi, Jayhe ?

Je refuse d'entendre ce qu'il va me dire. Pas maintenant. Pas quand j'ai travaillé aussi dur pour arriver aussi loin.

— Tu sais bien que je ne peux pas renoncer à la danse, Jayhe. J'ai une réelle chance de…

— Vraiment ?

La distance entre nous se creuse, soudain. Seuls quelques centimètres nous séparent, et pourtant il pourrait s'agir de kilomètres.

— J'ai juste l'impression que cet endroit te rend malheureuse. Et je me suis dit que tu pourrais m'accompagner. Ou alors, on pourrait aller tous les deux ailleurs, dans un endroit plus proche. On serait ensemble.

Est-ce que j'ai bien entendu ?

— Il y a beaucoup d'universités dans le coin. Tu pourrais suivre presque n'importe quel cursus. Tu imagines ? On pourrait avoir certains cours en commun, mais surtout on passerait du temps ensemble.

Je réfléchis au tableau parfait qu'il vient de me brosser : la fac, la danse, les week-ends avec lui. Ce serait si simple… je pourrais mener une vie de fille normale. Je pourrais avoir tout ce dont j'ai toujours rêvé.

À l'exception d'une place dans une compagnie professionnelle. Bien sûr, il y a le Boston Ballet, ou le New England Ballet. Sauf qu'ils n'arrivent pas à la cheville de l'American Ballet Company.

Jayhe attend une réponse. Je m'efforce de me calmer avant de parler. Je tiens à notre histoire, je tiens à lui comme à la prunelle de mes yeux. Pourtant les choses sont loin d'être aussi simples qu'il le suggère.

— Je ne peux pas faire ça.

Je m'interromps pour contrôler le trémolo qui point dans ma voix.

— Tu ne comprends pas. Et rien ne t'y oblige. Mais si tu m'aimes, tu dois l'accepter, Jayhe, la danse est une composante essentielle de ma vie. Et pour danser, j'ai besoin d'être à New York.

Il me sourit.

— Je me doutais que tu me répondrais ça, alors j'ai aussi regardé les formations à New York. Tu serais prête à faire pareil ?

Il sort de son sac à dos des brochures pour des écoles à Boston, New York et entre les deux. Pendant une minute, juste une minute, je mets ma colère de côté. Il est prêt à tellement de concessions pour que ça marche… Ce qui me déconcerte le plus, je crois, c'est que j'ai une vie très différente de celle de l'an dernier… Jayhe en fait désormais partie et il attend de moi que je le prenne en compte dans l'équation. Ce qui fait que j'ai soudain l'impression de devoir choisir entre deux passions : Jayhe et la danse.

— Je vais y réfléchir, c'est d'accord.

Je ne peux pourtant rien lui promettre.

Je suis à la barre, entre Gigi et l'une des nouvelles. On est parfaitement alignées. Bras en cinquième, jambe tendue, mon pied droit va et vient au même rythme que celui des autres danseuses. Je suis invisible et néanmoins à l'unisson avec le groupe. C'est exactement ce que l'on attend de nous. Je ne pense pas à la musique pourtant, ni à la ligne impeccable de ma jambe lorsque je la lève jusqu'à ma tête. Les paroles de Jayhe occupent toutes mes pensées, à chaque instant. Depuis que je sais que je devrai peut-être le quitter étant donné que je ne peux renoncer ni à la danse, ni à New York.

L'ombre de Morkie s'enroule autour de moi, et je me souviens qu'elle m'a reproché mon manque de concentration la semaine précédente. Je me redresse un peu plus.

— *Grand battement** tenu, mesdemoiselles.

Elle s'arrête près de moi, attend. Je lève ma jambe sur le côté, veille à avoir une bonne ouverture de hanches. Ses doigts osseux se déploient et s'approchent de l'intérieur de ma cuisse. Ils pincent mon collant et agrippent un peu de peau. Le geste est cruel, douloureux à travers le tissu fin. Des larmes me piquent les yeux, mais je déglutis, bien décidée à les retenir.

— Ça déborde, lâche-t-elle.

La honte me submerge, si brûlante qu'elle menace de me faire fondre, alors que Morkie n'a toujours pas lâché la partie trop charnue de ma cuisse.

— Vous devez être d'une minceur irréprochable. Les auditions ne vont plus tarder.

Elle marque un silence pour ménager son effet.

— Nous ne tolérerons pas le moindre débordement.

Tout le monde se pétrifie. Plus personne ne respire. Dans mes oreilles résonnent déjà les moqueries et les rires que les filles gardent pour plus tard.

Morkie passe à Riho.

— Tendu, tendu !

Elle hurle à présent, et Riho courbe l'échine comme si elle craignait que Morkie la frappe. Celle-ci la force à quitter la barre et lève un bras pour lui signifier d'exécuter un *grand battement* sur le côté. Morkie lui prend la jambe pour la lever plus haut. Riho laisse échapper un petit cri de douleur. L'espace d'un instant, j'ai de la peine pour elle. Elle est trop jeune, trop petite pour être aussi mal traitée. En même temps, on est toutes passées par là…

À la fin du cours, j'attends que le couloir à l'extérieur du studio se vide puis je descends. J'ai rendez-vous avec la kiné. Elle va me tordre le corps dans une dizaine de directions différentes, elle va me démonter avant de me remonter. Tous les danseurs sont suivis par des kinés, mais certains plus que d'autres.

Je m'allonge à plat ventre sur la table de massage. La kiné me recouvre d'une serviette alors que je porte un débardeur et un short. Les douleurs fulgurantes dans mes tibias pourraient signaler le début d'une fracture de stress. Je ne lui en parle pas, bien sûr. Elle irait trouver Connie et Morkie, et je serais privée de cours pendant au moins une semaine.

L'odeur de latex de ses gants se mêle à celle de l'huile d'amande douce tandis qu'elle me masse le crâne. Elle étire mes membres, évacue la tension.

— C'est bon, conclut-elle de son ton guilleret. Je te conseille de patienter encore quelques minutes dans cette position. Essaie de te détendre.

Elle me donne toujours le même conseil. Elle place une serviette humide et chaude sur mon dos, et mes muscles endoloris se détendent aussitôt. Ses semelles en caoutchouc couinent sur le sol quand elle quitte la pièce.

Mon cerveau est la proie de plusieurs sources de stress : Jayhe, Morkie, Cassie, les cours de danse, la nourriture et Gigi. Je finis pourtant par m'endormir.

À mon réveil, je retire la serviette et retrouve la terre ferme. Sous mes pieds nus je sens des amas soyeux. Je suis un peu déboussolée à cause de la pénombre. Des touffes de cheveux noirs tracent un chemin de la table de massage à la porte. Mon cœur tambourine. Mes mains se dirigent d'elles-mêmes vers ma tête – mes mèches autrefois longues s'arrêtent maintenant aux oreilles.

Je pousse un hurlement, des sons rauques et étranglés qui m'écorchent la gorge. Des larmes coulent sur mon visage, grosses gouttes d'une pluie sinistre et intarissable. Je pleure de confusion, de rage, de douleur. Mes cheveux sont éparpillés un peu partout, sur le sol et la table. Les baskets de la kiné émettent leur habituel couinement lorsqu'elle me rejoint dans la salle.

— June ! Qu'est-ce qui ne va pas ?

Elle rallume la lumière.

— Oh, non, June ! Tes cheveux ! Que s'est-il passé ?

Je le sais très bien. Gigi a vécu la même chose, sous mes yeux, et je n'ai rien dit. Maintenant, c'est mon tour.

13. Bette

À l'issue d'une séance de travail avec Yuli, je m'attarde au sous-sol, peinant à trouver le courage de remonter au rez-de-chaussée.

— Bette, m'appelle Justina, ta mère…

— J'arrive !

Je me prépare au pire avant de gravir les marches. Je traverse la cuisine, puis le hall d'entrée. Le salon est baigné d'une lumière chaleureuse et il y a des éclats de rire. Je me demande, une seconde, si je ne me suis pas trompée de maison.

Mais ce rire, gai et grave à la fois, appartient à Alec. Il me faut convoquer tout mon sang-froid pour ne pas courir à sa rencontre. Je prends le temps de m'observer dans le miroir du hall, d'essuyer la sueur sur mon front et de tirer sur mon sweat-shirt pour dénuder une de mes épaules. Je fais un peu de bruit pour signaler ma présence.

— C'est toi, Bette ? me crie Adele. On a de la visite !

Après avoir passé une main dans mes cheveux humides, je finis par hasarder une tête dans le salon.

— Enfin, c'est plutôt toi qui as de la visite ! rectifie ma sœur avec ce délicieux rire de petite fille que je lui ai toujours envié. Je distrayais Alec en lui racontant les pires anecdotes de la compagnie.

L'automne est la saison qui va le mieux à Alec. Il porte toujours des pantalons d'homme, élégants, des pulls trop grands sous lesquels j'avais la place de me glisser pour me serrer tout contre lui tandis qu'il enroulait ses longs bras autour de moi. Le désir qu'il m'inspire est si puissant, si essentiel que des larmes me montent aux yeux.

— Salut.

J'essaie de contenir mon sourire sans y parvenir. Il se lève aussitôt. Je devine qu'il est heureux de me voir à la façon dont ses oreilles rosissent. Adele emporte sa tasse dans la cuisine.

— Bon, je vous laisse, je retourne à mon appart.

Je lui adresse un sourire reconnaissant et elle m'indique la tasse qui m'attend sur la table basse.

— Camomille, précise-t-elle.

— Merci.

Je m'assieds face à Alec, qui continue à sourire et rougir, même s'il n'en a sans doute pas conscience. J'ai pris soin de m'asseoir suffisamment loin de lui pour que mes mains ne soient pas tentées de toucher ses épaules ou ses cheveux coupés court. De ma place, je peux le contempler tout mon saoul sans l'effrayer.

— Comment ça va ? me demande-t-il avant de se brûler avec une gorgée de tisane.

Il n'est pas habitué à en boire.

— Tu… tu as l'air en forme, Bette.

Maintenant c'est moi qui rougis, ce qui est ridicule – comme si on n'avait pas déjà été tous les deux des millions de fois. C'est Alec. Je le connais depuis toujours.

— Merci. Je prends des cours particuliers. Tu vois le genre.

— Oui.

Il me dévisage.

— Alors ça se passe bien ici avec…

Il lève la tête vers le plafond, à l'endroit où se trouve la chambre de ma mère. À cause du regard qu'il pose sur moi à cet instant, du mélange d'inquiétude et de pitié que j'y lis – avec peut-être, peut-être seulement, un soupçon d'amour –, je fonds en larmes. Tout ce que j'ai retenu en moi – la souffrance, la solitude, l'angoisse, l'acharnement pour prouver mon innocence, le besoin vital de retourner au conservatoire, la peur de ne jamais faire carrière dans la danse – déborde en cascades de sanglots. Alec ne m'a vue pleurer qu'à de très rares occasions. Je déteste lui révéler cette minuscule fêlure.

Il se lève aussitôt pour venir me prendre dans ses bras. Son odeur familière emplit mes narines et je le laisse me serrer contre lui quelques minutes. Il appuie sa tête sur la mienne, son poids est réconfortant. Je pourrais tourner mon visage vers le sien et l'embrasser. Ses bras exercent une pression dans mon dos. Je décide d'y voir une réponse à la question que je n'ai pas posée à voix haute : oui, je lui manque.

— Je me suis fait du souci pour toi, Bette.

Les mots, chuchotés, se déposent dans mes cheveux. Je voudrais fermer les yeux et m'endormir contre lui.

— Tu m'as manqué, Alec.

Je me redresse et il hausse les épaules.

— Alors comme ça… Gigi m'a dit que vous aviez conclu un accord.

Ce nom est une blessure.

— Ouais, c'est terminé.

— Est-ce que ça signifie que…

Je me lève et m'approche de la cheminée.

— Je ne l'ai pas poussée, Alec. Et je ne pense pas que tu serais ici si tu me croyais coupable. Je reconnais que je lui ai fait des choses horribles, j'ajoute pour tenter de stopper l'hémorragie avant qu'elle ne commence. Le message au rouge à lèvres ou les photos dénudées de nous deux. Je voulais lui faire peur, l'intimider. Honnêtement, si je pensais qu'elle méritait…

Les émotions défilent sur ses traits : colère, tristesse, frustration. Je prends une profonde inspiration, cherche les bons mots. Ceux qui le pousseront à me croire. Parce qu'il doit me croire.

— Honnêtement, je n'ai jamais eu l'intention de blesser qui que ce soit. Ni Gigi, ni toi, surtout.

Il garde les yeux rivés sur le sol, et je sens que je suis en train de perdre à vitesse grand V le peu de sympathie qu'il avait réussi à puiser en lui.

— Alors pourquoi tu as fait ça ? Et pourquoi tu as forcé Will à lâcher Cassie ?

Ses questions me donnent bien plus chaud que la cheminée dans mon dos. Pendant l'été, les avocats m'ont interrogée mille fois sur le pourquoi de mes actions. Et je leur ai systématiquement répondu, de façon sèche et laconique, qu'il s'agissait de simples blagues, que je ne pensais pas à mal. Mais dans la bouche d'Alec, ça ne sonne pas pareil.

— Je… je…

Je bafouille, les mots semblent collés à mon palais, je n'arrive pas à les déloger avec ma langue. Le terme *jalouse* monte de mon ventre, pourtant je suis trop fière pour le prononcer.

— Pourquoi, Bette ? répète-t-il plus doucement, comme si j'avais du mal à comprendre sa question.

Je retourne m'asseoir dans le fauteuil à côté du sien. Je remonte mes genoux contre ma poitrine, tente de trouver une position confortable. Comment lui expliquer la succession d'événements d'une façon qui lui semble cohérente, logique ? Je lisse les cheveux plaqués sur mes tempes, remonte jusqu'à mon chignon, même s'il n'y a jamais un cheveu qui dépasse.

Ce n'est qu'Alec. Ou plutôt c'est Alec, justement. Tout le problème est là.

— Je me suis laissé prendre dans un engrenage. J'ai eu peur de ne plus être à la hauteur en comparaison de Gigi ou de Cassie.

Les mots prennent des sonorités dégoûtantes une fois sortis de ma bouche.

— Alors tu as préféré leur pourrir la vie plutôt que travailler plus dur. Tu…

Il veut se lever et je le retiens par le bras, agrippe le tissu de son pull trop grand pour lui. Il ne se libère pas, mais il ne se rassied pas non plus.

— Alec, tu me connais. Tu penses vraiment que je suis capable d'une chose pareille ? Je n'ai pas poussé Gigi, et tu le sais. Dans le cas de Cassie, j'ai juste demandé à Will de la déséquilibrer légèrement pendant le porté. Pas de la lâcher d'aussi haut et de l'envoyer direct sur une table d'opération. Je ne suis pas parfaite. Pour autant, je ne ferais jamais un truc pareil. Je ne chercherais pas délibérément à blesser quelqu'un, et encore moins à le tuer.

Je me lève d'un bond.

— Je suis venu obtenir des réponses.

Il semble déchiré : entre les mensonges et la vérité, entre Gigi et moi.

— Alec…

Je monte sur mes orteils pour lui susurrer au creux de l'oreille :

— Je suis désolée.

Je répète cette phrase jusqu'à ce que les mots se transforment en une succession de respirations. Je veux qu'il sache que je suis toujours Bette, et lui toujours Alec.

Il me fait taire.

— Tout a changé au conservatoire.

Dans ma tête je prétends qu'il vient de dire que *mon absenc*e a tout changé au conservatoire.

— Un vrai bazar. On est tous à ramasser à la petite cuillère.

Je perçois la souffrance dans sa voix, je devine les fêlures derrière le masque de bravoure qu'il s'efforce d'afficher. Il s'écarte, les joues encore un peu rouges, et va s'asseoir sur le canapé, de l'autre côté de la table basse. Il baisse les yeux vers ses mains, celles avec lesquelles il vient de m'enlacer.

— Ça fait bizarre sans toi, Bette. Tu as toujours été là.

Je m'approche de lui. Il se lève et quitte la pièce avant que j'aie eu le temps de le toucher. La porte d'entrée claque légèrement derrière lui.

Dans le couloir, l'horloge de parquet sonne les douze coups de minuit. Munie de mon ordinateur portable, j'ouvre la porte de ma chambre. Le clair de lune se déverse par l'immense fenêtre en face de celle de ma mère. Je sais que sa porte est enfermée à clé. Elle a toujours veillé à ce qu'on ne puisse pas entrer, ma sœur ou moi, pas même quand des éclairs déchiraient le ciel ou que le tonnerre secouait nos vitres et qu'on aurait voulu se réfugier dans son lit king-size.

Je descends dans la salle à manger et règle la lumière au minimum. J'ouvre l'application connectée à la caméra de Gigi sur mon ordinateur : la chambre est vide, plongée dans le noir. Je fais défiler les images enregistrées plus tôt dans la journée, à la recherche d'un élément exploitable, mais il n'y a rien d'autre qu'elle gloussant avec Will ou embrassant Alec, et je n'ai aucune envie de me soumettre à cette torture.

Je ferme l'onglet et me connecte à Internet. Dans le moteur de recherche, j'entre les mots suivants : ballerine, danse, ABC, Gigi Stewart, taxi, accident, SoHo.

Plusieurs dizaines d'articles apparaissent, des trucs voyeuristes – « Scandale dans une école de danse », « La compétition tue », « Les mécènes de l'ABC sont choqués par le harcèlement qui a cours au conservatoire ». Je fais en sorte de ne pas m'attarder sur les articles qui pourraient contenir mon nom. Des filles d'autres écoles de danse ont adressé des mèmes et des images de prompt rétablissement à Gigi. Ma poitrine se serre douloureusement : les gens l'aiment encore plus qu'avant.

Je clique sur des vidéos au hasard. Il y a des extraits d'anciennes représentations, des séquences volées lors d'auditions au conservatoire, des déclarations d'amour à la pauvre Gigi blessée. Tout en bas de la page, je découvre une vidéo intitulée « Fille renversée par une voiture ». Je clique dessus et pendant que le petit cercle tourne au centre de l'écran, signalant le chargement de la vidéo, je lis la description, juste en dessous. *Jamais filmé un truc aussi horrible.* Et la date : vendredi 16 mai.

Mon cœur se met à battre la chamade lorsque les premières images apparaissent. Je reconnais la sortie de la boîte. Des filles défilent devant l'objectif. Je suis parmi elles. Celui qui tient la caméra nous taquine au sujet de nos robes moulantes et de nos talons trop hauts. Il me semble soudain voir apparaître devant la boîte quelqu'un qui ressemble à Henri. Il passe les mains dans ses cheveux ébouriffés et se faufile derrière moi.

Les émotions que j'ai réussi à contenir tout ce temps se rebellent soudain : je ne peux pas empêcher mes mains de trembler ou la sueur de dégouliner dans mon dos. Je guette la preuve. J'attends de voir Henri pousser Gigi. Je guette le soulagement qui viendra une fois que ce sera terminé.

La vidéo s'interrompt soudain et un message d'erreur apparaît. Je retiens de peu un hurlement avant d'appuyer un millier de fois sur la touche « play ». Je redémarre mon ordinateur. Malheureusement, chaque fois que je relance la vidéo, elle s'interrompt toujours au même endroit. Je clique comme une folle, en vain.

Un énorme sanglot monte dans ma poitrine. Je tente de le retenir. Les pensées se déchaînent dans ma tête. L'absurdité de cet événement, les conséquences considérables qu'il a eues sur mon existence, le désir d'en terminer enfin.

Mais je ne peux pas me laisser aller. Je dois réagir.

J'envoie un message à l'auteur de la vidéo en lui laissant mon numéro de téléphone et mon adresse mail, même s'il n'a rien posté depuis ce jour. Son compte a peut-être été désactivé. Je classe la page dans mes marque-pages et réfléchis au moyen de découvrir l'identité de celui qui l'a créée. J'ai mal au crâne : j'ai passé trop de temps sur cet écran, j'ai pris une amphétamine de trop, j'ai veillé trop tard. Mais je sais que je touche au but. Il ne me reste plus qu'à trouver la dernière pièce du puzzle.

14. Gigi

Les jambes d'Alec pendent dans le vide, juste à côté de mon lit. Il est si grand que, malgré sa maigreur, il le recouvre presque entièrement. Je ne peux presque plus voir le motif de l'édredon que ma mère m'a acheté. Ça fait plusieurs fois qu'il insiste pour que je vienne m'allonger à côté de lui. Avec les nouvelles règles et le recrutement de surveillantes supplémentaires, nous essayons d'être prudents. Nous ne pouvons ni l'un ni l'autre nous permettre de nous attirer des ennuis. Et pourtant, même si je me répète souvent qu'il faut être raisonnable, je continue à aimer passer du temps avec lui dans ma chambre, à me délecter de l'odeur que sa peau laisse sur mes draps.

— Qu'est-ce que tu en dis, alors ? Pour le magazine ?

J'ai demandé à Alec s'il accepterait de figurer, avec moi, dans un article de *People* – ils veulent écrire sur un couple de danseurs. Il ne m'a jamais dit ce qu'il en pensait.

— Il faut donner notre réponse cette semaine. Le journaliste nous a appelés, mes parents et moi.

Il hausse les épaules puis se rallonge.

— Je sais pas trop...

Il fixe le plafond, sourcils froncés.

— C'est pas un peu un torchon, ce magazine ? Les gens qui aiment vraiment la danse ne lisent pas ce truc.

Nous avons déjà eu deux disputes à ce sujet.

— C'est une occasion d'apparaître dans la presse. Pile ce dont nous avons besoin pour décrocher des postes d'apprentis dans la compagnie. Ils adorent ça ! Le conservatoire a besoin de redorer son blason. Et *People* a fait des articles sur tous les grands noms.

Je sais très bien ce qu'il se dit. Que c'est ce dont, moi, j'ai besoin. Sa place dans la compagnie est quasiment actée, d'abord parce que c'est un Lucas, mais aussi et surtout parce qu'il est le meilleur élève masculin que le conservatoire ait eu depuis des années. De mon côté, je n'ai aucune garantie de signer un contrat avec l'ABC à la fin de l'année. Il faudrait d'ailleurs que je prévoie de passer les auditions pour le Hamburg Ballet et le Dutch National Ballet qui auront lieu en janvier, ici. Et de faire le tour du pays pour tenter ma chance dans d'autres compagnies, afin de m'assurer un plan B.

— Pourquoi tu ne le fais pas toute seule dans ce cas ?

— Ce n'est pas moi qu'ils veulent, c'est nous.

— Ils sont trop nazes.

Il cache ses yeux sous son avant-bras et je comprends que la conversation l'embête.

— Ce sont les cours qui comptent, Gigi. Montre-leur que ta technique est toujours impeccable. Meilleure même.

Son portable vibre. Je me dévisse le cou pour voir l'écran. J'aperçois le nom de Bette, suivi de smileys et de cœurs. Je pique un fard de rage.

— Tu devrais venir t'allonger.

Il caresse l'édredon juste à côté de lui.

— Viens faire ma petite cuillère.

Il bascule sur le flanc pour me laisser la place nécessaire. Mon cœur s'emballe légèrement, séduit par cette invitation. Alec insiste encore, et je finis par aller m'étendre à côté de lui.

— On va bientôt devoir descendre. Il faut qu'on signe le registre de la cafét', me dit-il.

Je me mordille l'intérieur de la joue tout en cherchant les bons mots. Il soulève mes cheveux pour m'embrasser dans la nuque. Je m'efforce de chasser le léger tremblement de mes mains au moment de les passer sur sa tête. Une petite flamme de culpabilité s'allume dans ma poitrine. Je pense à la chevelure de June, à ce que je lui ai fait. Si j'avais coupé les mèches plus court, elle aurait été obligée, pour les égaliser, de ne garder, que quelques centimètres sur son crâne, comme Alec. Que penserait-il de moi s'il savait ? Comprendrait-il ? Aimerait-il la nouvelle Gigi ?

Il m'embrasse. Je tente de m'abandonner à ses caresses, mais je n'entends que la petite sonnerie de son portable, accompagnée d'une vibration. Je mets plus de passion dans notre baiser pour chasser l'étrange sensation qui se diffuse en moi.

— Tu m'as manqué, me murmure-t-il dans le cou en tirant sur mes cheveux lissés. J'ai l'impression qu'on ne se voit presque plus.

Les vibrations de son portable me semblent de plus en plus fortes. Je me redresse sur l'avant-bras et repousse son visage.

— Il faut que je te demande quelque chose.

— Je te l'ai dit, je n'ai pas envie de…

Je pose mon index sur ses lèvres.

— Tais-toi une seconde.

Il pose la tête sur mes oreillers, me dévisage.

— D'accord.

— Tu as parlé à Bette ?

J'attrape mon portable, le serre de toutes mes forces, prête à dégainer les photos qu'elle a postées sur les réseaux sociaux et qu'il a « likées ». Peut-être que je fais des histoires pour rien. En tout cas, je n'arrête pas d'y penser. Il se renfrogne.

— Pas vraiment, non. Pourquoi ?

— C'est oui ou c'est non ?

Ses doigts effleurent ma jambe, et je la retire.

— Qu'est-ce qui se passe, Gigi ?

— Je viens de voir…

Je lui montre l'écran de mon portable. Le visage souriant de Bette surgit. Elle est si présente sur les réseaux qu'on peut suivre sa quarantaine quasiment au jour le jour. On dirait qu'elle passe des vacances de rêve.

— Tu as « liké » ses photos, et je…

— Tu es sérieuse, là ?

— Oui, je dis en coupant mon portable. Et j'ai aperçu son nom sur ton portable tout à l'heure. C'est bizarre. Vous n'êtes plus ensemble vu que tu es avec moi, et vous n'êtes plus amis, alors pourquoi est-ce que tu donnes ton avis sur ses photos ?

— C'est juste des photos, Gigi.

— Ça me dérange. J'en viens à me demander si tu m'aimes autant que tu le prétends.

— Tu sais ce qui me perturbe, moi ?

Il s'écarte de moi pour aller s'asseoir au bout du lit.

— De te voir espionner Bette sur les réseaux sociaux, scruter ses « likes ».

— Mais…

— Et tu sais quoi d'autre ? Je trouve ça bizarre que tu passes autant de temps avec Will. Que tu l'aies laissé te convaincre de l'importance de cette histoire de magazine. J'ai bien compris que c'était son idée. Ça lui ressemble tellement. L'ancienne Gigi…

Je me lève soudain.

— C'est ton ami. Enfin, plutôt, c'était. Et maintenant c'est le mien.

— On n'est plus aussi proches depuis la fin de l'année dernière, tu le sais très bien. Il y avait une gêne entre nous. Il était bizarre. J'ai juste… il a beaucoup changé. Et toi aussi.

— Qu'est-ce que je suis censée comprendre ?

— Que tu es différente, dit-il en haussant les épaules. Je ne l'entendais pas comme un reproche. Bon allez, je n'ai plus envie d'en parler.

Sauf que nous n'en avons pas parlé, justement.

— D'accord.

Il se remet à jouer avec mes cheveux. Cette manie, que j'ai toujours trouvée charmante, m'agace subitement.

— Je préfère t'embrasser, reprend-il avant de m'entraîner à nouveau sur le lit et de ramener mes jambes sur les siennes, de les caresser.

Il retrouve le creux de ma nuque et y dépose des baisers. Je voudrais m'abandonner à cette étreinte, mais questions et inquiétudes se déchaînent dans mon crâne.

— Qu'est-ce que ça veut dire, au juste ?

Alec se libère.

— Je n'ai pas l'intention d'avoir une dispute débile avec toi, Gigi. Pour rien, en plus ! J'ai « liké » une photo de Bette, et alors ? Je la connais depuis toujours. Est-ce qu'il faut nécessairement que ça signifie quelque chose ? Je suis ici, avec toi. On est ensemble, Gigi.

— Je n'ai pas envie de me battre.

— Alors passe à autre chose.

— Très bien.

— On ferait mieux de descendre à la cafétéria, de toute façon.

Arrivé à la porte, il se retourne :

— Tu viens ?

— J'ai pas faim. On se voit après le cours de danse.

— OK.

Ces deux lettres résonnent longuement, brutalement. Il sort dans le couloir et laisse la porte grande ouverte. Je reste assise sur mon lit, un peu sonnée par cette étrange dispute avortée. Les minutes défilent.

— Ça va ?

Je découvre Cassie sur le seuil de ma chambre.

— Ouais. On vient de s'engueuler avec Alec.

Après avoir refermé derrière elle, elle fait quelques pas dans la pièce et effleure la barre au milieu.

— J'aimerais bien en avoir une, moi aussi. Enfin pour ça il faudrait que j'aie une chambre seule. Tu partageais la tienne avec June l'an dernier, non ?

Je sursaute en entendant ce prénom.

— Ouais.

Je lui offre à boire pour mettre un terme à ses questions. Mon mini-réfrigérateur ne contient pas grand-chose.

— Tu veux… mmmh… de la limonade ?

— Non, merci. C'est trop calorique.

Je range les petites bouteilles et note, dans un coin de mon esprit, de demander à ma mère d'arrêter de m'en envoyer.

— Alec fait un peu sa princesse, des fois, lâche-t-elle.

Je ris si fort que je manque de m'étrangler.

— Il piquait des crises, petit, quand sa nounou ne lui servait pas ses carottes râpées et ne coupait pas ses sandwiches en triangles.

J'essaie de l'imaginer enfant, je songe qu'ils doivent se connaître par cœur. Je me demande si je ne devrais pas interroger Cassie au sujet d'Alec et Bette, j'aimerais savoir si c'est de la paranoïa pour les « likes » sous les photos. Mais j'ai peur qu'elle me dise que oui, alors je ne dis rien.

— Il doit y avoir quelque chose dans l'air. June vient de piquer une crise parce qu'elle n'arrivait pas à se faire un chignon pour le cours de danse.

Elle imite June : elle plisse les yeux – ce qu'elle fait toujours quand elle est contrariée – et fait semblant de se coiffer.

— Quelle coupe atroce, d'ailleurs.

Un rire nerveux m'échappe.

— Ah bon ? Je n'ai rien remarqué.

C'est faux, évidemment. June est allée chez un coiffeur juste après l'incident, mais le résultat n'est pas beaucoup plus flatteur. On dirait une coupe au bol ratée.

— Alors là, tu mens, Gigi, me lance Cassie en imitant le grimace d'irritation de June.

J'éclate de rire.

— Tout le monde parle d'une mauvaise blague. Je lui ai posé la question et elle a nié. Elle prétend que le coiffeur a dérapé pendant qu'il la coiffait. Je peux te dire que j'ai bien remarqué qu'elle pleurait tous les soirs avant de s'endormir.

Elle fait semblant de sangloter en silence et de renifler.

Le besoin de voir June souffrir me dévore. J'imagine les traces laissées par les larmes sur sa taie d'oreiller en soie. Elle ressemble à une gamine de trois ans avec son carré trop court, sa poitrine plate et ses mines ridicules. Je fais taire toute velléité de culpabilisation. Elle a mérité ce qui lui arrive. Elle a tué des êtres qui comptaient plus que tout à mes yeux. Ses cheveux repousseront. Mes papillons, eux, ne reviendront pas à la vie.

— Elle le mérite.

Ce n'est qu'en voyant l'expression de Cassie que je m'en rends compte : j'ai parlé tout haut.

— C'était toi.

J'ouvre la bouche pour mentir, mais elle m'interrompt, un petit sourire aux lèvres :

— J'avais un pressentiment...

— Tu te trompes, Cassie.

— Pas du tout ! Et c'est formidable ! Il était temps. Je vais t'avouer un truc, moi aussi. Les mèches de la nouvelle, Isabela, tu vois ? C'est moi !

— Ah bon ? Elle raconte à tout le monde qu'elle est allée chez le coiffeur.

— Quelle baratineuse ! lâche Cassie en hochant la tête avec fierté. Elle pensait pouvoir dire des vacheries sur moi à Morkie, et salir ma réputation, sans en subir les conséquences. J'ai décidé que je ne serais pas une victime cette année. Je refuse de me laisser faire.

— Moi aussi.

Je soutiens son regard et ajoute :

— Et oui, c'est moi qui ai coupé les cheveux de June.

C'est si bon de l'admettre, de voir que ça provoque un sourire. J'ai l'impression d'avoir gagné pour une fois. Ça me procure la même sensation que si je venais d'enchaîner un million de pirouettes parfaites sous le regard extatique de Morkie. C'est si bon que le sourire de Cassie efface un peu ma culpabilité.

— Qu'est-ce que June t'avait fait ? Il faut que je surveille mes arrières, maintenant.

Je prends une profonde inspiration. Mes yeux sont attirés par le rebord de la fenêtre – l'endroit où j'avais installé mon terrarium. Les succulentes d'Alec forment de petites grappes sous leur cloche en verre.

— J'avais des papillons. Elle les a tués.

Cassie a l'air outrée.

— Elle est complètement cinglée, cette fille. C'est aussi grave que si elle avait buté un chat.

Elle pince les lèvres.

— Tu sais, Gigi, à mon arrivée ici, on m'a torturée.

— Qu'est-ce qu'on t'a fait ?

— La question serait plutôt qu'est-ce qu'on ne m'a pas fait, soupire-t-elle. Elles ont ajouté de la teinture violette à mon shampooing. Accroché des photos immondes de moi dans la Bulle. Piraté ma boîte pour imprimer mes mails à Henri. Fait courir des rumeurs à mon sujet. Déchiré mes collants avant une représentation. Écrit des horreurs sur mes pointes…

— Elles m'ont laissé un message sur le miroir du studio.

— Au rouge à lèvres ?

— Oui.

— C'est signé Bette !

Elle serre les dents.

— Et June a aussi pris part à ton harcèlement, alors ?

— Oui, je confirme.

Je voudrais demander à Cassie comment elle s'est blessée à la hanche, mais je sais que ce serait maladroit. Je ne trouverai jamais les mots de toute façon.

— On va se venger de chacune d'entre elles. Le moment est venu d'arrêter d'être des victimes. C'est notre année.

L'emploi du « nous » est si doux, si valorisant. Cassie va récupérer le sac qu'elle a posé près de la porte en entrant.

— Je voudrais que tu me rendes un service.

Elle sort un pot de houmous parfumé au piment et à l'ail.

— Je déteste ça, tu sais. Ça me fait penser à un masque pour le visage.

— Ce n'est pas pour toi, c'est pour Eleanor. Je voudrais que tu la convainques de le manger.

Je lui rends aussitôt le pot, comme si j'avais peur que du poison suinte à travers le plastique.

— Qu'est-ce qu'il contient ?

Elle me glisse le pot entre les mains.

— C'est sa marque préférée. J'ai juste ajouté quelques cacahuètes. Elle est allergique. Ça lui fera gonfler les lèvres et ça lui donnera quelques démangeaisons.

— Les allergies aux fruits à coques sont dangereuses, Cassie.

— Pas la sienne. Quand j'étais ici, elle s'empiffrait du caramel aux cacahuètes que la grand-mère de Bette envoyait de Boston.

Elle bat des cils d'un air de penser que je suis vraiment trop bonne poire de m'inquiéter de cette pauvre Eleanor et de sa légère allergie.

— Tu sais qu'elle rendait tout le temps service à Bette à l'époque ? Un vrai larbin. Elle s'est chargée de mettre la teinture dans mon shampooing et d'imprimer les mails que Henri m'avait envoyés.

— Elle m'a fait livrer un cookie moisi l'an dernier. Accompagné de cafards morts.

— Tu vois ? dit-elle en tapotant le couvercle. Elle le mérite.

— Mais pourquoi tu ne t'en charges pas toi-même ?

— Parce qu'elle sait que je ne l'aime pas. Alors qu'elle continue à penser que tu es son amie.

— Je ne suis pas certaine qu'elle emploierait ce mot-là.

— Enfin toi, au moins, tu acceptes de lui parler plus de cinq secondes. Elle ne doit pas penser que tu la hais.

Je prends le temps d'y réfléchir un instant. Je n'ai pas passé un seul moment avec Eleanor depuis qu'elle est venue me trouver, ce jour-là, dans le studio. D'un autre côté, elle ignore que j'en sais aussi long sur Bette et sur elle. Sur ce qu'elles ont fait. J'ai plus de chances de réussir que Cassie.

— D'accord.

Ma main tremble lorsque je range le pot de houmous dans mon réfrigérateur.

Nous nous étirons dans le studio B en attendant Morkie et Pavlovich pour notre première répétition du *Lac des cygnes.* Ce ballet est le rêve de toute danseuse. L'argument – une princesse envoûtée par un sorcier malfaisant et transformée en cygne – est l'un des plus célèbres. Bien avant de connaître les variations du ballet, je rêvais de cette histoire.

Être choisie pour interpréter Odette ou Odile serait le signe que j'ai une chance de devenir, un jour, danseuse vedette de la compagnie. Je suis surprise de constater combien ce désir est profondément ancré en moi. Les heures interminables de kiné, les répétitions supplémentaires dans le vieux studio du sous-sol… Celui-ci a été condamné maintenant. Comme la Bulle. Il n'y a plus d'endroits secrets au conservatoire. Ce qui n'empêche pas les secrets.

Madame Dorokhova fait son entrée. Un silence subit s'installe. Elle va et vient le long des miroirs. Ses ballerines à petits talons produisent un léger claquement. Nous cherchons toutes Morkie et Pavlovich du regard. L'énergie électrique qui émane de chaque danseuse tisse une toile imaginaire entre nous.

— La plupart d'entre vous me connaissent, du moins je l'espère. Je suis Madame Dorokhova et je vais vous donner cours aujourd'hui.

Nous hochons la tête et nous inclinons en signe de respect. Nous retenons notre souffle, digérant peu à peu notre surprise.

— *Le Lac des cygnes* a le pouvoir de faire les danseuses… ou de les détruire. Il met les vraies étoiles en lumière et plonge les autres dans le noir. Ce ballet classique permet de révéler la beauté de la technique russe. C'est le meilleur promoteur de la méthode Vaganova.

Elle effleure l'épaule d'une fille avant de poursuivre :

— Pour interpréter ce ballet, il faut être capable d'être à la fois lumineuse et sombre, bonne et cruelle. C'est pour cette raison que seules les meilleures ont la chance d'interpréter Odette ou Odile.

Elle fait signe à Viktor de prendre place.

— Vous connaissez toutes des extraits de ces variations, mais je suis ici pour vous apprendre à relier ces fragments ensemble. Nous comptons sur vous pour exprimer toute la beauté de ce ballet.

Aucune de nous n'arrive à détacher ses yeux d'elle. Sa présence nous rappelle l'enjeu de cette année : à partir de maintenant, le moindre de nos mouvements pourrait affecter nos chances de réussite à tout jamais.

— Ce ballet est un objet de vénération. Le public en connaît les temps forts et les guette, de la réception donnée pour l'anniversaire de Siegfried dans l'acte 1 au fameux acte blanc au bord du lac, à l'acte 3, sans oublier la fête pendant laquelle Odile danse son fameux *pas de deux** jusqu'à la toute dernière seconde. Ce ballet exige une endurance remarquable. Des pieds infatigables.

Elle se met à décrire un cercle autour de nous.

— Nous commencerons par l'acte blanc, puis nous remonterons vers le début du ballet.

En apercevant Morkie, qui vient de nous rejoindre, je suis tentée de pousser un soupir de soulagement, mais je préfère retenir la tension qui s'est accumulée en moi et l'utiliser pour danser.

— Pour débuter, je veux quatre cygnes au premier rang. Nous allons travailler *la danse des petits cygnes**. Une des plus connues.

Elle fait signe à Viktor de jouer la mélodie. Mes pieds se mettent à exécuter les pas par réflexe. Quatre danseuses glisseront sur la scène en se tenant par les bras dans un mouvement d'une précision extrême, dans une synchronisation parfaite.

— Prenons Riho, dit Morkie.

Celle-ci bondit, aussi vive qu'un pétard, pour aller se placer à l'avant du studio. Elle est beaucoup plus petite que nous toutes et pourrait se fondre dans un groupe de *petits rats** sans aucune difficulté. Un grognement s'élève, je ne sais pas qui l'a poussé.

— Cassandra, dit Madame Dorokhova.

Cassie envoie un baiser à la directrice de l'ABC – audacieux ! – en rejoignant Riho. Ses jambes sont si longues que la petite Japonaise ressemble soudain à une souche d'arbre à côté d'elle. Nos deux professeurs du jour hésitent avant de sélectionner les autres danseuses du premier quatuor. Des nœuds se forment dans mon estomac, j'ai l'impression d'avoir avalé un long ruban complètement emmêlé. Je ne veux pas danser ce passage. Je veux interpréter Odette ou Odile. Mais pour atteindre cet objectif, il faut qu'elles me voient. J'ai besoin qu'elles m'appellent pour pouvoir utiliser mes jambes, mes pieds, mes bras. Pour faire la démonstration que je vais bien.

— June.

Madame Dorokhova balaie la salle du regard, à la recherche de sa dernière victime.

June avance tête baissée, en signe de respect, ce qui ne m'empêche pas de noter son petit sourire en coin. Sa coiffure ne ressemble à rien. Son bandeau fait remonter ses cheveux, à peine assez longs pour qu'elle puisse porter un chignon. La satisfaction rosit mes joues.

— Gigi, annonce Madame Dorokhova.

Mon moniteur cardiaque vibre à mon poignet : je ne contrôle plus le rythme de mon pouls.

Morkie nous montre, avec ses mains, l'enchaînement des pas des petits cygnes pour nous rafraîchir la mémoire. Un, deux, trois. Nos pieds glissent sur le parquet. Pointe. Relevé. Au bout d'un moment, je ne l'entends plus. Je connais cette variation. Je l'ai apprise en Californie pour un spectacle, l'année de mes onze ans.

Nous entrecroisons nos bras. Je tiens la main de June et celle de Cassie. Viktor égrène les célèbres notes guillerettes en ouverture. Couper devant, derrière, devant, derrière, devant, derrière. Nous nous rendons ensemble au centre du studio, regard tourné vers la fenêtre. Nous étirons nos jambes, tel un éventail d'épées, dans un ensemble parfait, puis nous formons à nouveau une ligne absolument droite pour revenir en arrière.

Madame Dorokhova et Morkie nous indiquent l'endroit où nous devrions arriver. La main de June est moite. Ça me fait drôle de la tenir. Cassie resserre sa prise sur la mienne.

— Plus de légèreté enfin, crie Madame Dorokhova. Vous êtes des *petits cygnes** pas des *petits éléphants**.

— Regard à gauche ! À droite ! Maintenant devant, nous presse Morkie alors que nous peinons à être synchronisées. Attention à vos *échappés** ! Plus de précision !

Madame Dorokhova se trouve juste devant nous.

— À plat, pointe. À plat, pointe. Et à plat, pointe. Plus vite !

Leurs indications nous perturbent, il y a désormais plusieurs secondes de décalage entre nous. Riho rompt la chaîne.

— On est trop lentes, se plaint-elle.

Je crois que c'est la première fois que j'entends le son de sa voix. Les yeux de June lui lancent des éclairs.

— Ce n'est que le début, lui répond Morkie. Et tu n'as pas à lâcher la main des autres tant que je ne te l'ai pas demandé.

Riho est rose vif. Morkie lui saisit le menton et j'ai peur, soudain, qu'elle la gifle. Mais elle nous renvoie toutes les quatre au fond et met un terme à la répétition. Elle a honte de nous. Nous n'étions pas prêtes pour passer devant Madame Dorokhova. Je devrais être gênée, pourtant je suis soulagée.

Eleanor se laisse tomber à côté de moi, sur le parquet, pour dénouer ses pointes. Je sens le regard de Cassie dans notre direction. Je relève la tête vers elle ; elle arque ses sourcils de façon interrogatrice. C'est une occasion en or. Je me force à engager la conversation avec Eleanor.

— Cette séance m'a tuée…

Je range mes chaussons et glisse mes pieds dans des bottes – leur fourrure apaisera mes pieds endoloris.

— Tu m'étonnes, répond-elle en s'étirant.

— Ça te dirait de manger un morceau ? Je crois qu'il est temps qu'on parle un peu, toutes les deux.

Elle semble prise au dépourvu.

— Je… euh… j'ai un rendez-vous.

Elle est rouge comme une tomate et évite mon regard.

— Mais demain si tu veux ?

Dans ses yeux paniqués j'aperçois une lueur d'espoir.

— Entendu. Dans la matinée ? On pourrait se faire un petit casse-croûte avant de s'étirer et, pourquoi pas, de bosser sur les variations ?

Cassie, qui n'en perd pas une miette, me sourit.

— Bien sûr.

— Super. J'ai ce qu'il nous faut.

15. June

La chambre est encore plongée dans le noir lorsque mon réveil se met à hurler. Je me dépêche de l'éteindre avant de réveiller Cassie. Je ne suis pas en état de supporter une nouvelle dispute. Pas aujourd'hui. Heureusement, elle ne fait pas le moindre mouvement, ses légers ronflements résonnent dans la petite pièce, étouffés par les plaids roses entassés sur son lit. Après avoir glissé mes pieds glacés dans mes chaussons, je me rends dans la salle de bains. Je règle l'eau de la douche sur une température si brûlante qu'elle devrait me faire hurler. J'ai besoin de cette sensation pour effacer le souvenir du pincement de Morkie.

J'essuie la buée sur le miroir pour ausculter mon corps. Je touche mes cheveux trop courts et ravale les émotions qui m'assaillent. Je descends vers mes clavicules, ma poitrine puis mes côtes. Elles étaient plus saillantes avant, je pouvais les compter. Mes mains glissent ensuite vers mon ventre et mes hanches. Je presse un doigt contre ma cuisse, il s'enfonce dans le gras. Je rougis, non pas à cause de la chaleur vaporeuse qui envahit peu à peu la salle de bains, mais à cause de mes kilos en trop. Je trouve l'endroit, le bourrelet, et je le pince comme Morkie. Je le serre entre mes doigts jusqu'à ressentir une brûlure. Un cri de douleur monte en moi.

Ce n'est pas aussi catastrophique qu'à la rentrée : mes contours se sont en partie précisés. Il reste pourtant ces courbes indésirables sur mes hanches, ce léger rembourrage à la poitrine. Tout ça doit disparaître.

La dernière pesée, dans le bureau de l'infirmière, remonte à une semaine. Connie a soupiré en voyant les chiffres se stabiliser à 47.

— Tu es sur une pente glissante, E-Jun, m'a-t-elle dit de son ton condescendant. Il faut que tu te ressaisisses. Tu dois reprendre du poids.

Je monte d'un pas hésitant sur la balance gris métallisé que Cassie a posée dans un coin de la salle de bains. Les chiffres s'emballent, grimpent, dévalent, paniquent avant de ralentir pour se stabiliser : 46,5… 47,5… 47… 48,5… Le couperet tombe : 47,5.

Les mots de Morkie tournent en boucle dans ma tête : *Nous ne tolérerons pas ça. Nous ne tolérerons pas ça. Nous ne tolérerons pas ça.*

Je descends, mais les chiffres sont gravés sur ma rétine. Une voix intérieure me lance : *Qu'est-ce qui serait tolérable ?*

45. 44. 43.

Je retourne me placer devant le miroir, essuie à nouveau la buée et fixe mon reflet.

— Tu en es capable !

J'ai besoin de cette pression, de ce sentiment de contrôle si exaltant, comme lorsque je suis à la barre et que je dis à mes muscles de quelle façon se contracter ou s'étirer. Mon regard se dirige vers les toilettes. Je me touche à nouveau le ventre. Je m'accroupis devant la cuvette en porcelaine étincelante et je suis accueillie par le gargouillis de l'eau au moment où je me penche. Ma respiration se précipite et le spasme familier secoue mon corps entier.

Rien ne sort pourtant. J'essaie une seconde fois, en approchant mon visage de l'eau. J'attends. Toujours rien. Gagnée par l'impatience, je plonge deux doigts au fond de ma bouche et obtient aussitôt un résultat – même si c'est surtout de l'eau et de la bile qui sortent. La toux qui suit me fait monter les larmes aux yeux. Une tache rose retient mon attention. L'angoisse me saisit une seconde, néanmoins c'est plus fort que moi. Mes doigts n'écoutent pas les ordres de mon cerveau.

Une nouvelle pression à l'arrière de ma langue et le reste sort, dans un jet puissant. Je suis à la fois vide et pleine. Le soulagement et la satisfaction m'envahissent.

Je me douche en quatrième vitesse, compte sur le jet brûlant pour noyer tout ce que je ne parviens pas à faire taire dans mon crâne : pensées au sujet de mes cheveux, de Cassie, de la fac et des auditions qui approchent. L'eau emporte le stress provoqué par le geste de Morkie, la perfection de Riho et le souvenir des papillons de Gigi. Quand j'ai terminé, je suis débarrassée de tous ces fardeaux, qui disparaissent dans la bonde avec l'eau savonneuse.

Cassie m'attend près de la porte de la salle de bains, en robe de chambre rose.

— Quoi encore ?

— Tu crois que je ne sais pas ? me rétorque-t-elle en pointant un doigt sur les toilettes. Je ne suis pas débile, June. Tu vaporises cet horrible désodorisant en pensant que je ne me rendrai compte de rien ? L'odeur est tenace, June ! C'est répugnant. Tu es répugnante. Et tu as un problème.

— Je ne sais pas...

— Oh que si, tu sais très bien de quoi je parle. Tu ferais mieux de trouver un moyen de te soigner, parce que sinon je vais en parler à tout le monde, Connie, Monsieur K...

Irait-elle vraiment jusqu'à balancer une autre danseuse ? Sans doute pas... Même si elle est visiblement hors d'elle : son visage habituellement pâle vire au rouge vif, de la racine des cheveux aux oreilles – ça fait le même effet sur Alec. Je me demande soudain si elle hésiterait autant que je le pense à me trahir. Elle serait ravie que je sois renvoyée. Est-ce qu'elle me traiterait pareil, si elle savait que je suis sa cousine ? En un sens, je crois que ça ne changerait rien. Le fait de penser à notre lien de parenté me donne soudain envie de rire. Elle tape du pied. On dirait un caniche grognon avec ses boucles blondes qui frisottent autour de son visage.

— Tu te moques de moi, là ?

Elle va récupérer des affaires sur son lit avant d'ajouter :

— La salle de bains est libre maintenant ? Entre la vapeur et l'odeur, tu parles d'un cadeau…

Une part de moi est tentée de lui révéler qu'on a un lien de parenté, de laisser cette information s'immiscer entre nous, de voir combien il modifiera les traits de son visage. La sonnerie de mon portable nous interrompt soudain. Il s'agit d'un numéro inconnu, mais je décroche malgré tout : c'est une excuse idéale pour mettre un terme à cet échange avec Cassie.

— June ? Je dois te voir. C'est urgent. Tu peux passer ?

— Qui est-ce ?

La fille au bout du fil éclate de rire. Je reconnaîtrais ce rire entre mille : Bette.

— Je dois filer, j'assène à Cassie, toujours en peignoir rose et chaussons.

Elle est folle de rage.

Quinze minutes plus tard, Bette m'envoie une voiture. C'est bien elle, ça. Une berline noire avec fauteuils en cuir chauffants et bouteilles d'eau pour les passagers. Je ne prends jamais le taxi à New York et encore moins des voitures de luxe avec chauffeur en costard qui ouvre la portière…

Manhattan se transforme à mesure que je m'éloigne du conservatoire pour me rendre dans le quartier où habite Bette. On longe des magasins hors de prix. Les vitrines de la Cinquième Avenue sont pleines de mannequins en tenues sublimes ou de sacs à main hors de prix. La voiture s'arrête devant une maison de ville en brique blanche, qui ressemble à Bette en un sens.

Le chauffeur descend pour m'ouvrir avec un petit sourire ridicule. Je marmonne un merci et sors de ma poche quelques dollars de pourboire.

— Tout a déjà été réglé, mademoiselle.

Après son départ, je regrette presque de ne pas être plutôt restée blottie sur ce siège confortable en lui demandant de prolonger la course jusqu'au

Queens, chez Jayhe. Bette ne m'a pas dit pour quelle raison elle me contactait, et elle avait trop piqué ma curiosité pour que je décline son invitation. De toute façon, tout valait mieux que rester dans cette chambre avec Cassie. J'ouvre le petit portail en fer forgé et remonte l'allée jusqu'à la porte. Bette vit dans l'un des quartiers les plus chers de Manhattan. Je sonne. Un bruit délicat retentit, on dirait quelques notes d'un air sur lequel on pourrait danser.

Ce n'est pas elle qui vient m'ouvrir, évidemment. Une bonne me conduit au sous-sol, occupé presque entièrement par un studio de danse bien éclairé, avec parquet brillant et barre. La musique du *Lac des cygnes* est égrenée par plusieurs enceintes, et Bette exécute des tours fouettés au centre. En dépit de son exil, elle continue à viser le rôle-titre. Elle n'a pas remis les pieds au conservatoire depuis près de six mois, et pourtant elle garde un talent immense : ses tours sont précis et gracieux. Elle n'a pas perdu la main.

— Voulez-vous quelque chose à boire ? propose la bonne. Du thé ? Une citronnade ?

Je décline l'offre d'un signe de tête, et elle disparaît. Bette continue à danser, ignorant ma présence. Elle pirouette et s'arrête. Pirouette et s'arrête, pirouette et s'arrête, sans jamais aller jusqu'à enchaîner les fameux trente-deux fouettés du ballet, même si elle s'en approche. À l'issue de sa dernière tentative, j'applaudis, davantage pour attirer son attention que pour lui témoigner de l'admiration. Elle décide pourtant de le prendre comme un compliment et me fait la révérence, avant de se relever pour aller couper la musique.

— Merci d'être venue, June.

Le rougissement, qui part de ses joues et dévale sur ses bras nus, la fait ressembler à une saucisse pas assez cuite, surtout avec son justaucorps et ses collants. Ses pointes claquent sur le parquet quand elle s'approche de moi. Elle s'assied sur le banc qui longe l'un des murs et m'invite d'un geste à la rejoindre. Elle est essoufflée. Elle presse une touche de l'interphone. Sa bonne accourt aussitôt avec une tasse de thé, malgré mon refus, et Bette lui fait signe de remonter.

— Justina, j'ai besoin d'une citronnade. Celle avec les électrolytes.

La bonne acquiesce et repart avec son plateau.

Bette m'inspecte, ses yeux volètent de mes pieds à ma tête… pour s'arrêter sur mes cheveux. D'instinct, je touche le carré court qui a remplacé ma longue chevelure.

— C'est… mignon ?

Il s'agit moins d'une affirmation que d'une question, comme si elle ne savait pas très bien quelle réaction est de mise. Je sais seulement, moi, que mes cheveux sont trop courts pour que je puisse les coiffer en chignon ainsi que l'exige la tradition du ballet, et trop longs pour que je puisse les porter lâchés. L'enfer. Les surveillantes n'ont pas encore découvert la coupable. De mon côté, je n'ai aucun doute : c'est signé Sei-Jin.

Tout le monde me répète que ce n'est pas grave, que les cheveux, ça repousse. J'ai pourtant une certitude : Monsieur K. ne me laissera jamais monter sur scène avec cette tête. Rien que d'y penser, des larmes me brouillent la vue. Je me surprends à me demander où se trouve la salle de bains. Sauf que je ne peux pas faire ça ici.

— Je suis contente de te voir, je dis à Bette, même si c'est loin d'être le cas. La vie est très différente sans toi, au conservatoire.

Ça, c'est vrai, au moins. Elle hoche la tête.

— J'ai entendu parler des changements.

Elle s'interrompt pour se jeter sur le verre de citronnade que Justina lui apporte sur un plateau. Elle en vide la moitié et la bonne le remplit aussitôt avec le pichet qu'elle a apporté. Bette lui signifie, d'un mouvement de tête, de remplir le second verre pour moi, mais je refuse. Elle attend qu'on soit à nouveau seules pour continuer :

— J'ai besoin de prouver mon innocence. Tu sais que je n'ai pas poussé Gigi, hein ? Que je ne ferais jamais un truc pareil ?

— Je le sais, oui.

Bette a beaucoup de défauts, pour autant j'ai du mal à croire qu'elle serait prête à tuer.

— Et donc quelqu'un s'est débrouillé pour donner cette impression.

Je ne m'attendais pas à ce que ma remarque la fasse sourire.

— Exactement, et je sais parfaitement qui. C'est pour ça que j'ai besoin de ton aide.

Elle va chercher son ordinateur portable et me le tend. Puis elle se rassied et défait les rubans de ses pointes pour les retirer. Ses pieds, rouge vif, contusionnés, me distraient un instant de ce que je suis censée regarder sur l'écran. Sur les ongles de ses orteils difformes le verni violet foncé n'a pas le moindre éclat. Évidemment.

— Clique sur la vidéo.

Je nous vois sortir de la boîte de nuit ce fameux soir. Je suis avec Jayhe, main dans la main, un sourire jusqu'aux oreilles. Gigi, Alec et Will chancèlent, ivres et hilares. Bette et Eleanor ne sont pas loin derrière eux. Suit Henri, avec son habituel sourire narquois. Au moment où ils font leurs premiers pas sur les pavés, la vidéo s'interrompt.

— Où est la suite ? Que s'est-il passé ?

Elle prend une profonde inspiration.

— Je ne sais pas. J'espère recevoir une réponse du type qui a filmé la scène. Mais en attendant, j'ai besoin d'un coup de main à l'intérieur du conservatoire. Pour m'aider à trouver le moyen de confondre Henri.

Elle inspire à nouveau pour me convaincre, pour se convaincre.

— Tu partages ta chambre avec Cassie, non ?

— Malheureusement. Elle est obsédée par le rose. Elle m'a ordonné d'éviter son espace, alors qu'elle passe son temps à envahir le mien. C'est une vraie peste, cette fille.

Ça me fait du bien de partager ça avec quelqu'un.

— Elle est si froide… je poursuis. Elle se prend pour une reine et je ne suis qu'une mouche qui la dérange. Henri vient tout le temps la voir, et ils ne peuvent pas rester deux secondes sans se toucher. C'est immonde.

— La situation est idéale !

— De quel point de vue ?

— Quand j'aurai récupéré la vidéo complète, j'aurai la preuve qu'Henri a poussé Gigi. En attendant, je dois chercher d'autres éléments, au cas où le type de la vidéo ne me répondrait pas. Et toi, tu as accès vingt-quatre heures sur vingt-quatre aux affaires de Cassie. Et à celles d'Henri, par conséquent.

Elle observe son pied et remet un pansement en place.

— Il est complètement tordu, je te l'accorde, mais de là à vouloir blesser Gigi ? Je ne sais pas, Bette…

Je lui explique combien ils sont retors, Cassie et lui. Je suis convaincue qu'ils font des trucs sur mon lit pour se donner des frissons quand je ne suis pas là.

— J'ai été victime de son chantage l'an dernier. Je ne suis pas fière de ce qu'il m'a forcée à faire.

— Hein ?

— Et oui… soupire-t-elle. C'est pour ça que je tiens à ce qu'il paie.

Elle se lève pour sortir d'un meuble à tiroir, près du miroir, une minuscule caméra, le genre que l'on relie à un ordinateur.

— Je voudrais que tu la branches dans ta chambre, en la dirigeant sur la moitié de Cassie.

Je fais tourner l'appareil entre mes doigts.

— L'ennui, Bette, c'est que tout le monde te croit coupable. J'ai entendu dire que tu avais conclu un accord avec la famille de Gigi.

Je m'abstiens d'ajouter : *et puis, qu'est-ce que j'aurais à y gagner ?*

— On a accepté de leur verser une compensation pour le harcèlement. Point. Je te le redis, je ne l'ai pas blessée. L'accord ne portait pas sur cet élément du dossier d'ailleurs. Écoute…

— Si j'accepte de t'aider, et je ne dis pas que c'est le cas, je veux quelque chose en retour. Morkie ne me lâche pas, ces derniers temps.

Elle n'a rien à redire à ma technique, mais elle trouve que je ne me laisse pas assez habiter par la musique et l'histoire. Tu pourrais m'apprendre ?

— Marché conclu, répond-elle aussitôt en souriant. Et je vais te refiler mon appli vidéo pour que tu puisses regarder les images, toi aussi.

Elle sort mon téléphone de mon sac et me demande le mot de passe pour l'allumer. Deux minutes plus tard, elle a installé l'application en question. Elle me rend mon téléphone, qui se met instantanément à vibrer, annonçant un défilé de notifications. Au début je pense à des messages de Jayhe. Il s'agit en réalité de photos postées sur les réseaux sociaux par des filles du conservatoire : toutes montrent des ambulances garées devant le Lincoln Center. Je fais défiler les pages pour comprendre ce qui s'est passé.

Je trouve un post sur le fil d'actualité de la nouvelle, Isabela : *Oh, non ! Eleanor est en route pour l'hôpital. Réaction allergique.* Son message est suivi d'une ribambelle de commentaires et d'émoticônes tristes. La photo apparaît sur une dizaine d'autres profils.

Allergie. Fruits à coques. Eleanor. Hôpital.

— Oh, mon Dieu…

Après avoir répété ces trois mots en boucle, Bette envoie un texto à Alec. Elle fait les cent pas dans le studio en attendant sa réponse.

— Ce n'est pas possible, dit-elle en boucle. Eleanor est super prudente, elle surveille tout ce qu'elle mange…

Un frisson descend le long de ma colonne. Tout le monde sait qu'Eleanor est allergique aux cacahuètes, c'est un fait connu depuis son enfance. Elle n'a jamais eu le moindre incident au conservatoire… jusqu'à aujourd'hui. Ce qui signifie une chose : le harcèlement est reparti de plus belle. Et cette fois, Bette ne peut pas être accusée.

Alec finit par répondre qu'Eleanor a été conduite au Mount Sinai West, et Bette s'élance dans l'escalier. Elle enfile un manteau et une écharpe sur son justaucorps. Elle me met dans un taxi et règle la course avant d'en arrêter un second pour filer à l'hôpital.

16. Bette

La salle d'attente de l'hôpital est un vrai cauchemar : bébés qui hurlent, infirmières à cran et adultes en larmes. La mère d'Eleanor se trouve à l'accueil. J'ai du mal à la reconnaître avec ses cheveux grisonnants. Je ne l'ai pas revue depuis notre représentation de *Casse-Noisette*, en CM1. Les quatre frères et sœurs d'Eleanor étaient assis côte à côte, et ma mère s'était plainte que leur mère avait du mal à les tenir en place.

Madame Alexander n'a jamais compté parmi les mères susceptibles de donner un coup de main à Madame Matvienko pour les costumes ou de jeter un œil à travers les vitres des studios pendant un cours de danse. Elle n'avait pas le temps avec ses autres enfants. Je ne suis pas allée la trouver, et elle ne m'a pas encore aperçue. Ses yeux sont trop rouges pour voir correctement. Je surprends des bribes de son échange avec une infirmière.

— Eleanor n'avait pas son adrénaline auto-injectable sur elle... son état est stationnaire... elle a fait une réaction très grave...

Je joue avec mon téléphone pour m'occuper. J'ouvre le flux vidéo de la caméra de Gigi. Toujours rien... Quelqu'un m'effleure soudain l'épaule et je relève la tête : c'est la mère d'Eleanor.

— Bette... Je suis si heureuse que tu sois venue.

Elle me serre dans ses bras. Sa veste sent le bouillon de poule et la crème hydratante pour enfants. Pour moi c'est le parfum d'une vraie mère. Ses bras sont à la fois solides et tendres. Elle dépose plusieurs baisers sur mon crâne. Elle me frotte le dos, ses caresses sont une façon de me dire que tout ira bien. Je m'y abandonne. Je voudrais croire qu'elle sait combien ces derniers mois ont été durs et que moi aussi je suis dans un état stationnaire. Sauf qu'il faut que je sois forte pour elle. Pas de larmes.

Quand elle s'écarte de moi, elle retient difficilement un sanglot.

— Elle sait bien qu'elle doit vérifier la présence d'éventuelles traces de cacahuètes dans tous les aliments. Elle le sait depuis toujours. Je ne comprends pas comment ça a pu arriver…

— Il doit s'agir d'un accident, madame Alexander. Forcément. C'est la personne la plus raisonnable que je connaisse.

Elle donne une pression sur mon épaule et je la soutiens par le coude, parce qu'elle tremble et chancèle, parce que j'ai peur qu'elle tombe.

— Elle avait l'air si petite, Bette…

— Que s'est-il passé exactement ?

— L'infirmière du conservatoire a appelé. Elle a dit qu'Eleanor avait, par accident, mangé du houmous à la cacahuète.

Des cacahuètes dans du houmous ? Eleanor achète depuis toujours la même marque, aux piments forts. Et ce houmous-là ne contient pas de cacahuètes.

— Je vais leur dire que tu es sa sœur, pour que tu puisses la voir. C'est presque la vérité, de toute façon. Elle a besoin de quelqu'un à son chevet. Je dois filer à Brooklyn récupérer les jumeaux. Il n'y a personne pour aller les chercher à la sortie de leur cours de danse.

Elle jette un coup d'œil inquiet à sa montre. Elle a un bon bout de chemin à faire : elle vit au fin fond de Brooklyn, il lui faut une heure de métro pour s'y rendre. Je suis tentée de faire appel à la compagnie de chauffeurs privés de ma mère, mais je risquerais de la vexer.

— Tu me promets de rester là jusqu'à son réveil ?

— Oui, bien sûr. Je ne suis attendue nulle part de toute façon.

C'est la déclaration la plus honnête que j'ai faite depuis plusieurs jours.

— Je reviendrai dès que j'aurai trouvé une baby-sitter pour les jumeaux.

Elle m'embrasse une fois de plus et va voir les infirmières. Je l'entends prononcer mon prénom. Les regards se tournent vers moi. Quelques minutes plus tard, je m'assieds au chevet d'Eleanor. Elle ressemble à ces poupées de porcelaine au visage rond que ma grand-mère m'envoyait pour Noël, chaque année. Sauf que sa peau à elle est couverte de rougeurs inquiétantes sur le front, le nez et le menton. Ses lèvres, écarlates, font deux fois leur taille normale. Ses paupières sont si gonflées qu'on dirait qu'elle a reçu un coup de poing.

— Eleanor ? je murmure. Ça va ? C'est moi, Bette…

Je ne sais pas pourquoi, mais je m'attends à ce qu'elle ouvre les yeux, se redresse et me raconte ce qui lui est arrivé.

— Ça va aller.

Je meuble le silence en lui parlant de mes cours avec Yuli et du nouveau café dans la rue, en lui disant combien ils me manquent, Alec, elle, et le conservatoire. Je mentionne la vidéo qui pourrait me permettre de prouver mon innocence. Je prends sa main et la caresse.

— Je suis désolée pour tout. Pour toutes les fois où je n'ai pas été gentille avec toi.

Sa respiration est si superficielle que sa poitrine se soulève à peine.

— Je vais demander à ce qu'on me fasse porter *Diamants sur canapé*, comme ça on pourra le regarder ensemble.

J'arrange ses cheveux pour que ce soit plus joli.

— Tu vas vite aller mieux.

L'une des infirmières entre en trombe dans la chambre et me chasse le temps de changer sa poche de sérum.

Je retourne dans la salle d'attente, avec une poignée d'adultes à la mine triste et une vieille grand-mère qui ronfle dans un coin. Je m'assieds près des distributeurs. Je finis par m'impatienter et demande à l'accueil l'autorisation de retourner au chevet d'Eleanor.

— Il y a déjà quelqu'un. Je sais que votre mère était d'accord pour que vous restiez, mais nous ne pouvons autoriser la présence que d'une seule personne dans sa chambre.

Un autre visiteur ?

— Je comprends. J'ai laissé mon écharpe là-bas, je vais juste la chercher.

Elle agite la main.

— Faites vite ! Vous avez intérêt à ce que je vous revoie ici dans moins d'une minute.

— Promis !

Je file vers la chambre d'Eleanor. Je me demande qui est avec elle. Je n'ai vu personne se présenter à l'accueil. À travers les lamelles du store, j'aperçois une silhouette près du lit. La personne tient la main d'Eleanor et lui touche le visage. C'est un homme et je l'identifie aussitôt à sa carrure, à ses cheveux coupés court, à la courbure de son dos.

Monsieur K.

Je suis heureuse qu'il soit venu à son chevet, qu'il tienne assez à elle pour s'assurer qu'elle va bien.

Soudain, il se penche et s'approche tout près d'elle, si près que j'en ai la nausée. Il embrasse sa main, puis son front et ses lèvres. Ma gorge se noue. Avant de tourner les talons, je prends une photo avec mon téléphone. J'ai assez d'expérience pour savoir que personne ne me croira sinon.

17. Gigi

Les mots qui sortent de la bouche d'Alec me paraissent irréels. Ils rebondissent sur les parois vitrées du studio C pour venir m'atteindre en plein visage.

— Attends, quoi ?

Je repousse ses mains et me libère de ses bras, m'éloigne de la barre contre laquelle il m'a plaquée pour un étirement.

— Je suis allé voir Bette, et je tenais à t'en informer.

Il dit ça sur le même ton que s'il m'annonçait qu'il a commandé une quesadilla pour son déjeuner.

— Pourquoi ? Quand ça ?

Il tend une main vers moi et je l'écarte.

— Au début du mois. Ce n'était pas grand-chose, tu sais.

— Ça fait plusieurs semaines.

J'essaie de contrôler ma voix, de l'empêcher de monter dans les aigus. Mon niveau de stress est au maximum depuis ce qui est arrivé à Eleanor. Il ne manquait plus que ça…

— Et tu comptais me le dire quand ?

Je cherche sur son visage la réponse à cette question, dissimulée dans l'expression de ses yeux ou dans la courbure de ses lèvres.

— Il n'y a vraiment pas de quoi en faire toute une affaire. Je suis passé voir comment elle allait. Prendre de ses nouvelles. On s'est beaucoup fréquentés, elle et moi, pendant des années, et on ne cesse pas de tenir à quelqu'un en un claquement de doigts, Gigi. Je t'en parle, parce que je ne voulais pas que tu pètes un câble si tu l'apprenais par hasard.

Il s'approche à nouveau de moi et je me retrouve acculée, le dos pressé contre le mur du studio. J'ai l'impression de jouer une mauvaise scène.

— Je t'aime, Gigi. Ça n'a pas changé.

Il prend mon visage à deux mains et m'embrasse. Son contact est brusque.

— Tu sais, Bette n'a pas la vie facile en ce moment, dit-il pour justifier sa visite.

— Je t'ai demandé si vous étiez toujours amis. Tu m'as menti !

— Je ne t'ai pas menti, proteste-t-il, l'irritation se peignant sur ses traits. J'ai juste…

— Tu as oublié ce qu'elle m'a fait subir l'an dernier ? À moi et à d'autres ? Tu as oublié que c'est quelqu'un de mauvais ?

Je le repousse.

— Je ne peux pas continuer, Alec.

Les mots sortent avant que je n'aie eu le temps d'y réfléchir, et je ne mesure leur impact, leur pouvoir destructeur qu'en les entendant résonner dans la pièce.

— Je t'ai posé la question franchement. Tu as menti. Si ce n'était pas grand-chose, tu m'en aurais parlé plus tôt, juste après. Tu as gardé ce secret pendant des semaines.

— Ce n'est pas un secret. Je connais Bette depuis dix ans. Et oui, on est sortis ensemble. Mais je te rappelle qu'avant, on était amis. Nos familles se connaissent depuis toujours.

— Parce que tu crois que je ne le sais pas ?

Ma voix monte et je sens que mon pouls s'accélère. Le visage d'Alec est rouge, du cou à la racine de ses cheveux. Sa peau pâle trahit si facilement la colère.

— Elle m'a blessée, Alec. Elle m'a poussée sous les roues d'un taxi.

C'est la toute première fois que je prononce ces mots à voix haute. La première fois que j'y croie vraiment. Je ravale des larmes. Je ne pleurerai pas. Je suis trop enragée pour pleurer.

Nous sommes interrompus par une prof de danse de 6e année.

— Excusez-moi, mais vous êtes beaucoup trop bruyants, là.

Elle secoue la tête, joint le geste à la parole en posant son index sur ses lèvres. Nous ne nous excusons même pas.

— Je ne pense pas qu'elle soit coupable, murmure-t-il.

— Ah bon, Alec ? Et quelle preuve te faudrait-il encore ? Un film de l'accident ?

Je récupère mon sac de danse avant de m'éloigner, furieuse. Un sanglot m'écorche la gorge et je dois déglutir trois, quatre, cinq fois pour le ravaler. Ma lèvre inférieure tremble tellement que je la mords presque au point de la faire saigner.

— Gigi, attends !

Je fonce aux toilettes. Je m'y enferme et pousse un cri. Je serre les poings. Le visage de Bette surgit dans mon esprit et, pour la première fois de ma vie, je me surprends à vouloir faire, physiquement, du mal à quelqu'un. À vouloir me défouler sur elle. Pour lui faire payer chaque colère, chaque larme, chaque contrariété. Après tout ce temps, après toutes les souffrances qu'elle m'a causées, Alec continue à la défendre. Eh bien qu'il retourne avec elle. Ils sont peut-être faits l'un pour l'autre au fond. Ou alors c'est moi qui mérite ce qui m'arrive. Un retour de karma après mon rôle dans l'hospitalisation d'Eleanor. La culpabilité et la colère m'assaillent par vagues.

Je pensais que mon histoire avec Alec durerait. Je le croyais à notre complicité lorsque nous dansions ensemble. J'étais convaincue qu'ensemble nous tirerions le meilleur de nous-mêmes. Je m'essuie le nez et prends plusieurs inspirations profondes.

— Tout va bien, je dis à voix haute. Tout ira bien.

Je m'asperge le visage d'eau et tamponne mes yeux. Personne ne doit savoir que j'ai pleuré. Je sors de mon sac un collyre et ma trousse de maquillage. Une fois que je me suis ressaisie, j'affiche mon plus beau sourire et je sors. L'heure est venue de répéter. Je ne dois surtout pas me laisser abattre.

Tout ira bien.

— Gigi !

Will déboule dans le studio. Son sourire est si grand qu'il doit avoir mal aux joues. Il agite un de ces magazines people qu'il passe son temps à feuilleter. Il me faut une minute pour comprendre la raison de son excitation.

— Page cinquante-deux ! Tu es sublime !

Il vient se coller contre moi et nous scrutons dans le moindre détail l'article de quatre pages que *People* m'a consacré. Il y a plusieurs photos de moi – sur certaines je danse avec Will, sur d'autres je discute avec Cassie ou je suis un cours. La troisième page est illustrée par une bande de Photomaton – d'Alec et moi. Il a refusé de parler à la journaliste ou de participer à la séance photo, et je me suis chargée de transmettre ces clichés personnels pour le côté « couple vedette » du conservatoire. Le titre s'étale en lettres capitales : *Renaissance du phénix du conservatoire !* L'article évoque ma bataille pour retrouver toutes mes capacités physiques. Je n'ai pas cité Bette, pourtant la journaliste s'interroge sur son implication dans mon accident et la raison de son renvoi du conservatoire. Il est aussi écrit, noir sur blanc, que Monsieur K. me voit comme une « candidate sérieuse pour un poste d'apprentie à l'American Ballet Company ».

— C'est génial !

Je prends quelques photos rapides avec mon téléphone, puis je crée un groupe avec ma mère, tante Leah et quelques amis. Au moment d'appuyer sur la touche « envoi », une idée de génie me traverse l'esprit.

— Will, tu peux me rendre un service ? Va m'acheter une centaine d'exemplaires du magazine. Je te rembourserai. Je voudrais les expédier à quelqu'un qui compte beaucoup pour moi.

Nous échangeons un sourire entendu.

Les garçons et les filles de 8e année sont réunis dans un studio pour attendre Monsieur K. et Damien, qui arrivent accompagnés de Morkie, Pavlovich et Doubrava – un professeur des garçons – ainsi que d'autres personnes que je n'ai encore jamais vues. Ils prennent place sur les chaises disposées devant les miroirs. Monsieur K. tape dans ses mains pour attirer notre attention. Aussitôt, nous nous levons pour aller nous réunir autour de lui, en bons petits soldats.

— Voici les dernières nouvelles d'Eleanor : elle est rentrée chez elle et va de mieux en mieux. Elle sera de retour ici la semaine prochaine. Bien… je vais maintenant vous recevoir dans mon bureau, un par un. Damien assistera à ces entretiens. Nous discuterons de vos progrès et de votre évolution au sein du conservatoire. L'audition pour *Le Lac des cygnes* a lieu dans deux semaines. Vous devez être prêts.

Monsieur K. convoque d'abord Sei-Jin, puis Henri. L'alternance fille-garçon se poursuit, et nous attendons. Il n'y aura bientôt plus que des danseuses. Les professeurs nous surveillent et certains élèves ont peur de parler. Ils s'étirent, se concentrent sur leur respiration. Ces entretiens individuels ont surpris tout le monde. Je décide de m'absorber dans un étirement, sur le ventre, pour me couper du reste du monde, et de la voix d'Alec. Je n'arrive pas à oublier ce qui est arrivé à Eleanor. Je pense à la réaction de ma mère si elle savait ce que j'ai fait. Je me demande si je devrais dire la vérité à Eleanor et lui présenter mes excuses.

La secrétaire revient chercher Alec dans le studio. J'essaie de ne pas le regarder. J'essaie d'ignorer la douleur qui me transperce à présent que nous ne nous adressons plus la parole et que nous sommes pour ainsi dire séparés. Je médite en m'étirant. Mon souffle se stabilise.

L'extension profonde des muscles de mes ischio-jambiers et de mon dos me détend. Les bruits de la pièce disparaissent, je n'entends plus que le tambourinement régulier de mon cœur apaisé.

Le nom d'Eleanor continue à produire un écho dans la salle. Il provoque un tremblement dans mon corps. Je ferme les yeux et tente d'oublier la scène : elle est devenue toute rouge, a agrippé sa gorge, et ses lèvres ont enflé quelques secondes seulement après qu'elle avait plongé des légumes dans le houmous. Je m'efforce de chasser le souvenir de sa difficulté à respirer à cause des contractions de sa gorge. Ainsi que le souvenir du regard qu'elle a posé sur moi. Désemparé. Terrifié.

— Elle est tirée d'affaire maintenant, je dis tout bas pour me rassurer. Elle va bien.

Cassie éclate de rire. J'ai la ferme intention d'exiger des explications sur le mensonge qu'elle m'a servi concernant les allergies d'Eleanor. Je ne sais pas comment ça va se passer, comment elle va réagir. J'ai peur de perdre une amie.

Je secoue mes bras et mes jambes, il faut que je me concentre davantage sur l'essentiel : la danse.

C'est moi qui danserai le rôle d'Odette ou d'Odile.

C'est moi qui aurai une place dans l'ABC à la fin de l'année.

Je sens la main de Cassie sur mon bras.

— Gigi, ils t'ont appelée au moins quatre fois déjà.

Je m'assieds trop brusquement et le sang me monte à la tête. Quelques rires accompagnent ma sortie.

— Je suis désolée, je dis à la secrétaire. Je ne vous ai pas entendue m'appeler.

Je culpabilise de ne pas connaître son nom, mais elle s'abstient de toute réaction à ma déclaration. Elle avance à grandes enjambées rapides dans le couloir. J'ouvre la bouche pour lui poser une question, à deux reprises au moins, pourtant aucun mot ne veut sortir. De toute façon, elle ne tourne même pas la tête pour m'adresser un sourire rassurant ou s'assurer que je la suis. Nous rejoignons le hall du conservatoire en à peine une seconde me semble-t-il, puis nous engageons dans le couloir de l'administration.

Elle m'ouvre la porte du bureau de Monsieur K.

— Assieds-toi, Gigi.

Il ne relève pas la tête pour vérifier que c'est bien moi qui viens d'entrer. Damien, quant à lui, est plongé dans ses notes.

Je m'installe sur une chaise et glisse mes mains sous mes cuisses pour les empêcher de trembler. Monsieur K. retourne plusieurs feuilles de papier, avant, enfin, de me regarder.

— Comment te sens-tu ?

Il fronce les sourcils et des rides profondes apparaissent sur son front.

— Je vais bien.

— Hmmm.

Il marque un silence interminable. Je jure pouvoir entendre le discret tic-tac de la pendule sur son bureau.

— Gigi, ce n'est pas l'impression que tu donnes lorsqu'on te voit danser. J'ai parlé à ta kiné. Elle dit que la guérison progresse correctement, que tu récupères bien du côté de ta hanche gauche. Mais je vois bien que tu n'as pas retrouvé ta confiance en toi quand tu danses.

Je baisse la tête.

— J'y travaille tous les jours. Ça va revenir.

— Tu dois te battre. Bien sûr, tu pourrais te contenter d'en rester là, étant donné que tu as récupéré ton niveau d'un point de vue technique. Sauf que, contrairement à bien d'autres élèves ici, tu possèdes ce dont les ballerines ont besoin pour faire carrière dans la danse. La flamme de la « danseuse russe ». C'est pour cette raison que je t'ai choisie lors des auditions à San Francisco. Parce que tu sortais du lot.

Ses mots font couler des larmes sur mes joues. Je m'empresse de les essuyer avant qu'il ne puisse les voir, mais je ne suis pas assez rapide.

Il se lève pour venir poser une main sur mon épaule.

— Je vais travailler plus dur, je vous le promets. Je vais redevenir la danseuse que vous avez vue à San Francisco.

— J'ai toute confiance en toi.

Je ne retourne pas dans le studio C avec les autres comme Monsieur K. me l'a demandé. Je préfère monter dans ma chambre. Une migraine remonte le long de ma nuque et vient se river dans mes tempes. Je jette mon sac de danse par terre en entrant dans la pièce. Je ne prends pas la peine d'allumer la lumière. Mes mains trouvent tous les origamis qu'Alec m'a offerts, punaisés sur mon tableau en liège. À chaque papier que je déchire, la colère précipite un peu plus les battements de mon cœur et les *bip* de mon moniteur cardiaque. Je me roule en boule sur mon lit, dans le noir, et j'attends que mes palpitations diminuent lentement, à la façon d'une musique douce et triste.

18. June

Je suis à la cafétéria, en train de terminer mes devoirs en mangeant un bol de bouillon, quand Sei-Jin et sa petite cour entrent. Elles passent soigneusement en revue les différentes options au dîner ce soir, puis arrêtent toutes leur choix sur un steak grillé accompagné de légumes. Elles s'installent autour d'une table assez proche pour que je puisse entendre leur conversation. Elles parlent essentiellement en coréen, je ne perçois donc que des bribes. Deux mots, pourtant, retiennent mon attention dans la bouche de Sei-Jin : Jayhe et amour.

L'air de rien, elle tourne la tête dans ma direction, me surprenant en train de les écouter.

— Oh, mais June n'est pas encore au courant, lâche-t-elle avec son sourire travaillé, souligné par une couche de gloss.

Je m'étrangle en l'entendant prononcer mon prénom.

— Oui, j'ai déjà postulé à trois facs, continue-t-elle à l'intention de ses fidèles. Au cas où je ne décrocherais pas de place dans la compagnie.

Elle se lève et vient s'appuyer lourdement sur ma table, avant d'approcher son visage à quelques millimètres du mien.

— Je crois que je suis bien tentée par la fac de Providence. C'est tellement joli comme endroit, avec tous ces arbres, et ces artistes.

Elle attend une réaction de ma part.

Idiote. Elle ignore que Jayhe s'intéresse à NYU désormais, à moi. Elle ne sait rien. J'avale une gorgée de bouillon, essaie de sourire même s'il est trop chaud et me brûle la gorge. Elle ajoute alors, crachant presque :

— On en profitera bien, Jayhe et moi.

M'interdisant de lui donner la satisfaction de réagir, je me concentre sur les petites rondelles d'oignons dans le liquide jaunâtre, je joue avec les fleurettes de brocoli sur mon plateau. *Mange*, je m'intime. *Il faut que tu manges. Ne l'écoute pas.*

— Oh, oui, je sais. Tu te fais du souci. Comment est-ce que vous allez faire, Jayhe et toi ? Tu seras ici, sans doute chez ta mère, et lui là-bas. Ce sera dur de gérer la distance, hein ? Surtout en me sachant près de lui...

Je mords dans un brocoli cuit à la vapeur, raide et sans goût. Il écorche ma gorge déjà sensible. À cet instant, je me déteste pour un tas de choses : le brocoli insipide, le bouillon et surtout le fait de me laisser atteindre par Sei-Jin.

— Je ne crois pas que tu puisses l'intéresser, tu sais, je lui rétorque, dents serrées. C'est vrai, j'ajoute en plantant mes yeux dans les siens, regarde-toi : tu as déjà renoncé à l'idée de devenir danseuse professionnelle...

Elle abat son petit poing sur la table, mais elle a si peu de forces que son geste est risible. Le coup produit à peine un son.

— La ferme, June.

Elle tourne les talons pour rejoindre ses troupes, qui se réunissent déjà autour d'elle, puis se ravise :

— Le brocoli ne suffira pas, tu sais. Tu devrais surveiller d'un peu plus près ton poids, ou Jayhe ne voudra plus de toi. Tu t'es vue, franchement, avec ta coupe au bol ? On dirait une gamine.

Je me lève si brusquement que je renverse un peu de soupe. Ses suivantes retiennent leur souffle et reculent d'un pas. On a attiré l'attention de tout le monde dans le réfectoire. Sei-Jin ne bouge pas d'un millimètre. Je tire sur mes cheveux. Ma voix est grave, pleine de menace.

— C'est toi qui m'as fait ça ! Si tu penses t'en tirer aussi facilement, attends un peu de voir...

— Oh, June…

Elle abat à nouveau le poing sur la table et le bouillon brûlant m'éclabousse le bras.

— Qu'est-ce que tu comptes faire ? Me pousser dans les escaliers dès que tout le monde aura le dos tourné ? Tu as déjà essayé, et ça n'a pas été un succès, rappelle-toi.

Je saisis ma fourchette, prise de l'envie de la lui planter dans les yeux. Un sourire étire lentement ses lèvres. Elle sait qu'elle a remporté cette manche. Elle la connaît par cœur, ma part d'ombre, et elle sait comment la réveiller.

— Oh là, les filles ! Ça suffit.

La surveillante de la cafétéria finit par s'approcher de ma table. Les copines de Sei-Jin ont détalé juste avant son arrivée, et on se retrouve seules face à elle. La surveillante me retire la fourchette des mains.

— Vous arrêtez ça tout de suite ou je serai contrainte d'écrire un rapport. Ce n'est pas ce que vous voulez, si ?

Sei-Jin s'éloigne de la table, mais elle garde cette expression entêtée, bouche sévère : elle n'en a pas terminé.

— Tu verras, June. Tu paieras pour tout ce que tu m'as fait.

Je rassemble mes affaires – le bouillon a débordé sur mon cahier – pour monter dans ma chambre, à pied. Arrivée au 11e, je file tout droit à la salle de bains sans prendre le temps de dire un mot à Cassie. Je fais couler l'eau de la douche pour que la vapeur envahisse la pièce. Je m'accroupis devant les toilettes et fiche mes doigts au fond de ma bouche. Cette fois, il ne faut pas plus d'une seconde pour que tout ressorte – le bouillon, le brocoli, l'angoisse. La tension se dissipe. La colère, la haine que j'éprouve pour Sei-Jin ne sont plus que des douleurs sourdes, comme celles d'un muscle un peu trop sollicité. Je monte sur la balance de Cassie. Les chiffres s'affolent, je suis habituée maintenant. Puis ils s'arrêtent à 46. Et je n'ai pas pris le temps de me déshabiller. Une bouffée de chaleur m'envahit, un mélange de soulagement et de quelque chose qui ressemble étrangement à de la joie : ça a fonctionné, les repas sautés, les heures supplémentaires dans les studios, les vomissements. Je me sens invincible.

À mon retour dans la chambre, je trouve Cassie affalée sur son lit, son manuel de maths sous les yeux, ses écouteurs dans les oreilles – elle les met systématiquement dès que je suis là, pour ne pas s'embêter à me parler. Elle a le regard dans le vide. Elle n'a pas l'air décidée à se coucher.

J'éteins le plafonnier et me glisse sous mes draps, me prépare au coup de sang inévitable. Même si la lampe de son bureau lui fournit un éclairage plus que suffisant, elle bondit pour rallumer le plafonnier. Je me lève à mon tour pour éteindre. Elle rallume.

— Tu vois pas que je suis en train de bosser ?

— Tu peux le faire avec ta lampe de bureau. Je voudrais dormir.

— Ah et ton masque de sommeil ne te suffit plus, tout à coup ?

Je me relève et elle se précipite pour poser la main sur mon épaule au moment où je m'apprête à éteindre.

— Tu faisais peut-être ce que tu voulais de Gigi, mais je ne suis pas aussi malléable qu'elle, je te préviens. Si tu continues à me chercher, je dirai à Monsieur K. et Connie que tu vomis tout ce que tu avales. Et puis ma balance enregistre les chiffres chaque fois que tu te pèses. Quand je pense que tu te crois discrète.

Je repousse la main qu'elle a posée sur mon épaule comme si c'était la chose la plus répugnante qui m'ait jamais touchée. Je retourne me coucher, mets mon masque et fais le vide pour m'endormir. Je connais les filles du genre de Cassie. Elle a beau jouer les dures, elle n'osera pas me balancer.

Enfin j'espère.

Le lendemain après-midi, Morkie nous fait à nouveau danser côte à côte, Riho et moi. À croire qu'elle prend son pied à observer le contraste entre nous deux : les proportions minuscules de Riho, la fluidité gracieuse de ses mouvements, qui me font paraître aussi raide qu'un bâton. J'ai l'impression que Morkie me tend un piège, qu'elle veut me voir échouer. Ce que m'a dit Monsieur K. lors de l'entretien la semaine dernière m'obsède encore. « Ça ne suffit pas d'avoir une technique parfaite, June. Tu dois insuffler de la passion à tes mouvements. »

Riho m'adresse un sourire gêné au moment de rejoindre le centre de la salle avec moi. Ça ressemble plus à une grimace et, l'espace d'une minute, j'ai de la peine pour elle.

— Ça va ? demande-t-elle tout bas, dans un anglais parfait.

C'est la première fois qu'elle m'adresse la parole. Je panique aussitôt, au souvenir de tout ce que j'ai dit sur Sei-Jin en sa présence, pensant qu'elle ne comprenait pas. Un picotement remonte vers mon cou.

— Je pourrais demander à Morkie de nous faire plutôt passer en dernier.

Je secoue la tête et elle me sourit à nouveau.

— Je déteste passer en premier.

Je me souviens aussitôt pourquoi je l'ai automatiquement rangée dans la case « ennemies », pourquoi je me suis interdit de me laisser attendrir par elle. Elle est comme moi, une étrangère : elle n'appartient à aucun groupe – il n'y a pas d'autre Japonais cette année. Elle est si douée pour la danse qu'elle pourrait prendre la tête de sa propre clique, au lieu de traîner avec Sei-Jin et sa meute. D'un autre côté, je comprends pourquoi elle a intégré cette bande, et je ressens un petit pincement au cœur – mes amies me manquent, je crois.

Je hausse les sourcils pour lui signaler que je suis prête. Je n'ai pas envie de lui sourire. On se positionne en attendant les premières notes.

Morkie nous montre la suite de la variation d'Odette. Tout le monde esquisse les pas. Sauf Eleanor, qui n'est pas encore complètement remise de son affreuse réaction allergique. Les mouvements sont rapides, en staccato, ils exigent des pieds vifs et précis, des ports de bras amples. Je me force à me détendre, à ne pas trop intellectualiser.

— Prêtes ? lance Morkie, s'adressant à Riho et à moi.

Je m'incline. La musique commence. On se met en mouvement, on se dresse vers le plafond avant de tourner, se dresser, tourner. Morkie nous adresse des critiques mais ne nous interrompt pas. Ce qui signifie qu'on se débrouille à peu près. Je dépasse mes limites pour lui montrer combien je veux être Odette.

La porte du studio s'ouvre soudain. D'un geste Morkie nous arrête. Les mains pressées sur le sommet de ma tête, je tente d'apaiser ma respiration. C'est l'assistante de Monsieur K.

— E-Jun Kim, le directeur veut te voir dans son bureau.

Je sursaute en entendant mon nom. Mon regard passe de la secrétaire à Morkie, qui lâche avec irritation :

— Vas-y.

Elle se tourne immédiatement vers Riho pour lui dire.

— Excellent. Tu y as mis beaucoup d'émotion.

Je suis la secrétaire jusqu'au bureau de Monsieur K. Je me demande ce qu'il peut bien vouloir. Une tempête de panique se déchaîne sous mon crâne. Peut-être a-t-il découvert que Sei-Jin m'avait coupé les cheveux ? Les surveillants se sont engagés à enquêter. Même si c'est arrivé il y a presque un mois maintenant. Ou alors Sei-Jin m'a balancée pour les papillons.

Monsieur K. est derrière son bureau, l'expression grave. Je ne remarque Connie que dans un second temps. Elle est en face de lui, sur une chaise près du mur. Mon ventre se serre.

— Assieds-toi, E-Jun, dit-elle en tapotant le siège le plus proche d'elle.

Je remarque que mon dossier est ouvert devant Monsieur K., et j'aperçois ma courbe de poids, les chiffres qui flirtent dangereusement avec la barre des 45.

— À ton retour au conservatoire cette année, E-Jun, j'ai été enchantée par tes progrès, me dit Connie. Tu pesais 49 kilos lors de notre premier rendez-vous. Nous te pensions guérie. L'anorexie et la boulimie sont en général des troubles que l'on conserve toute sa vie.

Je grimace aussitôt, refuse d'absorber ses paroles. La boule dans mon ventre grossit à mesure que je devine la direction que va prendre cet échange. Lors de mes derniers rendez-vous avec elle, Connie a froncé les sourcils dès que je suis montée sur la balance. La ride profonde sur son front se creusait un peu plus à chaque perte de poids.

Je voudrais les rassurer sur mon état, mais les mots restent coincés dans ma gorge.

— Malheureusement, E-Jun, ton poids n'a fait que chuter avec régularité.

Elle jette un coup d'œil au dossier, sur les chiffres à l'envers, qui ne signifient rien.

Monsieur K. l'interrompt.

— Nous ne pouvons pas tolérer ces mauvaises habitudes. Tu es ici depuis assez longtemps pour le savoir, E-Jun. D'autres filles, d'excellentes danseuses, ont été renvoyées de cet établissement pour ce genre de comportement.

L'exaspération alourdit son ton. Connie me demande ce que j'ai mangé ce midi.

— Une soupe au poulet et une salade.

C'était plutôt un bouillon, mais le mot « soupe » me semble plus adapté. Il fait plus riche.

— Et un café crème.

La crème a un côté gourmand.

— Et tu t'es purgée ensuite ?

Je panique. Cassie leur a parlé, elle a mis sa menace à exécution. Monsieur K. vrille ses yeux sur moi. Le silence s'étire autour de moi. Ma peau s'échauffe. Je ne sais pas pourquoi, mais je hoche la tête. Je dis la vérité. Je ne supporte plus le poids de leurs regards silencieux. Je ne sais pas mentir à cet homme.

— Faut-il la faire hospitaliser ? demande-t-il en secouant la tête, d'un air tragique, comme s'il était confronté à une nouvelle catastrophe. Il est certain que le conservatoire n'a pas besoin d'un scandale lié aux troubles alimentaires en plus du reste…

Quelqu'un frappe soudain avec insistance à la porte. Connie se lève pour ouvrir.

— Hors de question ! Vous ne pouvez pas avoir une discussion de cet ordre avec ma fille en mon absence.

Ma mère se tient sur le seuil du bureau.

— Vous deviez m'attendre pour commencer cet entretien…

— Madame Kim, entrez, je vous prie. Nous n'en étions qu'au préambule, rassurez-vous.

Il adopte ce ton cajolant qu'il réserve aux parents. J'aimerais avoir le courage de l'interrompre et de dire à ma mère qu'il n'est pas honnête avec elle.

L'assistante de Monsieur K. l'invite à s'asseoir. Elle a l'air hors d'elle.

— Madame Kim, notre infirmière s'inquiète du poids de votre fille depuis des mois. Étant donné qu'il y a eu d'autres incidents auparavant, nous n'avons d'autre choix que de prendre des mesures immédiates. Ce type de comportement se répand comme la peste.

— Je vais tout arranger, Monsieur K., je bafouille.

— Beaucoup de danseuses connaissent des troubles alimentaires, soupire-t-il, épuisé par cette conversation. Mais il faut un corps solide pour réussir. Un corps d'athlète. Et c'est impossible lorsqu'on ne s'alimente pas.

Ses mots se plantent dans ma poitrine et la honte se diffuse dans tout mon corps.

— Je sais.

— Je veux parler à ma fille seule à seule, intervient ma mère. Pourriez-vous nous laisser un moment ?

Monsieur K. acquiesce.

— Nous allons quitter le bureau quelques instants.

Connie le suit dans le couloir. Ma mère se met debout et me toise, elle me domine pour une fois. Je suis avachie sur ma chaise.

— Je sais que tu as peur, June. J'étais pareille.

Elle inspire profondément. Le trémolo dans sa voix me force à lever les yeux vers elle : pour la première fois peut-être, je la vois telle qu'elle est vraiment.

— Je sais que tu veux réussir. Je le sais.

Elle me prend la main. La sienne est froide, fragile.

— Mais ça va te tuer, si tu continues. Te rendre tellement malade que tu ne pourras plus danser.

Elle observe ma main, et il me faut une minute pour remarquer les similitudes avec la sienne : comme elle, je n'ai que la peau sur les os.

— Tu me fais confiance ?

Je hoche la tête en réponse à sa question. Monsieur K. frappe, et ma mère va lui ouvrir. Il entre, suivi de Connie. Dès qu'il a retrouvé sa place derrière son bureau, il reprend le fil de la conversation. Il s'adresse à ma mère à présent :

— Vous le savez déjà, madame Kim, l'année passée a été difficile pour notre conservatoire et pour les élèves qui sont aujourd'hui en 8e année. Les troubles alimentaires de E-Jun ne sont pas, à ce que nous en savons, un problème récent. Et notre infirmière a d'ailleurs tenté à plusieurs reprises de l'aider à y remédier.

Connie confirme d'un hochement de tête.

— J'ai cru, pendant un moment, qu'une page s'était tournée, que E-Jun allait mieux, qu'elle avait la volonté de guérir. Mais la spirale infernale a recommencé.

Ma mère opine. Si elle est surprise, elle n'en trahit rien. Elle les laisse poursuivre.

— Nous devons prendre une décision difficile, assène Monsieur K. La renvoyer ou non.

— Vous ne la renverrez pas.

Elle lui tend une enveloppe, sur laquelle il me semble apercevoir le logo du conservatoire.

— Lisez, monsieur. Vous verrez que cette lettre du conseil d'administration garantit le maintien de June au sein de cet établissement jusqu'à la fin de l'année et l'obtention de son diplôme. Elle passera son audition pour Damien Leger, avec les autres élèves, et elle dansera dans *Le Lac des cygnes*.

Elle me jette un coup d'œil, son expression est toujours impassible.

— Ne vous y trompez pas, j'ai conscience qu'elle a un problème alimentaire, et elle va le résoudre. Sans l'intervention de votre infirmière. J'en ai discuté avec le conseil d'administration, et June sera suivie par la thérapeute que j'ai engagée et qui s'appuiera sur un menu composé de repas coréens et non américains. Elle recevra June deux fois par semaine.

— Mais…

Elle interrompt Monsieur K.

— Votre méthode n'a pas marché. Il est temps d'essayer la mienne.

Il ouvre à nouveau la bouche et ma mère ajoute :

— June a investi beaucoup de temps et moi d'argent. Il serait absurde qu'elle termine son cursus ailleurs, même si elle préfère par la suite l'université à une carrière dans la danse. Vous avez sous les yeux les signatures des membres du conseil d'administration, n'est-ce pas ?

Elle ne mentionne pas le nom de mon père, même si on sait, les uns et les autres, qu'il s'y trouve.

— Alors la question est réglée.

Sur ces mots, elle se lève et me fait signe de la suivre.

— June, *yobo*, viens. Je suis sûre que tu as cours.

On se dirige en silence vers le hall du conservatoire, elle boutonne son manteau, prête à partir. Au moment où elle tourne les talons, je la retiens par le bras.

— Merci, maman.

Je m'efforce de ne pas pleurer. Je sais que le cours va se finir d'une seconde à l'autre, et les filles de ma classe ne doivent pas me voir dans cet état.

— Merci pour tout. Je vais aller mieux, je te promets. Je vais travailler avec cette thérapeute. Je ferai tout ce qu'elle me dira. Je serai forte et solide, tu seras fière.

Elle hoche la tête, conserve le silence un instant.

— Il faut que tu saches quelque chose, E-Jun.

Elle est si près de moi qu'on pourrait se prendre dans les bras. Ce qu'on ne fait pas.

— Ce qui s'est passé aujourd'hui n'est pas ta faute. C'est la mienne. Quand tu étais petite, ton visage s'est illuminé la première fois que tu as vu une ballerine. Et…

Elle bute un peu sur les mots, se frotte le visage avec ses gants.

— Et j'ai pensé, elle est comme moi. Une danseuse. Ça m'a rendue si heureuse, si heureuse… Je le reconnais, j'ai pensé que ça signifiait aussi que tu étais comme lui. Qu'on pourrait lui prouver qu'on était assez douées, que tu l'étais. Alors je t'ai poussée. Je ne t'ai pas ménagée. Je n'ai mesuré mon erreur que plus tard. Tu adores danser. Tu vis pour ça. Mais de là à en mourir ? Ça, E-Jun, je ne le permettrai pas.

Elle plante ses yeux dans les miens.

— Prouve-moi que tu peux retrouver la santé. Je ne te laisserai pas danser si ça met ta santé en danger.

Je hoche la tête, et l'espace d'un instant on reste plantées là, à se regarder en chiens de faïence. Puis elle me tapote l'épaule et appelle l'ascenseur. Les portes s'ouvrent avec un tintement, elle me regarde monter dans la cabine et appuyer sur le bouton du 11ᵉ. Je ne la quitte pas des yeux tout le temps où les portes se ferment. Pour la première fois depuis des mois, je me sens capable de réussir. Je glisse une main entre les deux portes au tout dernier moment et elles se rouvrent.

Le temps que je sorte de la cabine, ma mère est déjà partie.

19. Bette

Papa est autour de la table familiale pour la première fois depuis des années. Le sapin de Noël, dans son dos, baigne son pull blanc cassé d'une lumière rouge et verte. C'est la tradition chez les Abney, on l'installe dès Thanksgiving. Justina lui sert un second scotch et remplit le verre de vin de ma mère. J'imagine qu'ils prennent beaucoup sur eux, ce soir. Être en présence l'un de l'autre doit être une source de stress. Les pièces du puzzle sont sans doute trop abîmées pour pouvoir encore s'emboîter

— Quel plaisir d'être tous réunis, dit ma mère.

Bien malgré moi, je me rends compte que je partage son avis. Je dois presque me retenir de lui tapoter la main. Enfin, ça reste ma mère, l'intouchable, l'imprévisible. Un extra entre dans la salle à manger – ma mère a sorti le grand jeu ce soir. Mon père paraît heureux de voir Adele nous rejoindre enfin et s'asseoir à côté de moi, face à lui.

— Les auditions approchent. Comment ça se passe ?

— Bien.

— Et comment vont tes colocataires ?

— Très bien.

— Tu fréquentes quelqu'un ?

— Non.

Elle est là, elle joue le jeu, mais s'il s'imagine qu'elle va lui faire des cadeaux, il se met le doigt dans l'œil. L'extra dépose des assiettes de soupe à la courge butternut devant nous. Je regarde mon père manger.

Il garde les cuillerées de potage dans sa bouche quelques secondes de plus que nous autres, comme s'il se régalait. Je me demande s'il apprécie le menu composé par ma mère pour l'occasion. Avec Adele, elles en ont discuté pendant des jours. Je me demande aussi si cette vie lui manque, si on lui manque, nous.

— Comment va Howard ? lui lance ma mère.

Howard est l'associé de mon père. Je ne le reconnaîtrais pas si je le croisais dans la rue.

— Il est en pleine forme. Leur fils aîné, Benji, vient de se fiancer. Eugenia est très occupée, elle aide leur future belle-fille à organiser le mariage, et elle le rend fou. Elle demande sans arrêt de vos nouvelles, à toutes les trois.

— Ah vraiment ? s'étonne ma mère avant de vider son verre de vin rouge. Elle a pourtant arrêté de m'appeler dès que tu as demandé le divorce.

Adele lâche sa cuillère à soupe. Le bruit ne suffit pas à couvrir la bombe que ma mère vient de lâcher.

— C'est fâcheux, en effet.

Mon père glisse sur sa remarque avec autant de nonchalance que si elle venait de souligner que la soupe est trop froide.

— Adele, poursuit-il, ma secrétaire a appelé l'ABC aujourd'hui, je l'ai chargée d'acheter plusieurs places pour la représentation anniversaire. Veux-tu que nous fassions un don également ?

Adele ne sort pas le nez de son assiette de soupe. Elle hausse les épaules. Je suppose qu'elle a épuisé toute sa salive pour ce soir. Même si on ne peut pas dire qu'elle ait beaucoup parlé jusqu'à présent.

— Ça ne peut pas faire de mal, je hasarde pour combler le silence. Le moindre geste est bon à prendre.

— Et ce serait aussi une façon de témoigner notre soutien à Adele, ajoute-t-il, complètement à côté de la plaque.

— Ça va de soi, papa.

Bien sûr, il pourrait aussi me témoigner son soutien, à moi, suis-je tentée de compléter. Je me retiens.

— Je suis à deux doigts de découvrir l'identité de la personne qui a réellement poussé Gigi et…

Mon père pose violemment sa cuillère et rive ses yeux sur moi. Il me regarde vraiment, pour la première fois depuis des mois, peut-être des années. Je m'attends à ce qu'il approuve d'un « Formidable » ou « Tu vas prouver ton innocence en un rien de temps ». Au lieu de quoi, il pousse un soupir.

— Bette, dit-il comme s'il s'adressait à une gamine irascible de six ans. Nous avons conclu un accord.

Bouder, voilà la première réaction que me dicte mon instinct. Mais c'est impossible. Ça ne servirait qu'à le conforter dans l'idée qu'il a raison de s'adresser à moi sur ce ton, que je n'ai rien d'une adulte même si je vis seule depuis près de dix ans. En silence, on regarde l'extra débarrasser nos assiettes à soupe pour les remplacer par des salades et des tranches de dinde. Pas de patates douces pour moi cette année, je suppose. Après avoir mangé le plat sans échanger un seul mot, on passe au dessert.

— Alors maintenant je ne mérite même plus que vous me parliez ? lâche-t-il en poussant un rire qui me fait mal.

— Qu'est-ce que tu veux qu'on dise ?

Je racle mon assiette avec ma cuillère, juste pour les mettre sur les nerfs, tous. Il finit son scotch.

— Eh bien, je ne sais pas, je pensais que ce serait une bonne chose que vous voyez un peu plus votre père, toutes les deux… J'ai d'ailleurs réservé pour le brunch demain. Votre mère…

Il lui lance un regard appuyé, suggérant qu'elle n'a pas d'autre option que confirmer ce qui va suivre.

— … m'a donné son accord, et elle a vérifié que vous n'aviez rien de prévu. J'ai rencontré quelqu'un. Une femme adorable, Sara Beth. Les choses deviennent sérieuses entre nous et j'aimerais vous la présenter.

— Je préfère ne pas…

Ma mère m'interrompt en se levant brusquement, à la surprise générale.

— Tu ne me l'avais pas dit, ça, assène-t-elle à mon père, d'une voix aussi glaciale que l'air de novembre. C'est hors de question. Et ce n'est pas demain la veille que je donnerai mon autorisation pour une chose pareille.

— Rebecca, tu ne penses pas sincèrement ce que tu dis.

— Oh que si ! Je ne vois aucun problème à ce que tu emmènes tes filles bruncher, seul.

— Tu sais bien que je vois Sara Beth…

— Beaucoup plus souvent que tes propres filles, Robert ? Oui, nous en sommes toutes très conscientes. On ne peut pas dire que tu te sois rendu très disponible malgré la période difficile que Bette a traversée ces derniers mois. Et puis franchement, ajoute-t-elle avec un geste de la main pour chasser les employés de la salle à manger, c'est peut-être mieux comme ça. J'ai été mal inspirée d'organiser un Thanksgiving en famille, les filles.

J'ai l'impression que ses mots s'adressent principalement à Adele, qui n'est toujours pas sortie de son silence.

— Robert, je crois qu'il vaudrait mieux que tu partes maintenant.

Mon père a l'air terrassé, et l'humiliation ne lui va pas au teint.

— Les filles, vous le savez, hein, que vous pouvez me passer un coup de fil quand vous voulez ?

Adele choisit ce moment pour parler.

— C'est exactement ça, papa, non ? Un coup de fil. C'est à ça que se résume ta place dans nos vies.

Visiblement dévasté, il nous quitte. Pourquoi ai-je l'impression que c'est moi qui ai reçu un coup de poing dans le ventre ?

Adele s'attaque à sa part de tarte et, à l'exception du cliquetis des couverts sur la porcelaine fine, on n'entend plus un bruit. L'un dans l'autre, ça ressemble beaucoup à tous les jours de fête chez les Abney.

Le lendemain, alors que je parcours, pour la énième fois, les dossiers des avocats, Justina me monte un énorme colis dans ma chambre. Le cachet de la poste mentionne le code postal du conservatoire et mon cœur fait un bond. J'arrache la bande adhésive, soulève les rabats et découvre une pile de magazines *People*, une centaine d'exemplaires à vue de nez, tous du même numéro. Je ne comprends pas. Une vague star de la country est en couverture. Je feuillette un exemplaire et soudain je tombe sur Gigi, un large sourire aux lèvres.

J'ai toujours voulu voir mon nom dans ce magazine. Et mon rêve se réalise enfin. Sauf que dans cet article sur le « phénix renaissant de ses cendres », Bette Abney s'est vu attribuer le rôle de la méchante. Pas par Gigi en personne, oh non, elle est beaucoup trop « gentille » pour me montrer du doigt. L'article ne se gêne pas pour évoquer l'accord conclu entre nos deux familles, bien sûr, suggérant que le montant de la compensation financière se monte à sept chiffres. Suggérant que je suis coupable.

Je m'attends à verser des larmes de rage, de fureur. Mais je ne parviens pourtant qu'à ressentir de l'épuisement. La bataille est peut-être réellement terminée. Gigi aurait gagné… J'effleure du bout des doigts une photo d'elle en fée Dragée, et je dois reconnaître qu'elle est éblouissante.

J'aperçois alors les clichés avec Alec, quatre portraits complètement mièvres des tourtereaux pris dans un Photomaton, et qui illustre la troisième page de l'article. Ils ont l'air amoureux. En voyant Gigi blottie dans les bras d'Alec, je sens mon cœur dévaler vers mes orteils et je mesure, peut-être pour la toute première fois, qu'il me manque terriblement. Que notre couple me manque. Surtout un jour comme aujourd'hui. Je frissonne et resserre les pans de mon cache-cœur. Je voudrais me rouler en boule sous ma couette et dormir jusqu'au 1er janvier.

Je sais que Will a expédié le colis. Ou, pire, Gigi en personne. C'est tout à fait le genre de crasse que j'aurais pu faire à l'époque.

Je sors mon portable. Je me connecte à l'application vidéo même si je sais que Gigi est partie en Californie et que Cassie doit être chez elle, avec le clan Lucas, pour fêter Thanksgiving. Les dortoirs sont vides. Les paroles de mon père résonnent soudain dans mon crâne comme s'il les avait prononcées avec un mégaphone. *Nous avons conclu un accord.*

Je lance mon portable à l'autre bout de la pièce. Il atterrit dans une pile de CD sur l'étagère, puis sonne. C'est sans doute un bug lié au choc. La sonnerie s'entête. Je me dépêche d'aller ramasser le téléphone et je décroche.

— Allô ?

— Allô ? me répond une voix masculine. C'est qui ?

— Comment avez-vous eu ce numéro ?

— Tu me l'as laissé sur YouTube.

Je retiens mon souffle. Je ne sais pas quoi dire. Pourquoi pas : *Bonjour, je m'appelle Bette Abney et je crois que vous êtes en possession d'images de la nuit où une fille a été poussée sous les roues d'une voiture. J'ai été injustement accusée de ce crime et je dois voir ce qui s'est vraiment passé.*

— Y a quelqu'un ?

— Euh, ouais, pardon. Je suis là.

J'adopte le ton très professionnel de ma mère.

— Je m'appelle Bette Abney et je suis élève au conservatoire de l'American Ballet. Vous avez peut-être…

— Tu es l'une des filles qui sortaient de boîte ce soir-là, celui de l'accident. Je me trompe ?

Il n'y va pas par quatre chemins. Je décide de renoncer au vouvoiement.

— Oui. Je ne sais pas si tu as suivi l'affaire, mais Gigi… Giselle Stewart, la fille qui a été renversée, va beaucoup mieux. C'est une de mes amies.

Un minuscule mensonge ne peut pas faire de mal, si ?

— Ah, tant mieux. Elle était très belle… enfin vous l'étiez toutes. Je me suis inquiété pour elle.

— On essaie de découvrir qui l'a poussée… Ta vidéo est coupée, sur YouTube, tu as la suite ?

— Ah ça, j'en ai pas loupé une miette.

Il a l'air très content de lui.

— Alors tu as vu ce qui s'est passé ? Tu pourrais me décrire la scène ?

J'ai l'impression de parler comme un avocat. Et je risque de briser mon portable à force de le serrer. Ma vie est en miettes et j'essaie, tant bien que mal, de recoller les morceaux.

— La suite du film a été signalée sur YouTube parce que les images étaient trop violentes.

— Est-ce que je pourrais les avoir pour les montrer à Gigi ?

Je tiens peut-être enfin ce qu'il me manque pour prouver mon innocence. Je déploie beaucoup d'énergie pour ne pas me montrer trop empressée, pour ne pas effrayer ce type.

— Ça pourrait nous être d'une grande aide dans la résolution de cette affaire.

— Bien sûr, j'en ai pas besoin. Je te poste la vidéo tout de suite. J'utilise l'adresse que tu as utilisée pour m'envoyer le message ?

— Oui.

Tout en contrôlant mon ton et ma respiration, j'ouvre mon ordinateur portable et je me connecte à ma boîte mail.

— Merci. Tu nous rends un grand service.

Je tente de rester calme. Je m'attends à ce qu'il me demande de l'argent en échange ou autre chose. Je ne crois pas au bon Samaritain. Pourtant, quelques secondes plus tard, je reçois un mail de Jeff Waters.

— Bon visionnage, dit-il avant de raccrocher.

Je clique sur la pièce jointe. Je nous vois sortir en titubant de la boîte de nuit. Le cœur tambourinant, j'appuie sur la touche avance rapide pour atteindre le passage coupé sur YouTube. J'entends Gigi rire. Je vois Alec, puis Will, Eleanor et moi, juste derrière eux. June tient Jayhe par la main et échange des baisers avec lui.

La caméra tremble. Mes joues rosissent et je serre les dents. Le taxi s'engage dans la rue en faisant une embardée. Gigi s'envole dans les airs. La seconde suivante, elle gît sur la chaussée, devant les roues du véhicule. Tout s'est déroulé très vite. Je reviens en arrière et tente de voir qui l'a poussée. Les images sont trop rapides. Je recommence. Toujours rien. J'ouvre Internet et cherche une appli pour ralentir les vidéos. Je la télécharge avant d'ouvrir le fichier avec. Cette fois, la scène se déroule assez lentement pour que je puisse voir les mains dans son dos.

Je résiste au sourire qui tire sur les commissures de mes lèvres. Je sais enfin qui a poussé Gigi. Pour une fois, j'ai une raison de rendre grâce pour Thanksgiving.

20. Gigi

Aujourd'hui, j'ai un petit aperçu de mon avenir. Celui dont je rêve depuis que je suis petite fille. Les auditions pour *Le Lac des cygnes* ont lieu dans le nouveau bâtiment de l'ABC, qui se trouve en face du conservatoire, de l'autre côté de la place. Le soleil baigne le marbre d'un beau jaune doré et, l'espace d'un instant, les lieux paraissent moins intimidants qu'ils ne le sont en réalité. C'est ici que je compte décrocher un rôle-titre dans le ballet. Obtenir le titre de star montante de l'American Ballet. Et faire carrière.

Dans ma tête, j'imagine ma vie de danseuse professionnelle. Les représentations. Les voyages autour du monde avec la compagnie. Ma progression au sein du corps de ballet, puis les rôles de soliste, et enfin l'accession au titre d'étoile. Je n'ai pas d'autre projet d'avenir. Je ne saurais pas quoi faire de mon existence sinon.

J'ai trois bonnes heures d'avance. Je voulais pouvoir m'isoler des autres danseurs en train de s'échauffer et des filles qui courent dans les couloirs en se demandant quel justaucorps noir est le plus adapté aux auditions, sans oublier les blablas interminables sur Damien Leger et ses goûts. Je suis assaillie par de vieilles angoisses et Alec n'est plus là pour m'écouter. Nous ne nous sommes pas reparlé depuis notre dispute.

Les portes coulissent et je pénètre dans le hall du bâtiment. Même l'odeur est différente de celle du conservatoire. La chaleur qui m'enveloppe me fait aussitôt oublier le vent glacial de décembre. Des portraits des stars de la compagnie tapissent les murs du sol au plafond.

Les ascenseurs s'ouvrent et se referment en sonnant. Des danseurs en sortent ou y entrent, beaucoup vêtus de sweat-shirts avec le logo de la compagnie. À travers les parois vitrées des studios, j'aperçois toutes sortes de choses. Danse moderne dans une salle, danses traditionnelles dans une autre, hip-hop dans une troisième. Un peu plus loin, quatre autres studios sont remplis de ballerines qui répètent une chorégraphie classique. Les puits de lumière laissent entrer une telle quantité de soleil que je suis presque aveuglée.

Un homme est assis derrière le comptoir de l'accueil.

— Je peux vous aider, mademoiselle ?

Il faut qu'il répète sa question une seconde fois pour que je me rende compte qu'il s'adresse à moi.

— Mademoiselle ! Je peux vous aider ?

Il n'est pas en colère, mais agacé.

— Je suis élève au conservatoire, je suis venue passer l'audition pour *Le Lac des cygnes*.

— Vous avez une pièce d'identité ? me demande-t-il en retournant à son bureau.

Je suppose qu'il attend de moi que je le suive.

— Pas sur moi, je l'ai laissée dans ma chambre.

— Et je suis censé vous croire sur parole, alors ?

Je ne sais s'il plaisante ou pas. Je lui indique ma tenue avec un petit sourire : je porte l'attirail classique de la danseuse – chignon, bottes fourrées aux pieds, sweat-shirt, sac de danse, et même une légère touche de maquillage pour l'audition. Je retire mon manteau d'hiver pour lui montrer que mon sweat-shirt à capuche est celui du conservatoire.

— Vous savez que des gens se pointent sans arrêt ici ? m'informe-t-il. Des cinglés, obsédés par la danse.

Il continue à parler dans sa barbe, intarissable sur ces visiteurs indésirables.

— Gigi ?

Me retournant, je me retrouve nez à nez avec Bette. Enfin, c'est ce que je crois avant de réaliser qu'il s'agit de sa sœur, Adele, qui vient d'entrer dans le bâtiment. Elles se ressemblent tellement que mon cœur s'emballe – et que mon moniteur vibre.

— Vous êtes charmante, aujourd'hui, mademoiselle Abney, lui dit le type à l'accueil.

— Et vous plus charmeur que jamais, lui répond-elle.

Elle a les mêmes intonations mélodiques que Bette.

— Vous n'êtes pas en train d'embêter l'une des élèves les plus prometteuses du conservatoire, si ?

— Cette petite n'a pas sa pièce d'identité, lui rétorque-t-il. C'est la politique de la maison. Je ne peux pas la laisser entrer.

— Elle est avec moi. Elle vient passer les auditions, je me porte garante. Et préparez-vous à voir débarquer d'autres élèves du conservatoire. Ça commence à 18 heures.

Adele s'approche pour se pencher par-dessus le comptoir et ils parlent tout bas. La situation a beau être un peu gênante, je suis soulagée, au fond, qu'il ne m'ait pas reconnue – outre l'article dans le magazine, il y a eu un reportage diffusé à la télé en début de semaine sur le conservatoire et l'accident.

— Viens, Gigi, je vais te montrer où l'audition va avoir lieu.

Adele pose une main sur mon épaule et m'entraîne loin du hall.

— Ne t'occupe pas de lui. Il prend son boulot trop au sérieux et aime faire du zèle. Il est ici depuis un million d'années.

Elle tourne dans un couloir. Je ne réussis qu'à articuler un petit :

— Ah…

Ça me fait tout drôle d'être aussi près de la sœur de Bette, la danseuse préférée de Monsieur K., la star de l'ABC. Elles ont la même odeur : un discret parfum poudré et sucré, qui se mêle à celui des vêtements hors de prix.

— Les auditions vont se dérouler ici.

Elle m'indique un studio : des barres supplémentaires ont été installées au centre, et des chaises alignées contre les miroirs.

— Le vestiaire est juste à droite dans le couloir, si tu veux te changer.

— Merci.

Je ne sais pas très bien comment engager une conversation plus approfondie avec elle. Toutes les danseuses rêvent de connaître la même trajectoire qu'elle...

— Merci de m'avoir aidée dans le hall, Adele. Je voulais arriver de bonne heure pour me préparer.

Elle me caresse l'épaule.

— Je comprends parfaitement. Et... moi, je voudrais m'excuser pour les sales tours que ma sœur t'a joués. On peut facilement se laisser atteindre par... tout ça, ajoute-t-elle en désignant le cadre autour d'elle.

Elle attend une réaction de ma part.

— Enfin, reprend-elle, je ne cherche pas à l'excuser, évidemment, c'était une remarque en passant.

Je hoche la tête. Faut-il la remercier d'avoir présenté des excuses au nom de Bette ou lui dire combien je hais sa sœur ? Faut-il lui rappeler que ces sales tours m'ont causé une grave blessure ? Que Bette m'a poussée sous les roues d'une voiture ?

Elle change de sujet avant que je n'aie eu le temps de dire quoi que ce soit.

— La distribution pour le ballet de la compagnie sera annoncée ce soir, après votre audition. On va y assister.

— C'est vrai ?

— Oui. Et ne t'inquiète pas, tout va bien se passer.

Plusieurs membres de la compagnie débarquent dans le couloir et s'adressent à Adele. Leurs yeux m'effleurent, s'éclairent d'une lueur en me reconnaissant, sans doute parce qu'ils m'ont vue dans les journaux – plutôt que parce qu'ils auraient entendu parler de mon talent –, mais ils ne disent rien, comme si je n'étais pas là. Ils l'entraînent.

— À plus tard, Gigi, me lance-t-elle.

Et *pouf!*, elle disparaît. Je m'engouffre dans l'un des studios vides pour m'échauffer. J'envoie un texto à Cassie pour lui raconter cette rencontre imprévue et les excuses d'Adele. Elle m'écrit aussitôt : QUOI ??? Je contacte Will pour lui proposer de me rejoindre de bonne heure afin de s'échauffer avec moi, mais il ne me répond pas. Je vais me changer dans les vestiaires, puis trouve un petit coin pour m'étirer et me concentrer. Je déroule dans ma tête le film de l'audition idéale.

Deux heures plus tard, toutes les filles attendent devant le studio d'être appelées. Cassie est assise à côté de moi. Nous secouons régulièrement nos jambes et frappons nos talons sur le parquet. Nous échangeons des sourires sans dire un mot. Nous devons toutes les deux donner le meilleur de nous aujourd'hui, et c'est de plus en plus difficile de se concentrer dans un couloir où se pressent des dizaines de corps.

La porte du studio s'ouvre.

— Bonne chance, me glisse-t-elle. *Merde**.

— Toi aussi.

Toutes les élèves de 8e année entrent, accompagnées de quelques filles de 6e année, comme Riho et Isabela. On nous assigne à chacune une place à la barre. Quelques membres de la compagnie se tiennent derrière les parois vitrées. Un mouvement attire mon attention et je plisse les yeux.

Ma mère et tante Leah. L'embarras me fait rougir. Ma mère me sourit et m'envoie un baiser. Contrairement à ce que pourrait laisser penser ma réaction, je suis contente qu'elle soit là. C'est le meilleur des porte-bonheur : sa présence m'aide à me tenir plus droite, à me sentir plus forte. À retrouver l'ancienne Gigi.

Damien pénètre dans le studio, suivi de Monsieur K. Il y a deux rangées de chaises le long des miroirs. J'ai l'impression de n'avoir jamais passé d'audition aussi importante.

Damien nous montre l'enchaînement à la barre : une succession hyper rapide de *pliés**, *battements tendus**, *ronds de jambe** puis de tours à la barre. Au bout de vingt minutes d'exercices, il s'approche pour nous examiner à tour de rôle.

— *Battement tendu** avant. *Demi-plié**. *Battement tendu** arrière. Lâchez la barre, demi-tour et arabesque.

Je le sens qui s'approche, mais je me concentre sur mes orteils bien pointés et mon en-dehors. Je me focalise sur l'ici et le maintenant, consciente que chaque seconde compte. Damien m'observe un moment sans rien dire. Il nous indique douze autres enchaînements à la barre, et nous travaillons jusqu'à avoir les pieds en feu et le dos dégoulinant de transpiration. Je m'efforce de ne pas regarder les membres de la compagnie dans le miroir, même si leurs visages sont une source constante de distraction. Je me concentre sur ma respiration, sur le rythme qu'elle adopte. J'ordonne à mon cœur d'être fort. Je me répète que mes tours doivent paraître aisés, que mes doigts doivent être légers, et mes positions précises.

Damien fait signe au pianiste de s'interrompre.

— Déplacez les barres au fond de la salle s'il vous plaît. Et chaussez vos pointes.

Je change rapidement de chaussons, avale une gorgée d'eau, puis échauffe mes pieds.

Madame Dorokhova nous montre l'adage qu'elle souhaite voir. Il est inspiré de l'un des solos d'Odette dans l'acte 2. Elle nous détaille la série de ports de bras complexes, la succession de pas, de glissades et de pirouettes. Nous marquons les temps sur la musique, deux fois de suite. Elle nous divise ensuite en groupes. Je passe en premier avec Eleanor, Cassie et d'autres filles. Je ne croise pas le regard d'Eleanor : je n'ai pas encore trouvé la force de lui présenter mes excuses, et il est peut-être un peu trop tard au bout d'un mois. La culpabilité m'étreint chaque fois que je pose les yeux sur elle, et je dois faire un effort de volonté pour l'ignorer. June a été sélectionnée pour passer avec le deuxième groupe, ce qui la condamne à baigner dans son angoisse et sa panique. Je sens son regard se vriller sur moi, menaçant de me faire perdre l'équilibre.

Concentration, je me répète. *Détente.* Je sais que j'en suis capable. Je prends place au centre. Je ferme les yeux jusqu'au troisième accord, puis je m'autorise à imaginer que je suis seule dans la salle. Je plonge dans la mélodie. L'adage de Madame Dorokhova est triste, lent, il nous force à tenir des positions pendant de longues secondes. À la fin, je romps cette immobilité de statue par un grand saut et un immense port de bras, prenant tout le monde par surprise. Oui, je continue à danser alors que l'adage est terminé, alors que les autres filles se sont arrêtées. Je brode sur la belle chorégraphie de Madame Dorokhova, et le pianiste de la compagnie m'offre quelques accords supplémentaires pour me permettre de conclure.

Personne n'a l'air particulièrement séduit par mon numéro d'improvisation. Je sais que je n'aurais pas dû, et pourtant je salue les professeurs en souriant, avant de laisser la place au groupe suivant. Je devrais quitter la salle, mais il me faut une minute pour savourer la chaleur qui se diffuse en moi, ma respiration haletante.

Ce petit numéro improvisé, c'était juste pour moi. Et pour ma mère.

21. June

Concentre-toi. Voilà ce que je me répète. D'ici trente minutes, tout sera terminé, et mon sort sera scellé, pour le pire ou pour le meilleur.

Madame Dorokhova demande à Gigi de laisser la place au centre. J'aimerais être comme elle à cet instant précis, heureuse d'être là, capable d'apprécier le voyage autant que la destination. Mais la problématique n'est pas la même pour moi. Je dois faire mes preuves aujourd'hui. C'est maintenant ou jamais.

— Prochain groupe, crie Dorokhova.

Je m'élance. Huit d'entre nous repoussent les murs du studio pour venir se positionner au milieu. Mes jambes sont solides, même si mon cœur bat si vite et si fort que tout le monde, j'en suis convaincue, doit l'entendre. J'observe les visages familiers autour de moi, pour certains rongés par l'angoisse, pour d'autres calmes et déterminés. Je me demande bien dans quelle catégorie j'entre.

Dorokhova nous place Sei-Jin, Riho, Isabela et moi tout devant.

— Prêtes ?

Je prends une profonde inspiration. Des paires d'yeux nous observent à travers les vitres ; les professeurs sont assis devant nous, prennent des notes, échangent des commentaires tout bas. La lumière dans cette salle est si éblouissante qu'on pourrait croire qu'elle vient directement du soleil. Je cambre le dos. Je fais en sorte que mes mains soient douces et délicates.

La musique débute. Mon cœur bat en rythme sur les notes syncopées du piano.

Tu le mérites, June. Tu as travaillé dur pour être ici.

Je monte sur mes pointes et exécute une *glissade**, suivie d'une arabesque puis de *tours piqués**. La musique monte en crescendo. Je tourne, m'élève, glisse, tourne, m'élève, glisse. J'entends la voix de Bette dans ma tête, elle me rappelle de me détendre, de sourire, de prendre du plaisir, tout en veillant à tracer de longues lignes interminables dans l'espace, à sauter avec grâce et précision. Ses conseils sont ma boussole. J'écoute la musique lors des déplacements, je la laisse m'envelopper, je m'autorise à oublier la présence de Damien, de Dorokhova et des autres. Je m'imagine sous les projecteurs éblouissants du Lincoln Center, exaltée par les applaudissements du public célébrant mon talent, mes mouvements fluides et parfaits.

Et en même temps je me concentre pour étendre mes jambes et mes bras, pour prouver que je peux apporter de l'ampleur à mon interprétation. Quand j'étais petite, je regrettais de ne pas être en caoutchouc pour pouvoir tordre mon corps dans tous les sens et adopter des positions impossibles. Des positions de danse.

L'adrénaline vibre dans mes veines. Elle me laisse essoufflée, colore mes joues du joli rose des ballerines. Avec un sourire, j'étreins les derniers frémissements de la musique et exécute une ultime pirouette impeccable. Au moment de faire la *révérence** avec les autres, je garde mon sourire.

Aucun de nos examinateurs n'applaudit, ne commente notre prestation ou ne relève la tête. Tous sont trop occupés à prendre des notes sur leurs dossiers comme si nous étions de parfaites inconnues, comme s'ils n'avaient pas passé ces dix dernières années à nous préparer.

— Danseurs de la compagnie, le casting sera bientôt annoncé ! crie Damien Leger, pendant qu'on nous pousse hors du studio.

Et voilà, c'est déjà terminé.

Sei-Jin et ses copines se tombent dans les bras, épuisées et soulagées. Pendant une seconde, je suis tentée de me joindre à leurs embrassades, de presser mes bras transpirants et tremblants autour d'elles. Au lieu de quoi, je m'assieds dans le couloir, près de la porte, pas très loin de l'endroit où Adele et les autres danseurs de la compagnie s'installent. La curiosité m'empêche de quitter cet endroit, de passer à côté d'un moment aussi important.

Je regarde les apprenties rejoindre les autres danseuses. Leur excitation, palpable, est touchante. Elles sont toutes belles, d'une grâce époustouflante. Il y a une Russe, Katarina Plotkin, avec des yeux et des cheveux noirs qui encadrent son visage aussi pâle que la neige, agile et élégante. Elle échange des messes basses avec Becca Thomas, qui semble tout droit sortie du magazine *Dance*, toute en longueur et beau regard vert. Puis il y a Ting Wu, une Californienne d'origine chinoise, que Sei-Jin et sa bande ont pris pour modèle. Moi aussi, je suppose, si je m'autorise à être honnête. Elle me donne de l'espoir.

Puisqu'elle a réussi à monter sur la scène de l'ABC, peut-être que j'en suis, moi aussi, capable. J'imagine Damien en train de transformer ces magnifiques danseuses en pièces détachées pour fabriquer des ballerines parfaites. Il associerait les jambes solides de Ting aux pieds infaillibles de Katarina, puis ajouterait la chevelure blonde et soyeuse de Becca. Elles se précipitent toutes vers Adele, rouge de bonheur, qui rejette la tête en arrière pour rire.

— Odette et Odile ! Vous vous rendez compte ?

Les autres la prennent dans leurs bras pour la féliciter.

— Je n'arrive toujours pas à réaliser.

Damien a fait le bon choix en la sélectionnant. Elle est l'association parfaite de la sensibilité et de la technique, de la beauté et du charisme. Elle possède un talent rare. Et j'en perçois une version plus brute chez Bette.

Mon portable vibre une, deux, trois fois, annonçant un défilé de textos de ma mère, qui fulmine parce que j'ai loupé mon rendez-vous d'hier avec Taylor, la psy.

Ça fait trois de suite, E-Jun.

Tu dois guérir.

Ça me coûte de l'argent.

Tu veux aller mieux ?

Bien sûr que je le veux. Mais je veux aussi être ici, faire ça. Me préparer pour cette audition a accaparé toute mon attention ces dernières semaines, et ce sera bientôt au tour des répétitions. Si je veux un jour être à la place d'Adele, je ne peux pas me permettre de me disperser.

22. Bette

À son arrivée, mon père n'entre pas dans la maison. Il préfère attendre dans la voiture et demande à son chauffeur de klaxonner. Quand il m'a appelée tout à l'heure, il n'a pas voulu entrer dans les détails. Il m'a juste informée qu'il avait discuté avec Damien et que je devais me tenir prête à passer une audition. J'étais trop occupée à pousser des cris de joie pour entendre le reste.

Audition. Ce mot palpite en moi comme un second pouls. Je me suis fait un chignon digne de ce nom et je porte un justaucorps flambant neuf. J'en achète toujours quelques-uns pour la rentrée scolaire, et j'avais la présomption de penser que je serais au conservatoire cette année encore. J'en ai donc tout un lot d'avance. J'ai choisi un modèle à manches longues, largement décolleté dans le dos. Je sens le froid transpercer ma doudoune en duvet le temps de rejoindre la voiture.

— Qu'est-ce qui se passe alors ? je lance en me glissant sur la banquette arrière.

Au moment où le chauffeur s'engage sur la voie rapide coupant Central Park pour rejoindre le flanc ouest de Manhattan, mon père regarde le paysage par la vitre. Un vrai touriste qui découvrirait ce spectacle pour la première fois.

— Papa ?

— Il y a bien longtemps que je n'ai pas entendu ce mot dans ta bouche.

Il rit. Je lui effleure l'épaule et ris aussi, même si je suis une boule de nerfs, d'interrogations et d'inquiétudes. C'est bon d'être avec lui après la déroute du repas de Thanksgiving.

— C'est fini. Tu es innocentée.

Il a beau chercher à se retenir de sourire, il n'y parvient pas.

— Tu as été au conservatoire ?

— Je suis allé trouver mon avocat. Je lui ai montré la vidéo que tu nous avais envoyée, à ta mère et à moi. Il a appelé ce Russe collet monté et l'a fait venir à mon bureau. J'ai tout réglé.

— Réglé ?

— Réglé.

Le chauffeur s'arrête au feu tricolore, en face du conservatoire.

— Ton renvoi est annulé. Ton casier judiciaire est vierge. Et tu vas passer une audition pour interpréter un rôle dans le ballet donné en l'honneur de l'anniversaire de la compagnie. *Le Lac des cygnes,* si je ne me trompe pas.

— C'est aussi simple que ça ?

— Oui.

Le chauffeur se gare devant l'une des entrées de la place du Lincoln Center. Maintenant que je suis en possession de toutes ces informations, je considère les bâtiments devant moi avec un frisson d'excitation. Mon retour au conservatoire m'a toujours semblé un horizon lointain. Je le devinais au loin, lumière vacillante, toujours présente et pourtant hors d'atteinte.

Le chauffeur m'ouvre la porte.

— Je t'attends ici, me dit mon père. J'ai un rendez-vous téléphonique avec…

La sonnerie de son portable l'interrompt.

— Quand on parle du loup !

— Papa…

Je voudrais le serrer dans mes bras, mais je me sens mal à l'aise. La distance entre nous est peut-être trop grande encore pour qu'on puisse la franchir, même après ce qu'il vient de faire.

— Merci.

Je descends de voiture. Il me sourit, et je remarque pour la première fois que sa bouche s'incurve exactement de la même façon que celle d'Adele. J'envisage de lui demander combien ça lui a coûté, quelles promesses il a faites ou si la vidéo a vraiment suffi. Au lieu de quoi, je traverse d'un pas vif la place Rose Abney pour rejoindre le bâtiment de la compagnie avant que quelqu'un me prive de ce rêve éveillé.

L'homme à l'accueil me sourit.

— Vous devez être la petite sœur d'Adele, vous vous ressemblez comme deux gouttes d'eau.

— Oui. J'ai rendez-vous avec Monsieur Leger.

— On m'a chargé de vous envoyer au studio 4. C'est au 4ᵉ. À la sortie de l'ascenseur, prenez à droite et vous tomberez dessus.

Je lui laisse me donner ces indications même si ma sœur est la nouvelle coqueluche de l'ABC et que je connais ce bâtiment par cœur.

Il règne un silence presque inquiétant au 4ᵉ. Les membres de la compagnie sont depuis longtemps rentrés chez eux, la plupart des salles sont vides, plongées dans le noir, ne réfléchissant qu'une partie des lumières provenant de la rue. Mais la toute dernière salle au fond du couloir est illuminée, elle brille tant qu'on pourrait la croire en feu. Je m'en approche tranquillement – je n'ai jamais marché aussi lentement de toute ma vie. Pour une fois j'ai peur, et ce sentiment se réverbère dans tout mon corps. Je sors un comprimé de mon médaillon et l'avale sans eau, regrettant de ne pouvoir ressentir instantanément la vibration de la concentration. Je ferme les yeux et l'implore de m'aider à traverser cette épreuve, de m'aider à obtenir tout ce pour quoi j'ai travaillé, de m'aider à leur rappeler – et à moi aussi par la même occasion – que ma place est ici.

Damien et Yelena Dorokhova, qui appartient également au comité de direction de la compagnie, m'attendent dans le studio. Je m'arrête sur le seuil de la salle, ne sachant pas très bien quoi faire. Suis-je censée m'annoncer ? Rester là et attendre qu'ils m'invitent à entrer.

Je suis Bette Abney et ma place est ici.

Je lisse les cheveux sur mes tempes et pénètre dans le studio. Damien se retourne.

— Eh bien, ne serait-ce pas un petit double d'Adele que voilà ?

— Je suis Bette.

Je voudrais ajouter que je suis forte, contrairement à ma sœur, si fragile. Il me serre la main et je m'incline.

— Je suis enchanté de faire ta connaissance. Ta sœur m'a dit le plus grand bien de toi, et de ta technique. Et elle a ajouté que vous étiez très différentes.

Sa façon de prononcer cet adjectif, *différentes*, me pousse à me demander ce qu'Adele lui a raconté précisément, si elle a été élogieuse. Elle ne m'a jamais fait le moindre commentaire sur ma façon de danser.

— Nous sommes différentes, c'est vrai.

— Eh bien je suis impatient de voir ça, dans ce cas.

Ils m'accordent quinze minutes d'échauffement, même s'il me faudrait plutôt une heure, mais je n'ose pas me plaindre.

— Commence à la barre, s'il te plaît, me dit Damien avant de s'asseoir devant les miroirs.

Madame Dorokhova me montre plusieurs enchaînements qui permettent de passer en revue les cinq positions, puis elle fait signe au pianiste de jouer. Elle ne me laisse pas le temps de vérifier que j'ai bien retenu ses instructions ; heureusement, le comprimé agit enfin et j'ai l'impression que ma concentration est plus affûtée que jamais : je n'ai pas loupé un seul de ses mots. J'exécute chacun des mouvements à la perfection – nuque bien longue, mains gracieuses, orteils pointés, je vais au bout de chaque position. Les instructions de Morkie tournent en boucle dans ma tête, jappements familiers aussi précis que si elle se tenait dans un coin du studio. Longueur, grâce, précision des pieds, beauté, exactitude.

Une fois qu'ils sont satisfaits de ma prestation à la barre, direction le milieu. Madame Dorokhova me montre un enchaînement classique, tiré du solo d'Odette dans l'acte 1. Je me souviens d'avoir vu Adele dans le rôle d'un petit cygne lorsque Monsieur K. a monté *Le Lac des cygnes* avec les élèves de 8e année, alors qu'elle n'était qu'en 5e année. Elle était dispensée de cours pour les répétitions. Elle me montrait sa variation dans notre studio à domicile, chaque fois qu'elle rentrait passer le week-end avec nous. Elle insistait sur l'importance du contraste – la douceur aérienne du cygne blanc, opposée à la séduction inquiétante du noir. Il faut être capable d'interpréter ces deux aspects antagonistes. Sinon, on n'est pas de taille.

Le Lac des cygnes est le plus beau ballet qui soit, et le temps que j'ai passé dans notre studio, avec Adele, à répéter ces pas très précis, est l'une des raisons pour lesquelles j'ai voulu devenir ballerine.

Je me grandis pour obtenir le reflet parfait d'une danseuse dans le miroir. Quand je tourne, je veille à tendre le pied au maximum, juste avant de risquer la crampe ou le spasme musculaire. Je danse comme si quelqu'un me tirait vers le ciel. Je souris à chaque *piqué**, chaque pirouette, chaque arabesque.

Damien applaudit lorsque Madame Dorokhova en a terminé avec moi. J'ai les joues roses et je suis épuisée – une bonne fatigue, celle qui aide à mieux dormir la nuit.

— Tu as les pieds de ta sœur, tout en étant plus incisive.

Il tourne autour de moi, un vrai vautour affamé et satisfait.

— C'est une alliance intéressante. Je peux te trouver un rôle. Je ne sais pas ce que tu as pu faire par le passé, ni même dans quelle mesure tu as participé au scandale qui a éclaboussé le conservatoire, mais oublie tout ça. Recommence de zéro.

— Oui.

Je peine à articuler ce mot. Et voilà comment, presque sur un claquement de doigts, je suis de retour.

23. Gigi

Une semaine après l'audition pour *Le Lac des cygnes*, nous nous réunissons dans le hall à la sortie des cours de danse : nous allons enfin connaître la distribution. Des parents nous rejoignent. Une neige épaisse a commencé à tomber derrière les vitres, fouettées par le vent. Ça ressemble à l'année derrière. Sauf que, cette année, je me délecte des commentaires chuchotés. Mon prénom réapparaît plus d'une fois, associé à ceux si célèbres d'*Odette* et d'*Odile*. Le volume sonore ne cesse de monter, telle une vague ou un crescendo dans une symphonie. Je n'entends plus qu'un brouhaha lorsque les professeurs nous rejoignent en file indienne. Une seule pensée tourne en boucle dans mon esprit : tout va être différent. Il est si rare – pour ne pas dire impossible – qu'une danseuse de couleur décroche un rôle-titre dans un ballet inscrit dans la tradition du *ballet blanc*. Et je serai la première de ce conservatoire si je suis choisie.

Je cherche Will et le repère près de l'accueil. Il tourne le dos à la foule. Même à cette distance, je devine qu'il est tendu. J'agite une main en l'air, espérant qu'il va se retourner et me rejoindre. Je lui ai gardé une petite place en posant mon sac de danse à côté de moi.

Alec est sur ma droite, un peu plus loin. Je l'entends parler aux garçons :

— Que le meilleur Siegfried gagne !

Chaque mot est un coup qui me rappelle combien il me manque, combien j'aimerais retrouver la chaleur et la sécurité de ses bras, partager ce moment avec lui.

Eleanor est la seule d'entre nous à s'être assise par terre. Elle s'étire les yeux fermés et remue les lèvres. June est quelque part derrière moi – je n'ai aucune envie de me retourner. Quand je la vois, je ne pense qu'à deux choses : mes papillons et ses cheveux. Un nœud se forme dans mon ventre dès que j'y pense. Je me répète qu'elle l'a bien mérité. Je me répète que ça repousse déjà, que ce n'est pas grave.

— Prête ?

Cassie vient de me rejoindre.

— Oui, je lui réponds.

— L'heure de vérité est arrivée.

Ça me fait bizarre d'être devenue aussi proche d'elle. Ces derniers mois, elle a été une vraie amie pour moi. Et pourtant, à cet instant précis, même si nous n'avons aucune envie d'y penser, nous sommes des concurrentes. N'empêche, c'est bon de savoir qu'il y a quelqu'un dans ce monde impitoyable avec qui je peux être détendue, à qui je peux me fier, au moins un peu. Je n'ai pas encore trouvé le courage de lui parler de ce qu'elle m'a forcée à faire à Eleanor. J'ai trop peur de la perdre.

Les quinze minutes suivantes semblent durer des heures. Je continue à espérer que Will me rejoindra.

— Alec te manque ? me lance soudain Cassie avec un clin d'œil.

— Qu'est-ce qui arrive à Will ? demande quelqu'un.

Nous nous tournons toutes les deux dans sa direction. Il est toujours à la réception, épaules voûtées, et il sanglote, le visage dans ses mains. Monsieur K. est avec lui. Je n'avais pas remarqué qu'il parlait à Will. Nous avons tous été trop obnubilés par le tableau d'affichage, sur lequel se trouvera bientôt la distribution, trop occupés par nos pronostics.

— Il mérite ce qui lui arrive.

Je suis sonnée par les mots de Cassie.

— Quoi ?

— Je ne te l'ai jamais dit, mais il m'a lâchée exprès, sur ordre de Bette.

Elle est si froide que je sens presque un courant d'air glacial émaner d'elle.

— Tu dois te tromper.

— Pas du tout.

Elle plisse les yeux.

— Bette et lui étaient les meilleurs amis du monde. Quand elle n'était pas avec Alec, elle était avec lui.

Elle croise les bras.

— Tu ne les connais pas aussi bien que moi, Gigi. Bette obtient ce qu'elle veut de tout le monde.

Je pense à Eleanor. C'est vrai que Bette jouit d'une certaine influence sur les gens. Et pourtant je n'arrive pas à condamner Will aussi facilement.

— Je reviens, d'accord ?

— Ouais, marmonne-t-elle.

Je me fraie un chemin à travers la foule pour rejoindre Will, toujours avec Monsieur K. Ils sont entourés par plusieurs agents de sécurité, qui empêchent quiconque d'approcher. L'inquiétude m'envahit. Est-ce qu'il a des ennuis à cause de l'aide que je lui ai demandée ? J'essaie d'avancer, mais il y a tellement de monde dans le hall…

Une main se pose sur mon épaule. Alec.

— Salut…

Ses doigts m'effleurent, un picotement me parcourt.

— Salut…

Nous restons là un long moment, à nous observer en silence. Il passe d'un pied sur l'autre. Je cherche quelque chose à dire, tout s'embrouille dans ma tête. Une part de moi voudrait le planter là pour aller voir Will. Et une autre voudrait qu'Alec m'enlace par la taille et pose sa tête sur mon épaule pour l'annonce de la distribution. J'aimerais tellement effacer notre dispute. J'aimerais tellement que les choses redeviennent comme avant. C'est plus facile d'être en colère contre lui lorsque je ne sens pas son odeur, lorsqu'il ne me regarde pas, lorsque sa proximité ne me donne pas la chair de poule. C'est plus facile de l'effacer de mes pensées quand je me consacre tout entière à la danse.

— Bonne chance.

Il me touche la joue.

— Toi aussi. Je sais que tu vas être Siegfried.

— Et toi, Odette.

— J'espère.

— Oh, je n'ai aucun doute.

Une bourrasque d'air froid s'engouffre par les portes d'entrée du conservatoire. Je me dévisse le cou pour comprendre ce qui se passe. Will est conduit vers la sortie. Je me précipite dans sa direction.

— Will !

Il s'arrête et me regarde une seconde, l'air sonné, rouge et penaud. Il fait un pas vers moi. Je sens qu'Alec m'a suivie. Tous les regards sont braqués sur nous.

— Vous devez quitter les lieux, monsieur O'Reilly.

L'agent de sécurité pousse Will dehors. Nous échangeons un regard perplexe, Alec et moi.

— Qu'est-ce qui se passe ?

— Je n'en sais rien, me répond-il, l'air accablé.

Des applaudissements retentissent. Monsieur K. et Damien Leger viennent de prendre place face à la foule d'élèves. Ils rient, comme s'il ne s'agissait pas du jour le plus important de notre existence.

La foule se scinde en deux pour leur permettre de passer. Nos autres professeurs, Morkie, Pavlovich et Doubrava, sortent de leurs bureaux exactement au même moment – on pourrait croire que leur entrée a été chorégraphiée. Madame Dorokhova pénètre ensuite dans le conservatoire, suivie d'Adele Abney, la nouvelle Odette de la compagnie. Mon cœur bondit et mon moniteur vibre. Elle m'adresse un petit signe de la main et se place à l'arrière de la foule de danseurs. *Que fait-elle ici ?*

Je retourne près de Cassie. Alec m'emboîte le pas. Henri enlace Cassie par-derrière et approche la bouche de son oreille. J'essaie de me concentrer sur les échanges des professeurs, à voix basse, et sur la feuille de papier entre les mains de la secrétaire de Monsieur K.

— Bonsoir à tous, lance Damien.

La sueur perle sur mon front, comme lors d'un échauffement. Une surprenante bouffée de chaleur m'envahit.

— Bonsoir, mes papillons, ajoute Monsieur K. C'est un soir très important pour le conservatoire. La distribution du *Lac des cygnes* a été pour nous l'une des plus difficiles. Je sais que vous êtes tous impatients de connaître la liste. Mais avant je dois accueillir quelqu'un qui nous revient après une longue absence.

Il tend une main en direction de son bureau. La porte s'ouvre.

Bette en sort et nous rejoint. À cet instant précis, j'ai l'impression de me retrouver, à nouveau, entre la vie et la mort.

24. June

— Vous le savez tous, l'accident qui a eu lieu avant l'été a fait l'objet de longs mois d'enquête, dit Monsieur K. avec de grands gestes théâtraux. L'innocence de Bette Abney vient enfin d'être prouvée, il ne subsiste pas l'ombre d'un doute. Nous l'accueillons donc ici à bras ouverts.

Il tape dans ses mains, et l'assemblée se joint à lui, même si les applaudissements sont lents et peu nourris. Tout le monde est sonné par son annonce. Les gens se réunissent par petits groupes, et je me retrouve isolée, seule, sans amis.

Gigi est secouée, sa bouche figée sur un petit O rose pâle. Ses yeux sont embués de larmes, même si celles-ci n'ont pas encore débordé sur ses joues, et elle agrippe le bras de Cassie. Elle paraît détruite, dévastée. Alec est crispé lui aussi, les épaules raides. Il se tient à distance, à la fois de Gigi et de Bette, clairement pris au dépourvu – il n'était vraiment pas au courant de ce retour surprise ? Quant à Eleanor, elle est d'une pâleur cadavérique, en proie à la panique. Je ne serais pas étonnée de la voir prendre ses jambes à son cou. Mais pourquoi ? Bette et elle sont-elles toujours en froid ?

Quand j'ai appris que Bette avait découvert cette vidéo en ligne, je savais que ce n'était plus qu'une question de temps avant qu'elle ne revienne ici. Il y a quelques jours, à l'occasion d'une répétition chez elle, elle m'a parlé de son audition personnelle avec Damien. Celle-ci a dû bien se passer pour qu'ils la réintègrent aussi rapidement.

Un étrange sentiment de satisfaction se diffuse dans mon ventre. On va pouvoir retrouver une vie normale, en quelque sorte. Et pour une fois, j'aurai une alliée. Qui aurait pu imaginer que ce serait Bette ?

Elle fait une petite révérence. Elle balaie l'assemblée du regard, profite de son moment de gloire. Elle est une sorte de double féminin de Monsieur K.

— Je suis enchantée d'être de retour ici, chez moi.

Elle n'ajoute rien d'autre, rend la vedette à Monsieur K.

— Merci d'être rentrée au bercail, Bette. Nous sommes ravis de te revoir parmi nous.

Les murmures enflent, immense vague déchaînée menaçant de tout submerger. Les mots *Will*, *pleurs* et *départ* se répandent dans le hall. Will aurait fait une chose pareille ? Mais il était ami avec Gigi, ils étaient si proches… Il doit s'agir d'une rumeur infondée.

Monsieur K. se tourne vers le tableau en liège, accaparant à nouveau l'attention générale.

— Et maintenant, le moment que vous attendez tous !

Il agite les mains dans tous les sens, comme un magicien déboussolé.

— Voici la distribution du *Lac des cygnes*.

Son assistante hoche la tête une fois puis se dirige vers le tableau, où elle fixe la feuille avec une punaise rouge. Les danseurs se précipitent, on me bouscule à gauche et à droite. Instantanément, un petit attroupement se forme autour du tableau. Je n'arrive pas à me mettre en mouvement. J'ai l'impression d'avoir des jambes de plomb.

Bette apparaît soudain près de moi. Sa peau rayonne d'enthousiasme. Ses dents scintillent lorsqu'elle sourit, aussi éblouissantes qu'un soleil implacable.

— Tu es prête ? Ça y est !

C'est bien ce qui me fait peur. Mon avenir se joue ce soir, sur ce bout de papier. Je préfère presque ne pas savoir. Je croise le regard de Gigi quand Bette m'entraîne à l'écart, et l'expression d'abattement, de trahison sur son visage en nous voyant ensemble m'écrabouille le cœur. Soudain, mes pieds me paraissent encore plus lourds, plus encombrants.

— Viens.

Bette m'entraîne. Il n'y a que quelques mètres à parcourir, et pourtant j'ai l'impression de marcher pendant des kilomètres, au ralenti, alors que les cris de félicitations résonnent autour de moi, qu'Alec hurle sa joie et que Henri caresse le dos de Cassie pour la réconforter.

Sei-Jin et Riho parlent tout bas lorsque j'approche du tableau. Je les entends évoquer les petits cygnes.

— C'est incroyable, Riho ! Tu te rends compte, tu as décroché un rôle alors que tu n'es qu'en 6e année ! Tu es en route pour le succès !

Je ne peux m'empêcher de me demander qui viendra compléter le quatuor. Ce n'est pas un vrai solo, mais ça reste une variation difficile, qui exige des pieds infaillibles et une excellente coordination. Ça signifie en effet que Monsieur K. place des espoirs en Riho. Elles sautillent de joie, et j'en déduis que Sei-Jin se satisfait d'un rôle de petit cygne, que cette représentation marquera bien la fin de la route pour elle.

Elle m'adresse un sourire narquois quand elle nous voit approcher, Bette et moi. Elle ne s'écarte pas : elle guette ma réaction. Elle veut me voir face à mon avenir, qu'il soit bon ou mauvais.

La feuille punaisée au tableau se chiffonne déjà sous le poids des espoirs déçus de nombreux danseurs – et les cris de joie bien plus rares. La tête de Bette, et son halo doré, m'empêche de voir durant les premières secondes. Puis elle se retourne, les joues rouges. Elle hurle :

— Je suis Odile ! Le cygne noir ! Tu te rends compte ?

Oui, je me rends compte. C'est le rôle idéal pour elle, il lui permettra d'exprimer sa part d'ombre et de brutalité qui la distingue d'Adele. Elle apportera à ce personnage une chose qu'elle est la seule à pouvoir exprimer ici. Ce rôle constituera un tournant pour elle, il sera un tremplin pour sa carrière. Si elle est Odile, cela signifie que Gigi a été prise pour interpréter Odette. Monsieur K. aime trop jouer sur les contrastes.

Mais qui aurait-il choisi si le rôle avait été attribué à une seule et même danseuse, comme il est de coutume de le faire ?

Je finis par arriver devant la liste. Mon nom figure aux côtés de ceux d'Eleanor, de Sei-Jin et de Riho en face des « petits cygnes ». Je serai aussi la Baronne, ce qui signifie que je vais pouvoir danser un quasi-solo exigeant.

— C'est pas mal du tout.

Bette vient de jeter un nouveau coup d'œil à la liste, s'étant enfin rendu compte qu'elle n'était pas la seule concernée. Elle hoche la tête d'un air encourageant.

— Bien sûr, ce n'est pas un des rôles principaux, mais ce sont de belles variations, tu leur montreras que tu es capable de briller.

Et pourtant, pendant qu'elle cherche à me rassurer, la vérité hurle dans ma tête. Mon avenir est écrit noir sur blanc. Je ne suis pas dans le top 3. À peine dans le top 8. La plupart des autres filles qui ont obtenu, au mieux, un rôle de cygne, se montreront réalistes et réfléchiront à un avenir à l'université, à moins de passer les auditions pour d'autres compagnies – Boston, San Francisco, Los Angeles –, qui auront lieu juste après les vacances de Noël.

Peut-être que je devrais faire pareil.

Peut-être que ce rêve est terminé.

DISTRIBUTION DU *LAC DES CYGNES*

Odette : Gigi Stewart
Doublure d'Odette : Eleanor Alexander
Odile : Bette Abney
Doublures d'Odile : Riho Nakamura et Cassandra Lucas
La Reine (la princesse régente) : Cassandra Lucas
Le Prince Siegfried : Alec Lucas
Wolfgang (le précepteur de Siegfried) : Eddie Rothstein
Rothbart : Henri Dubois
La Baronne : E-Jun Kim
Les amies du Prince : Rebecca McAllister, Isabela Pereira-Carvalho
Benno : James Zhabin
Les petits cygnes : Eleanor Alexander, Sei-Jin Kwon, Riho Nakamura, E-Jun Kim
Deux cygnes : Ming-Lee Chang et Cassandra Lucas
Danse espagnole : Svetlana Novikova-Chastain et Jin Park ; Riley Washington et Ahmad Lawrence
Danse napolitaine : James Zhabin et Emily Stein
Danse hongroise : Christopher Griffin et Eleanor Alexander
Mazurka : Riho Nakamura et Zachary Lim ; Fredo Martinez et Hye-Ji Yi ; Sara Rosen et Thomas Cauman
Cygnes : Élèves de 6e et 7e années

ACTE 2

Printemps

25. Gigi

Au déjeuner, le lendemain, Bette est au centre de toutes les conversations.

— J'en reviens pas qu'elle soit de retour.

— Elle était super en forme. Différente, en un sens.

— Comment est-ce qu'elle a pu décrocher un rôle sans être ici ?

— Tu crois qu'elle est toujours aussi peste ?

— Ce n'est pas parce qu'elle n'a pas poussé Gigi qu'elle est innocente…

À chaque cuillerée de soupe que j'avale, à chaque bouchée de salade que Cassie mastique, le nom de Bette résonne. Une litanie de plus en plus forte, qui me rappelle le grondement du métro sous nos pieds. Je n'entends rien d'autre. Jusqu'à ce qu'un étrange silence abasourdi s'abatte sur le réfectoire : elle vient d'entrer dans la salle avec Alec et se dirige tout droit vers le buffet de fruits.

Cassie me caresse le bras comme elle caresserait le dos d'un chat. J'essaie de me concentrer sur ma soupe à la carotte et ma tranche de pain grillé. Le regard de Bette glisse sur moi quand elle passe près de notre table. Alec et elle s'installent à quelques pas de nous. Elle sourit, éclate de rire avec autant de naturel que si son retour était on ne peut plus attendu.

— Ça va ? me demande Cassie.

— À ma place, tu irais bien ?

— Non. Et d'ailleurs moi non plus, ça ne va pas. Je la déteste autant que toi, tu sais.

Les *petits rats** sourient à Bette. Certaines vont même jusqu'à se lever pour aller lui souhaiter la bienvenue.

— On devrait partir.

Je commence à réunir mes affaires.

— Non, je refuse de changer mes habitudes à cause d'elle. Et tu devrais m'imiter. Elle va récolter ce qu'elle a mérité.

Cassie a mis l'accent sur le mot *elle*, et Bette lance un bref regard dans notre direction. Ses yeux me paraissent plus brillants, plus bleus, à croire qu'elle n'a pas perdu une heure de sommeil pendant son absence du conservatoire.

Je serre si fort ma cuillère en plastique qu'elle se casse. Des mouchetures orange éclaboussent mon plateau et la table.

— Détends-toi, Gigi. Tu ne dois pas lui montrer qu'elle t'atteint. Ça lui fait trop plaisir.

Cassie nettoie mes bêtises. Deux des nouvelles rejoignent Bette à sa table, Isabela et Madison. Elles sont à ses pieds comme si elle était une superstar. Peut-être qu'elle l'est. Alec relève la tête et nos yeux se croisent. Je regrette que mes pupilles ne puissent pas lancer des flammes. Je suis tellement furieuse contre lui.

— Cassie, je ne sais pas comment rester calme.

La colère monte en moi. Je me répète que c'est mauvais pour mon cœur.

— Il faut connaître ses priorités.

Elle sirote son thé, imperturbable.

Mes priorités ? Ça aurait dû être mon heure de gloire : j'ai décroché le rôle-titre dans *Le Lac des cygnes*. Ce qui signifie que j'ai une chance d'obtenir un poste d'apprentie. Je devrais savourer ma réussite. Au lieu de quoi, *elle* occupe toutes mes pensées.

— Je veux qu'elle parte.

— Et elle partira. Fais-moi confiance, Gigi. Son retour ici est une occasion en or pour se débarrasser définitivement d'elle. Elle va se saborder elle-même.

Cassie me décoche un vrai clin d'œil de méchante de film.

— Tu as parlé à Will ?

Son nom me donne des frissons. Bette a fait courir le bruit que c'était lui qui m'avait poussée. Elle prétend que c'est la raison de son retour au conservatoire et de l'annulation de son renvoi. Je le revois en larmes, chassé de l'établissement. Je n'arrive pas à oublier son expression. Il ne répond ni à mes appels ni à mes textos.

— Non.

Je remue la soupe avec la cuillère cassée.

— Je te parie que c'est la vérité. Mais il prétendra qu'elle l'a forcé. Comme s'il n'avait pas de libre arbitre !

Comment est-ce qu'on peut se laisser convaincre de pousser quelqu'un sous les roues d'une voiture ? Mon portable tinte. C'est un texto de ma mère, qui est restée quelques jours de plus chez tante Leah.

Je suis dans le bureau de Monsieur K. Viens.

— Ma mère est là.

J'avale les dernières cuillerées de ma soupe. Et je lance un ultime coup d'œil à Bette. Elle me fait un signe de la main. Je bondis. Ma chaise heurte la table bruyamment. Les gens s'arrêtent de manger pour me dévisager. Je sens également le regard d'Alec sur moi. Je cogne la chaise une seconde fois, volontairement, et quitte la cafétéria en trombe. J'entends Cassie m'appeler. Je prends l'ascenseur jusqu'au rez-de-chaussée et me dirige d'un pas décidé vers le bureau de Monsieur K.

Ma mère est penchée en avant, sur son siège, et agite un doigt menaçant sous le nez du directeur. Son collier heurte un cadre photo sur le bureau. Il a les yeux légèrement exorbités, et j'espère qu'il ne la croit pas aussi folle qu'elle en a l'air. Je fixe mon portable, envoie un nouveau texto à Will, un point d'interrogation comme les précédents. J'ai dû lui en adresser trois par jour, en moyenne, sans jamais recevoir de réponse.

— Je ne comprends pas que vous n'ayez pas eu la décence de m'informer du retour de cette fille. Gigi m'a appelée en larmes. C'est tout bonnement inacceptable.

— Madame Stewart, j'ai tenté de vous joindre à de nombreuses reprises, et je n'ai pas pu vous avoir, ni vous ni votre mari. Ce n'est pas le genre de message qu'on laisse sur un répondeur. Et je voulais prévenir Gigi, mais je n'ai pas eu le temps d'organiser un rendez-vous avec elle. Tout est arrivé si vite et…

— Et rien du tout, monsieur. Vous avez cédé bien facilement aux pressions des Abney.

Elle ne cesse de hausser le ton.

— Je veux un entretien avec cette fille. Je ne serai pas rassurée tant qu'il n'aura pas eu lieu.

Ma mère finit par se redresser. Son dos claque contre le dossier du siège. J'essaie de lui caresser le bras pour qu'elle se calme, elle me repousse. Quand elle a décidé quelque chose, elle est une flèche qui ne dévie jamais de sa trajectoire.

— Je ne pense pas qu'un entretien changera quoi que ce soit à votre état d'esprit.

Il soupire et croise les bras.

— La sécurité de ma fille n'a donc aucune importance à vos yeux ? Et vous avez décidé de leur donner à toutes les deux les rôles principaux, ce qui va les forcer à passer des heures ensemble. Une situation idéale pour celle qui a harcelé ma fille.

Elle se lève. Sa colère réveille la mienne. Mon cœur s'emballe et déclenche mon moniteur.

— Nous savions depuis le début que nous choisirions deux danseuses différentes pour les rôles d'Odette et d'Odile. Il est de notre devoir de donner à un maximum de nos élèves une opportunité de s'illustrer. Quand on est en 8e année, on doit pouvoir faire la démonstration de l'étendue de ses compétences aux directeurs des différentes compagnies. Et puisqu'elles dansent des rôles distincts, elles n'auront que peu de répétitions en commun, en réalité.

— Elles ont un passif. Giselle aurait pu partager ce rôle avec quelqu'un d'autre, non ?

— Madame Stewart, je vous garantis que tout ira pour le mieux. Nous distribuons les rôles en fonction du talent des danseurs et de ce qu'ils apportent aux personnages. Giselle sera une Odette parfaite. Céleste et légère. Bette est son opposée. Nous avons saisi cette occasion d'avoir les personnalités idéales pour interpréter ce ballet.

— J'exige un entretien avec Rebecca Abney. Cette situation est grotesque !

Ma mère frappe le bureau du plat de la main.

— Je peux lui demander si elle est prête à vous rencontrer. Je ne suis pas en mesure de vous promettre davantage.

— Je resterai à Brooklyn, chez ma sœur, tant que Gigi aura besoin de moi. Je peux venir à n'importe quelle heure.

Monsieur K. ne réagit pas immédiatement, et ma mère lui montre le téléphone sur son bureau. Il soupire, décroche et compose, de mémoire, le numéro de Madame Abney. Je comprends alors soudain combien Bette est importante ici.

Je m'affale sur mon siège. Je remonte mes jambes et m'assieds en tailleur, essaie de me mettre à l'aise. Je suis déjà en justaucorps et collants pour le cours de l'après-midi. Je nous imagine toutes les quatre dans ce petit bureau – Madame Abney, Bette, ma mère et moi –, et la surenchère de cris qui en résulterait. Les attaques cruelles, les intentions noires, les secrets trahis. J'ai mes propres secrets maintenant. Je dois me protéger.

— Je ne veux pas la rencontrer.

Je me lève. Monsieur K. raccroche. Ma mère me retient par les bras, elle voudrait me forcer à me rasseoir.

— Je veux juste savoir comment elle a pu revenir, après, après… tout ce qu'elle a fait.

Je contiens la tempête de sanglots furieux qui couve sous la surface. Monsieur K. s'approche de moi. Il prend ma main dans la sienne.

— Notre monde, celui de la danse, est terriblement… comment dire ? Il est compliqué.

Il se frotte le menton, et la friction des poils de sa barbe sur ses doigts me distrait.

— Bette Abney ne t'a pas poussée. Or elle avait été renvoyée pour cette raison. Un geste d'une violence intolérable. Elle a déjà payé pour les autres choses qu'elle t'a faites, pour les souffrances qu'elle a causées. Et selon moi, elle a même payé le prix fort.

Il soulève mon menton et essuie la larme qui a réussi à m'échapper.

— Haut les cœurs, *moya koritchnevaya*. Tu es forte. Tout ira bien.

— Je dois me préparer pour mon cours.

Ma mère m'embrasse et je m'échappe. Je vais déposer mon sac dans le studio A, où je compte m'étirer. La salle est vide à l'exception d'une fille, la buste pressé sur ses jambes. Elle tourne la tête vers moi. Bette.

Nous nous dévisageons. Mon regard consume le sien. Je ne bouge que lorsque Morkie et d'autres élèves nous rejoignent. Je veux qu'elle sache que je ne la quitterai pas des yeux dorénavant.

26. Bette

Je suis impatiente de voir la tête d'Eleanor. J'ai emménagé en début de semaine, mais elle a visiblement été trop occupée pour m'accueillir. Je rêve de m'effondrer avec elle devant *Diamants sur canapé*, puis m'endormir sous la même couverture duveteuse. Je rêve de retrouver le doux bruit familier de ses ronflements, qui suivent toujours le même rythme – *rrr, rrr, pschhh* –, et qui sont comme une berceuse pour moi. J'ai le sentiment d'être enfin rentrée chez moi.

La chambre est plongée dans le noir, silencieuse. Vide. Eleanor n'est pas là. Il est 23 h 30 pourtant, le couvre-feu est passé depuis longtemps. J'allume une lampe et fais le tour de « notre » chambre, tente de me mettre à l'aise.

Cette année, elle s'est définitivement approprié les lieux : elle a posé un plaid bleu canard sur le petit canapé, éparpillé sur le sol à côté de son lit des piles de magazines de danse cornés. Un pot de houmous ouvert et à moitié entamé – alors qu'elle ne devrait plus y toucher après ce qui lui est arrivé – est posé sur le dessus du mini-frigo. Elle a profité de mon absence pour donner libre cours à son amour du désordre. En attendant son retour, je feuillette ses carnets de danse, où elle a détaillé avec amour les variations d'Odette et d'Odile.

Je m'installe sur le canapé et mets par terre son exemplaire abîmé des *Hauts de Hurlevent.* Il n'y a plus de place pour moi ici. Peut-être qu'il n'y a plus de place non plus pour moi dans sa vie.

Trente minutes s'écoulent. Une heure. J'en ai assez d'attendre. Je me lève, ramasse le livre et les magazines pour les poser en pile bien nette sur son bureau. Je jette les miettes de pain et passe du désinfectant sur la surface. Je vide deux des tiroirs de la commode – agacée qu'elle ait pu se sentir autorisée à se l'approprier dans la totalité, qu'elle n'ait pas pensé à me garder une place. Je range ses sous-vêtements dans un panier à linge que je pose sur son lit. Je découvre au fond du tiroir quelques culottes et soutiens-gorge en dentelle qui ont dû être commandés en ligne dans un but précis. Une vague de panique me traverse.

Je me rappelle ce fameux jour à l'hôpital, le baiser que je n'étais pas censée voir. Je fais défiler les photos sur mon portable et je zoome sur celle de Monsieur K. embrassant Eleanor, inconsciente. J'éteins mon écran avec un frisson. Je dois parler à Eleanor. Je répète mon laïus dans ma tête, reformule les questions que je lui poserai.

Munie de ma trousse de toilette et de ma robe de chambre, je vais dans la salle de bains. J'ai besoin de me laver du poids de cette journée. De retour dans ma chambre, j'aperçois une forme dans le lit d'Eleanor : elle s'est couchée, la couette remontée sur la tête, et ses ronflements réguliers résonnent dans le silence.

— Eleanor ?

Un grondement sifflant me répond.

— El ?

Je ravale la boule dans ma gorge. Je me glisse sous les draps et m'endors au son de la berceuse familière.

Gigi ne me lâche pas du regard pendant le cours. Nous sommes à la barre et elle tourne sans arrêt la tête vers moi, comme si elle avait besoin de vérifier ce qu'elle a vu la seconde précédente. J'imagine que personne ne pensait que je reviendrais au conservatoire, surtout pas elle. Même si j'ai dit la vérité à tout le monde, même si Will a dû partir, on dirait qu'ils continuent à attendre un rebondissement.

Je garde les yeux rivés droit devant moi, ce qui la force à se dévisser encore un peu plus le cou. Est-ce qu'elle espère obtenir quelque chose en me dévisageant de la sorte ? Morkie aboie ses instructions, et je suis en mode petit soldat. Si besoin, je lui ferai un salut militaire. Je suis prête à tout pour retrouver mon ancienne vie.

— Ça fait pas bizarre d'être de retour ? murmure une des nouvelles, derrière moi, pendant que Morkie agrippe le bras de June et le sort quasiment de son articulation pour rectifier son placement.

— Non, je souffle.

Cette fille devrait pourtant savoir qu'on ne discute pas en cours. On fait un demi-tour pour changer de côté. Maintenant que le bras de June est correctement placé, Morkie se remet à hurler les positions, et je me regarde dans le miroir sur le mur opposé. Ça m'avait manqué de voir toutes ces danseuses en ligne, et leur reflet. C'est presque hypnotique de se perdre dans le bruissement des chaussons qui frottent le parquet, d'admirer les genoux qui se plient et se tendent dans un mouvement parfaitement synchronisé, le triangle qui apparaît entre nos jambes et se reproduit à l'infini dans les glaces.

J'aime l'idée que mon corps prend part à cette coordination impeccable. En me concentrant sur la précision des mouvements, j'arrive à oublier quelles jambes et quels pieds m'appartiennent, j'arrive à oublier que j'ai failli perdre tout ça.

Je suis dans cet état presque méditatif lorsque Eleanor se décale soudain par rapport à la musique et aux instructions staccato de Morkie. Elle flexe les pieds quand elle devrait les pointer, c'est le gauche qui s'étire sur le sol au lieu du droit.

Je pousse un soupir d'agacement ; elle m'a sortie de mon état de quasi-lévitation. J'ai un temps de retard. Et je m'emmêle les pieds pile au moment où le regard de Morkie tombe sur moi. Il ne s'agit pas juste d'un petit raté : mon pied gauche s'accroche sur ma cheville droite, mes genoux se fléchissent et je dois me retenir à la barre pour ne pas m'étaler de tout mon long.

— Bette ! aboie Morkie.

Elle vient se poster devant moi, son visage presque contre le mien. Son haleine sent le café et les pastilles contre la toux, mais je me retiens de froncer le nez.

— Je suis désolée.

J'essaie de me fondre à nouveau dans le mouvement, dans le flux de positions sans un mot. Morkie reste plantée devant moi, ce qui m'empêche de me voir dans le miroir, et de voir les autres. Mon cœur s'emballe à l'idée que toute son attention est concentrée sur moi.

— Tu déranges tout le monde. Ça fait trop longtemps que tu n'as pas eu cours avec moi.

Je ne parviens pas à contrôler ma respiration, mes bras et mes jambes semblent incapables d'obéir aux ordres qu'ils reçoivent. J'aurais dû prendre un comprimé avant le cours. Je ne peux plus me fier ni à mon cerveau ni à mon corps.

— Va t'asseoir le temps qu'on termine à la barre.

Il y a une pointe de dégoût dans sa voix.

Je m'éloigne sans protester. Mais je pose un regard assassin sur Eleanor. Elle se mordille la lèvre et écarquille les yeux, sans me retourner mon regard pour autant.

Morkie reporte son attention sur les pieds de Gigi. Elle ne les touche pas, se contente de les guider, avec des gestes de chef d'orchestre. Ses doigts dansent, et les pieds de Gigi leur répondent à la perfection. Morkie sourit, comme si elle était la marionnettiste à l'origine de ces mouvements si admirables.

Je me détourne. Gigi n'existe pas pour moi. C'est ce que les avocats m'ont dit. Je ne dois même pas la regarder. Elle est un fantôme.

Le piano s'interrompt lorsque Morkie beugle ses instructions, et tout le monde soupire, sauf que moi je suis sur la touche et que les autres sont encore à la barre. Elles exécutent quelques mouvements lents, savourant l'euphorie momentanée d'avoir survécu à une épreuve infernale. Morkie leur laisse quelques minutes pour s'étirer.

— Bette, ici !

Ce qui signifie qu'elle va corriger ma technique sous le regard des autres filles en train de récupérer. Je me dirige vers la barre. Cet objet est à la fois mon ami et mon ennemi. On s'affronte, puis on se réconcilie.

— Demi-pointes !

Je m'élève et agrippe la barre dans l'espoir qu'aujourd'hui elle sera mon canot de sauvetage. J'ordonne à mon esprit de rester silencieux pour que je puisse me consacrer entièrement aux instructions de Morkie et y répondre de tout mon être. Eleanor a l'intelligence de se placer en dehors de mon champ de vision. June, quant à elle, est dans son coin habituel, elle lève sa jambe vers le plafond. Gigi reste devant moi. Elle fait le grand écart et elle étire ses jambes, gagne quelques millimètres à chaque expiration. On dirait une ligne droite parfaite sur laquelle son long buste bien proportionné pousse.

Je résiste à la tentation de la regarder, mais mon attention est constamment attirée par la petite mèche sombre qui s'est échappée de son chignon, par la courbe sublime entre sa clavicule et son cou. J'imagine aussitôt les doigts d'Alec sur ses os symétriques, sa paume épousant parfaitement la forme de son épaule. J'ai l'impression d'être de retour un an plus tôt. Pourquoi cette fille me fait-elle cet effet-là ?

— Tu veux redevenir une danseuse ?

Morkie interrompt le fil de mes pensées et agrippe ma cuisse à deux mains.

— Tu veux recommencer à danser, oui ou non ?

Elle n'est pas aussi douce que Yuli lorsqu'elle force l'ouverture de ma hanche, poussant les os et les muscles au-delà de leurs limites. Ses doigts s'enfoncent dans ma chair, et je mesure tout à coup les défauts que j'ai développés ces derniers mois : la légère augmentation de ma masse graisseuse au détriment de ma masse musculaire, les quelques millimètres supplémentaires que la costumière notera sur son calepin lors des essayages imminents, la paresse de mes hanches qui refusent de s'ouvrir pleinement, de mes pieds qui réagissent avec une demi-seconde de retard. Un changement presque imperceptible, mais pas pour quelqu'un comme Morkie, qui m'ausculte sous toutes les coutures depuis mes six ans.

— Tu ne bouges plus comme une danseuse, lâche-t-elle enfin.

Mes muscles hurlent de douleur. Ses mains se placent sur mes hanches, les forcent à s'ouvrir. Puis elle presse la paume entre mes deux omoplates, appuie jusqu'à ce qu'elles se touchent.

— Tu dois travailler plus dur.

Tout le monde peut l'entendre. Je vois leurs visages s'éclairer, des dizaines de paires d'yeux qui scintillent face à mon humiliation.

— Oui, madame.

Je ne rougis pas. Je ne tremble pas.

— Encore une fois.

Sa voix est tranchante, pourtant je lis de la bonté dans son regard. Ou plutôt une forme d'encouragement. Elle veut que je réussisse.

Elle tape dans ses mains, la musique débute, elle crie ce qu'elle attend de moi et je m'exécute. J'observe mon corps dans le miroir comme s'il appartenait à quelqu'un d'autre et, pendant trois bonnes minutes, je redeviens une ballerine. Immense, avec une couronne de cheveux dorés et une peau d'albâtre. J'enchaîne les mouvements parfaits, passe avec fluidité d'une position à une autre : courbe, ligne droite, immense V, puis cambrure du dos inimaginable. Morkie tape à nouveau dans ses mains quand elle estime en avoir vu assez.

— Voilà ! Là je te retrouve.

Un petit sourire lui chatouille les lèvres, et ses yeux trahissent ce que ses mains n'ont pas voulu me dire : je sais que j'ai regagné ma place. Qu'une personne, au moins, se réjouit de mon retour.

Minuit est passé il y a longtemps, et Eleanor n'est pas encore rentrée. Elle continue à m'éviter. Elle a passé toutes ses soirées hors de la chambre depuis mon retour au conservatoire, descendant dans la salle des élèves pour faire ses devoirs, dansant jusqu'à une heure tardive et se couchant bien après moi. Et c'est la même chose ce soir. Elle entre à pas de loup, se déshabille sans bruit, ne prend même pas la peine de se laver les dents de peur de me réveiller. De peur d'avoir à m'adresser la parole. De peur d'avoir à m'affronter.

Mais je ne dors pas. Et ce soir elle va devoir se résoudre à me parler.

— Tu vas enfin me dire ce qui se passe, El ?

Je m'assieds dans mon lit. Elle sursaute, vacille légèrement en passant sa chemise de nuit sur sa tête.

— Ça fait des jours que tu m'évites…

Je ne me lève pas assez vite : elle a le temps de se réfugier dans la salle de bains et de s'y enfermer. Je ne comprends pas. Je n'ai pas poussé Gigi, et elle le sait. La plupart des autres filles ont été aimables sinon chaleureuses. Et ma meilleure amie d'enfance m'évite avec autant de constance que si j'étais la personne la plus immonde de la planète.

Je tambourine à la porte de la salle de bains.

— Ouvre, il faut qu'on parle.

— Et pourquoi je ne t'éviterais pas, Bette ?

Je ne lui ai jamais entendu un ton aussi cinglant. Il transperce la porte.

— Tu fais ton grand retour et tu t'imagines que tout va redevenir comme avant.

— Pourquoi ça ne serait pas le cas ?

Elle ouvre la porte à la volée, et je remarque qu'elle tremble. Je lui coupe la route. Elle ne s'en tirera pas à si bon compte. Pas cette fois.

— Je ne suis plus ton amie. Je ne suis plus cette fille à qui tu pouvais donner des ordres.

— J'ai essayé de tout arranger. J'ai essayé de t'expliquer ce qui se passait. C'est toi qui n'as pas pris mes appels.

Je serre les poings.

— Même les avocats…

— Je ne veux pas entendre parler de ton innocence ou de tes avocats. Tu savais très bien que ça s'arrangerait pour toi. Tu es Bette. Tu t'en tires toujours. Tu as décroché le rôle d'Odile avant même d'être revenue. J'ai bossé pendant des années, j'ai fait tout ce que je pouvais, tu ne te rends pas compte…

— Je me rends très bien compte.

Je laisse le temps aux mots de se déployer dans la pièce, de respirer.

— Non, Bette. Tu ne te rends compte de rien…

— Si, écoute ce que je te dis. Je sais, Eleanor.

Elle me fixe avec dureté et désespoir, cherchant à effacer les mots que je viens de lui asséner, leurs implications.

— Je sais tout.

Je soutiens son regard et enfonce le clou.

— Je suis au courant pour Monsieur K.

Un millier d'émotions défilent sur son visage : colère, tristesse, confusion, incrédulité. Et enfin honte.

— Impossible. Comment ? Est-ce que tu…

— Je t'ai vue avec lui. À Halloween. Et après, à l'hôpital.

— Il le sait ?

— Non. Je me suis cachée. Eleanor, tu dois…

— C'est rien du tout. C'était juste… Tu ne sais rien. Il est comme un père pour moi, il s'inquiète depuis que… C'est rien du tout.

Elle me tourne le dos, les épaules secouées de sanglots.

— Je ne te crois pas, Eleanor.

Je ne suis qu'à quelques centimètres d'elle, et j'ai envie de la serrer dans mes bras, mais je sens bien que ce serait la pire chose à faire dans l'immédiat.

Je me rapproche d'elle. Lui effleure l'épaule. La panique l'étreint à nouveau. Elle me repousse avant de se jeter sur moi. Elle déborde de rage, ses ongles m'écorchent les poignets, s'enfoncent au point de faire couler le sang. Je bats en retraite contre un mur, acculée.

— Écoute-moi, Eleanor !

Je l'attrape par les mains, par les épaules, pour qu'elle arrête et qu'elle m'écoute. Elle me repousse jusqu'à la porte de notre chambre, contre laquelle je me cogne la tête. La douleur irradie dans tout mon crâne.

— Je sais, et ce n'est pas grave. Je te l'ai dit, je n'en parlerai à personne. Je ne dirai rien.

Elle s'effondre par terre et je m'agenouille.

— Tout va bien, Eleanor, je lui murmure. C'est terminé, hein ? C'est bien fini ? Personne n'a besoin d'être au courant.

Si la tentation reste grande, évidemment, de me venger de Monsieur K. après toutes les années de torture qu'il m'a fait subir, je suis sincère cette fois : je garderai le secret d'Eleanor comme si c'était le mien. J'ai besoin qu'elle ait besoin de moi. J'ai besoin qu'elle redevienne mon amie.

— C'est moi, Eleanor. C'est Bette. Tu sais que je ne ferai…

— Tu te fous de moi ? Bien sûr que tu le feras !

Elle frémit toujours, de la morve coule sur son visage mouillé de larmes.

— Tu ne te rends pas compte ce que ça fait de bosser aussi dur, de se donner tout entière pour n'obtenir qu'une minuscule fraction de ce qu'on veut. Tu n'as jamais connu ce sentiment, et tu ne le connaîtras jamais.

Elle se relève, animée par la rage. Elle se cogne contre le bureau et la chaise en se précipitant dans la salle de bains. Elle claque la porte derrière elle. Je l'entends sangloter, et le bruit de ses larmes intarissables me fend le cœur. La sensation de puissance que j'ai ressentie ces derniers jours, ces dernières semaines, ces dernières années, me déserte brusquement. Tout ce temps, je ne le comprends que maintenant, je n'ai pensé qu'à moi. Même aujourd'hui, même à cet instant, alors qu'Eleanor se noyait sous mes yeux. Je ne m'inquiétais que de ce que cette information signifiait pour moi : le pouvoir qu'elle me donnait sur Monsieur K., le moyen qu'elle m'offrait de sauver notre amitié. Je n'ai pas songé un seul instant à elle. Je n'ai jamais pensé à elle. Et ça pourrait bien, je le réalise soudain, me coûter ma meilleure amie.

27. June

Le jeudi après-midi, je m'emmitoufle dans mon écharpe la plus chaude, puis je mets mon bonnet et mes gants, avant de prendre la ligne 1. À Times Square, je change pour la N. Après tout ce temps, je reste surprise par la saleté et le monde. Je n'ai pas pris le métro depuis une éternité. Le conservatoire est au cœur de Manhattan et ma vie se limite à un rayon de quelques rues autour du Lincoln Center.

Pas aujourd'hui pourtant. J'ai donné rendez-vous à Jayhe dans l'East Village : il croit que je l'emmène dans ce restaurant de cuisine sichuanaise dont il parle sans arrêt – Xi'an. Ça fait des mois qu'il rêve de goûter leurs nouilles à l'agneau et au cumin. Mais j'ai d'autres projets.

Mon ventre vide gargouille, malmené par les cahots du métro. Ça me fait si bizarre de voyager dans cette boîte métallique surchauffée avec un million d'inconnus. Je sens des regards : la plupart me prennent sans doute pour une lycéenne ou une touriste coréenne. La rame s'arrête dans un crissement, et je suis poussée sur le quai avec un flot d'usagers.

Je sors mon portable pour vérifier l'heure et l'endroit du rendez-vous. Je prends la direction de l'est jusqu'à la Deuxième Avenue. Ce quartier est redevenu à la mode depuis qu'il a été investi par les hipsters, et je croise des milliards de jeunes, à peine plus âgés que moi qui traînent, mangent, jouent au basket sur le terrain de l'autre côté de la rue, malgré les températures glaciales. J'arrive à mon point de rendez-vous avec Jayhe. Il n'est pas encore là. En retard, comme toujours.

Je n'en reviens pas d'être là. Ça me paraît irréel, j'ai l'impression d'être plongée dans une vision de mon avenir. Car la fac pourrait bien devenir une réalité pour moi d'ici quelques mois. Jayhe a déjà envoyé des candidatures. Il m'a demandé il y a plusieurs semaines déjà d'y réfléchir, mais le simple fait de me connecter aux sites Internet des différentes universités me donnait le sentiment d'avoir raté ma vie, de ne pas avoir su être à la hauteur de mes rêves.

Sauf que maintenant que le casting du *Lac des cygnes* a été annoncé, je sais que je dois me ménager d'autres options. Le cursus en danse à NYU a excellente réputation, cependant il n'est pas destiné aux vraies ballerines. Je compte passer des auditions ailleurs. Malheureusement, je n'ai peut-être que très peu de chances d'entrer dans ces autres compagnies. NYU pourrait bien être mon seul plan B. Et, si c'est le cas, je dois tout faire pour qu'il fonctionne. Pour moi, pour nous.

Un grand type musclé en jean noir moulant et caban cintré se trouve devant le bâtiment. Il écrit un texto. Son nez est éclaboussé de taches de rousseur. Il porte des boots d'échauffement rouges, et un béret est posé sur son crâne chauve. Un pur style de danseur.

— Tu es ici pour la visite ? me demande-t-il avec un immense sourire qui dévoile des dents d'un blanc étincelant. On a rendez-vous à 13 h 30, c'est ça ?

Je réponds d'un hochement de tête avant de regarder ma montre. Jayhe n'est pas encore là. Est-ce que je commence sans lui ? Ça gâcherait ma surprise… Et surtout je passerai à côté de l'objectif majeur de cette journée : lui montrer qu'on est dans la même barque, lui et moi.

— Je suis June. Mon copain doit nous rejoindre.

Je cherche quoi dire, quoi faire, quand Jayhe arrive en courant, son sac à dos sur une épaule, hors d'haleine, les joues rouges.

— Je suis là. Désolé pour le retard.

Il me prend la main et se penche vers moi pour m'embrasser à pleine bouche, sans se rendre compte qu'on n'est pas tout seuls.

— Qu'est-ce qu'on… Ah, salut !

— Fred. Je suis étudiant ici, en troisième année, avec une majeure en danse. Et je suis votre guide. Soyez les bienvenus !

Le regard de Fred passe de Jayhe à moi.

— Vous êtes tous les deux des danseurs ?

Jayhe fait non de la tête.

— Je dessine. J'ai déjà déposé ma candidature, et j'ai reçu une réponse positive. C'est June qui hésite encore.

Il nous sourit, à Fred et à moi.

— Et je suppose que si on est ici, c'est que…

— Je me suis dit que ce serait bien de voir ça de plus près.

Je dois avoir les joues écarlates.

— De me faire une idée.

Je ne m'étais pas du tout imaginé la scène comme ça. Jayhe sourit et me serre la main. L'espoir que je lis dans ses yeux me souffle que peut-être, peut-être seulement, j'ai pris la bonne décision.

On emboîte le pas à Fred, qui entre dans le bâtiment.

— Vous allez adorer cet endroit, tous les deux. NYU a une excellente réputation. L'art est roi ici. Et on ne compte plus les anciens étudiants devenus célèbres.

On prend l'ascenseur.

— Il y a des salles de cours et des studios à cet étage, explique-t-il en nous indiquant différents endroits.

Tout est lumineux et ultra-moderne. Il y a un espace réservé aux étudiants, une salle de musique et une salle de conférence. Fred me montre ensuite les bureaux du département de danse. Tout est magnifique, vaste. Il nous emmène sur Broadway, où se situent les autres départements d'enseignements artistiques. Il nous fait voir d'immenses amphithéâtres, un café, et enfin les services administratifs. Je n'arrive pourtant pas à me résoudre à emporter un dossier de candidature. Je m'agrippe à la main de Jayhe tout le long de la visite, le laisse m'entraîner. J'essaie de m'imaginer dans ces couloirs, dans cette vie. Je voudrais adorer cet endroit, être excitée et enthousiaste, prête à sauter le pas. Sauf que je n'y arrive pas. Pas vraiment.

— Vous avez combien d'heures de danse par jour ? je demande à Fred.

— Ça dépend des étudiants. Certains passent quatre heures dans un studio. D'autres, juste une ou deux. On se spécialise au fil du temps. Et puis il ne faut pas oublier les cours théoriques et les options.

Je me retiens de froncer les sourcils. Je n'ai aucune envie de choisir des options au hasard, d'avoir quelques heures de danse entre un cours sur Shakespeare et un atelier poterie. Je veux me concentrer sur la danse, être la meilleure ballerine possible. Cet endroit n'est peut-être pas fait pour moi.

— Ça a l'air super, June, non ? On pourrait même suivre un ou deux UV ensemble.

La voix de Jayhe me tire de mes pensées. Il a raison. C'est pour cette raison que je suis venue ici, non ? C'est le seul endroit où je pourrai peut-être avoir les deux : Jayhe et la danse. Je ne dois surtout pas l'oublier.

Alors que Fred s'apprête à nous raccompagner au rez-de-chaussée, Jayhe nous fausse soudain compagnie.

— Je voudrais passer vite fait dans les salles de dessin.

Je n'ai pas le temps de le retenir, il s'éloigne et me laisse avec Fred. Ce dernier semble attendre que je prenne l'initiative de la conversation, pourtant je reste muette, tout en m'efforçant d'avoir l'air heureuse et de trouver cet endroit fascinant.

Au moment de descendre de l'ascenseur, il me sourit.

— Tu es élève dans une école de danse, je me trompe ?

Je sens qu'il se retient de rire. Et qu'il n'hésiterait pas s'il n'avait pas peur de me blesser.

— Comment tu le sais ?

— Tu es si calme, si sérieuse. Tu sembles tellement au-dessus de tout ça. Vous êtes toutes pareilles. Et tu marches comme Charlot.

Je baisse les yeux vers mes pieds en canard. J'éclate de rire.

Dehors, Fred s'assied devant l'entrée et tapote la marche à côté de lui. Je réponds à son invitation et observe à nouveau mes pieds dans leurs bottes fourrées.

— Je fais du jazz et du moderne, j'ai même pris quelques cours d'Odissi, une danse traditionnelle de l'une des régions d'Inde.

— Pas de classique ?

— Si un peu. Même si je trouve ça un peu trop raide.

Il me jauge à nouveau et je lui souris.

— Tu danses où ?

— Au conservatoire de l'ABC.

— Il a la réputation d'être dur. Chaque année, un ou deux anciens élèves intègrent NYU, la mort dans l'âme. Mais laisse-moi te dire quelque chose : si tu décides de venir ici, il ne faudrait surtout pas le prendre comme un prix de consolation. C'est au contraire la garantie, pour toi, de te retrouver sur un tremplin.

J'aimerais le croire... Je sais pourtant que dans le monde de la danse seuls quelques rares endroits comptent. Et les universités n'en font pas partie.

— Je ne sais pas si je suis taillée pour la fac. Je ne sais pas si je peux renoncer à la danse.

— C'est pour ça que tu es ici, non ? À NYU, tu ne seras pas obligée de renoncer à la danse.

— Ce n'est pas la même chose.

— Je dis juste que tu ne peux pas considérer une place à NYU comme une punition...

Il se lève.

— Allez, viens, il me reste une dernière chose à te montrer.

On remonte quelques blocs vers l'ouest, jusqu'à la Sixième Avenue. On est au cœur de Manhattan. Un immense bâtiment majestueux, qui ressemble un peu à un château, se dresse d'un côté de la rue, face à un gratte-ciel plus quelconque. Il m'indique une enfilade interminable de vitrines sur notre droite. Je place une main en visière pour protéger mes yeux de l'éclat du soleil. L'école du Joffrey Ballet. À quelques minutes de la fac. Pour les moments de blues.

Je lui souris. Fred n'est peut-être pas un vrai danseur, mais il a saisi l'essentiel, je crois.

— Alors, on va récupérer un dossier de candidature ?

Dix minutes plus tard, je me trouve devant les services administratifs, une liasse de papiers à la main.

— J'espère que tu y réfléchiras sérieusement, June, me dit Fred.

Il me remet un Post-it avec son numéro.

— Appelle-moi si tu as besoin d'aide, ajoute-t-il avant de s'éloigner.

Peut-être que NYU pourrait être un endroit pour moi, je me surprends à penser. *Peut-être que c'est précisément ce qu'il me faut.*

Je m'assieds sur un banc et j'attends ce qui me semble une éternité. Broadway s'affaire tout autour de moi : étudiants, touristes et taxis qui klaxonnent sans cesse. Des types qui se la jouent artistes, avec tatouages et cheveux roses, sortent du bâtiment et me saluent d'un signe de tête comme s'ils me confondaient avec une fille qu'ils auraient croisée dans un amphi et à laquelle ils n'auraient pas vraiment prêté attention. En l'espace de quelques minutes, des flots de gens vont et viennent par ces portes. Le monde de la danse est si réduit, si intime. Ici, ça fourmille.

Quand Jayhe finit par me rejoindre, il a un sourire jusqu'aux oreilles.

— J'ai croisé un de mes futurs profs et je lui ai montré mes dessins, ceux que j'ai faits de toi. Il a dit que c'était un excellent début, que je devrais les intégrer à mon book. C'est génial, non ?

Il rayonne. Soudain, il se rappelle la raison première de notre visite :

— Et toi ? Qu'est-ce que tu as pensé du département de danse ? Ça a l'air cool, non ?

— C'est super, oui.

Je ne peux m'empêcher d'ajouter, en bafouillant, ce qui me pèse sur le cœur :

— Mais c'est peut-être trop… Il y a tellement de monde… J'ai l'impression que je ne trouverai jamais ma place ici…

Et plus important : comment me distinguerai-je ?

— June, tu n'as toujours pas compris ?

Il se penche vers moi et me dévore de ce regard qui inonde mon cœur de joie à chaque fois.

— Tu n'es pas faite pour te fondre dans la masse. Tu es unique.

Il se rapproche encore pour m'embrasser, en prenant mon visage dans ses mains et en glissant ses doigts dans mes cheveux. Il s'écarte un peu pour m'observer.

— Et c'était une surprise géniale.

— Ne t'emballe pas trop. Je continue à réfléchir. À envisager toutes les options.

Je ne veux pas lui faire de promesse.

— Je suis sûre d'une chose par contre…

Il hausse un sourcil.

— C'est l'heure du déjeuner.

Il sourit. Et pourtant, alors qu'on marche main dans la main, une pensée tourne en boucle dans ma tête : le présent, c'est tout ce qu'on a vraiment, lui et moi.

Ce soir-là, je passe des heures sur le site internet de NYU. J'ai déjà rempli mon dossier de candidature, mais je n'arrive toujours pas à savoir si je suis prête à appuyer officiellement sur la touche envoi. Ils proposent toutes sortes de styles de danse : classique, claquettes, jazz, moderne, sans parler des danses des différentes régions du monde. Il y a aussi des cours de théâtre, de comédie musicale et de musique. On peut même prendre l'option « théorie de la danse » pour passer des journées interminables à analyser les mouvements des autres. L'offre est si vaste, si écrasante, que je ne vois pas comment je pourrais être capable de prendre la moindre décision. Le temps d'y arriver, je serais trop vieille, plus en état de faire quoi que ce soit correctement.

Je dois danser. J'en ai besoin. Si l'ABC ne veut pas de moi, il faut que je trouve un autre endroit qui prenne la danse au sérieux. Je me rends sur les sites Internet des principales compagnies américaines : Miami, San Francisco, Los Angeles, Salt Lake City. Certaines organisent des auditions ici, à New York, mais pour d'autres il faut se rendre dans la ville où se situe la compagnie, ce qui signifie que je dois m'organiser, et vite, si je veux postuler. Je passe le reste de la nuit à remplir des formulaires d'inscription. Je réserve même un billet d'avion pour San Francisco avec la carte de crédit que ma mère m'a donnée pour les urgences.

Tu vois, June, je me dis, *ta vie ne s'est pas terminée avec la distribution du* Lac des cygnes.

En réalité, elle vient peut-être seulement de commencer.

— Désolé, il y avait de la circulation, me dit Jayhe au moment où je monte dans sa camionnette.

Il m'emmène à l'anniversaire de sa petite cousine, dans le grand restaurant familial du Queens, et je sais qu'il est nerveux. À moins que ce ne soit moi. Je boucle ma ceinture et me carre dans le siège, si bien que son baiser atterrit sur ma joue et non sur ma bouche.

— Embrasse-moi.

— Conduis !

— Embrasse-moi d'abord !

Il s'arrête au feu rouge et je lui donne un petit baiser du bout des lèvres, pour le provoquer. Je m'écarte au moment où ses mains cherchent à m'attraper.

— C'est vert, je dis alors qu'un concert de klaxons résonne derrière nous.

Puis, soulevant le petit paquet rouge sur mes genoux, j'ajoute :

— Je lui ai acheté des boucles d'oreilles. Elle a les oreilles percées ?

Il hausse les épaules et appuie sur l'accélérateur. On est en retard, la camionnette embaume les raviolis au porc et à la ciboulette qu'il a dû livrer au nouveau restaurant de Brooklyn, ce qui signifie que l'odeur va imprégner nos vêtements.

— Alors tu as envoyé ta candidature ?

— Oui, hier.

— Et tu es excitée ?

Je hoche la tête. Je ne lui dis pas que je pense qu'il s'agit d'une erreur, que ça ne fonctionnera sans doute pas.

— Allez, June ! Tu vas adorer cet endroit. On va l'adorer !

— J'espère.

— J'en suis sûr.

Au feu suivant, il me prend le menton.

— Vas-y, dis-le : *Boe heh joo seh yoh*.

— Je ne sais pas si je t'aime aujourd'hui. Tu es en retard.

Mon ton est taquin, je fais une fausse moue boudeuse.

— Bien sûr que tu m'aimes. Dis-le.

— Est-ce que tu te concentreras sur la route après ?

Il sourit. Je répète la phrase en coréen. Elle sonne à la perfection dans ma bouche. Je souris lorsqu'il m'embrasse. Il me prend la main, laisse la gauche sur le volant.

— Je préfère ça, dit-il en redémarrant.

— Je suis contente de revoir tout le monde. Ça fait si longtemps…

— Tu es nerveuse ? Tu n'as aucune raison de l'être. Tu connais déjà presque toute ma famille.

— J'étais petite à l'époque.

— Tu l'es toujours, petite.

Le restaurant occupe le rez-de-chaussée et le premier étage d'un bâtiment en briques rouges qui en compte trois, à Elmhurst – il s'agit de la maison mère, toujours tenue par la grand-mère de Jayhe. Au moment d'en franchir le seuil, ma nervosité s'envole. Même si je ne suis venue qu'une ou deux fois dans ce lieu, je m'y sens chez moi. La salle où aura lieu l'anniversaire est décorée de banderoles dorées qui tapissent les murs et de ballons bordeaux et jaunes qui montent vers le haut plafond.

La petite Mi-Hee est assise sur une balancelle transformée en trône. Elle gargouille et glousse dans un *hanbok* bordeaux. Je me souviens de photos de moi, au même âge, dans une robe traditionnelle similaire, bleue et dorée.

Jayhe me tend une assiette de raviolis au moment où les festivités débutent. Et il vérifie que je les mange. A-t-il parlé à ma mère ?

L'oncle de Jayhe fait plusieurs annonces en coréen – il parle comme une mitraillette –, puis il prend la petite dans ses bras et la présente à l'assemblée. Je reconnais les mots : *félicitations, famille, bonheur* et *bénédiction.*

— Je vous présente Mi-Hee !

Tout le monde l'acclame.

— L'heure est venue pour elle de forger son destin !

C'est une vieille tradition coréenne, le bébé choisit lui-même la voie qu'il suivra. Plusieurs objets – un stylo, des pièces en or, un kit de couture, un thermomètre – sont posés sur la table. Chacun symbolise un avenir différent. Tout le monde se penche pour regarder. Des murmures et des éclats de rire résonnent dans la salle.

L'oncle de Jayhe approche la petite de la table. Ses mains potelées touchent plusieurs objets avant d'arrêter son choix sur les pièces.

— Une banquière, une banquière ! crie la foule.

Je regarde Mi-Hee jouer avec les pièces, essayer de les manger. Je me demande quel objet j'avais attrapé, moi. Je souris à l'idée que peut-être, peut-être seulement, ma mère avait ajouté un chausson de danse à la sélection.

— Hé !

Jayhe surgit derrière moi. Il m'attire contre lui et me glisse à l'oreille :

— Qu'est-ce qui te fait sourire comme ça ?

Il me fait pivoter pour que je me retrouve face à lui.

— Tu sais ce que tu avais choisi, toi, pour ton premier anniversaire ?

La lumière qui se reflète dans ses yeux sombres m'empêche de m'y voir. Il fronce les sourcils.

— Ma mère a toujours dit que c'était les pièces, mais je crois, moi, que ça devait être le crayon.

Je prends ses mains rugueuses dans les miennes. Je me sens si jeune par rapport à lui, elles sont si grandes et calleuses.

— Je me demande ce que j'avais attrapé.

Une pensée sombre m'assaille. Ma mère n'avait peut-être pas organisé de cérémonie pour mon premier anniversaire. Elle était une mère célibataire, et toute sa famille vivait en Corée.

— Qu'est-ce qu'il y a ?

Il serre mes mains.

— Tu étais l'une des personnes les plus joyeuses que je connaissais, June. J'ai vraiment l'impression que cet endroit te rend triste.

— Je suis heureuse, je proteste.

Pourquoi met-il ce sujet sur le tapis maintenant ?

— Ce n'est pas l'impression que ça donne.

Il tente de m'attirer contre lui, mais je sens plusieurs regards sur nous.

— Arrête, Jayhe…

Se rendant compte à son tour qu'on est au centre de l'attention, il me lâche.

— Pourquoi tu es comme ça ? s'étonne-t-il.

Je me mordille la lèvre, repense à ce qu'il m'a dit. Je cherche encore la bonne façon de formuler ce que je ressens quand il ajoute :

— Très bien dans ce cas. J'ai peut-être quelque chose qui va te rendre heureuse. J'ai parlé à mon père et, entre la bourse et ce que lui aurait coûté la fac du Queens, je dois pouvoir me payer NYU. Je crois.

Il attend que je dise quelque chose, finit par poursuivre :

— Bref, ça pourrait marcher.

— Félicitations, Jayhe.

Il paraît soudain en colère.

— C'est tout ce que tu as à me dire ? Pas de « ça y est, ça se profile » ? Pas de « je suis impatiente qu'on soit ensemble là-bas » ? Rien ?

Je hoche la tête, mais les mots refusent de sortir.

— Bon, très bien. J'imagine que t'inviter à dîner le soir de la Saint-Valentin ne sert à rien non plus. Tu dois répéter, je sais.

C'est surtout que la Saint-Valentin tombe le week-end où j'ai prévu d'aller en Californie, au San Francisco Ballet.

— Je ne serai pas à New York. J'ai une audition.

Je prononce les mots lentement, me prépare à une explosion.

— On pourrait faire ça le week-end suivant ? Ou celui d'avant ? Ou alors tu pourrais m'accompagner ?

Je m'autorise à en rêver un instant : nous deux dans les tramways de San Francisco, dans le quartier chinois. Ma vision manque de précision parce que je sais que c'est impossible. Jayhe a ses cours, son dessin, ses longues heures de service au restaurant.

— Une audition ?

Il prend une profonde inspiration.

— Pour quoi faire ? Je croyais que tu avais décidé de poser ta candidature à NYU. Je croyais que tu avais dit…

Il se tait en voyant sa grand-mère approcher. Quand on était petits, je passais des heures avec Jayhe et elle chez eux, un peu plus bas dans la rue, à jouer, à regarder des séries coréennes et à manger des *mandus*. Son visage tout entier s'anime lorsqu'elle me sourit.

— *Yeppeo gangaji*, dit-elle en m'effleurant la joue.

« Joli brin de fille. »

Je la serre dans mes bras et embrasse sa joue douce, ridée. Sa peau parcheminée est si fine que j'aurais peur de la déchirer en appuyant trop fort. Son odeur est si familière… Elle presse une paume tiède sur mon visage. Elle dit plusieurs phrases en coréen, mais je ne comprends qu'une seule chose : *manger*. Elle essaie de s'exprimer en anglais.

— Manger plus. Trop petite.

— Oui, oui.

Je l'embrasse à nouveau. Elle prend un ravioli dans son assiette et le fourre dans ma bouche. J'en avale une, deux bouchées. Quand je l'ai terminé, elle m'en tend un autre. Je prétexte une envie pressante.

— *Hwajangshil.*

« Toilettes ». J'espère qu'elle a compris. *Suis-je vraiment dans un si sale état ?* je me demande en croisant mon reflet dans le miroir. Mes yeux sont creusés, mes bras aussi fins que des haricots verts. Ma robe tombe tout droit, gomme toutes mes formes. Dès que je porte de vrais vêtements, c'est-à-dire en dehors du conservatoire, j'ai l'air malade, anorexique. Je ne ressemble pas à une fille normale. En justaucorps et collants, en revanche, avec mes cheveux plaqués en arrière et mon visage poudré, j'ai l'air de ce que je suis : une danseuse.

Je sens les raviolis et d'autres aliments riches flotter dans mon estomac, l'épaisse sauce soja, trop salée, qui le tapisse. Je ne peux même plus mettre les pieds dans des toilettes sans avoir envie de me purger. Mon corps me répond au doigt et à l'œil, l'odeur du désinfectant et la fraîcheur du carrelage sont de véritables déclencheurs.

Je me précipite dans une des cabines et laisse tout ressortir : les raviolis, la dispute avec Jayhe, la tension qui m'accable depuis des jours. Mais la culpabilité ne me lâche pas aussi facilement que de coutume. Elle continue à peser lourd au creux de mon estomac, me rappelant que, même s'il y a encore une petite chose que je contrôle, la situation est loin d'être idéale. Et peut-être qu'elle ne le sera jamais. Je ne peux évidemment pas rester assise là, sur le carrelage dur et froid, alors je me force à afficher mon plus beau sourire avant de retourner à la fête. Jayhe m'attend juste devant la porte des toilettes. Il a un visage de marbre, ses lèvres pincées expriment son inflexibilité. Ses yeux, eux, sont pleins de confusion, plissés par la souffrance ou le dégoût.

L'anniversaire continue à battre son plein autour de nous, pourtant j'ai l'impression qu'on est soudain enfermés dans une bulle, tous les deux.

— Quoi ?

Voilà tout ce que j'arrive à lâcher. Même si je sais que c'est loin de suffire.

— Comment… tu étais…

Il ravale la fin de sa phrase.

— On n'en parle jamais ensemble, alors…

— Et on ne va certainement pas en parler maintenant, je réplique sèchement.

— Je croyais que tu travaillais sur toi-même. Que tu allais mieux.

— Tu te moques de moi ? Tu réalises la pression à laquelle je suis soumise ? Tu ne piges pas, hein ? Ça se joue là. Je n'ai plus que quelques mois pour faire quelque chose de ma vie. Et je suis prête à tout, quel que soit le prix à payer, pour que ça marche. Je suis prête à ça.

Il m'attire contre lui, me serre dans ses bras et je me débats, je donne des coups à l'aveugle pour lui échapper. Je ne peux pas. J'entends son cœur battre contre mon oreille, *boum boum boum*, un rythme rapide, épuisant et apaisant à la fois, qui me fait prendre conscience d'une chose pour la toute première fois.

— Je sais que tu le veux à tout prix, June, mais ça n'en vaut pas le coup, murmure-t-il dans mes cheveux trop courts. Ça n'en vaut pas le coup. Rien ne te force à…

Je le repousse.

— Non ! Il faut que tu comprennes. Je ne peux pas manger des raviolis, des nouilles ou des pizzas, prendre du temps pour être avec toi et regarder des films. Si c'est ce que tu veux, alors remets-toi avec Sei-Jin. De toute façon, c'est elle que tu avais choisie en premier.

Son visage est écarlate maintenant, et tout le monde dans la salle s'est tu.

— Parle moins fort, June.

Il me prend par les épaules et me regarde droit dans les yeux, essaie de me calmer avec des paroles apaisantes, chuchotées, en coréen et en anglais.

— Je ne peux… je ne peux plus continuer comme ça, Jayhe. Je ferai ce qu'il faut pour pouvoir danser. Et tu ne le comprendras jamais. Je n'y renoncerai pas. Pas même pour toi.

Je sors du restaurant en trombe et je remonte le pâté de maisons à toute allure. Mon cœur bat la chamade dans ma poitrine, l'air hivernal rabat mes cheveux sur mon visage, le froid est pénétrant.

Une heure plus tard, je suis au pied de l'immeuble de ma mère. Je ne saurais pas très bien dire comment je suis arrivée là, je continue à espérer que tout ça n'était qu'un cauchemar, une erreur. Pourtant je sais, tout au fond de moi, que c'est terminé avec Jayhe.

Je reste plantée pendant ce qui me semble des heures, sans parvenir à croire que j'ai fait ce que j'ai fait. J'entre dans l'immeuble. Je gravis lentement les trois étages, alourdie par le poids de mon cœur brisé.

Il n'est que 21 heures, mais j'ai l'impression que c'est le milieu de la nuit. Il fait froid dans l'appartement, les fenêtres, avec leur simple vitrage, laissent entrer le moindre courant d'air. J'enfile un pull et des chaussettes. Je monte le chauffage. J'allume même le four. Ça ne suffit pas, et je chasse l'idée que cette sensation de froid est le symptôme d'une trop grande maigreur. Dans sa chambre, ma mère dort. Ses ronflements obéissent toujours au même rythme familier. Je me glisse dans le lit et me blottis contre elle. Comme quand j'étais petite.

28. Gigi

— Non mais sérieux, on peut faire plus pathétique ?

Cassie me tend son téléphone. Elle est affalée sur le lit vide dans ma chambre. Le couvre-feu est passé. Je suis sur un tapis par terre, je fais mes exercices de kiné. Je zoome sur la photo qu'elle me montre : June en train de vomir, penchée sur la cuvette des toilettes dans leur salle de bains. Son visage est déformé par une expression absolument repoussante. Un jet liquide sort de sa bouche.

— Immonde. Comment tu l'as prise ? je lui demande en lui rendant son téléphone.

Je me souviens d'avoir surpris June en train de vomir l'an dernier. L'embarras que j'ai ressenti pour elle me revient brutalement.

— J'ai planqué une caméra au-dessus de la cuvette. Si elle était un peu plus attentive, elle l'aurait vue, franchement.

Elle fait défiler quelques autres clichés, me les montre.

— La salle de bains pue à cause d'elle, comment tu supportais ça ?

Je hausse les épaules. À l'époque, j'aimais bien June, ça ne me dérangeait pas d'accepter ses bizarreries. Elle se faisait du mal à elle-même. Maintenant, chaque fois que je la croise, chaque fois que j'entends son nom, chaque fois qu'elle traverse mes pensées, je n'ai plus qu'une seule réaction : je revois mes papillons sur le mur. Les aiguilles luisantes plantées juste en dessous de leurs têtes et de leurs yeux, à l'endroit où se trouverait un cœur humain s'il y en avait un dans ces corps aussi petits et fragiles. Les ailes déployées et plaquées contre le mur. Je me sens rougir, un poids m'écrase la poitrine.

— Je voudrais te poser une question, Cassie.

Je rassemble mon courage.

— Oui, bien sûr, répond-elle sans quitter son téléphone des yeux.

— Tu savais qu'Eleanor finirait à l'hôpital ?

Elle relève la tête, hausse un sourcil.

— Non.

Son expression est si dure à cet instant que je n'ose pas pousser plus loin l'interrogatoire. Mon ventre se serre. La question me brûle les lèvres depuis qu'Eleanor a fait sa réaction.

— Tu crois que je voulais l'envoyer à l'hôpital ?

— Ce n'est pas ce que je dis. Je voulais juste m'assurer que…

— Je pensais que ça la rendrait moche, point.

— D'accord. Oublie ma question.

Je me relève d'un bond et lui prends son téléphone des mains pour changer de sujet, et alléger l'atmosphère, soudain un peu tendue.

— J'ai l'idée d'un truc sympa qu'on pourrait faire.

— Quoi ? Dis !

Elle se mordille la lèvre.

— Rappeler aux filles que c'est mal de se faire vomir. En leur montrant que ça rend laide !

Ces mots cruels sortent naturellement, effacent un peu la colère qui bouillonne en moi. Je ne peux plus m'arrêter : je ne suis plus que méchanceté. Cassie a un sourire réjoui, comme si elle venait de finir une variation particulièrement difficile et se délectait des applaudissements.

— Ça lui apprendra à ne pas nettoyer derrière elle. Ou alors, mieux, ça lui vaudra un renvoi.

Je connecte le téléphone à mon ordinateur et sélectionne les photos. J'en imprime une cinquantaine d'exemplaires. Je tends une liasse de feuilles à Cassie et un rouleau de Scotch.

— Tout le monde va découvrir sa vilaine petite manie. Les danseuses raffolent des secrets.

Nous préparons nos affiches en mettant un petit morceau de Scotch sur chacune, avant de quitter la chambre. Le couloir est silencieux. Il est un peu plus de minuit, la plupart des filles dorment ou sont sur leurs ordinateurs.

— Je commence par le 10e, les filles de 7e année trouveront ça hilarant, annonce Cassie.

Elle disparaît dans la cage d'escalier. Je placarde les photos sur toutes les portes de l'étage et sur les murs. J'en mets même une sur le panneau d'affichage des 8e année : le visage immonde et difforme de June recouvre les nouvelles règles du dortoir pour cette année. J'imagine sa tête demain matin : la grimace de surprise, les larmes. J'imagine les rires sonores. Je l'imagine courant dans le couloir pour arracher nos affiches et en découvrir sans cesse de nouvelles. J'imagine combien de temps il lui faudra pour toutes les récupérer. J'imagine les larmes qui couleront sur ses joues.

La culpabilité ne m'assaille pas, cette fois. Peut-être que j'ai épuisé ce sentiment. Peut-être que j'ai changé pour de bon.

Dans la kitchenette de l'étage, je grimpe sur une chaise. Les réverbères dans la rue laissent des rais de lumière trouble sur le sol. J'ouvre les placards et colle des affiches sur les boîtes de céréales, les contenants en plastique des élèves. C'est si enivrant que ça me monte à la tête.

— Qu'est-ce que tu fais ?

La lumière me surprend.

— Tu sais qu'il y a une caméra ici ?

Je manque de tomber de la chaise. Miriam, la surveillante de nuit a une main sur la hanche. Elle promène son regard sur les affiches avant de les décoller. Mon moniteur cardiaque vibre. La panique se diffuse dans mon ventre, je commence à trembler.

— Descends immédiatement.

Je m'exécute sans broncher et pose le reste de ma pile sur le plan de travail.

— Qu'est-ce que tu faisais enfin ?

— Je… je… c'est juste…

L'expression de sa bouche est sévère.

— C'est du harcèlement et de l'intimidation. Qu'est-ce qui t'a pris ?

— Elles se sont attaquées à moi en premier, Miriam ! je hurle.

Je déborde de colère. Je veux qu'elle sente ce que j'éprouve. Je veux que tout le monde le sente. Elle s'approche de moi et pose une main sur mon épaule. Dans ses yeux ensommeillés, je lis de l'inquiétude.

— June a tué mes papillons. Will m'a poussée sous les roues d'une voiture.

Elle secoue la tête, murmure « je sais » plusieurs fois et me frictionne l'épaule. Elle jette toutes les photos. Je ne peux plus bouger. Mes jambes sont pétrifiées. Je n'arrête pas de jeter des coups d'œil en direction du couloir tapissé d'affiches. Je pense à Cassie à l'étage du dessous, en train de faire la même chose. Je m'inquiète des conséquences.

— Aide-moi à tout enlever.

Nous retirons chaque photo en silence. Personne ne sort dans le couloir. Personne ne les aperçoit. Elles finissent en pile dans sa main, prêtes à être jetées. J'écris à Cassie de faire la même chose, la préviens pour la surveillante.

Au moment où je m'apprête à retourner dans ma chambre, Miriam lâche :

— Je suis déçue, Gigi.

J'attends la sentence : un rendez-vous avec Monsieur K., un renvoi, ou pire ? Peut-être une interdiction de me produire sur scène ? Cette perspective me dévaste. Un filet de sueur coule dans mon dos. Mes lèvres tremblent.

— Tu as toujours été au-dessus de ça, toi.

Je me mords la lèvre inférieure pour ne pas pleurer.

— Ne laisse pas ce qui t'est arrivé de pire définir ton existence. Il ne faut surtout pas que ça te dévore. Tu es revenue. Tu danses mieux que jamais. Tu réussiras. Tu n'as pas besoin de ça…

Elle désigne le couloir d'un large geste du bras.

— Tu n'as pas besoin de t'abaisser à ces bêtises puériles. Tu vaux mieux que ça. Danse plutôt. Avec ce type d'attitude, tu te rabaisses au niveau de Bette, tu sais.

Ces mots m'atteignent en pleine poitrine. Le nom de Bette me fait l'effet d'une gifle. Je repense à la tête d'Eleanor juste après avoir mangé ce houmous, aux magnifiques cheveux de June sur le sol du cabinet de la kiné, aux pointes de Sei-Jin, aux magazines que j'ai postés à Bette. J'ai gaspillé tellement d'énergie à prouver à tout le monde qu'il ne fallait pas m'embêter, au lieu de l'investir dans la danse, de veiller à ce que mon corps redevienne assez résistant, de perfectionner ma technique. Je pense à la réaction de ma mère si elle apprenait ce que j'ai fait.

— Ressaisis-toi, et ça restera entre nous deux. Mais encore un faux pas, et tu peux être certaine que je veillerai personnellement à ce que ta carrière ici soit terminée. Compris ?

— Oui.

Je ferme la porte de ma chambre et me laisse glisser à terre. Je presse mes genoux contre ma poitrine. Je suis rongée par la douleur, les larmes et la colère contre moi-même. Je suis devenue Bette. Je suis devenue celle que je hais le plus. Et cette prise de conscience me fait enfin basculer, fait que tout se remet en place.

Le lendemain matin, retour à la case « bureau de Monsieur K. ». L'odeur de son tabac, le cuir craquelé du siège, la musique classique en provenance du studio voisin, toutes ses sensations se mêlent et me donnent la nausée. À moins que ce ne soit plutôt la présence de Will sur la chaise voisine. Il garde les yeux rivés sur ses genoux. Sa mère se tapote les yeux avec un mouchoir. Elle a le même teint pâle, les mêmes cheveux roux vif, et elle porte presque autant de maquillage que son fils.

Mes parents sont assis à ma gauche. La jambe de ma mère est agitée d'un tic nerveux, dû à la colère, et elle cogne contre la mienne.

Je regarde le profil de Will. Je ferme les yeux et essaie de me souvenir de cette nuit. Je riais tellement en sortant de la boîte. Je n'avais jamais été aussi heureuse, je crois. Je pensais avoir enfin trouvé ma place, dans un endroit où les gens vénéraient la danse autant que moi.

J'essaie de me rappeler la pression de ses mains dans mon dos. Je me demande si j'aurais pu les reconnaître, si je ne devrais pas avoir mémorisé leur taille, leur forme, leur texture à force de danser avec lui. Will m'a fait tourner, il m'a portée un nombre incalculable de fois. Toutes les émotions que j'ai enfouies resurgissent.

Comment ai-je pu ne pas savoir ? Une voix intérieure me souffle : *Tu ne voulais pas savoir.*

— Je vous en prie, n'engagez pas de poursuites. Will est navré… Dis-leur !

Madame O'Reilly lui donne une tape sonore sur le bras. Ma mère s'appuie contre le dossier de sa chaise.

— Présente tes excuses.

Je remarque que Madame O'Reilly enfonce ses ongles dans la peau pâle de Will et y laisse des croissants de lune rouge. Il ne bouge pas le moindre muscle. Elle a un accent qui rend les mots encore plus durs.

— Ce n'est pas la première fois que notre imbécile de fils nous déshonore…

— Il mérite d'être puni par la loi, riposte ma mère sans un regard pour elle, les yeux droit devant elle, comme si elle se préparait à exécuter une pirouette.

— Il a failli tuer ma fille.

— Et il sera puni par le Seigneur jusqu'à la fin des temps.

La mère de Will tend une main vers moi et je retire mon bras.

— Je crois que cet entretien est terminé, Monsieur K.

Ma mère se lève et prend son sac pour partir.

Will éclate en sanglots désespérés.

— Attends un peu.

Mon père retient ma mère par la main et la force à se rasseoir.

— C'est à Gigi de décider. C'est elle la victime.

— Rien n'oblige Gigi à faire une chose qui la met mal à l'aise…

Madame O'Reilly interrompt ma mère.

— Le pardon est une des plus belles valeurs chrétiennes. Will sait que le jugement divin l'attend. Il n'a pas besoin de…

Je finis par me tourner vers Will. Sa peau est de la même couleur que ses cheveux. Il ne relève pas la tête. Je ne suis pas fine psychologue. Je suis trop naïve, je fais confiance trop facilement.

— Assez. Assez, assez, assez !

Je murmure d'abord, puis je hurle ce mot en boucle jusqu'à ce qu'il emplisse la pièce. Après ce qui s'est passé hier soir, je veux que tout ça disparaisse. Je veux tourner la page. Je veux que toutes les blessures se referment et cessent de saigner. Je veux danser et ne plus perdre de temps avec ces histoires. Je veux redevenir l'ancienne Gigi.

— Pourquoi tu as fait ça ? je lui demande en tournant ma chaise vers lui.

Mon cœur cogne contre mes côtes, ses battements irréguliers me donnent le vertige.

— Pourquoi, Will ?

Il finit par me regarder. Des larmes coulent sur ses joues. Il ne porte pas de mascara aujourd'hui.

— Il faut que tu me croies, Gigi, je t'en supplie. Je voulais attirer des ennuis à Bette. Je ne pensais pas que tu serais blessée. Henri m'avait juré que tu trébucherais simplement, que tu te tordrais la cheville. Ce qui t'empêcherait de danser *Giselle.* Je n'ai pas vu le taxi. Il m'a fait croire qu'il avait des sentiments pour moi.

J'en ai la chair de poule. Alors le garçon pour qui Will avait un faible, avec lequel il avait une relation aussi malsaine était Henri…

— Je te jure que je ne voulais pas te faire autant de mal.

Ses pleurs se transforment en hoquet.

— Je ne voulais faire de mal à personne.

Son dernier aveu ne parle qu'à nous deux.

— Je me fiche de la raison pour laquelle tu l'as fait. Je ne veux plus en discuter, je ne veux plus en entendre parler.

Je me tourne vers ma mère.

— Je ne veux pas engager de poursuites. Je veux tourner la page. Je veux danser.

Je m'adresse à nouveau à Will, et je lis sur son visage un mélange de soulagement et de désespoir.

— Quant à toi, Will, je ne veux plus jamais t'adresser la parole.

Et je sors du bureau, le laissant brûler dans le petit enfer où il se retrouve par sa propre faute.

29. Bette

J'ai sauté le petit déjeuner pour descendre directement : j'ai rendez-vous avec mon fournisseur de comprimés devant le conservatoire. Le stock que j'avais pu me constituer grâce à une ordonnance est épuisé depuis longtemps et j'ai bien besoin d'un petit remontant. Ça fait trente minutes que je poireaute sous l'éclairage insuffisant d'un lampadaire près des poubelles, et toujours aucun signe de lui. Je m'abrite un peu plus dans le renfoncement de la porte et frappe mes pieds sur le sol pour me réchauffer. L'air de février forme des nuages brumeux quand j'expire.

Je regarde mon portable toutes les trois secondes. L'écran reste noir, ce qui est la tendance ces derniers jours. Je donne un coup de pied dans un petit tas de neige. Eleanor continue à m'éviter. Alec ne veut pas faire plus que partager un repas rapide avec moi au café, Henry me donne des boutons lorsqu'il fait ne serait-ce que jeter un simple coup d'œil dans ma direction, et même June n'a pas de temps à me consacrer. Quant à Cassie, je n'ai droit qu'à des regards noirs de sa part.

Je fourre mon portable dans la poche arrière de mon jean en voyant Jarred approcher.

— Enfin !

Il me fait signe de parler moins fort avant de me serrer dans ses bras. Il est grand et maigre, d'une pâleur maladive, avec une barbe de plus en plus longue, ce qui lui donne l'air beaucoup plus vieux – il est en troisième année à la fac de Columbia. Je lui achète des comprimés depuis son installation à New York il y a trois ans, et je sais que beaucoup de membres de la compagnie passent aussi par lui : il est sorti avec une danseuse autrefois. Je l'ai rencontré chez Adele.

Je le repousse et lui demande :

— Tu as le matos ?

— Nan.

Il décide d'allumer une cigarette.

— Tu veux pas que je te serve un verre aussi ? je lui balance en croisant les bras. Arrête ton petit numéro.

— Détends-toi, Bette.

Il sort plusieurs petits sachets en papier de toutes les couleurs de l'arc-en-ciel – bleu ciel, jaune pâle, et même un joli lavande.

— C'est quoi ?

Je lui prends le mauve des mains. Son sourire est mielleux.

— Un petit bonus ! Mieux que de l'Adderall.

— Je veux ma commande habituelle.

Je sors deux cents dollars de ma bottine gauche et lui tends les billets.

— Merci, à plus.

Je le chasse d'un geste de la main et fourre les comprimés dans ma poche.

— J'ai pas droit à un petit bonus pour m'être levé aussi tôt ?

Il ouvre grand les bras, comme s'il espérait que j'allais me blottir contre lui.

— Je t'ai déjà donné un pourboire, pousse pas.

J'attends qu'il s'éloigne avant de me retourner pour rentrer. Je me fige en découvrant Cassie, juste derrière moi. Un immense sourire aux lèvres.

— Comment va Jarred ?

— Je ne sais pas de quoi tu parles.

J'essaie de forcer le passage, elle m'en empêche.

— Tu as acheté quoi, aujourd'hui ? Des petites pilules bleues peut-être ? Ou des blanches ?

— Je ne sais pas du tout de quoi tu parles.

— C'est ça, Bette. Tu es revenue ici depuis deux minutes et c'est déjà reparti pour un tour. Tu comptes droguer Gigi cette fois ? Ou alors tu vas encore essayer de t'en prendre à moi ?

— J'ai dit que je ne savais pas de quoi tu parlais.

Elle approche son visage à quelques centimètres du mien et je sens son souffle chaud, au parfum de fraise et de cannelle, sur ma joue. Je recule.

— Tu ne te souviens pas ? Tu ne te souviens pas d'avoir forcé Will à me lâcher au milieu d'un porté, ce qui m'a valu un séjour à l'hosto et en centre de rééducation pendant un an et demi ? Tu ne te souviens pas d'avoir remplacé mes comprimés de régime, ce qui m'a valu de m'évanouir en cours ?

Prise au dépourvu, je recule de quelques pas supplémentaires, me rendant compte trop tard qu'elle m'a coincée contre une des bennes. Ma tête effleure le métal froid. Je ne sais pas si c'est seulement le manque de lumière, mais j'aperçois dans ses yeux un éclat inconnu qui me rend nerveuse.

— Tu devrais peut-être retourner faire un tour à l'hosto, justement, je lance, poings serrés. Parce que tu es clairement en pleine crise de délire, ma pauvre.

— Je ne sais pas comment tu as fait, Bette. Ils te mangeaient tous dans la main. Enfin, tu vas bientôt payer. Pour tout. Eleanor t'a déjà abandonnée, et Alec te détestera à vie si je m'en mêle. Tu vas voir.

Mon cœur hoquète dans ma poitrine. Je n'arrive pas à me calmer.

En me lançant un dernier sourire cruel, elle disparaît.

Les gens me demandent souvent si je suis heureuse d'avoir une sœur. En général, oui. Mais un dimanche matin comme celui-ci, où on répète ensemble la variation d'Odile pour la huitième fois, je la déteste. Ma mère a décrété que je devais travailler avec Adele, elle veut être sûre que je tire le meilleur profit possible de la seconde chance que le conservatoire me donne. Adele étant destinée à devenir la prochaine étoile de l'ABC et ma mère donnant une tonne de fric à la compagnie, elles ont obtenu sans mal l'usage d'une scène du Lincoln Center, deux matins par semaine et le dimanche à six heures.

Je plonge mes pointes dans la colophane. Le silence est irréel ici. En dehors de la scène sur laquelle on se trouve, le bâtiment est drapé dans le noir. La musique du *Lac des cygnes* tourne en boucle sur le portable d'Adele. C'est le seul bruit dans cet espace gigantesque, avec la douce voix de soprano de ma sœur, qui aboie ses critiques.

— On reprend.

Elle me fait signe de me mettre en place et relance la variation d'Odile à l'acte 3. Les rapides accords de la harpe signalent mon entrée. Je parade en décrivant trois cercles, comme si des spectateurs étaient installés tout autour de la scène. Je bats des bras avec grâce et amplitude, tel un cygne noir.

— Concentration, Bette, concentration !

Elle me tourne autour, scrute le moindre de mes mouvements alors que je n'ai pas encore commencé à danser. Et je n'arrive pas à me concentrer aujourd'hui. Les deux comprimés bleus que j'ai avalés avec mon café ce matin ne réussissent qu'à précipiter les battements de mon cœur et à plonger mon esprit dans un tourbillon de panique. Peut-être qu'ils n'ont plus d'effet sur moi.

Je lève les bras au-dessus de ma tête en balayant amplement l'air, les croise ensuite devant moi. La musique démarre. J'avance sur la pointe des pieds, lève ma jambe et exécute un grand jeté.

— Allonge tes jambes. Étire-les. Pointe les orteils. Tu n'auras pas deux occasions de montrer ce dont ton corps est capable.

Je voudrais lui répondre que je n'ai pas son amplitude.

— Petits cercles rapides, puis retour au centre. Lève la jambe.

Elle tape dans ses mains pour me pousser à sauter plus haut.

— Tu dois concevoir l'ensemble comme un seul mouvement, sans à-coups, fluide. Je lis sur ton visage que tu réfléchis à chaque geste avant.

Et moi je lis sur le sien que je n'y arriverai jamais. Je veux lui prouver que je ne suis pas son double. Je n'ai pas les qualités qui font son succès. Quelque part, je voudrais tout saboter, rien que pour lui montrer que je ne suis pas aussi douée qu'elle. Mais j'en suis incapable.

— Pense à tendre la jambe au maximum pendant ce premier tour, ça donnera le ton pour la variation entière.

Elle attrape ma jambe au moment où je l'élève, la tire vers l'arrière et le haut. Je sens les spasmes de douleur qui montent de mon mollet vers ma cuisse et les font trembler.

— Tes bras doivent être longs, solides.

Elle lâche ma jambe et s'en prend ensuite à mes bras, tirant dans un sens puis dans l'autre, comme si j'étais une marionnette. Je la repousse et m'interromps, mains sur les genoux, respire une seconde. Tout ce temps passé à la maison, à m'entraîner avec Yuli, a entamé mon endurance. Je vais chercher ma bouteille d'eau, posée en coulisses.

— Qu'est-ce que tu fais ?

Elle me l'arrache des mains.

— Tu vas perdre toute la chaleur, toute l'énergie. On doit encore travailler les *fouettés**. C'est la partie la plus difficile.

— Parce que tu crois que je ne le sais pas ?

— Je sais que tu le sais, Bette. Tu as vu le ballet cent fois. Maintenant tu dois le danser.

Son regard est un feu qui consume le mien.

— Allez, on y va.

On répète les trente-deux *fouettés** d'affilée pendant une heure, sans pause. Elle réussit les siens à chaque fois, sans s'arrêter, sans réfléchir. Chaque fois. Pour moi, c'est une épreuve. Chaque fois.

— Tu réfléchis trop, Bette ! Détends-toi. Lâche prise. Sinon tu n'y arriveras pas, c'est inévitable.

Elle me fait recommencer, et j'essaie de chasser toutes les pensées parasites, de me concentrer. Mon esprit ne cesse de s'interroger : est-ce que je souris assez, est-ce que mes mains sont bien placées, est-ce que je suis bien campée sur ma jambe ? Je m'imagine à la fin de la série de trente-deux tours, les hurlements du public et les bras d'Alec autour de ma taille, solides et rassurants. Au vingt-troisième fouetté, je m'écroule.

— Bette.

La voix d'Adele me transperce le crâne.

— Si tu veux intégrer la compagnie à mes côtés, tu dois te donner à fond. Tu ne peux pas penser à autre chose, quoi qu'il arrive. L'ABC ne retiendra que deux apprenties, et tu as travaillé très dur pendant beaucoup d'années... Ne gâche pas tout.

Un électrochoc : l'échec n'est pas une option pour moi. Surtout aussi près du but.

— Je sais. Je n'arrête pas de me mettre à ta place, de me voir à travers tes yeux. Mes mains, mon visage, tout...

— Arrête de réfléchir. Danse. Concentre-toi sur les sensations. Tu verras, tu sauras si ça va ou pas.

Elle remet la musique au début, et je recommence. Je me laisse emporter par le rythme précipité, comme si j'étais un nuage sombre dérivant dans la pièce. Je ne suis plus que bras interminables et jambes étirées à l'infini. Je ne suis plus que la grâce du cygne, l'énergie frénétique des petits comprimés et des innombrables tasses de café noir. J'ai l'impression que mon cœur s'impatiente, s'énerve et bondit.

Adele m'observe, tente d'effacer tout jugement de ses traits, pourtant sa réprobation se devine, au plissement de ses yeux et aux deux petits froncements apparus de part et d'autre de sa bouche. En la regardant, c'est moi que je vois, mais une version endurcie. Son épuisement m'étouffe.

— J'ai besoin de boire. Après je recommencerai.

Le gardien, un petit homme âgé, qui lave le sol tous les matins, m'adresse un signe de la main. Je me renfrogne, étonnée. Il sait qu'on a réservé la scène jusqu'à 8 heures. Il ne devrait pas être là aussi tôt. Je me laisse tomber de tout mon poids sur les planches, sans aucune grâce. Je ne peux plus bouger. J'étire mes muscles, plein de fourmis, engourdis.

— Tu sais quoi, Adele ? Je ne peux plus danser aujourd'hui. Je ne suis pas sûre d'y arriver de toute façon.

— Mais si.

Elle me rejoint et me tend une main d'un geste qui se veut complice.

— On réessaie une dernière fois, et après on arrête.

Je secoue la tête.

— J'en peux plus.

J'avale une nouvelle gorgée d'eau en espérant que la fraîcheur m'apaisera. Je n'arrive pas à me débarrasser du bourdonnement assourdissant dans mes oreilles. Je ferme les yeux et l'obscurité me submerge une seconde ; je plaque ma poitrine sur les planches, entre mes deux jambes, pour récupérer.

— Je vais te montrer. Reste où tu es et regarde.

Son ton est aussi condescendant que si elle venait de me tapoter la tête et de me donner une sucette. Je lance la musique. Elle s'absorbe en elle-même, disparaît dans une lointaine contrée intérieure, où il n'y a plus qu'elle et la douce mélodie. Elle est hors d'atteinte, et j'ai un coup au cœur en prenant conscience que je ne serai jamais tout à fait son égale. Je suis à peine son ombre. Je suis incapable de tendre mes jambes jusqu'au ciel, de décrire des mouvements aussi élégants avec mes bras, de reproduire la grâce d'un vrai cygne. Elle est époustouflante.

Elle entame les trente-deux tours qui sont le point d'orgue de ce ballet et qui constituent un défi pour n'importe quelle danseuse. On dirait presque qu'elle est sur pilote automatique, les pirouettes s'enchaînent avec aisance et vélocité, à croire que quelqu'un a remonté une petite clé dans son dos puis la laisse tourbillonner. Elle tourne, encore et encore, et je suis tentée de détourner le regard. Je ne peux pas. C'est à la fois exaltant et exaspérant, de voir une chose aussi belle. Et de savoir qu'on ne sera jamais complètement à la hauteur.

Je compte les tours dans ma tête. À l'issue du vingtième, elle disparaît brusquement dans le sol. La moitié de son corps est passé à travers l'une des trappes. Elle agite les bras au-dessus de sa tête, se retient à la scène en hurlant. Je bondis.

— Betttte !

Ses bras et sa tête sont les seuls à dépasser. J'essaie de la soulever, mais son cri de douleur m'en dissuade. Je cherche encore à la sortir de ce trou, plus délicatement cette fois, quand j'entends un pas lourd sur les planches. Le gardien.

— Attendez… Elle est blessée ? Ne la déplacez surtout pas. Vous risqueriez d'aggraver les choses.

Il se penche vers le trou, braque sa lampe torche sur les jambes d'Adele, son buste, son visage – elle se protège de la lumière éblouissante avec son avant-bras. Elle gémit, livide de terreur et de douleur.

— Tenez bon, on va vous sortir de là, lui dit-il d'une voix réconfortante.

Il dégaine son talkie-walkie et demande à ce qu'on appelle une ambulance de toute urgence

— Les secours arrivent.

Il se tourne vers moi.

— Vous avez vu ce qui s'était passé ?

Lorsque je réussis à parler, c'est avec un trémolo dans la voix.

— Je… elle dansait la fin de la variation, les *fouettés**, et la trappe…

— N'aurait pas dû être ouverte. Personne ne descend ici aussi tôt le matin.

La trappe était bien fermée avant. Il n'y avait que nous deux, Adele et moi. Personne d'autre…

Les secouristes ne tardent pas à débarquer, ils laissent de la neige fondue et des traces humides sur les planches. Un brun en uniforme bleu se glisse lentement à l'intérireur de la trappe pendant que d'autres apportent un brancard. Il a beau l'extirper avec beaucoup de précautions, une explosion de douleur déforme les traits d'Adele. Les larmes jaillissent immédiatement après. Les siennes et les miennes.

— C'est moi qui aurais dû danser, je sanglote.

— Qu'est-ce que tu dis ? me répond une secouriste.

— C'est moi qui aurais dû tomber dans la trappe.

— Ça va ?

Elle me prend par le bras.

— Vous devriez vous asseoir.

J'obtempère. Elle vérifie ma tension pendant que ses collègues attachent Adele sur le brancard. Personne ne pourrait lui vouloir du mal.

Mais à moi… C'est moi qui étais visée. Adele pousse un cri.

— Chut, lui murmure le secouriste en lui tapotant le front avec un mouchoir.

Un autre secouriste se met à nous assaillir de questions :

— Que s'est-il passé ? Comment est-elle tombée ?

Puis il ajoute à l'intention d'Adele :

— Vous pouvez bouger le pied ? La jambe ?

Elle répond d'un gémissement.

— Vous avez un lien de famille ? me demande la secouriste qui a pris ma tension.

Je hoche la tête.

— Quel âge a-t-elle ? Et vous ? Nous devons appeler vos parents.

Tout me revient en pleine face, les sirènes, le chaos de la nuit où Gigi a failli perdre la vie. J'ai l'impression de revivre la même scène. Il n'y a plus qu'une seule question qui compte : qui est coupable cette fois ?

30. June

— E-Jun Kim ? répète la réceptionniste en parcourant pour la troisième fois la liasse de papiers sur son bureau. Vous êtes sûre d'être inscrite aujourd'hui ?

Je hoche à nouveau la tête, et le rouge me monte aux joues. Je n'ai aucune raison d'avoir honte pourtant, il s'agit d'une simple erreur administrative. Mais ça ne change rien au fait que ce voyage à San Francisco est un énorme fiasco sur toute la ligne.

C'est la Saint-Valentin. Je devrais être à New York avec Jayhe, pour célébrer l'amour à coups de baisers et pourquoi pas déguster un gâteau à la noix de coco. Sauf qu'on ne s'est pas reparlé depuis la soirée d'anniversaire de sa petite cousine. Je suis donc ici, à plus de 4 500 kilomètres de lui, et tout va de travers. À mon arrivée, j'ai eu du mal à m'enregistrer à l'hôtel parce que mon nom ne figurait pas sur la carte de crédit de ma mère et qu'elle ne m'avait pas fourni une attestation signée. Ce matin, je n'ai pas réussi à comprendre quel tramway je devais prendre, alors j'ai opté pour un taxi, ce qui m'a coûté cinquante dollars. Et maintenant, mon nom semble introuvable sur la liste des danseurs auditionnés.

C'est sans doute un signe. Je ne peux pas venir vivre à San Francisco. Ma place n'est pas ici. De toute façon, tout m'y rappelle Gigi – je m'attends à la croiser dans chaque tram, dans le café à côté de l'hôtel ou même ici, dans cette compagnie, où elle s'intégrerait en un claquement de doigts, contrairement à moi qui me sens en décalage complet.

— Ah, E-Jun Kim !

Ses fossettes engloutissent ses joues.

— On avait noté le prénom « June », désolée. Je ne sais pas où j'ai la tête aujourd'hui. Vous faites partie du groupe B, qui passe dans une demi-heure. À votre place, je commencerais à m'échauffer sans tarder.

Je dois me retenir de lever les yeux au ciel. Elle croit que je débarque ou quoi ? C'est ma cinquième audition du mois. Les autres compagnies – Washington, Los Angeles, Salt Lake et Miami – sont toutes venues à New York. Il m'a suffi d'aller jusqu'à Midtown, je n'ai pas eu à traverser tout le pays. Bon enfin, je ne sais pas si je suis faite pour la Californie, mais je suis ici, alors autant tout donner. Je n'ai pas le choix.

Elle me remet le numéro 44. Le chiffre 4 porte malheur dans la culture coréenne, si j'en crois ma mère. Ma chance n'a pas l'air de vouloir tourner. J'essaie de ne pas paniquer.

— Est-ce que par hasard il serait possible d'avoir un autre numéro ?

— Suivante ! lance-t-elle, m'ignorant superbement.

C'est juste une superstition débile. Je tente de me rassurer sur le chemin des vestiaires, où j'enfile mes collants, mon justaucorps et mes chaussons de danse. Je range mes affaires dans un casier. Il faut que je fasse avec. Je regarde pour la énième fois mon portable, espérant un appel de ma mère ou un texto de Jayhe qui me souhaiterait bonne chance, me dirait qu'il pense à moi. Ça me manque tellement… J'hésite à lui écrire, mais une part de moi sait que ça ne servirait à rien : il ne veut plus jamais entendre parler de moi.

J'observe le studio, tout en verre et en métal, dans le même esprit que ceux de l'ABC. Toutes ces compagnies se ressemblent, malgré leurs différences.

J'emboîte le pas à une foule de danseuses numérotées vers une salle d'échauffement, où la chaleur est accablante à cause de la densité humaine. La barre est accaparée par des danseuses de toutes sortes : blondes sculpturales qui me rappellent Bette, Asiatiques menues comme moi. J'ai beau être persuadée qu'elle va surgir d'une seconde à l'autre, Gigi n'est pas là. Et elle sortirait du lot, même ici.

Je m'assieds sur le parquet et ouvre mes jambes en V, bien décidée à m'échauffer malgré le peu de place. Je me penche en avant, touche mes orteils, abandonne mon buste. L'étirement dévale dans mes cuisses, puis mes mollets, avant d'atteindre mes orteils. Je les pointe, les flexe, les pointe, les flexe. Je m'allonge ensuite à plat ventre en position de grenouille, genoux remontés de part et d'autre de mes hanches pour ouvrir celles-ci.

Je cherche une place à la barre et repère alors Sei-Jin, à l'autre bout de la salle. Elle me tourne le dos, mais je reconnais ses longs cheveux noirs coiffés en chignon bien serré et le grain de beauté dans sa nuque, à côté de son oreille droite. Je reconnais aussi le mouvement familier de ses ports de bras, avec les doigts recourbés, jamais parfaitement tendus, en dépit des innombrables remarques de Morkie. Je me souviens de lui avoir dit que si elle ne corrigeait pas ce défaut, il finirait par devenir un frein, à l'époque où on était encore amies.

Je m'éloigne de la barre, espérant réussir à sortir sans qu'elle me voie. Que sont devenus Princeton, Yale et Brown ? Je croyais qu'elle avait renoncé à la danse. D'un autre côté, les gens se disent peut-être la même chose à mon sujet… J'ai un petit coup au cœur en le réalisant.

— Groupe B, annonce une femme qui tient un bloc-notes.

Je me précipite vers la porte, je sens que Sei-Jin me suit de près. Elle va me repérer d'ici une minute grand maximum. La dernière chose dont j'ai envie, c'est qu'elle fasse une scène.

— Vous cinq, en ligne, intime la femme.

Elle me montre du doigt avec quatre autres filles, parmi lesquelles Sei-Jin, qui porte le numéro 39. Elle se retrouve, comme par magie, à côté de moi, ses lèvres parme esquissant un sourire moqueur. Elle arque un sourcil en découvrant mon numéro. Elle fait un petit geste de la main.

On nous remet à chacune un éventail : on va danser la variation de Kitri dans *Don Quichotte.* On l'a étudiée en 6e année. On a passé des semaines à perfectionner le placement de l'éventail pendant les sauts. « Je ne veux surtout pas d'ailes de poulet ! beuglait Madame Dolinskaya. De beaux bras d'Espagnoles fières. Plus haut, plus haut ! » J'ai toujours eu du mal à me mettre dans la peau des personnages. Mais j'ai travaillé avec Bette depuis, je sais que je suis capable d'y arriver.

— Attendez votre tour sur le côté droit.

On se met en file indienne le long du mur. Les trois filles devant moi sont de petites brunes au teint clair. J'ai du mal à les distinguer les unes des autres, et elles se disent sans doute la même chose de Sei-Jin et moi. Deux doubles, malgré mon carré court, qui commence enfin à repousser, et ses longs cheveux noirs coiffés en chignon.

Une professeure nous montre les mouvements pour nous rafraîchir la mémoire. Puis on nous appelle à tour de rôle au milieu.

Je marque les temps avec mes pieds. J'ai la chance de pouvoir répéter les pas trois fois. Sei-Jin passe juste avant moi ; elle rate un des tous premiers pas et ne réussit pas à se recaler sur le rythme par la suite. Son humiliation devrait me remplir de joie, et pourtant je perçois la souffrance derrière son sourire inamovible. Ça me brise le cœur. J'ai déjà été à sa place. On l'a toutes été.

— Numéro 44 ! m'appelle la professeure.

Je grimace en entendant le chiffre, mais me ressaisis aussitôt. Je me dirige vers le milieu en sautillant. Je souris et m'incline devant la rangée d'examinateurs. La musique commence, puissante et limpide. Je déplie mon éventail, me relève sur pointes d'un petit bond et me prépare. Les accords de la harpe s'approfondissent. Je pose une main sur ma hanche et agite l'éventail. La variation débute pour de bon : bras grands ouverts, larges pas, arabesque. On n'entend que la musique et le claquement de l'éventail qui s'ouvre. Mes mouvements sont automatiques, marche,

marche, marche, jambe tendue, *plié**. Dégager, lever la jambe, tourner. Rapide entrechat, puis je frappe le sol avec mes pointes.

Penser à sourire.

Penser au mouvement du poignet, vif et contenu.

Penser à un *port de bras** de style espagnol, bras tendus au-dessus de la tête.

La joie de cette danse exécutée lors d'un mariage pétille en moi, se diffuse à l'intérieur de mon buste comme une colonne de bulle dans une coupe de champagne. J'ai le visage rosé, mon sourire est avenant. Je glisse mes pieds en avant, l'un après l'autre, en me déplaçant du coin gauche vers le centre, sans oublier l'importance de l'éventail dans cette scène.

Après un petit salut, je quitte le milieu. Une dernière fille passe après moi. On saura bientôt qui a passé cette première étape de sélection. Je suis confiante. Le maître de ballet, un homme avec un gros accent d'Europe de l'Est, annonce soudain :

— Numéros 41, 42, 43.

Après un silence, il ajoute.

— Les autres peuvent partir.

Les autres : Sei-Jin et moi. Je crois avoir mal entendu.

— Attendez… quoi ?

Sei-Jin fait un pas vers la sortie et je la retiens par le bras.

— Mais…

Je n'en reviens pas d'avoir osé ouvrir la bouche. Elle a l'air aussi surprise que moi. Ça ne se fait pas de discuter une décision, d'exprimer souffrance ou regret. Et pourtant, je n'arrive pas à y croire. J'ai réussi ma prestation. Je le sais.

— Oui, numéro 44 ?

La voix de l'homme, glaciale, dégouline de dédain.

— Je suis désolée, j'ai juste… J'ai l'impression d'avoir bien dansé.

Je regarde Sei-Jin, ses yeux sont noirs, désespérés, ils me supplient de ne pas l'entraîner dans ma chute. Un accès de confiance subit s'empare de moi.

Le silence dans le studio est assourdissant. Quand l'homme reprend la parole, son ton a quelque chose de définitif, même s'il demeure neutre, indifférent.

— Vous y avez mis beaucoup de vivacité, et vous avez une bonne technique.

Il m'examine de la pointe des pieds au sommet du crâne.

— Vos pointes sont solides, et votre expression de qualité, bien que manquant un peu de naturel. Votre interprétation de la passion était dénuée d'authenticité. Enfin, quoi qu'il en soit, soyons honnête, vous n'êtes pas taillée pour San Francisco. Vous êtes… trop maigre.

Mon cœur s'effondre et ma tête suit le même mouvement. Il attend que je relève les yeux, pour me regarder une dernière fois avant de me congédier.

— Je vais être franc : je pense que vous aurez du mal à trouver un poste si vous ne vous étoffez pas un peu. La plupart des compagnies ne seront pas prêtes à prendre ce risque, pour des raisons financíères, mais pas uniquement.

Il agite la main et je sens l'ombre de Monsieur K. s'enrouler autour de moi.

— Bonne chance pour la suite.

Je ne pleurerai pas. Voilà ce que je me répète en quittant la salle. Je sens une main se poser sur mon épaule au moment où je vais craquer. Le contact des longs doigts minces, l'odeur du gloss à lèvres sont si familiers… Une petite bulle de réconfort dans ce lieu étranger. À cet instant précis, je suis prête à tout pardonner et à laisser Sei-Jin me serrer contre elle.

— Je sais que c'est dur, June, mais… je ne crois pas que tu aies vraiment compris pourquoi tu as été recalée.

— Ah oui ? je lui rétorque en ravalant mes larmes, pour ne pas lui faire ce plaisir.

Je sais bien qu'on ne sera plus jamais amies, pas comme je l'ai secrètement espéré durant des années.

— Je suis consciente de ne pas avoir été à la hauteur, avoue-t-elle. Je n'ai pas tenu l'éventail correctement, mes sauts n'étaient pas géniaux, et le cœur n'y était pas. Je ne devrais pas être ici, c'est juste que je n'arrive pas à lâcher prise.

Je ne sais pas quoi lui répondre – à part qu'elle a raison, que tout est vrai. Alors je ne dis rien.

— Mais toi…

Elle est tout près et pose sur moi un regard aussi intense que le jour où tout s'est brisé entre nous.

— Je ne crois pas t'avoir jamais vue danser aussi bien. Malgré ton numéro 44.

Elle déglutit, baisse les yeux puis les relève.

— Il a raison, E-Jun. Tu vas avoir du mal…

Elle tend une main vers moi, m'effleure le menton et les clavicules, que mon justaucorps noir laisse exposées.

Les larmes se mettent à couler, rapides, violentes, irrépressibles. Elle tente de me prendre dans ses bras – chaque seconde de ces trois dernières années j'ai rêvé de ce moment. Mais pas comme ça, alors j'agite les bras, la repousse. Elle s'accroche. Je cède, cette fois, et on reste un moment dans le couloir, tête contre tête.

— Viens, E-Jun, je vais t'aider.

Elle va récupérer nos affaires dans le vestiaire et m'emmène au rez-de-chaussée. Je porte toujours mes pointes quand elle m'installe sur la banquette du taxi. Je ne supporte pas l'idée d'avoir à les retirer.

Je fais le voyage retour dans une sorte de brouillard. À l'aéroport, je demande au taxi de m'emmener directement chez ma mère. Elle ne me demande pas comment ça s'est passé. On n'en parle ni ce soir-là, ni le lendemain matin. Mais je sais qu'elle sait. Elle m'a observée à mon insu, cherchant quoi dire, quoi faire.

Je suis assise à côté d'elle, je résous un problème de maths pendant qu'elle tricote devant un feuilleton coréen. À la fin de l'épisode, elle se lève pour se rendre dans la petite cuisine de l'appartement. Je l'entends couper des légumes, faire sauter de la viande de bœuf. L'odeur me permet de réaliser que je suis affamée… et nauséeuse.

— E-Jun ! me crie-t-elle. Viens mettre la table.

Je me lève du canapé comme un zombie. Je place deux grands bols à fond plat avec des serviettes, des baguettes et des cuillères. Je remplis deux verres d'eau. Elle mélange des nouilles de riz translucides dans la poêle encore tapissée de gras de bœuf. L'odeur est incroyable : le mélange de sel et d'ail, de sucré-salé, de soja et de sésame.

Une fois que ma mère a fini d'assembler le plat, elle le pose sur la table. Les nouilles sont bien enrobées de sauce, entourées de belles couleurs vives – orange des carottes, rouge des poivrons et vert vif des épinards et de la ciboule. Des effluves de bœuf sauté aux shiitakés m'assaillent. J'ai un haut-le-cœur mais je me force à rester assise devant le bol, à laisser la vapeur des aliments m'effleurer le visage, telle une fumée d'encens apaisant. Pourquoi est-ce que je n'arrive plus à profiter de ce régal comme avant ? Pourquoi suis-je incapable de manger normalement ?

Je sais pourquoi elle a préparé ce repas. C'était mon plat réconfort quand j'étais petite, quand j'avais épuisé mes larmes et que j'étais au bout du rouleau.

— Il faut que tu manges, June, finit-elle par dire en s'asseyant en face de moi. Tu n'as pas le choix, *boba*.

Je hoche la tête, sans toucher à mon bol. Je m'imagine en train de manger. J'arrive même à me voir mastiquer et déglutir. À sentir la chaleur dans mon ventre. À ajouter de la sauce piquante.

— Je ne peux pas.

Les baguettes me tombent des mains. Ma mère les ramasse, les essuie et les plonge dans le bol. Elle attrape quelques nouilles et une lamelle de champignon.

— Ouvre la bouche. Je vais te réapprendre à manger.

De son autre main, elle m'écarte les lèvres. Elle glisse les aliments dans ma bouche comme si j'étais un bébé incapable de se nourrir tout seul. La texture gluante des nouilles salées provoque un haut-le-cœur. Ma langue proteste. Mon esprit lui ordonne de les recracher.

— Tu dois manger pour être forte. Si tu veux danser, tu dois être forte.

Elle entortille de nouvelles nouilles autour des baguettes et les porte à ma bouche. Elle répète les mots en boucle, au rythme de ma mastication, me force à avaler. Je veux que la chaleur et la puissance de ce plat imprègnent ma peau, mes muscles et mes os, qu'ils me consolident de l'intérieur. Je veux être forte. C'est juste que je ne sais pas comment faire.

31. Gigi

Milieu du mois de février : Monsieur K. assiste à un de nos cours, et tout le monde en prend pour son grade. Il reproche à Cassie de ressembler à un mannequin en plastique. Et June tombe lorsqu'il la force à enchaîner dix pirouettes parce que ses jambes n'étaient pas assez tendues. Même la petite Riho oublie de soutenir son bras et d'ancrer son regard. Nous savons pourtant toutes qu'à ce stade on attend de nous la perfection. Mon côté gauche m'élance, et même si je visualise parfaitement les mouvements dans ma tête, même si je sais comment je devrais placer mes bras, j'ai quelques secondes de retard.

Nous devrions être plus solides à ce stade. Je devrais être plus solide.

Monsieur K. est une statue, aucun de ses muscles, même sur son visage, ne bouge. Je deviens de plus en plus douée pour interpréter ses petits tressaillements, froncements de sourcils et mouvements de tête quasiment imperceptibles. Rien de tout cela aujourd'hui. Il a les bras croisés. Sa bouche est parfaitement rectiligne.

Je voudrais réussir à relever les coins de cette bouche. Je voudrais qu'il me voie, comme avant. Moi, sa *moya korichnevaya.*

Quand revient mon tour de danser, je m'efforce de réveiller ce vieil esprit. Je m'assure que mon tutu de répétition est parfaitement placé, que pas un seul de mes cheveux ne dépasse. Pied droit pointé, buste incurvé depuis la hanche. Je suis prête. Je veux réussir une pirouette parfaite, une arabesque aérienne, un *fouetté** délicieux : pour qu'il me voie à nouveau, pour qu'il dise à Damien que je dois être l'une des apprenties de l'ABC l'an prochain.

Les notes initiales de mon air résonnent. Je me prépare à exécuter mon premier pas. Les touches du piano de Viktor sont comme des vagues qui portent mes mains, mes bras, mes jambes et mes pieds. Je maîtrise les mouvements, pourtant je ressens un pincement à la hanche au moment de tourner sur ma jambe gauche, et une douleur inédite irradie de ma cheville vers mes orteils. Je la fais taire et ne laisse pas mon visage trahir quoi que ce soit.

— Adoucis tes mains, me dit Monsieur K. Et ta nuque.

Sa voix grave est une onde qui se propage sur les vagues. La tension s'insinue dans mes muscles. Je ne peux pas y résister. De la sueur coule dans mon dos. Je serre les dents.

— Ne crispe pas la bouche. Passe par les orteils pour redescendre.

Il s'approche de moi maintenant, sa voix monte.

— Plus aérienne, plus aérienne ! Tu es un cygne, pas une vache !

Ses critiques me pilonnent l'une après l'autre. Mon moniteur vibre, mais je repousse mes limites.

— Tout le conservatoire peut m'entendre, sauf toi ! hurle-t-il. Parce que tu n'en fais qu'à ta tête !

Je n'arrive pas à retenir les larmes qui me brûlent les yeux. Il me force à danser alors que je n'y arrive pas. Brusquement, il abandonne le combat et fait signe à Viktor de s'interrompre. Un dernier accord résonne. J'ai poussé mon centre de gravité trop loin vers l'avant et je trébuche.

J'ai toujours pensé que les ballerines étaient des élues, pourtant à cet instant je me sens l'être le moins original de toute la terre. J'essuie mes larmes, leur intime de ne plus couler.

— Approche.

Il me fait signe de le rejoindre près du miroir. Je me décale de quelques centimètres sur le côté, comme si je pouvais réussir à atténuer les effets de la bombe qu'il s'apprête à lâcher.

Une interruption du cours n'est jamais bon signe. Les autres danseuses se penchent en avant pour écouter. Elles savent que ce qu'il s'apprête à me dire est dix fois pire que les critiques qu'il vient de brailler. Il pose une main sur mon épaule. Je m'effondre presque sous son poids.

— Giselle.

Nos yeux se croisent et mon niveau d'adrénaline fait un bond. Je tente de soutenir son regard sans me laisser distraire par les dizaines de ballerines qui suivent notre échange dans les miroirs, tentent de lire sur ses lèvres et scrutent mes traits.

— Oui ?

Je me mets en troisième position, qui est à la fois confortable et révérencieuse.

— Ma chérie, mon papillon, tu as traversé beaucoup d'épreuves. Mais je ne peux pas te plaindre éternellement, ni t'offrir un traitement de faveur. Je dois te traiter comme les autres. Te sens-tu à la hauteur de ça ?

Son accent est plus prononcé que d'habitude ; son discours plus énigmatique que jamais. Les deux lettres du mot *ça* résonnent dans ma poitrine. Monsieur K. vient de balayer tous mes progrès depuis ma rééducation de l'été et tous mes efforts acharnés. Toutes mes années de danse paraissent soudain minuscules et insignifiantes, puisqu'elles peuvent tenir dans un mot aussi petit. Je voudrais répondre à Monsieur K. que mon cerveau et mon cœur connaissent chacun des pas, chacun des mouvements, que ce sont mes muscles qui n'arrivent pas tout à fait à se souvenir. J'aperçois mon reflet dans le miroir. Je suis une loque. Je dégouline de sueur, je fais pitié. Je remarque que quelques danseuses s'approchent légèrement. Eleanor fixe Monsieur K. avec ses yeux de biche sans ciller. Toutes les filles éprouvent à la fois de la haine et de la vénération pour lui. Chez Eleanor, ça va plus loin. On dirait qu'elle ne voit rien, ni personne dans la salle, à part lui.

Je suis si obsédée par Eleanor et son obsession que Monsieur K. doit répéter sa question.

— Oui, je couine.

Je me reproche aussitôt la faiblesse de ma réponse et ma voix étranglée.

— J'en suis capable. Je vous en fais le serment. J'en suis capable.

Je ne peux pas m'empêcher de voir dans tout ça une forme de punition pour avoir comploté contre d'autres danseuses au lieu d'investir mon énergie dans le travail. Pour avoir pensé à ma vengeance plutôt qu'à l'enchaînement des pas dans *Le Lac des cygnes*. Pour avoir permis à cet endroit de me transformer, de me transformer en l'une d'elles.

— Je vais faire le nécessaire, j'ajoute.

— Bien. Prouve-moi que tu restes mon petit papillon.

Il se penche vers moi pour me glisser à l'oreille, en m'effleurant la joue :

— Je veux revoir cette étincelle.

Il se lève et s'approche du groupe.

— Eleanor, au milieu.

Après les répétitions, je monte frapper à la chambre de Sei-Jin. Elle me laisse entrer sans la moindre hésitation. J'ai décidé d'aller lui présenter mes excuses pour ses chaussons. Il faut que je prenne un nouveau départ, que je me consacre entièrement au ballet et au rôle d'Odette. Les murs disparaissent sous des posters de stars souriantes de la K-pop et des tutus suspendus. Un petit rangement à chaussures est placé à côté de la porte. Je retire mes bottes fourrées. Les ampoules blanches qui entourent le miroir de la coiffeuse sont allumées et se réfléchissent dans l'écran noir de la télé.

— Je ne sais pas pourquoi on n'a jamais passé de temps ensemble, dit-elle en se remettant à coudre des rubans sur ses pointes. Je suis contente que tu sois venue.

Elle a des poches à glace autour des chevilles. J'essaie de trouver une position confortable sur le tabouret devant sa coiffeuse. Je n'ai pas envie de voir mon reflet dans le miroir quand je lui avouerai ce que j'ai fait, tenterai de la convaincre de me pardonner. Elle est la première sur ma liste. Elle m'interroge sur la Californie, me raconte qu'elle a passé une audition pour le San Francisco Ballet, me parle de son projet d'aller à la fac. Je lui demande si elle a envisagé une carrière à Séoul ou en Europe, je lui dis de ne pas renoncer aussi facilement à intégrer une compagnie. Notre conversation est ponctuée de blancs et de silences que je ne sais pas comment combler.

Je rassemble mon courage pour lui avouer la vérité. Pour libérer ma poitrine de ce poids et repartir de zéro, retrouver l'ancienne Gigi. La Gigi qui n'aurait jamais fait de mal à une autre danseuse.

— Sei-Jin…

— Ouais ?

Elle interrompt sa couture pour me regarder.

— C'est moi qui ai trempé tes pointes dans du vinaigre.

— Quoi ?

Elle pose ses chaussons et s'assied au bord de son lit.

— C'était moi.

— Mais… je sais que c'était June, proteste-t-elle avant de pincer les lèvres.

— Non, Sei-Jin, je suis coupable. J'ai cru… Enfin on m'a dit que c'était toi qui avais mis du verre dans mon chausson l'an dernier.

Elle bondit.

— Je ne ferais jamais un truc pareil, enfin !

Mon cœur panique et de la sueur se met à couler dans mon dos. J'ai l'impression d'être en face de Morkie. Les yeux noirs de Sei-Jin lancent des éclairs, elle serre les dents.

— Après ce qui s'est passé avec W…

Je n'arrive plus à dire son nom.

— … avec Will, j'ai choisi d'être honnête. De tourner cette page. Et de réparer tout ce que j'ai fait de mal cette année. J'avais changé.

Je vais chercher le sac de danse que j'ai posé près de la porte en entrant. J'en sors une paire de chaussons flambant neufs que j'ai commandée exprès. Ils sont identiques à ceux que j'ai abîmés, parfaitement adaptés à ses pieds.

— Je suis désolée, Sei-Jin.

Elle refuse mon cadeau.

— Tu devrais partir, maintenant.

Je lui présente à nouveau mes excuses. Je pensais qu'elle les accepterait, et les chaussons aussi. Je pensais qu'elle comprendrait. Au lieu de quoi, elle ouvre la porte en grand.

— Dehors !

— Sei-Jin, je suis vraiment…

Elle me claque la porte au nez. Je reste plantée dans le couloir une minute entière, muette, puis je m'éloigne, toujours lestée par la culpabilité.

Les cours du lendemain matin ont été annulés pour les essayages des costumes. Une par une, nous défilons dans la réserve de Madame Matvienko. Elle tourne autour de moi pour juger des ajustements à faire sur le costume d'Odette. Le tutu blanc fleurit tout autour de ma taille en couches successives de tulle. Le corsage est incrusté de brillants. Le diadème en plumes se glisse derrière mes oreilles. Son diamant éclatant vient se poser sur mon front. En me voyant dans le miroir, j'ai conscience de porter un costume d'une grande importance. Un costume qui correspond à l'image d'Épinal que la plupart des gens se font du ballet.

La costumière maugrée et, l'air renfrogné, frappe la paume de sa main avec son mètre de couturière.

— Vous ne pourrez pas porter le même costume, Eleanor et toi. Trop de retouches à faire. Ça risquerait d'abîmer le tissu d'origine.

Comment suis-je censée réagir à cette déclaration ? Eleanor est certes beaucoup plus menue que moi. Je croise les mains sur mon ventre, me sentant vulnérable. Madame Matvienko les écarte d'un geste brusque.

— Reste tranquille. Vous, les Américaines, il faut toujours que vous gesticuliez. Vous gigotez sans arrêt.

— Pardon.

Elle n'est jamais gentille avec moi, et j'ignore si c'est son caractère – elle ne sourit pas souvent –, ou si j'ai droit à un traitement de faveur. Elle va chercher une paire de collants blancs sur son établi. Elle les pose sur mon bras, puis les compare à ceux que je porte.

— C'est très dur, tu sais, dit-elle en tirant sur le tissu en voile, de trouver la bonne couleur pour vous. Vos jambes sont trop foncées pour le blanc. Du coup, on voit à travers. Ça ne va pas.

Une boule se forme dans ma gorge. Je me demande si par *vous* elle se réfère aux Noires ou à toutes les danseuses.

— C'est plus facile d'avoir des cygnes blancs avec des jambes blanches.

Elle retourne chercher une autre paire.

— Je vais devoir passer beaucoup de temps à teindre ces collants. Pour les rendre plus blancs. De toute façon, tes jambes sont trop foncées, on verra à travers.

— Je suis désolée, je dis avant de me le reprocher aussitôt.

Elle fronce les sourcils.

— C'est un gros problème, tu sais. Ce n'est bon ni pour le costume, ni pour le tableau d'ensemble, ni pour les photos. Je vais devoir passer une commande spéciale.

Je me regarde dans le miroir. À travers l'épais nylon je devine vaguement le brun de mes jambes.

Je voudrais avoir le courage de lui dire que ses remarques me mettent mal à l'aise, qu'elles sont grossières et même un peu racistes. Oserait-elle dire une chose pareille à Bette ou à Eleanor ? Non, bien sûr, parce qu'elles ont des jambes blanches qui se fondent facilement avec la couleur des collants.

— Que voudriez-vous que je fasse ? je lui demande d'un ton très respectueux. Je ne peux pas changer ce que je suis.

J'aimerais ajouter que je ne le ferais pas, d'ailleurs, même si je le pouvais. Mais je ne dis rien. Cassie m'a raconté des histoires sur les danseuses que Madame Matvienko n'aimait pas : elles ont dû danser dans des costumes un poil trop serrés, des épingles malencontreusement oubliées sur des tutus qui se plantaient dans leur chair à chaque pirouette. Je me souviens que June m'a parlé d'une fille que la costumière jugeait un peu trop ronde pour la danse arabe dans *Casse-Noisette*. L'élève a arraché le costume des mains de Madame Matvienko en disant qu'elle ferait les retouches toute seule. Trois jours plus tard, elle a été renvoyée du conservatoire.

La costumière éclate de rire.

— Tu ne peux pas changer la couleur de tes jambes, ce qui serait pourtant le plus simple.

Elle dégrafe le corsage et me le retire. Le tissu gratte.

— Je passerai une commande spéciale pour toi, je n'ai pas le choix.

Elle me retire le tutu d'un geste sec et me laisse là, à moitié nue. Ses yeux volètent sur mon corps et plus particulièrement sur mes jambes trop brunes. Je m'habille à toute allure. J'ai trop chaud, ça me démange de partout. Tout ce que j'aimerais lui dire bouillonne en moi, mais je n'arrive pas à prononcer un seul mot.

— Tu peux y aller.

Elle se rend dans son bureau, au fond, et ferme la porte.

32. Bette

Je suis allongée sur le canapé de ma sœur, le nez dans ses cheveux qui sentent la pêche. Je lui fais des tresses que je défais aussitôt – elle dit que ça l'aide à se détendre. C'est l'une des rares choses que ma mère faisait pour nous autrefois, et elle était douée. Quand j'étais petite et que je refusais d'aller chez le coiffeur parce que je voulais ressembler à Raiponce, elle pouvait me coiffer comme je voulais : tresse queue-de-poisson, tresse africaine, couronne. Je m'endormais, parfois même le matin avant le conservatoire, la tête abandonnée sur ses genoux, pendant que ses doigts tissaient mes cheveux.

On est samedi soir, la jambe d'Adele est posée sur une pile d'oreillers. Son pied est prisonnier d'un plâtre. Deux orteils cassés, la cheville fêlée et trois points au genou. Elle ne pourra pas remarcher avant huit semaines au moins, ce qui signifie qu'elle n'interprétera pas le ballet de printemps. Je fais ce que je peux pour lui changer les idées – je lui apporte des DVD et de la nourriture, je lui lis des extraits des *Quatre Filles du docteur March*, son roman préféré. Ça fait des heures qu'on échange des ragots sur le conservatoire et la compagnie : on se demande surtout qui va reprendre le rôle-titre. On attend les salades au poulet commandées dans notre restaurant de quartier préféré, et quand la porte sonne je me précipite.

J'ai la surprise de découvrir Eleanor. Elle a l'air épuisée mais survoltée… et étonnée de me voir.

— Salut. Je voulais… je suis venue rendre visite à Adele.

Elle a un bouquet de roses blanches, les fleurs favorites de ma sœur.

— J'ai pensé qu'elle devait se sentir un peu seule.

— Elle n'est pas seule du tout.

Je ne voulais pas être aussi cassante. C'est juste que ça fait deux mois que je suis de retour au conservatoire, et on a à peine échangé deux mots, Eleanor et moi, depuis le soir où je lui ai dit que j'étais au courant pour Monsieur K. et elle. Je devrais être folle de joie. Or pas du tout. Je ne peux pas m'empêcher de lui en vouloir.

— Bette ? C'est le livreur ? Je meurs de faim ! me crie Adele.

— Non, tu as de la visite.

Eleanor me suit dans le minuscule salon.

— Ah… salut, dit Adele, qui ferait un bond si elle pouvait. Merci beaucoup, ajoute-t-elle lorsque Eleanor lui tend les roses. Comment vas-tu ?

— C'est moi qui devrais te poser cette question.

Elle scrute le plâtre, les yeux brillants d'inquiétude.

— Qu'est-ce qui s'est passé exactement ?

— Ils ont parlé d'un interrupteur défectueux, à cause duquel la trappe s'est ouverte au mauvais moment. Je suis passée pile au travers ! s'esclaffe Adele.

Je vois bien, pourtant, qu'Eleanor pense la même chose que moi : ce n'était pas un accident.

— Je peux signer ton plâtre ? demande-t-elle à ma sœur, qui lui répond d'un immense sourire.

Elle est occupée à griffonner quand on sonne de nouveau à la porte. Cette fois, c'est bien le livreur.

— On va partager avec toi, Eleanor, dit Adele lorsque je dépose les barquettes sur la table basse.

Je vais chercher trois assiettes. On picore pendant quelques minutes et je me surprends à devoir me retenir de trahir le secret d'Eleanor. S'il y en a bien une qui serait de bon conseil, c'est Adele. Elle a vécu la même chose, en quelque sorte.

L'ambiance reste bizarre pendant tout le repas, la gêne se devine aux nombreux trous dans la conversation. À croire qu'on est des étrangères et pas des filles qui se connaissent depuis presque toujours. Trop d'événements, trop de non-dits. À 21 heures, Eleanor sort son portable, qui a vibré plusieurs fois et qu'elle a tenté d'ignorer.

— Il se fait tard, dit-elle en se levant, il faut que je rentre.

— Bette, pourquoi tu ne vas pas avec elle ? me lance Adele.

Je réunis les restes du dîner dans une barquette.

— Je comptais passer la nuit ici.

Adele secoue la tête.

— Non, Bette, vas-y. C'est samedi soir, tu n'as pas à rester coincée ici, avec moi. Et puis je vais prendre quelques antidouleurs et me coucher.

J'ouvre la bouche pour protester, mais l'expression de ma sœur me dit qu'elle n'a aucune intention de céder. J'obtempère. Avant de partir je vais lui chercher ses médicaments et l'aide à se mettre au lit. Une fois qu'elle est couchée, j'éteins la lumière. Dans le noir, elle me chuchote :

— Tu devrais parler à Eleanor. Je crois qu'elle a besoin de toi.

Je hoche la tête, même si elle ne peut pas me voir.

On fait le trajet jusqu'au conservatoire en silence. Je m'attends à ce qu'on prenne l'ascenseur ensemble et, peut-être même, pourquoi pas, à ce qu'on se décide à regarder un film en mangeant du pop-corn. Mais Eleanor a ressorti son portable. Ce qui signifie qu'elle est toujours en contact avec lui.

— Tu ne devrais pas, El.

Je pose une main sur son bras, pour la retenir. Elle est pourtant bien décidée à aller le rejoindre.

— Ce… c'est… ce n'est juste pas bien.

— Tu peux parler, franchement.

Elle traite mon inquiétude comme une ordure digne d'atterrir dans la première poubelle venue.

— Écoute, Bette, je sais que les choses n'ont pas été faciles, ni pour toi ni pour moi. Et je me doute que cette histoire avec Adele te bouffe. Ce n'est pas ta faute, d'accord ?

Elle a mis le doigt pile sur le problème. Bien sûr que c'est ma faute.

— C'est moi qui aurais dû tomber. Je le sais.

— Non.

Eleanor m'enlace par la taille et ce contact est aussi réconfortant qu'une grosse couverture en hiver.

— Tu dois passer à autre chose, insiste-t-elle. Te concentrer sur la danse. Tu as droit à une seconde chance. Tu mesures à quel point c'est rare ?

— C'est tout le problème…

Je ne sais pas si c'est le vent glacial qui me pique les yeux ou l'émotion, en tout cas je ne cherche pas à retenir mes larmes. Je veux vivre cet instant pleinement et réparer, peut-être, tout ce que j'ai détruit.

— Je suis enfin en train d'atteindre l'objectif que je me suis fixé. Dont j'ai toujours rêvé. Or rien n'est comme je l'avais imaginé. Adele, toi. Je suis une tornade qui dégomme tout sur son passage.

— Tu ne m'as pas dégommée, Bette, soupire-t-elle. Je suis là. Et Adele va s'en sortir.

— Regarde nous deux… ça ne va pas.

— Je sais, murmure Eleanor.

Elle regarde à nouveau son portable et je me dirige vers le bâtiment pour m'abriter du froid.

— Attends, Bette, m'appelle-t-elle en rangeant son téléphone dans sa poche. Je suis crevée. On regarde un film ? En mangeant du pop-corn ?

Je lui souris.

— D'accord, mais *Diamants sur canapé*, alors.

Damien assistera à notre cours aujourd'hui. Avec l'accident d'Adele, la distribution est chamboulée, et il aura peut-être besoin de recruter des apprenties dès à présent. Ce ne serait pas une première. L'an dernier, Aiko Yoshida a quitté le conservatoire dès novembre, avant d'obtenir son diplôme, pour intégrer le corps de ballet de l'ABC et débuter sa carrière professionnelle. Adele avait vécu la même chose. Mais elles étaient sorties du lot dès le début de leur formation, et elles s'étaient illustrées plus d'une fois.

Il faut que je réussisse à prouver ma valeur : une technique impeccable, un engagement total. Je dois être parfaite. Comme ma sœur. J'enfile un nouveau justaucorps pour l'occasion et prends le temps de me faire un chignon tiré à quatre épingles. J'ouvre la boîte à bijoux où je range mon médaillon. Le tiroir tapissé de velours rouge est vide. Mon cœur tambourine contre mes côtes. De la sueur perle sur mon front.

J'explore les autres compartiments de la boîte, puis mon sac de danse. Je le vide entièrement sur la moquette. Mon médaillon est emmêlé dans le ruban d'une de mes pointes. Le fermoir s'est ouvert et les comprimés se sont mélangés à mes affaires. Mon pouls tambourine, mes doigts sont maladroits et nerveux. Je récupère les médicaments un par un pour les ranger dans le médaillon. Les battements de mon cœur s'apaisent un peu devant cette vision d'ordre retrouvé.

J'avale un comprimé, puis un second. Je dois être hyper concentrée pendant la répétition. Je me précipite au rez-de-chaussée pour m'échauffer.

Damien nous observe pendant les exercices. Morkie aboie ses critiques.

— Tendu. Plus haut. Bras plus gracieux. Lignes longues et infinies.

La sueur imbibe mon justaucorps, elle coule aussi sur mon visage. J'essaie d'ignorer la voix de Morkie pour me concentrer sur mes orteils, qui me brûlent tant que je crains qu'ils n'explosent. Je laisse la douleur me traverser, je repousse mes limites. Mais soudain je n'entends plus que les battements affolés de mon cœur, comme les basses dans une boîte de nuit. Je tente de ralentir ma respiration, de me détendre.

Tout me rend nerveuse : mon reflet dans le miroir, les notes de l'air de musique, les danseuses des autres années qui passent devant la vitre du studio, le stylo de Damien qui griffonne sur une page, les sourires bizarres que Cassie ne cesse de m'adresser.

La pièce tangue autour de moi. Les reflets se déforment dans le miroir.

Calme-toi, Bette. Relax.

Je prends appui sur la glace pour ne pas tomber. J'ai l'impression que ma tête s'envole et que ma poitrine se serre. Je sais que c'est une crise de panique. Ça ne peut pas être autre chose.

— Une tarentelle, Viktor, dit Morkie.

Le pianiste joue quelques accords, et elle l'interrompt pour lui donner des précisions sur le rythme. Les bruits se mélangent en un énorme bourdonnement. Mes jambes menacent de se dérober. Cassie se précipite vers moi. Elle pose une main sur mon épaule. Je n'arrive pas à la repousser. J'ai l'impression qu'on est sous l'eau. Mes mouvements sont ralentis.

— Ça va, Bette ?

Je voudrais lui répondre. Je voudrais la repousser. Je voudrais lui dire de me laisser tranquille.

Elle se penche vers moi pour me glisser à l'oreille :

— Qu'est-ce que ça fait de perdre le contrôle ? De ne pas pouvoir anticiper l'effet des choses que l'on avale sur son corps ?

Elle me tapote le bras en souriant. Je n'entends pas ce qu'elle me dit ensuite, parce que des points noirs dansent devant mes yeux. Le studio est soudain plongé dans l'obscurité.

Quand je me réveille, un secouriste est penché au-dessus de moi et presse un stéthoscope glacial sur ma poitrine. Je porte un masque à oxygène.

J'essaie de leur dire que je vais bien. Mais les mots restent prisonniers de la coque en plastique. Connie me caresse le bras.

— Ne bouge pas, Bette. Repose-toi. Ta mère est en route.

Ma mère ? Surtout pas !

L'un des secouristes furète dans mon sac et tombe évidemment sur mon médaillon.

— Des médicaments.

Il les montre à Connie et à Monsieur K. Les autres professeurs russes essaient de faire évacuer le studio, pourtant j'aperçois des visages derrière les vitres, dans le couloir.

— Qu'est-ce que c'est, Bette ? Des pilules de régime ? Aide-nous ?

L'infirmière considère les comprimés d'un air perplexe. Monsieur K. fait les cent pas. J'ai du mal à garder les yeux ouverts. Mes paupières papillonnent et se ferment. Je retire le masque.

— J'ai une ordonnance, regardez dans mon dossier. Je prends ça depuis des années.

— D'accord, dit le secouriste. Le protocole voudrait qu'on l'emmène. Je vois une liste de tous les médicaments qui lui sont prescrits ici, dans son dossier.

Un de ses collègues prend mon pouls et me braque une lampe dans les yeux. Je dois lutter pour rester éveillée. Je me sens entraînée vers les profondeurs. J'ai envie de me rouler en boule et de dormir.

— Ses pupilles sont dilatées et elle a du mal à rester consciente.

Ils sortent tous les comprimés de mon sac. J'essaie de suivre ce qui se passe autour de moi, mais je ne cesse d'avoir des baisses d'attention. Les lumières, les voix, les sons s'allument et s'éteignent.

— Bette…

Connie me secoue par l'épaule.

— Tu es sûre que c'est juste de l'Adderall ?

Ma bouche est desséchée, mon cerveau cherche à assembler les pièces du puzzle. Mes yeux se posent soudain sur Cassie, pile en face de moi, de l'autre côté de la vitre. Elle m'envoie un baiser. J'essaie de me relever. Mes jambes sont trop faibles pour me soutenir. Je veux la mettre au pied du mur devant tout le monde. Je veux qu'elle paie. Je veux que ce soit terminé. On est quittes, maintenant.

— Il faut qu'on l'emmène à l'hôpital, intervient un secouriste en appliquant une poche de glace sur mon front. Elle a besoin d'une analyse sanguine.

— Sa mère est en route, elle a exigé qu'on attende son arrivée, répond Connie. Il faudra faire examiner la bosse sur sa tête. Et peut-être lui faire passer un PET-scan.

— Cassie a…

— … a quoi, Bette ? me presse l'infirmière.

Les mots me paraissent soudain ridicules. Je tourne la tête vers le couloir. Cassie a disparu. La foule de curieux se disperse déjà. Personne ne s'inquiète de mon sort. Le cours a repris dans une autre salle.

— Cassie était là.

— Morkie nous a dit qu'elle avait amorti ta chute pour t'empêcher de te cogner la tête trop fort. Quelle gentille fille !

Je serre les dents.

Les secouristes me tournent autour, ils ont préparé le brancard pour m'emmener à l'hôpital. Quand ma mère déboule et pique sa crise, ils remballent leurs affaires après lui avoir fait signer une décharge.

Elle va ensuite trouver Monsieur K., hors d'elle.

— Qu'est-ce qui vient de se passer ?

Il a l'air gêné : il ne peut pas se permettre de mettre ma mère en colère, pas en ce moment.

— Ne vous inquiétez pas, madame Abney, dit-il en posant une main sur son bras. Nous allons régler cette histoire en deux temps trois mouvements.

Elle me caresse les joues, les yeux légèrement embués de larmes. Une minuscule bouffée d'affection enfle en moi, et je me retiens de pleurer. Je ne me souviens pas à quand remonte la dernière fois qu'elle m'a regardée avec autant d'amour.

— Je crois que je me suis trompé de médicament. Que j'ai avalé un somnifère à la place. C'était une erreur.

— Vous devez aller aux urgences, pour vous assurer que tout va bien.

— Je vais l'y conduire, dit ma mère.

— Je vous accompagne, intervient Connie. Je veux voir avec le médecin si elle est en état de danser.

— Oh, pas la peine de vous embêter, lui rétorque ma mère en m'aidant à me relever. Et ne vous inquiétez pas, elle sera bientôt en état de danser.

— Mais…

— C'est une Abney. Les Abney s'en sortent toujours.

À cet instant précis, je crois que je pourrais dire que j'aime cette femme.

33. June

— Je pensais que ta mère t'avait prévenue.

Je porte mon justaucorps noir à manches longues du mardi avec des collants roses, et je suis prête pour mon cours de l'après-midi. Mais Connie m'attend dans le couloir, à la sortie du réfectoire. Elle a un air sinistre et un mot d'excuse pour Morkie – je n'étais pas au courant qu'il m'en faudrait un. Je suis dispensée de danse cet après-midi. Un instant, je suis prise de la peur panique que quelqu'un les ait informés que j'ai séché la plupart de mes rendez-vous avec ma psy, Taylor, et que je dépasse péniblement les 46 kilos.

— Tu as déjeuné ?

J'ai envie de lui répondre que oui. Je me demande si ça me sortirait d'affaire. Pourtant je secoue la tête, par honnêteté.

— C'est pour quoi ?

Je jette un coup d'œil au mot d'excuse, qui n'en dit pas beaucoup.

— Tu as un rendez-vous médical. Pour une scintigraphie osseuse.

Hein ? Je ne sais pas exactement en quoi ça consiste, mais rien que le nom fait peur. J'arrache le mot des mains de Connie et je descends à la réception.

Ma mère est assise sur la banquette en cuir des services administratifs. Je m'apprête à lui demander si j'ai le temps de passer me changer dans ma chambre quand elle se lève.

— Tu es à l'heure, tant mieux. Je ne veux pas arriver en retard.

Elle s'interrompt, un peu mal à l'aise.

— Il faut des semaines pour avoir un rendez-vous. J'ai dû faire jouer mes relations.

Pas difficile de lire entre les lignes. Elle a eu recours à mon père. Il est au courant de tout : les auditions, les troubles alimentaires... De la bile me remonte dans la gorge à l'idée qu'il s'est impliqué dans une affaire qui me touche aussi intimement alors qu'il me connaît à peine.

Je monte me changer, et, cinq minutes plus tard, nous sommes dans un taxi en direction de l'est de Manhattan. Le chauffeur décide de traverser Central Park. Grosse erreur : il y a tellement de monde que ça n'avance pas. Ma mère tapote des messages sur son portable. En temps normal je ferais comme elle. Mais je suis trop inquiète par l'examen qui m'attend pour me concentrer sur autre chose.

— Pourquoi tu ne m'as pas prévenue ?

Ma voix semble la surprendre autant que si elle avait oublié ma présence.

— Ça s'est décidé à la dernière minute.

Elle regarde autour d'elle, des rides de contrariété se creusent sur son visage lorsqu'elle se rend compte qu'on est coincés dans un bouchon.

— Vous auriez dû passer au sud du parc. On n'était déjà pas en avance...

Elle espère vraiment que ça va changer quelque chose ?

— Je sais que tu penses que c'est nécessaire.

Si je me fie à son air étonné, je viens à nouveau de la prendre de court.

— Mais j'ai presque dix-huit ans, maman. J'aimerais être associée aux décisions importantes.

— Quand tu m'auras prouvé que tu es en état de t'occuper de toi-même, on pourra en reparler, dit-elle avant de me toucher la jambe. Pour l'heure, tu fais ce que je te dis.

Elle pianote sur son portable pendant les vingt minutes qui suivent.

On arrive avec une demi-heure de retard. Le bureau du médecin est glacial, ce qui est autant dû à l'acier omniprésent qu'à la climatisation – déjà branchée alors qu'on est à peine en mars.

— Je vous demande une minute, nous dit la grande femme en blouse médicale à l'accueil.

Elle consulte son ordinateur. Elle est brune, avec des yeux noirs.

— Nous sommes en sous-effectif et vous deviez passer il y a quinze minutes. Je dois aller chercher une autre infirmière.

Ma mère hoche la tête et je me concentre sur le petit écran plat devant moi. La télé est allumée sur une chaîne de cuisine. Une rousse bien en chair parle de sa vie dans un ranch, et des cow-boys qu'elle nourrit. Elle prépare du poulet pané, de la salade de pommes de terre pleine de mayonnaise et des cupcakes.

— Il faut que ça tienne bien au corps ! s'exclame-t-elle.

— Je peux aller aux toilettes ? je lance à la cantonade.

Ma mère, toujours accrochée à son portable, hoche la tête, et je m'éloigne. Je remonte un long couloir avec des salles d'examen de part et d'autre. Les toilettes sont sur la droite. La grande femme en blouse me repère au moment où j'atteins la porte.

— Ils vous ont déjà appelée, mademoiselle Kim ?

Elle étire le *i* de mon nom, lui faisant perdre tout mordant. Je suis si paniquée que j'ai envie de pleurer. De me rouler en boule par terre et de m'endormir.

— Je vais juste aux toilettes, je réponds en lui montrant la porte.

— Oh, dans ce cas, prenez ceci, nous avons besoin d'un échantillon d'urine.

Elle me remet un flacon. Je le remplis à mi-hauteur, l'odeur âcre de l'urine se diffuse dans l'espace exigu. Je tire la chasse d'eau, essuie soigneusement la cuvette et le sol. Puis je m'agenouille et j'écoute le bruit de l'eau. Quelques secondes plus tard, la bile jaillit par réflexe, amicale et familière. Je ne vomis que du liquide, je n'ai encore rien avalé de solide aujourd'hui.

Le simple fait de se purger est réconfortant. J'ai un nouveau haut-le-cœur, je m'efforce de faire le moins de bruit possible. Quelqu'un frappe à la porte, de plus en plus fort. J'ai la vue brouillée, alors je tire une nouvelle fois la chasse et me lève. Je me lave les mains en quatrième vitesse. Ma gorge continue à se contracter. Je dois déglutir plusieurs fois, en respirant profondément, pour ravaler la bile qui veut encore sortir.

— Un instant.

Je m'asperge le visage d'eau. Je manque de renverser le flacon d'urine en ouvrant la porte. C'est la femme en blouse. Le Dr Neha Arora, précise son badge. Moi qui la prenais pour une infirmière...

— Mademoiselle Kim.

Elle prononce mon nom plus normalement cette fois. Ma mère nous rejoint dans le couloir. Elle se tord les mains : tout le monde a dû me démasquer, même si personne ne dit encore rien.

— L'infirmière vous attend.

Elle se trouve juste derrière. Une Noire un peu plus jeune, avec des cheveux roses en pétard. Elle porte aussi une blouse.

— Je m'appelle Ericka. C'est moi qui vais vous injecter le produit de contraste pour l'examen.

J'ai du mal à croire qu'elle a fini ses études supérieures et qu'elle est capable de m'enfoncer une aiguille dans le bras. Elle me fait asseoir sur un énorme fauteuil, les pieds à plat sur le sol pour le moment, et vérifie d'abord ma température puis mon pouls. Ma mère reste avec nous, elle observe. Je préférerais qu'elle s'en aille... Enfin, je change d'avis dès que l'infirmière revient avec plusieurs tubes à essai et une seringue.

— Ça va juste piquer un peu, dit-elle en approchant la longue aiguille effilée de mon bras.

Je grimace.

— Tu veux que je te tienne la main ?

Elle la prend sans attendre ma réponse. L'infirmière noue ce qui ressemble à une bande en caoutchouc extra-large autour de mon biceps. Je m'efforce de ne pas regarder ce qu'elle fait, tentée de fermer les yeux comme quand j'étais petite. Et pourtant je suis obnubilée par ses mains.

— Essaie de te détendre.

Elle tapote mon bras, à la recherche d'une veine. Lorsqu'elle en trouve une, elle y enfonce l'aiguille. Ça brûle et ça pique – ça me rappelle la fois où j'ai été mordue par des fourmis rouges sur la plage, à Coney Island. En fredonnant, Ericka relie l'aiguille à un petit tube à essai qu'elle remplit de sang – épais et sombre. Puis elle m'injecte le contenu d'un tube métallique. Je sens quelque chose de froid se diffuser dans mes veines, j'ai l'impression qu'on cherche à me congeler, membre après membre, et j'ai rarement connu expérience plus angoissante. Je préférerais m'évanouir pour ne plus être là. L'infirmière doit le sentir, parce que après avoir fixé l'aiguille avec un bout de scotch sur mon bras, elle appuie sur un bouton et le dossier du fauteuil s'incline en arrière, se transformant presque en lit.

— Respire et détends-toi. Tu peux fermer les yeux si tu veux.

Je m'autorise à le faire quelques minutes. J'entends l'infirmière aller et venir, je sens la présence de ma mère à mon chevet. Je parie qu'elle est encore sur son portable, ce qui m'énerve au possible. Je tourne la tête pour vérifier. Je me suis trompée : elle est assise à côté de moi et m'observe. Elle s'approche aussitôt, me touche le front.

— Ça va, *boba* ?

Je hoche la tête. Elle ne s'éloigne pas. Elle veut dire quelque chose, je le sens, mais elle a peur de l'explosion, comme quand on ouvre une bouteille de soda après l'avoir secouée.

— Quoi ? je finis par lâcher.

— J'ai passé une scintigraphie osseuse, moi aussi. À l'époque où je dansais.

C'est la première fois qu'elle mentionne son passé de danseuse, alors je tends l'oreille. J'ai essayé de l'interroger une dizaine de fois, et la plupart du temps elle a changé de sujet.

— À l'époque, c'était différent. L'appareil était énorme, on aurait dit un cercueil.

Un cercueil ? Je ne dois pas avoir l'air très rassurée, parce qu'elle me caresse la joue, suit le tracé de mes sourcils du bout des doigts.

— Tout ira bien, ma chérie. Ils ont des appareils ouverts maintenant, ça ressemble à un banc à UV.

L'imaginer allongée dans une machine pareille, avec son maillot de bain à jupette et ses bas de contention me fait glousser. Elle sourit avant de se renfrogner à nouveau.

— J'avais des fractures au tibia, toutes petites, qui se seraient aggravées. Puis je suis tombée enceinte de toi.

Elle a un grand sourire de joie, légèrement teinté de tristesse.

— J'ai su alors que la danse, c'était fini pour moi.

Son ton défaitiste me donne envie de pleurer. Pour nous deux, pour notre minuscule famille fracturée. Mais elle se remet à me caresser les joues, et malgré ses yeux humides elle continue à sourire.

— Je ne regrette rien, E-Jun. Je n'ai jamais aimé la danse comme toi. Pour moi, c'était un moyen de m'évader de Corée. Et j'étais si heureuse alors, si amoureuse. Je pensais qu'avec l'arrivée d'un bébé…

Elle se tait, soudain. Je sais à quoi elle pense.

— J'ai conscience que tu te bats, et que c'est dur. Mais crois-moi, j'ai été heureuse de t'avoir.

Ses doigts rêches descendent sur mon bras, s'approchent de l'endroit où se trouve l'aiguille, où le froid commence à se diffuser.

— Ce que je ne supporte pas, c'est de te voir comme ça, ici, si maigre. Ce rêve est en train de te tuer. Et donc de me tuer, moi aussi.

Elle serre ma main si fort que je comprends qu'elle dit la vérité. Si je ne redresse pas la barre très vite, je risque de tout perdre. La danse, je le comprends lentement mais sûrement, ne mérite pas que je perde la vie. Je hoche la tête, espérant qu'elle verra la détermination dans mes yeux. Je ne guérirai peut-être jamais – c'est ce qu'a dit Connie –, en revanche, je peux reprendre le contrôle. Je peux choisir la voie que j'emprunterai, et faire le nécessaire. Pour moi, pour ma mère et pour tous ceux qui m'aiment.

Deux heures plus tard, la scintigraphie débute. On m'allonge sur une étroite table qui va s'enfoncer dans l'énorme appareil qui ronronne depuis une demi-heure – je l'ai entendu pendant qu'on me préparait. Une sorte de tunnel qui, avec ses écrans, ressemble à un visage à la bouche béante, prêt à m'avaler tout entière. Je suis entourée du Dr Neha et d'Ericka.

— Chut, me répète le docteur. Détends-toi.

Je suis détendue – ils m'ont sans doute injecté un calmant en plus du reste. Tout me semble plus doux, plus lent, le monde a perdu ses reliefs acérés. Au moment où la table se met à bouger vers le tunnel, je sais que je devrais paniquer. Mais je n'éprouve que de la fatigue. Je ferme les yeux et laisse la machine faire son travail, sachant ce qu'elle va révéler, toutes les choses contre lesquelles les kinés m'ont mise en garde il y a des mois : les minuscules fractures de stress sur mes tibias et les os de mes pieds, qui sont la cause de mes douleurs quotidiennes. Celles qui ne cessent d'empirer depuis trois ans. Et qui pourraient bien mettre un terme à ma carrière de danseuse. Des os affaiblis par ma mauvaise alimentation.

Je sais, pour avoir lu les dépliants que Taylor m'a remis lors de notre premier rendez-vous, que mes troubles alimentaires sont responsables : les vomissements, le manque d'apport en nutriments indispensables au bon développement des os, le fait que mes règles se soient arrêtées. J'imagine mon carton plein de vieux chaussons, accumulés au fil des ans, les paires usées jusqu'à la corde, l'une après l'autre. Cette pensée me fait frissonner, comme les papillons qui m'ont fixée cette fameuse nuit, froids et menaçants.

Quand c'est enfin terminé, le Dr Neha reçoit brièvement ma mère dans son bureau. J'assiste à leur échange en silence, attendant qu'elle nous apprenne ce que l'examen lui a révélé. Ce que je sais déjà.

— C'est inquiétant, lâche-t-elle, et ma mère frémit. Mais ça pourrait être pire. Nous ne recevrons les résultats complets que dans plusieurs semaines, toutefois je pense que nous savons toutes à quoi nous sommes confrontées. Ce qui signifie que nous savons par où commencer.

Ma mère se remet enfin à respirer, et je remarque que ses mains tremblent lorsqu'elle les pose sur le bureau du Dr Neha.

— Et ensuite ?

— Eh bien…

Le médecin me jette un regard sévère.

— Les troubles de l'alimentation sont les grands coupables dans cette affaire, et je sais que vous travaillez déjà dessus. La clé est là. Il faut que tu retrouves la santé, June, dit-elle, passant brusquement au tutoiement. Tu as dix-sept ans, tu es dans la fleur de l'âge, et tu tombes déjà en miettes. Ce n'est pas normal, et ça risque de t'empêcher de danser. J'ai bossé avec des dizaines de danseurs, la solidité de l'ossature compte autant que celle de la musculature. Tu ne te rends pas service, tu sais, ni en tant que danseuse, ni en tant que jeune femme.

Je hoche la tête. Ça ne lui suffit pas.

— Non, June. Je veux te l'entendre dire.

Alors pour la première fois, je prononce les mots.

— Je ferai ce qu'il faut. J'arrêterai.

Je n'ajoute pas « de me faire vomir », c'est inutile. Et cette fois, je sens que c'est la vérité.

— Je veux danser.

Je m'adresse autant à moi qu'à elles.

— Je veux être en bonne santé.

La semaine suivante, tout bascule enfin. Lentement d'abord, puis d'un seul coup. Au début, c'est moi qui allais chez ma psy, Taylor, mais ma mère a décidé que dorénavant elle viendrait à moi (me privant par là de la possibilité de sécher les rendez-vous).

Elle m'attend à l'entrée de la cafétéria, avec son bloc-notes qui doit être greffé au bout de son bras, et son stylo rouge menaçant – elle doit déjà être en train de répertorier mes derniers délits pour les rapporter à ma mère.

— Pile à l'heure.

Elle me sourit et me détaille rapidement de la tête aux pieds, me soupçonnant sans doute de mijoter un mauvais coup. Elle se dirige vers une table vide, on s'assied.

— Raconte-moi ce que tu as mangé aujourd'hui.

— J'ai réussi à avaler un bol entier de *congee* au petit déjeuner.

Je sens encore la bouillie de riz qui pèse dans mon estomac, ne laissant aucune place à ce qu'elle compte me faire avaler pour le déjeuner.

— Junie, tu as mis la barre haut.

Je réprime ma grimace pendant qu'elle ajoute de nouveaux commentaires sur mon dossier. Junie ? Et puis quoi encore ? Personne ne m'a jamais appelée comme ça.

— Je pense que pour le déjeuner tu devrais te concentrer sur l'apport en protéines, puisque tu danses cet après-midi. Sans oublier les sucres lents.

Sa voix tranche sur le brouhaha ambiant, je suis sûre que tout le monde peut l'entendre. C'est tellement gênant que j'en viens à me demander si je ne devrais pas envisager de décaler les horaires de mes repas pour que personne ne soit témoin de mes rendez-vous avec Taylor. Je ne veux pas que les autres élèves sachent à quel point elle est stricte, à quel point elle surveille tout ce que je mets sur mon plateau et dans ma bouche. Je me fais l'impression d'une gamine irascible de quatre ans qui n'a pas envie d'avaler ses petits pois.

— Tu as pris tes encas aujourd'hui, Junie ?

Ah non, elle recommence ! Ça me donne envie de vomir, ce qui n'est pas bon signe, l'idée étant justement de m'en faire passer l'envie.

— Tu en veux d'autres ? insiste-t-elle.

Je secoue la tête. Elle a entrepris de diviser des paquets de fruits à coques et de fruits secs en petites portions – je suis censée en consommer deux par jours. Pour Taylor, c'est un apport énergétique idéal après un cours : des vitamines, des minéraux et du bon gras, celui que le cerveau et les muscles réclament après un gros effort physique. Je veux aller mieux, bien sûr. Mais c'est trop pour moi d'un coup. J'ai réussi à manger une portion, et j'ai laissé l'autre dans la salle des élèves – j'ai vu des garçons la manger pendant la soirée ciné. Ce n'est évidemment pas ce que je réponds à Taylor.

— Oui, après mon cours du matin, je dis en sortant un sachet vide de mon sac à dos. Je garde l'autre pour cet après-midi. Je suis toujours affamée en sortant de répétition, je mens.

— Parfait. Bien, passons en revue tes options.

Elle se lève pour se diriger vers les stands de nourriture. Je la suis. Elle observe attentivement le menu du jour, comme si elle espérait découvrir un nouveau plat délicieux.

— Qu'est-ce que tu comptes prendre ?

Sa question semble innocente en apparence, mais je sais qu'il s'agit d'un test. Je suis censée apprendre l'art de composer des repas sains et équilibrés – des protéines maigres, beaucoup de légumes, un peu de glucides, et un apport limité en gras bien sûr. Elle voudrait que j'arrête mon choix sur le poisson – de bonnes protéines, peu de gras. Sauf qu'aujourd'hui c'est du saumon. Tout ce que je déteste. Il est rose pâle, gélatineux au cœur, et croustillant sur les côtés. Mon estomac se soulève à sa vue. Je secoue la tête, avec un peu trop d'énergie peut-être.

— Je préfère le poulet.

Je remplis mon assiette de salade, ajoute quelques morceaux de viande grillée sur le dessus, espérant qu'elle sera satisfaite. J'ajoute des poivrons – à l'apport calorique quasi nul –, des tomates et des concombres.

Elle fronce les sourcils.

— Peut-être des œufs durs en plus ?

Elle dépose deux œufs sur ma salade, qui viennent tout gâcher.

— Et tu peux mettre un peu de vinaigre balsamique si tu veux.

Je préfère me passer d'assaisonnement, ce qui n'a pas l'air de lui plaire. Elle ajoute un petit pain, du beurre et une brique de lait sur mon plateau. Je ne proteste pas, même si intérieurement j'ai envie de hurler. Elle va trop vite, et moi trop lentement. Il va falloir qu'on trouve un compromis je suppose. *La guérison est un long processus,* je l'entends me dire dans ma tête. *Qui se construit jour après jour.*

On retourne à la table avec nos plateaux. Elle récite une petite prière avant d'attaquer son repas, composé de saumon, de quelques pommes de terre rôties et de salade. Elle ouvre ma brique de lait, beurre mon petit pain, sans même me demander l'autorisation. Je devrais être habituée maintenant, mais ça continue à m'irriter.

— Alors, Junie, reprend-elle (ce surnom me fait bouillir). Raconte-moi ta matinée. Tu devais rendre un devoir d'histoire, non ?

Elle fait la conversation comme si de rien n'était, comme si elle ne comptait pas dans sa tête le nombre de bouchées que j'avale.

J'ai découvert que douze était le chiffre magique. Si je réussis à prendre douze bouchées, elle sera satisfaite. Elle poussera un petit soupir et le notera sur mon dossier. Puis elle hochera la tête, donnant l'impression que c'est elle qui a le ventre bien plein. Ça me donne envie de pleurer.

En même temps je comprends. Je sais pourquoi ma mère m'impose ça, pourquoi je me suis engagée à l'accepter. Mon corps me paraît déjà plus fort, plus assuré, et plus contrôlable. J'ai l'impression que la nourriture me remplit à tous les points de vue. Et je dois reconnaître que ça aide. Chaque fois que j'ai eu envie de vomir, j'ai écrit dans un carnet toutes les pensées qui me traversaient l'esprit, toutes les angoisses. Ça m'a permis de faire taire le désir de purge. Mais je m'attends à ce que tout s'écroule une fois de plus. C'est encore plus dur que la danse.

Je suis plongée dans ces réflexions lorsque j'aperçois Bette. J'essaie de me faire toute petite sur ma chaise, ce qui ne l'empêche pas de me voir.

— Salut, dit-elle en s'approchant de notre table.

Elle a deux sandwiches dans leurs petites boîtes en plastique, accompagnés de chips et de sauce.

— Je te présente Taylor, je réponds avec un geste de la main, ma psy.

Bette sourit.

— Enchantée de faire votre connaissance. June m'a dit beaucoup de bien de vous.

Taylor sourit aussi, et je me demande si elle la croit.

— Je suis juste passée prendre à manger pour Adele et moi. Ma sœur, précise-t-elle pour Taylor. Elle a eu un accident et ne peut plus se déplacer.

La tristesse se lit sur ses traits, je sais très bien ce qu'elle pense, que c'est sa faute. Et, en un sens, elle n'a pas tort : elle était sans aucun doute visée par cette histoire de trappe. Les sourcils de Bette s'incurvent et je devine la question qu'ils me posent : aurais-je entendu Cassie et Henri parler dans la chambre ? Serais-je au courant de quoi que ce soit qui pourrait l'aider à découvrir qui a blessé Adele ?

— Il y a du neuf ? je lui demande avant qu'elle ait eu le temps d'ouvrir la bouche.

Elle secoue la tête.

— Je me disais que toi, peut-être, tu avais...

— Rien.

Ne comprenant pas grand-chose à notre échange, Taylor se concentre sur son saumon. Je sais que Bette a compris ce que je cherchais à lui dire, pourtant je lui mets les points sur les *i* :

— Il vaut mieux laisser tomber.

— Je n'y arrive pas. C'est… devenu trop personnel. Je dois…

— Concentre-toi sur ce que tu peux contrôler. C'est bien toi qui m'as donné ce conseil un jour, non ? Je suis sûre qu'Adele serait du même avis…

Bette hoche la tête, l'air toujours aussi abattue. Elle pioche un bâtonnet de carotte dans mon assiette puis quitte le réfectoire d'un pas déterminé.

— C'est un bon conseil, lâche Taylor au bout d'une minute de silence. Tu devrais te l'appliquer à toi-même. Te concentrer. Te concentrer sur ta santé. Le reste suivra.

J'acquiesce. Je prends une autre bouchée, ce qui la met en joie.

— J'essaie, Taylor.

— C'est tout ce qui compte, June. Tu ne seras jamais complètement guérie, il y aura toujours des déclencheurs.

Elle agite les bras autour d'elle avec enthousiasme.

— Surtout dans ce milieu. Mais tu travailles dur, tu prends le temps de réfléchir et… regarde-toi. Tu as déjà repris des forces.

Ça ne fait que quelques jours, et pourtant je perçois déjà une vraie différence dans ma façon de danser. J'ai bossé l'une des variations de l'acte 3 du *Lac des cygnes* avec Bette, la scène du bal. Elle est vive et clinquante, comme elle, exigeant des pieds agiles et un véritable travail de composition dramatique. Avec l'aide de Bette, et de Taylor, je pense que j'ai encore une chance de faire carrière dans la danse malgré mes fractures de stress, et le reste.

34. Gigi

— Comment va Alec ? me demande tante Leah.

Elle a un petit sourire coquin, l'air de penser : *je sais ce que vous mijotez tous les deux...*

— Je n'ai pas envie d'en parler.

Ça fait des semaines que je n'ai pas discuté avec ma mère ou ma tante, et elles ont plus d'un train de retard. C'est sans doute ma faute, bien sûr. Je ne me sens pas capable de leur parler d'Alec. Pas encore. Je repense sans arrêt à notre dispute, à tous les origamis qu'il m'a offerts, les grues et les cœurs, au terrarium. Je n'arrive pas à tout ranger dans une boîte, au fond de ma penderie.

C'est notre premier dîner en famille depuis des mois. Je ne devrais pas être d'aussi mauvaise humeur.

— J'ai bien réussi mon devoir d'histoire, je dis pour changer de sujet.

Ça fait plaisir à ma mère. Tante Leah parle un peu de son nouveau poste au musée.

— Oh, tiens, Giselle, j'ai oublié de te dire que ton père a pu poser tout son été, dit tout à coup ma mère.

Son sourire s'étire d'une oreille à l'autre. Elle avale une autre bouchée de flétan, poivre sa salade.

— J'ai pensé qu'on pourrait partir en voyage, louer cette vieille maison à Maui pendant deux mois. Je peindrais, tu nagerais et Leah nous rendrait visite.

Le sourire de ma tante fait écho à celui de ma mère.

— Peut-être pas tout l'été, dit-elle, mais quelques semaines, avec grand plaisir. On pourrait se mettre à la plongée sous-marine, Gigi, non ? Il paraît que l'eau fait des merveilles sur les blessures.

Je me concentre sur mon assiette, avale une petite bouchée, puis me remets à jouer avec la nourriture comme je le fais depuis vingt minutes. Je les laisse discuter de ce voyage hypothétique, qui se fera sans moi si tout se déroule selon mes plans : je consacrerai mon été à des cours intensifs avant mon entrée à l'ABC.

— Ton steak n'est pas bon ?

Bien sûr, mon manque d'appétit n'a pas échappé à ma mère. Elle remarque toujours tout, ces derniers temps. On dirait qu'elle surveille même ma façon de respirer, de bouger. Elle donne un petit coup de fourchette dans la viande.

— Elle est un peu trop rouge, conclut-elle.

Elle fait déjà signe au serveur, et je secoue la tête.

— Ça va très bien, maman. Je n'ai pas faim, c'est tout.

— Laisse-la tranquille, intervient Leah. Elle mangera si elle en a envie.

Ma mère baisse son bras et se concentre sur sa propre assiette pendant une minute.

— On pourrait aussi inviter Ella, finit-elle par reprendre. Elle va à UCLA à la rentrée, tu le savais ? En microbiologie, c'était ce qu'elle voulait. Je suis sûre qu'elle adorerait Hawaï. Elle a déjà des projets pour les vacances ?

C'est une question simple, à laquelle j'aurais facilement pu répondre il y a un an. Mais je n'ai pas parlé à Ella, mon ancienne meilleure amie, depuis des mois, et je ne sais presque plus rien sur elle. La Californie me semble désormais si lointaine et brumeuse, un paysage onirique presque. C'est à New York que je veux être. La danse est tout pour moi. Je dois impérativement décrocher une place d'apprentie, parce que j'ai mis tous mes œufs dans le même panier. Je dois me concentrer sur le rôle d'Odette et réussir à impressionner Damien.

— Je ne pense pas pouvoir venir, tu sais.

Ça m'échappe comme un papillon qui sortirait de sa cage d'un battement d'ailes et qu'on ne peut pas rattraper. Ma déclaration résonne bruyamment dans le petit café italien.

— Comment ça ?

Ma mère lâche sa fourchette, l'inquiétude se peint sur son visage à l'expression si fière. Elle connaît mon ambition, pourtant depuis des mois elle se voile la face, refusant de voir que je suis à ça de concrétiser mon rêve. Elle ne m'interroge plus jamais sur le conservatoire, se contente d'appeler Monsieur K. tous les quinze jours pour se plaindre.

— Tu sais très bien ce que je veux dire.

Je n'avais pas l'intention d'être agressive, mais une certaine hostilité pointe dans mon ton.

— Je vais sans doute devoir rester ici. Pour danser.

L'inquiétude gagne tante Leah maintenant. Je sais qu'elle appelle ma mère toutes les semaines depuis son retour en Californie, pour lui donner de mes nouvelles, tenter de la rassurer, lui dire qu'elle n'a pas besoin de revenir à New York. Pourtant c'est impossible de faire changer ma mère d'avis quand elle a une idée en tête. Peut-être que je tiens ça d'elle au fond…

— Gigi, je…

Ma mère la fait taire d'un geste de la main. Je m'attends à ce qu'elle hurle, à ce qu'elle proteste, pourtant je vois ses traits s'adoucir.

— Gigi, ma chérie, je sais que tu en rêves plus que tout. Et je sais que tu as travaillé dur pour y parvenir. Néanmoins, je crois que le moment est venu de lâcher prise.

J'ai l'impression qu'elle vient de me donner une gifle, aussi violente qu'inattendue.

— C'est l'heure. Tu vas rentrer en Californie et on prendra le temps de réfléchir à l'avenir tous ensemble. Tu pourrais travailler un peu, pourquoi pas ? Ton père aurait bien besoin d'une stagiaire. Tu peux aussi prendre des cours d'été si tu préfères, histoire de te faire une idée de ce qui t'attendra à l'automne.

Satisfaite de son petit laïus, elle prend une bouchée de son plat. Elle considère la discussion close.

— Je ne peux pas lâcher prise, maman.

Ma voix tremble sous le poids des larmes.

— Je n'en ai pas envie.

Elle soupire, repose sa fourchette.

— Gigi, je comprends que tu sois ambitieuse. Je t'assure. Je suis une artiste, moi aussi. Mais ce rêve est en train de virer au cauchemar. Tu as réchappé de peu à la mort l'an dernier, et cette année tu es clairement déprimée. Quant au Dr Khanna, il dit que ton cœur se maintient difficilement. Je ne pourrai plus te soutenir si tu continues à t'entêter sur cette voie.

Comme un fait exprès, mon moniteur se met à vibrer, trahissant la fragilité de mon cœur. Je baisse les yeux vers mon assiette. Mon steak, froid, se trouve au centre d'une flaque de gras sanguinolent en train de se figer.

— Ta mère a raison, chaton, ajoute tante Leah. Il est peut-être temps d'envisager une pause.

— On ne fait pas de pause dans la danse. Lâchez l'affaire. Je resterai ici.

Je me précipite au dortoir dès la fin du dîner avec ma mère et tante Leah. Je monte au 11e et file tout droit dans la chambre de Cassie sans passer par la mienne. J'ai besoin de parler à quelqu'un qui me comprendra. Il y a de la lumière et j'entends l'eau couler : elle doit être sous la douche.

Je m'apprête à refermer la porte lorsque Henri, que je n'avais pas vu dans le lit de Cassie relève la tête.

— Salut…

Il est ébouriffé, ses paupières sont lourdes de sommeil. Je pense aussitôt à Will et à son accusation – c'est Henri qui l'aurait forcé à me pousser. Je n'ai pas le temps de mener plus loin la réflexion : mon visage me trahit.

— Ça va, Gigi ?

Je secoue la tête et m'effondre sur le lit impeccable de June, sans m'inquiéter de sa réaction quand elle retrouvera ses draps froissés.

— Ma mère… je ne peux pas… elle veut…

Je hoquète entre deux sanglots, mange la moitié des mots. Je ne sais si c'est de la tristesse, de la peur ou de la colère. Il se lève, enfile un tee-shirt tout en venant vers moi. Je ne peux m'empêcher de remarquer combien son corps est différent de celui d'Alec : plus étoffé, plus musclé, avec de petites touffes de poils noirs sur le torse. Je détourne le regard, me demande comment lui échapper.

Il s'assied à côté de moi sur le lit, passe un bras autour de mes épaules.

— Chut, respire, Gigi, respire.

Je ravale mes larmes et essaie de me calmer – mon cœur, mon esprit, ma respiration. Son bras descend dans mon dos et il le caresse lentement, de bas en haut. Mon premier instinct est de paniquer, de m'écarter. Les paroles de Will tournent en boucle dans mon crâne. *Henri m'a forcé…* Il retire sa main en découvrant mon expression, et je comprends, trop tard, que son geste n'avait rien de séducteur.

— Désolé, dit-il avec un sourire penaud. Je voulais juste… Qu'est-ce qui s'est passé ?

— Ma famille veut que je renonce à la danse et que je rentre en Californie.

Un frisson me parcourt et Henri me tapote le bras comme un grand frère.

— Je ne peux pas, j'ai travaillé trop dur, depuis trop longtemps…

— Rien ne t'y oblige, me dit-il.

Je n'ai pas le temps de protester, il poursuit déjà.

— Vous êtes marrants, vous, les Américains. Gigi, tu as presque dix-huit ans, tu es presque une adulte. Et il y a presque deux ans que tu vis seule. Tu as vécu un enfer. Tu es l'une des filles les plus solides, non, l'un des êtres, tous sexes confondus, les plus solides que je connaisse. Fais ce que tu veux. Tu n'as besoin d'aucune permission.

Je suis sonnée. Les magazines ont eu beau s'émerveiller de ma résurrection et me qualifier de phénix, ou je ne sais quoi, personne ne m'a jamais dit droit dans les yeux que j'étais forte. Pas dans les moments importants. Pas de façon convaincante. Étonnamment, à cet instant, je suis convaincue que Henri est honnête.

J'hésite à l'interroger sur Will quand Cassie sort de la salle de bains en pyjama, les joues rosies par la douche.

— Gigi !… Ça va ? ajoute-t-elle aussitôt, inquiète.

Je hoche la tête, me rendant compte que je vais beaucoup mieux, grâce à Henri.

— Oui ça va. Ou plutôt ça va aller.

Je repense à l'année dernière, à toutes ces fois où j'ai trouvé ce garçon trop passionné, trop envahissant. Je me rends compte que je confonds souvent la simple sollicitude avec une autre forme d'intérêt. Et je me dis que Will s'est sans doute fait des idées lui aussi.

En voyant Henri se lever pour embrasser Cassie et lui expliquer la situation calmement, je me dis qu'il cherchait sans doute uniquement à veiller sur moi l'an dernier. Et il avait de bonnes raisons de le faire.

Je me prépare à quitter la chambre.

— Je dois filer, on se parle plus tard ? je dis à Cassie.

Son regard passe de Henri à moi, mais je n'ai pas le temps de lui raconter le drame familial que je suis en train de traverser. Il faut que je danse, c'est urgent. Que je me rappelle pourquoi c'est aussi important.

35. Bette

Morkie m'a fait venir dans le studio B : je dois regarder la répétition du pas de deux de Gigi et Alec avant d'aller bosser avec Cassie. Je m'échauffe à la barre avec lui, même si je suis censée être ici en simple spectatrice. Pour observer le type de cygne blanc de Gigi… et construire mon cygne noir en opposition. Sombre, menaçant, énergique. Ce sont les mots que Morkie a employés. Eleanor est là aussi, assise en silence sur le côté gauche du studio.

— Commençons par le duo amoureux de l'acte 3, annonce Morkie.

Gigi ne s'est pas encore placée au milieu. Je jette un regard à Alec, prête à faire la moue et à lever les yeux au ciel pour lui montrer combien elle m'agace. Il se détourne. Pour la première fois depuis mon retour, je comprends que notre complicité d'autrefois n'a pas été ravivée. Je suppose que rien ne sera plus jamais pareil entre nous.

— Gigi ! appelle Morkie.

Elle approche à pas de loup. J'ai beau la regarder de façon insistante, elle refuse de poser les yeux sur moi. Dans le miroir, on forme un trio bien mal assorti. Alec se trouve entre nous deux. J'ai toutes les caractéristiques du cygne blanc, ce qui devrait faire d'elle le cygne noir. Mais ils ont voulu jouer avec les attentes des spectateurs, les prendre à contre-pied.

Gigi est d'humeur sombre, elle meurt sans doute d'envie de demander à Morkie ce que je fais là. Je parie que ça l'énerve. À sa place, ça m'énerverait.

— Vous vous souvenez de ce que je vous ai dit la dernière fois : votre pas de deux manque d'intensité dramatique. Rappelez-moi ce que raconte cette scène, lance Morkie.

Alec ne nous laisse pas l'occasion de prendre la parole, ni à Gigi ni à moi.

— C'est la scène du bal, Siegfried reçoit des princesses. Rothbart se présente sous une fausse identité avec sa fille, Odile, le double diabolique d'Odette.

— Oui, Alec. Très bon résumé. Que pouvez-vous ajouter ?

Gigi intervient :

— Siegfried accueille la fausse Odette et ils dansent ensemble. Il décide de l'épouser et lui jure fidélité.

— Et toi, Gigi, où es-tu pendant cette scène ?

— Odette suit la scène depuis une fenêtre, j'interviens. Elle est brisée.

Gigi lève les yeux au ciel et je continue sans y avoir été invitée par Morkie :

— Rothbart révèle sa véritable identité, et celle de sa fille, puis ils disparaissent. Siegfried part à la recherche de la véritable Odette. C'est une scène qui parle d'amour, d'aveuglement et de lucidité.

Morkie approuve mon intervention et le signifie d'un hochement de tête.

— Formidable… Il y a tellement de sentiments, d'émotions dans cette scène… Je veux le voir dans vos mouvements. Racontez cette tragédie.

Alec et Gigi se mettent en position.

— Essayons.

Morkie va s'asseoir près du miroir.

— Bette, regarde combien Gigi est aérienne et gracieuse. Tu devras être à l'opposé pour ton pas de deux avec Alec.

Elle me fait signe de quitter le centre.

Gigi va se placer dans un coin tout au fond du studio, prête à faire son entrée. La musique commence. Alec occupe le centre de la scène, il est à la recherche d'Odette. Les accords se précipitent, Gigi le rejoint. Ses bras ondulent, ils décrivent de magnifiques vagues, telles des ailes.

— Des bras gracieux surtout ! crie Morkie. Articule tes pieds, Gigi. Alec, sois plus ferme dans ta posture !

Gigi fait de petits pas dans sa direction avant de s'effondrer sur le sol. Il s'approche et la prend par les bras, la soulève comme si elle ne pesait pas plus lourd qu'une plume. Il la fait tourner et elle décrit une sublime arabesque. Une petite voix intérieure me murmure : *elle a fait des progrès.*

— Gigi, passe par la demi-pointe pour descendre, lui dit Morkie. Oui, parfait ! Parfait ! Montre-moi que tu l'aimes, Alec ! Toi aussi, Gigi ! Je dois sentir votre amour.

Elle se lève et accompagne ses consignes de gestes des bras pour exprimer à Alec ce qu'elle attend de lui. Une boule se forme dans ma gorge quand je le vois caresser les bras de Gigi, puis la faire tourner comme un objet vénéré. Il me touchait de la sorte à une époque, posait sur moi le même regard. Je voudrais m'insinuer entre eux deux, éteindre la flamme que je vois renaître. Et pourtant je suis paralysée, pétrifiée sur place, incapable de bouger ou de parler.

Je ne suis pas la seule. Morkie cesse soudain de parler, et les regarde, avec moi, flotter, glisser, exécuter la plus célèbre variation du plus beau des ballets classiques. Des danseurs de 6e et de 7e année s'agglutinent derrière les vitres, attirés par le feu qui brûle entre Gigi et Alec.

Ils anticipent leurs mouvements respectifs – autrefois il devinait les miens. Elle lui fait confiance. Elle ne se crispe pas quand il la porte, elle ne pince pas la bouche lorsqu'il la prend par la taille. À cet instant, j'ai l'impression d'être la grande perdante. Il y a quelque chose de bien réel entre eux deux, quelque chose qui a survécu à tout.

Une heure plus tard, on a changé de studio. Je suis avec Morkie, Cassie et Riho dans le studio E pour travailler les trente-deux *fouettés**.

— Tu es au courant ? me glisse Cassie en se penchant vers moi alors que je noue mes nouvelles pointes.

Riho est en plein étirement méditatif. Elle ne tourne même pas la tête. J'ignore Cassie. Je me dis qu'elle disparaîtra si je cesse de lui prêter attention. Morkie parle avec Viktor, j'ai donc au moins deux minutes pour m'échauffer et préparer mes pieds à ce qu'elle attend d'eux.

— Je pensais que tu voudrais l'entendre de ma bouche, insiste-t-elle.

Elle a un sourire si grand que je le devine sans le voir.

— La seule chose que je veux entendre, c'est la date à laquelle tu comptes sauter d'un pont. Ou me laisser tranquille. Je te signale que je ne t'ai pas balancée. Ta petite blague avec les comprimés aurait pu avoir des conséquences dramatiques.

Elle ne perd pas son sourire.

— Oh mais rassure-toi, il y en aura d'autres, des conséquences dramatiques.

— Tu ne pourrais pas passer à autre chose ?

Je me lève et sautille sur mes orteils pour être sûre que les chaussons sont confortables. Je m'approche de la barre et m'étire. Elle me suit. Elle est prête à tout pour attirer mon attention.

— Je ne passerai jamais à autre chose, comme tu dis. J'ai perdu une année de ma vie. Ma hanche ne s'est pas complètement rétablie. Je ne l'oublierai pas, et je t'empêcherai de l'oublier, toi aussi.

Elle ne sourit plus, maintenant. Elle m'a plaquée contre la barre en bois, qui s'enfonce dans mon dos.

— Pousse-toi, Cassie.

— Non.

Elle me presse un peu plus. Mon dos se cambre douloureusement. Je la repousse, elle ne bouge pas.

— Oh, Cassandra ! s'exclame soudain Morkie en applaudissant. Félicitations ! Tu seras magnifique ! Ta carrière est lancée.

Cassie m'envoie un baiser sonore avant de pivoter pour aller à la rencontre de Morkie, qui lui caresse la joue, le dos.

— Le corps de ballet va être enrichi par ta présence.

Il me faut une minute pour saisir l'implication de cette nouvelle. Le déclic se produit brutalement. Cassie a décroché une place d'apprentie. Elle a intégré l'ABC. Il ne reste plus qu'une seule place maintenant. J'agrippe la barre si fort que mes articulations blanchissent et que mes doigts rougissent. Cassie pousse des petits cris de joie et remercie plusieurs fois de suite Morkie pour son aide. Riho finit par sortir de sa bulle.

— Qu'est-ce qui se passe ?

Cassie ne lui répond pas. Morkie la prend à nouveau dans ses bras.

— Je suis tellement heureuse ! jubile Cassie. Et je suis ravie que Damien m'autorise à participer aux deux représentations. Je suis fière de pouvoir terminer ma dernière année ici avec vous et tous mes amis.

Une lueur de victoire éclaire ses yeux, un sourire narquois étire ses lèvres. Riho se tourne vers moi, perplexe.

— Cassie a été prise dans la compagnie, je lui dis sur le même ton que si je lui annonçais qu'elle a des hémorroïdes.

La déception la fait grimacer. Pendant que Morkie va trouver Viktor pour conclure leur échange sur la répétition, Cassie revient vers moi en souriant.

— Tout le monde s'en fout, je lâche.

Alors qu'évidemment je ne m'en fous pas. Loin de là.

— À qui tu veux faire croire ça, Bette ?

— Au milieu, les filles, nous appelle Morkie. Les *fouettés** d'Odile sont le moment préféré des amateurs du *Lac des cygnes*.

Viktor joue l'air, et elle nous le fait écouter trois fois de suite. En répétant seule, puis avec Adele, j'ai réussi vingt-cinq fouettés, peut-être une ou deux fois trente, mais jamais trente-deux… or c'est une prouesse que doit être capable d'accomplir toute future danseuse étoile, surtout au sein de l'ABC.

— Cassie, je sais que tu es attendue pour répéter avec le corps de ballet ensuite, alors tu vas passer en premier. Bette et Riho auront plus de temps.

Cassie ouvre un bras à gauche, un autre à droite comme pour nous chasser en coulisses.

Je me détourne pour ne pas la voir danser. Je remarque Damien sur le seuil du studio. Il me fait un clin d'œil puis rejoint Morkie. Les accords du piano sont de plus en plus forts. Cassie bouge les bras et les épaules d'avant en arrière, imitant à la perfection un cygne en train de battre des ailes. Elle entame alors ses *fouettés**. Elle les enchaîne, les uns après les autres, dans un alignement parfait, pointes tendues à merveille. Impossible de deviner qu'elle s'est fracturé la hanche, qu'elle a passé plusieurs mois en rééducation. Ça semble si facile quand on la regarde…

Damien commence à applaudir avant même qu'elle ait terminé. Elle rayonne et rajoute quelques tours supplémentaires. Je perds le compte après trente-deux.

Quelques minutes plus tard, c'est mon tour. Je rêve de ce jour depuis toujours. Toutes les ballerines rêvent de danser cette variation. Mais cette journée ressemble à un cauchemar, avec toutes ces paires d'yeux braquées sur moi, et le sourire suffisant de Cassie qui vient de remporter le défi haut la main – sans parler de sa place au sein de la compagnie.

Je pense à Adele, à tout le temps qu'elle m'a consacré, à ce qui lui est arrivé, par ma faute. Je dois la rendre fière. Je dois lui faire honneur, porter haut les couleurs des Abney.

Je tourne, m'étire, me cambre, pousse mon corps vers des limites qu'il n'a jamais franchies jusqu'à présent. Je me prépare à entamer les *fouettés**, les trente-deux.

Je monte sur ma jambe d'appui, bien solide sur ma hanche. Je tourne, je tourne, je tourne, atteignant presque la perfection, je compte dans ma tête – vingt-neuf, trente, trente et un… Ma jambe se dérobe soudain, et je rate le dernier.

— Stop ! s'écrie Damien, provoquant un arrêt brutal de la musique. La doublure maîtrise les fouettés mais pas Odile ! Je rêve ou quoi ?

Il ne hurle pas contre moi, et pourtant, je le sens, ce n'est pas l'envie qui lui manque. Il fait signe à Morkie, comme si elle était responsable de mon échec.

— Bette, tu dois absolument dompter ces *fouettés**. C'est le clou du spectacle. Veille à poser ton pied bien à plat pour économiser tes forces.

Il applique les mains sur mon mollet, rectifie l'ouverture de ma jambe. Je peux presque entendre Cassie ricaner. Je voudrais l'incendier, lui demander si elle est heureuse d'être devenue meilleure que moi. D'avoir gagné.

Damien nous quitte. On répète les *fouettés** pendant deux heures d'affilée. Cassie réussit les trente-deux tours sans s'interrompre, sans y penser. Moi, je suis à la peine. Riho a du mal aussi, mais son pourcentage de réussite reste plus élevé que le mien.

— Tu réfléchis trop, Bette, me répète Morkie pour la centième fois. Détends-toi. Laisse aller. Sinon tu n'y arriveras jamais.

Elle me fait recommencer, cependant mon cerveau est en ébullition. Je suis obsédée par Cassie. Par tout ce que je lui ai fait. L'univers me punit peut-être d'avoir été aussi peste. Cette fois, au vingt-troisième tour, je perds le contrôle.

Bette, j'entends Adele dans ma tête, *si tu veux intégrer la compagnie à mes côtés, tu dois te donner à fond.* Je recommence, sans que Morkie n'ait à me le demander. Vingt-six cette fois.

De frustration, elle écourte la répétition. Riho se précipite dans le couloir. Je me retrouve seule avec Cassie dans le studio.

— Alors tu ne comptes même pas me féliciter ?

Elle a déjà retiré ses pointes, son sac est sur son épaule.

— Tu n'as toujours pas digéré ?

Elle éclate de rire comme si c'était la meilleure repartie du monde. Je garde un visage de marbre.

— Oh, Bette, ne t'en fais pas pour les *fouettés**. Tu finiras par y arriver. C'est vrai, tu y étais presque ce jour-là, au Lincoln Center, avec Adele.

Je me fige. Mes mains lâchent les rubans de mes chaussons.

— Qu'est-ce que tu as dit ?

— Tu m'as très bien entendue.

— Il n'y avait personne d'autre que nous, ce jour-là.

— Quand est-ce que tu vas retenir les leçons de la vie, Bette ? Je me suis débrouillée, je sais exactement où tu te trouves. En permanence.

Elle se met du gloss à lèvres.

— Tu m'as terrorisée, maintenant les rôles se sont inversés.

— Adele aurait pu mourir.

— Oh, ne tombe pas dans l'excès.

Elle fait claquer ses lèvres pour répartir le gloss.

— Elle ira très bien, tu verras. C'est une danseuse si merveilleuse. En tout cas, ça l'était.

— Je t'interdis de parler de ma sœur.

— Je fais ce que je veux. Dis-lui que je lui souhaite un prompt rétablissement. *Le Lac des cygnes* ne sera pas pareil sans elle.

J'ai l'impression, soudain, que mon cœur palpite dans ma gorge.

— Tu l'as blessée volontairement ?

— Voyons, pourquoi je ferais une chose pareille ?

Elle cligne des yeux comme une poupée innocente. Ou plutôt une poupée diabolique.

— C'est toi que je voulais blesser. Et j'y arriverai.

Sur ces mots, elle quitte la salle, et je me retrouve là, dévastée, à retourner le problème dans tous les sens, sans parvenir à trouver une solution.

Je plonge la main dans mon sac pour sortir mon portable et envoyer un texto à Eleanor, mais il a disparu. Est-ce que je l'aurais oublié dans ma chambre ? Dans l'autre studio ? Je retourne toutes mes affaires, regarde autour de moi sur le parquet. Rien. Je relève la tête. Cassie presse ses lèvres contre la vitre et laisse l'empreinte d'un baiser dessus.

Je descends à la salle des élèves : Henri est pile à l'endroit où j'espérais le trouver, en train de jouer au billard avec des élèves de 7e année. Je jette mon dévolu sur un nouveau, Lucio. Il est brésilien, et son teint hâlé fait ressortir ses yeux d'un brun profond. Avec une petite moue boudeuse, je susurre :

— Ça t'ennuie si je t'emprunte ta canne ?

Il rougit et me la tend aussitôt. Henri hausse un sourcil, agacé.

— On était au milieu d'une partie.

D'une voix glaciale, je rétorque :

— Nous aussi. Et je vais même te dire un truc, Henri. Je suis sur le point de la gagner.

J'ai réussi à attirer son attention : il rate son coup et envoie la bille blanche dans un des trous. Les autres types rient. Henri, lui, n'a pas la moindre lueur d'amusement dans les yeux, il a même perdu son éternel sourire en coin. Il fait le tour de la table et me prend par le bras.

— Suis-moi.

Il me traîne dans la salle des distributeurs – c'est précisément ce que j'attendais de lui. Ce que j'ai à lui dire peut très bien se passer de public. Pour le moment en tout cas.

Il me plaque contre le mur et m'immobilise. Je frissonne lorsque ses mains se posent sur ma taille, je me souviens de sa brutalité.

— Qu'est-ce que tu veux, Bette ?

— Je veux que tu dises à ta copine de se calmer un peu. Sinon, je vais lui donner des raisons de s'inquiéter.

Je lui effleure le cou. Il a un léger mouvement de recul. Il me foudroie du regard, je sens son souffle sur mon front. Je résiste à l'envie de me libérer. Il ne faut pas que ma peur me trahisse. Je dois lui faire croire que j'ai l'intention d'aller jusqu'au bout et de tout balancer à Cassie : les baisers, les caresses, les manipulations. Parce que c'est le cas. Je vois cet éclat pervers réapparaître dans ses yeux. Je sais combien il aime se penser tout-puissant.

— Elle ne croira pas un seul des mots que tu lui diras.

— Ah oui ?

J'affiche un sourire moqueur.

— Eh bien il me suffira de lui raconter les petits moments privilégiés qu'on a partagés l'an dernier. Souviens-toi, Henri. Ces moments intimes. Ou alors ils faisaient partie de son plan à elle ? J'ai du mal à croire que c'est elle qui t'a dit de prendre un bain d'eau glacée avec moi.

Il se décompose, l'éclat vicieux disparaît de son regard, rapidement remplacé par la colère.

— Je te conseille de la fermer, Bette, sinon, je…

— Quoi, Henri ? Tu lui diras que tu as fait ce que tu devais faire ? Ou ce que tu avais envie de faire, plutôt ? Et qu'est-ce que tu as raconté à ce pauvre Will, d'ailleurs ? Qu'est-ce que tu lui as fait pour le convaincre d'agir selon tes désirs ? Quand je pense qu'il a failli tuer quelqu'un à cause de toi…

Ses mains se baladent sur mon corps maintenant, agressives, une caresse ici, un pincement là.

— Tu as joué sur la corde de l'amitié et plus si affinités ? Parce que je peux te dire qu'il y a cru. Assez pour oublier Alec, alors qu'il était amoureux de lui depuis dix ans. Assez pour risquer la prison.

Je m'approche de lui pour qu'il puisse sentir l'odeur de shampooing dans mes cheveux et celle de crème hydratante sur ma peau.

— Tu l'as embrassé ? Tu l'as laissé te toucher ? Qu'est-ce qu'en pensera Cassie ? Tu préfères les filles ou les garçons ? Les deux ?

— Tais-toi, tais-toi, tais-toi !

Il me tord un bras dans le dos, et l'espace d'un instant j'ai vraiment peur. Il pourrait me faire n'importe quoi. Ce n'était peut-être pas très malin comme idée… Et pourtant je décide d'aller jusqu'au bout. Je me penche vers lui, me mets sur la pointe des pieds et dépose un baiser dans son cou, juste à côté de l'encolure du gilet crème qu'il n'a pas quitté de l'hiver. Il est en cachemire, je le sais. Mes lèvres laissent une signature rose vif (mon rouge à lèvres Chanel) qu'il aura du mal à expliquer. Il me lâche d'un coup. Même si je pense avoir réussi à faire passer le message, j'ajoute, histoire de bien enfoncer le clou :

— Débrouille-toi pour qu'elle me lâche un peu. Sinon, c'est toi qui en paieras les conséquences.

Je l'écarte de mon passage et pousse la lourde porte métallique. Je ne réussis pas à retenir un sourire.

36. June

La cafétéria résonne du brouhaha des conversations et des rires. Il pleut à verse dehors et ils ont installé un stand de chocolat chaud pour la journée, avec guimauves et copeaux de chocolat. Personne n'en a pris évidemment.

J'ai la bouche sèche et les paumes moites. Il est huit heures et je suis descendue petit-déjeuner seule, après des semaines de déjeuners tardifs ou de dîners anticipés – afin d'éviter les autres tant que Taylor supervisait mes repas. J'ai bien fait. Ce matin, Gigi et Cassie sont assises près des vitres, devant des assiettes remplies de salade de fruits et d'œufs durs. Elles sont penchées l'une vers l'autre et parlent tout bas. Je sais que Gigi m'a vue. Eleanor est installée à l'autre bout du réfectoire, seule aussi. Elle a des écouteurs et le nez plongé dans un manuel d'histoire, le bruit ambiant ne semble pas la déranger. Elle grignote une tranche de pain grillé, sans rien dessus, et une pomme l'attend sur son plateau.

Je balaie le reste de la pièce du regard. Je ne me sens pas à ma place. Ça fait plus d'un mois que j'ai commencé à bosser avec Taylor, et elle a décidé, cette semaine, de me laisser enfin manger seule. « Je te fais confiance », m'a-t-elle dit hier en consultant la tablette où je consigne tout ce que j'avale. Elle s'est félicitée que mon poids soit remonté à 48 kilos. Et encore plus que je n'aie pas vomi depuis près de quinze jours, malgré le stress qui monte, à l'approche du gala de printemps. « Continue à noter ce que tu manges. Fais des choix judicieux. »

Je pose ma tablette sur un plateau, puis examine les aliments proposés. J'essaie de ne pas faire le compte des calories dans ma tête. Connie ne cesse de me le répéter : le personnel de la cafétéria a été averti de la situation et continuera à me « proposer » des menus équilibrés.

Je ne m'arrête pas devant les gaufres au blé complet, le *congee* ou même la salade de fruits, généreusement additionnée de miel, je le sais. Je préfère prendre deux œufs brouillés à la margarine allégée et parfumés à la ciboule, un muffin anglais au blé complet et un yaourt allégé avec des fraises. Je note tout, sans oublier de préciser ce que j'ai réellement consommé et les pensées qui ont accompagné mon repas – avant, pendant et après. Ce soir, j'enverrai un rapport à Taylor.

Je m'assieds à l'écart, dans un coin tranquille près des baies vitrées. La pluie d'avril dégouline dessus et je regarde les parapluies qui dansent dans la rue. J'essaie de manger un peu de tout. C'est un supplice : le muffin m'écorche la gorge, la margarine la tapisse d'un film répugnant, le yaourt a une consistance qui me dégoûte.

Je suis si concentrée sur les aliments et les sentiments qu'ils m'inspirent que je ne remarque pas tout de suite qu'une ombre s'étire sur mon plateau. Je relève la tête et découvre Sei-Jin.

— Salut…

Le mot se mélange à la bouchée de pain dans ma bouche. On ne s'est pas vraiment reparlé depuis San Francisco, et ça me convient. Ce matin, pour je ne sais quelle raison, elle a décidé de venir me trouver. Sur ses lèvres, ni sourire ni moue dégoûtée. Je me prépare aux piques, aux remarques acerbes – elle va sans doute me traiter de mauvaise Asiatique qui imite les Blanches : elles ne touchent jamais au *congee*.

Elle s'assied en face de moi.

— Je suis contente de voir que tu…

— Ouais, je l'interromps avant qu'elle ne prononce le verbe fatidique : *manger*.

— Tu as meilleure mine.

Son commentaire n'est pas teinté d'amertume ou de cruauté, contrairement à d'habitude. Elle a l'air sincère. À croire qu'elle s'est réellement inquiétée pour moi. Elle sourit.

— Tu as l'air plus forte, je veux dire. Tu sembles aller bien.

Je soupire.

— Je me sens mieux.

Je regarde mon assiette encore pleine de nourriture.

— Je ne suis pas complètement guérie encore…

Elle hoche la tête. Je pense qu'elle va se lever pour partir. Elle reste. Ma surprise doit se lire sur mon visage, parce que son sourire s'élargit.

— Je… je voulais m'excuser. C'est moi qui ai commencé. Mais…

Elle laisse ce mot flotter entre nous, pendre tel le ruban d'un chausson. Je me demande ce qu'elle voulait ajouter. Qu'elle avait trop peur ? Qu'elle craignait que je trahisse son secret ? Qu'elle ne pouvait pas me faire confiance, ni à moi ni à personne ? Qu'elle cherchait avant tout à se protéger, même si pour ça elle a dû m'abandonner et me blesser ?

— Je comprends, Sei-Jin.

Ça ne veut pas dire que je lui pardonne. Mais oui, en un sens, je comprends. On est toutes prêtes à n'importe quoi pour s'en sortir ici. Et peu importe ceux qui prennent des coups en cours de route.

— Gigi m'a dit que tu n'étais pas responsable pour mes pointes. C'était elle.

— C'est vrai ?

J'ai du mal à y croire. Je me tourne vers la table où elle était assise. Ça n'est pas si surprenant, au fond, vu le temps qu'elle passe avec Henri et Cassie. Elle a changé.

— Ouais, je n'aurais jamais cru ça d'elle. J'imagine qu'elle cherchait à me faire payer pour le verre dans son chausson.

Je manque de m'étouffer avec mon yaourt.

— C'était toi ?

J'étais convaincue qu'il s'agissait d'un coup de Bette.

— Ouais…

Elle scrute son vernis à ongles du même mauve que son rouge à lèvres, que je connais par cœur.

— Pourquoi ?

Je la vois bien me faire des crasses, mais pas à Gigi.

— Elle a débarqué et elle a tout raflé, d'un coup. Alors que nous, on était là depuis le début, on bossait dur, on essayait de… je ne sais pas. Ça m'a rendue folle de rage. C'est trop injuste, non ?

— Moi aussi, ça m'a rendue folle.

Ça nous a toutes rendues folles.

— Et on a fait des choses dont on ne peut pas être fières, j'ajoute.

Je repense aux papillons et me touche les cheveux par réflexe.

— Ce n'est pas moi qui te les ai coupés, lâche Sei-Jin, d'un air navré. Je n'aurais jamais fait ça. Pas à toi.

Je suis étonnée, mais j'essaie de le cacher. Quand me suis-je mise à attendre le pire d'elle, de moi, de tout le monde ?

— Et je suis désolée pour Jayhe.

Elle gratte les petites peaux autour de ses ongles, signe qu'elle est nerveuse – je me souviens si bien de cette manie…

— Je ne pensais pas qu'il se passerait quoi que ce soit entre lui et moi, ajoute-t-elle. Je me sentais seule. J'avais peur.

Elle a du mal à déglutir.

— Tu le connais, il est si drôle, si gentil. Il a été là pour moi pendant cette période. Il m'offrait des petits cadeaux, il m'emmenait faire un tour.

Je me demande combien de fois ils se sont embrassés dans sa camionnette, comme nous deux. La jalousie est un poignard dans ma poitrine. Et elle doit le sentir, parce qu'elle me regarde droit dans les yeux, plus sérieuse que jamais.

— J'ai bien conscience que c'était différent pour vous. Plus passionné. Tu devrais l'appeler, June. Je sais que tu lui manques.

Elle s'attaque à ses cuticules maintenant, les décolle sur les côtés. Je voudrais lui demander comment elle le sait. Mais je ne peux pas, bien sûr. Quand elle relève la tête, elle a un immense sourire.

— Je vais aller à la fac dans le New Jersey. J'ai pris la décision la semaine dernière. Ils m'ont proposé une bourse, et je me rapproche de ma sœur Ji-Yoon. Elle attend un bébé.

Sei-Jin est aux anges.

— J'aurai bientôt un petit neveu ou une petite nièce.

Je lui rends son sourire. Je note un dernier détail sur ma tablette, puis me lève.

— Je dois y aller, je lui dis.

Je lui prends la main avant de débarrasser mon plateau.

— Merci, Sei-Jin.

Mon cœur bat la chamade quand je quitte le réfectoire. J'ai l'impression qu'un poids écrasant vient de disparaître de mes épaules, un poids que je porte depuis près de trois ans. Peut-être qu'on ne redeviendra jamais vraiment amies, Sei-Jin et moi. Mais on ne sera plus ennemies, au moins.

Je me rends à la salle du courrier et me surprends à retrouver espoir. Si Sei-Jin a réussi à découvrir sa voie, peut-être que j'y arriverai aussi. J'attends des réponses des compagnies pour lesquelles j'ai auditionné : Salt Lake City, Miami, Washington et Los Angeles. Ma boîte à lettres contient deux enveloppes, fines.

Je les ouvre en les déchirant, une par une. Washington me juge prometteuse, mais la compétition est rude, alors on me remercie de retenter ma chance l'an prochain. Miami estime que je ne suis pas tout à fait prête et m'invite à débourser cinq mille dollars pour suivre des cours intensifs avec leur directeur artistique, Rafaelo Diego. Non merci.

L'échec me submerge et soudain j'ai l'impression de me noyer. J'ai travaillé si dur depuis près de dix ans. Ça me donne envie de pleurer.

Pire, ça me donne envie d'aller vomir mon yaourt, mes œufs et mes angoisses.

Je me surprends à tourner le regard en direction des toilettes de l'étage. Mes yeux se rivent sur la plaque brillante de la porte, qui s'ouvre et se referme, livrant passage aux mères des *petits rats** déjà en cours.

Je prends une profonde inspiration et sors ma tablette pour y noter mes pensées. Je referme la boîte pour partir. Dans le mouvement, les lettres m'échappent. Je n'ai pas le temps de me baisser pour les ramasser, une autre main me devance. Riho.

— Bonjour.

Elle parle tout bas, on dirait que ça lui fait du mal de dire bonjour. Je lui prends les courriers des mains, la remercie et m'éloigne. Je n'ai pas envie de la voir. Surtout en ce moment : elle n'a sans doute jamais connu un seul échec de sa vie. Je m'arrête le temps de ranger dans mon sac les enveloppes qui scellent mon destin, avec ma tablette, et je remarque que Riho n'a pas bougé.

— Quoi ?

Mon ton est acide, il dégouline de rage. Cette fille débarque, me pique des rôles et en plus il faut que je la regarde jubiler ? J'ai envie de la frapper à cet instant.

— Je voulais juste… juste te remercier. D'avoir été si gentille avec moi à mon arrivée.

J'essaie de cacher ma surprise en la voyant sourire. Je regrette aussitôt toutes les méchancetés que j'ai dites tout bas, pensant qu'elle était tombée sous la coupe de Sei-Jin.

— Je sais que l'année se finit bientôt, et qu'on n'a jamais beaucoup parlé, mais je voulais t'offrir quelque chose pour te remercier.

Elle sort une petite boîte de son sac. À l'intérieur je trouve une paire de jambières lavande avec des sequins cousus à la main. J'ai déjà vu Riho porter le même genre de jambières, en rose, et je m'étais d'ailleurs demandé où elle les avait trouvées – j'en ai même parlé à ma mère qui m'avait promis d'enquêter.

— C'est moi qui les ai faites. Ma grand-mère m'a appris à tricoter.

Elle a un sourire si adorable qu'on a envie de la prendre sous son aile.

— J'ai eu l'impression que tu aimais bien les miennes, alors j'ai pensé t'en faire une paire.

— Merci.

Je suis surprise par la douceur de ma voix, la sincérité de ma gratitude. Depuis Gigi et ses papillons, je me suis sentie plus isolée que jamais. Je n'ai pas imaginé un seul instant que d'autres pouvaient vivre la même chose. Soudain je suis heureuse que Monsieur K. ait inventé ce programme de tutorat débile, que Riho m'ait offert ce cadeau, que Sei-Jin ait fait un premier pas vers moi pour arranger les choses entre nous, même si plus rien ne sera comme avant.

Les larmes viennent. Mais pour la première fois depuis très longtemps, ce sont des larmes de joie, pas de tristesse. Riho me tend un mouchoir. Je la remercie encore et lui dis à plus tard. Elle me sourit. Puis elle file en cours.

Les sentiments qui m'avaient assaillie quelques minutes plus tôt – l'angoisse, le stress, la tristesse – ont disparu. Je n'ai même plus envie de vomir.

37. Gigi

Le studio B a été aménagé pour la séance photo du *Lac des cygnes* : un décor au fond et de nombreux projecteurs. Les clichés seront utilisés pour le dossier de presse et le programme, nous devons être parfaits. Les mères volontaires s'agitent pour seconder Madame Matvienko, qui vérifie les costumes, les diadèmes, et nous aident à nous maquiller. Monsieur K. nous inspecte un à un avant de nous envoyer devant le photographe.

Je me trouve devant lui. Il tourne autour de moi, fait gonfler mon tutu, ajuste très légèrement mon diadème.

— Tu es lumineuse.

Ce mot me ramène au début de l'année dernière, à l'époque où tout était encore inédit, pur, magique.

Je rejoins le groupe, qui attend devant le décor. Je nous observe, tous, dans le miroir. C'est ce que j'adore dans le ballet : les ondulations du tulle, les lignes allongées des corsages blancs qui épousent nos bustes, l'effet d'ensemble créé par notre groupe, avec les tutus, les strass et les diadèmes qui réfléchissent la lumière.

Le photographe termine avec June et le quatuor de petits cygnes. Elles sont magnifiques en rangée, bras entrecroisés. Je suis subjuguée par la cascade de tulle blanc qui se soulève quand elles bougent en parfaite harmonie.

— Tu es très belle, Gigi, me lance l'un des *petits rats** dans le couloir.

Je lui souris et agite la main.

Je suis une vraie danseuse classique aujourd'hui : tutu et corsage blancs, tissés de fils argentés, diadème orné de strass et de plumes. Le contraste avec le personnage de Bette, Odile, est frappant. Elle patiente sur la gauche, dans son costume en plumes noires qui évoque obscurité et désespoir.

Je me place devant le décor.

— Détends-toi, me dit le photographe en écartant l'appareil de son visage. Bien. Montre-moi les premiers mouvements qu'on t'a demandés.

J'exécute une arabesque pour la première photo. Le bruit de l'obturateur résonne dans le studio. Hors champ, Morkie corrige ma seconde pose. Je lève la jambe plus haut, tourne un peu plus lentement, pousse mes possibilités au maximum. J'essaie d'éviter les crampes et garde un sourire aux lèvres. J'enchaîne quelques pirouettes, tourbillonne comme une toupie.

— C'est trop, c'est trop ! proteste-t-il. Ça reste un appareil photo, j'ai besoin que tu tiennes la pose plus longtemps.

Je m'arrête, soulève mon tutu et le fais bruisser.

— Ne bouge pas.

Il regarde son écran de contrôle.

— Tends la jambe davantage !

Je m'étire autant que possible. Il prend deux autres clichés. Décidant d'ignorer sa présence, je fais un grand jeté comme si j'étais sur scène.

— Très bien ! Magnifique !

Je recommence pour entendre les compliments une seconde fois. J'imagine les photos dans le programme. J'imagine les futurs articles dans les magazines *Dance* ou *Ballet*, qui vanteront la qualité de mon interprétation d'Odette cette fois, l'accident n'étant plus qu'un souvenir lointain.

Le photographe montre Bette du doigt.

— Maintenant le cygne blanc et le cygne noir ensemble.

Morkie pousse Bette vers le décor. Mon ventre se serre. Devant la caméra, elle prend la pose avec naturel, comme si elle avait fait ça toute sa vie : elle a déjà le professionnalisme d'une danseuse étoile de l'ABC. Et c'est un double d'Adele, ce qui plaît visiblement à l'objectif – et au photographe.

— Par ici !

On peut presque voir la bave dégouliner sur son menton.

— Tu peux faire une autre pirouette ? Et ne bouge pas... Magnifique... Sublime... Le noir te va à merveille.

Il nous place côte à côte. Nous n'échangeons pas un seul mot. Elle respire bruyamment. Je reconnais l'odeur de son rouge à lèvres et de son parfum. Je prends sur moi et souris, parce que c'est mon heure de gloire et que je ne la laisserai pas tout gâcher. Et je ne laisserai pas non plus la colère qu'elle m'inspire influencer mon attitude.

Le photographe se prépare à reprendre des photos de Bette en solo. Je veux m'éloigner mais elle me barre la route.

— Tu pourrais pas attendre une seconde ?

Je n'ai aucune envie d'obtempérer, pourtant son expression est si déterminée que je m'y sens obligée.

— Je voulais juste...

Elle semble perdue un instant, se ressaisit très vite.

— Je voulais m'excuser. Pour le miroir et les photos. Je ne me rendais pas compte, avant que ça m'arrive... enfin pas à moi directement, plutôt aux gens que j'aime... Bref, je ne me rendais pas compte de ce qu'on ressent quand on est de l'autre côté. C'est horrible. Révoltant, même. Je suis sincèrement désolée de t'avoir fait vivre ça.

L'ancienne Gigi accepterait ses excuses, lui permettrait de réparer ses erreurs. Comme je l'ai fait à la fin de l'année dernière, juste avant l'accident. Je ne retrouverai jamais l'innocence que j'avais à l'époque. Je prends trois profondes inspirations. J'entends la voix de ma mère tambouriner dans mon crâne : « L'amertume est un cancer qui dévore son hôte. » J'ai besoin de lâcher un peu de lest, de libérer une partie de l'angoisse qui a pesé sur mes épaules tout ce temps.

— C'est du passé, je réponds en haussant les épaules. On a tourné la page.

Ce n'est pas vraiment un pardon. Mais c'est tout ce que j'ai à lui offrir pour le moment.

Alec débarque dans la salle des élèves, avec du pop-corn. Je suis descendue bosser sur un devoir d'histoire. Je suis en train de taper ma bibliographie en me demandant qui peut bien vouloir consacrer une vie entière à rédiger des essais sur le passé. Certains élèves regardent la télé à l'autre bout de la pièce, d'autres jouent au billard. La salle informatique adjacente est pleine à craquer.

Il s'affale sur le pouf juste à côté du mien et se met à grignoter du pop-corn tout en me parlant du match de basket à la télé. Je lui réclame le silence comme Morkie le ferait s'il troublait un de ses cours. Il se lève et vient se placer derrière moi.

Je tente de l'ignorer. Un bras musclé surgit devant mon visage. Une rose en origami est glissée entre deux de ses doigts blancs. Le sourire qui étire mes lèvres se diffuse dans mon corps tout entier, il va de ma tête à mes orteils. Alec s'assied à côté de moi sur le pouf.

— Il y a encore une petite place pour moi ?

— Non.

Je n'arrive pas à retenir mon sourire. Depuis notre rupture, il y a plusieurs semaines, nous avons dansé ensemble sans échanger un seul mot. Ça a été un vrai supplice de le sentir contre moi sans pouvoir rire, l'embrasser ou m'abandonner contre lui.

— Je te manque ?

Il essaie de garder son sérieux.

— Ce qui me manque, c'est l'époque où on avait moins de devoirs le soir.

J'en ai marre de comparer les gouvernements anglais et français, et je ne m'explique pas comment Monsieur Martinez peut avoir envie de lire autant d'essais sur le même sujet.

— Eh bien toi, tu m'as manqué.

Je le laisse se rapprocher de moi. Je respire son odeur familière et boisée, si masculine. La chaleur de sa peau me parvient à travers mon pull. Je tends la main pour prendre la rose en origami, mais il la plaque contre son torse avec un sourire. J'essaie à nouveau et il m'empêche de la prendre, la lève au-dessus de sa tête. Je me penche en avant pour respirer la rose, même si elle a le parfum du papier et de la peau d'Alec. Je ne proteste pas quand il m'effleure la lèvre inférieure du doigt.

Je me rapproche de lui et trouve sa main. Je dessine des cercles à l'intérieur de sa paume, me laisse un peu aller contre lui pour le sentir. Un frisson brûlant me parcourt l'échine. Ça m'a manqué, tout ça, nos conversations, nos textos, ses visites dans ma chambre, nos séances d'étirement.

— Tu m'en veux toujours ?

— Peut-être.

— Eh bien, je suis désolé.

— Moi aussi.

Il me chatouille le cou avec le bout de son nez, me répète que je lui ai manqué. Je suis dans un état un peu second. Henri choisit ce moment pour venir nous trouver et nous dire de nous connecter aux réseaux sociaux. J'ai du mal à me concentrer sur les mots qui sortent de sa bouche : *photos, danseuse, baiser*. Les caresses d'Alec me font perdre tout contact avec le monde autour de moi et les gens qui s'y trouvent. Mon moniteur cardiaque vibre et, contrairement à ce que prétend la notice – qui vante sa discrétion –, tout le monde semble l'entendre.

Henri nous montre son portable. J'aperçois trois photos zoomées d'un homme – Monsieur K. sans le moindre doute – penché au-dessus d'un malade dans un lit d'hôpital.

Je m'écarte légèrement d'Alec.

— C'est quoi ?

— Elle circule partout. La légende dit qu'il s'agit d'une élève du conservatoire, en 8e année, et de l'un des professeurs.

Je sors mon portable. Tous les fils d'actualité sont envahis par la même photo. Eleanor et Monsieur K. Forcément. La danseuse est dans un lit d'hôpital. Et, après deux années au conservatoire, je reconnaîtrais Monsieur K. entre mille.

Les spéculations vont bon train. Plusieurs personnes sont tagguées. Je lis certains des commentaires. Ils disent que Monsieur K. a franchi une ligne. Que ce n'est pas la première fois. Qu'il a signé l'arrêt de mort de l'ABC.

— On ne voit pas de qui il s'agit, observe Alec en zoomant. Ça pourrait être un montage.

— Votre attention, s'il vous plaît ! nous crie une surveillante en entrant dans la salle. Vous êtes tous attendus au rez-de-chaussée.

— On a encore trois heures avant le couvre-feu, proteste un élève.

— Réunion de crise dans le studio D. Allez, on ne traîne pas.

J'échange un regard avec Alec ; nous le savons aussi bien l'un que l'autre, c'est au sujet de ces photos. Que vont-ils bien pouvoir faire maintenant ? Plusieurs élèves continuent à s'interroger tout bas lorsque nous nous entassons dans l'ascenseur pour remonter au rez-de-chaussée. La moitié du conservatoire se dirige vers le studio D en pantoufles, voire en pyjama, les paupières déjà lourdes. D'autres ont été interrompus en pleine répétition. J'aperçois Cassie.

— Qu'est-ce qui se passe ? Ils ont frappé à toutes les portes de l'étage. J'étais sous ma douche.

Ses boucles mouillées sentent l'après-shampooing à la menthe. Elle a passé la plupart de son temps avec des danseurs de la compagnie, dernièrement. Même si elle vit toujours au conservatoire, je ne la vois presque plus.

— Ce n'est jamais bon signe, je lui réponds en me mordillant la lèvre, jamais.

Nous nous entassons dans le studio D, et nous trouvons un coin où nous asseoir, Alec, Cassie, Henri et moi. Les messes basses enflent de plus en plus.

— Évidemment que c'est elle.

— Et Monsieur K. ?

— Ce ne serait pas la première fois.

Je repense à la nuit où mes papillons ont été tués. Monsieur Lucas m'a demandé si j'avais eu une relation *déplacée* avec Monsieur K. Ce souvenir me fait frissonner. Je ne veux pas que mon nom soit associé à cette affaire.

Mes jambes, déjà fatiguées par la complexité des pas dans *Le Lac des cygnes*, sont parcourues de fourmis. Je n'ai pas pris le temps de m'étirer comme il aurait fallu après la répétition parce que je voulais terminer ce devoir d'histoire. Alec me caresse le bas du dos et son geste m'apaise. J'ai l'impression que nous sommes peut-être en train de retrouver ce que nous avions. June soupire, à quelques pas de nous. Nous n'avons pas eu d'échange depuis un moment, alors que je lui dois des excuses. Je la surprends parfois à me fixer, espérant sans doute une réaction, quelle qu'elle soit. Malheureusement, je n'arrive pas encore à lui pardonner.

Je m'interdis de chercher Bette dans la foule. Pourtant c'est plus fort que moi. La situation est si angoissante, je ne tiens pas en place. Je passe en revue les élèves présents. Eleanor et Bette sont les deux seules danseuses qui manquent à l'appel.

— Tu as vu Eleanor ? je souffle à Alec.

— Non, elle doit être là, dans un coin.

— Je ne la vois pas.

— Vous êtes devenues amies ?

— On ne peut pas vraiment dire ça. Même si ça m'arrive de passer du temps avec elle.

— Vous n'êtes pas restées ensemble à la fin de la répétition ?

— Pas aujourd'hui, non.

Nous n'avons pas décidé de répéter le rôle d'Odette ensemble, les choses se sont faites d'elles-mêmes : à force de nous regarder danser, nous avons pris l'habitude, au fil des mois, d'échanger des conseils, de nous étirer à deux à la fin des séances, de bosser ensemble les passages les plus difficiles. Ce que certains trouveraient bizarres puisqu'elle est ma doublure. Sauf que ça fonctionne pour nous. Et de toute façon j'ai l'impression d'avoir une dette envers elle depuis sa réaction allergique au houmous.

Mon cœur se serre quand Monsieur Lucas débarque, talonné par une poignée d'enseignants – Monsieur K., lui, brille par son absence – et un homme que je ne connais pas. Le bruit de leurs pas réduit tout le monde au silence. Mes bras sont couverts de chair de poule, un frisson me parcourt le corps.

— Une affaire très grave a été portée à notre attention ce soir, annonce le père d'Alec. Et j'en ai tellement assez de devoir vous convoquer que je suis à ça de vous dire à tous d'appeler vos parents, de faire vos valises et de quitter mon conservatoire.

Il est très sérieux. C'est peut-être bien le début de la fin.

38. Bette

— Tu as besoin de liquide ? me demande ma mère pour la quarantième fois.

Elle me tend deux billets de vingt dollars. On est sur la banquette arrière d'une voiture. Elle demande au chauffeur de se garer sur la droite. On reste assises là en silence quelques minutes. La pluie joue une berceuse agréable sur le toit. La lumière qui filtre à travers les vitres du conservatoire baigne le capot d'une lueur dorée.

— Et ton nouveau téléphone, il te plaît ? Tu as retrouvé l'ancien ?

Elle est gentille ce soir. Elle n'a bu qu'un verre de vin au cours du dîner.

— Il finira par réapparaître. Et sinon, c'est qu'il a été volé. Et que toutes les données ont été effacées.

J'ajoute cette dernière précision à mon intention, pour me rassurer. Je n'ai pas revu mon portable depuis des semaines. Il contenait des choses importantes, comme cette photo d'El et de Monsieur K., l'application connectée à la caméra. J'aurais dû me débarrasser de tout ça il y a longtemps.

— Ne t'en fais pas, ce n'est qu'un téléphone. Et puis je voulais te dire, Bette, tu t'en sors très bien, ma chérie.

Son compliment me prend au dépourvu.

— Tu es vraiment à la hauteur de nos attentes, et ce n'était pas facile avec tout ce qui s'est passé.

Elle s'interrompt une seconde, se demande si elle n'a pas été maladroite. Elle l'est toujours un peu de toute façon.

— Merci de t'être aussi bien occupée d'Adele, ma chérie. Je sais qu'elle a besoin de toi en ce moment.

— C'est normal.

Je l'embrasse sur la joue – ce qui n'arrive pas souvent ! – avant de descendre, d'ouvrir mon parapluie et de traverser la place Rose Abney. Je m'apprête à entrer dans le conservatoire quand Eleanor en jaillit.

— El !

Elle ne m'entend pas. Ou bien elle recommence à m'ignorer. Elle court à toute allure, on dirait qu'elle prend la fuite.

— Eleanor, attends ! El !

Juste avant qu'elle n'atteigne la fontaine, je réussis à la retenir par sa veste – j'ai peur un instant que celle-ci ne se déchire entre mes doigts.

— Où est-ce que tu vas ?

Elle est bouleversée.

— Qu'est-ce qui ne va pas ?

— Elle est partout !

Elle est dans tous ses états, je ne comprends pas de quoi elle parle.

— La photo que tu as prise à l'hôpital, Bette.

— Mais qu'est-ce que tu racontes ?

Elle agite les mains, les joues mouillées de larmes.

— Tu es la seule à être venue me voir. Comment as-tu pu me faire une chose pareille, Bette ? Comment ?

Elle hoquète, son corps tressaute sous les assauts de la colère, de la tristesse ou de l'alliance cruelle des deux.

— Ils pensent que c'est grâce à ça que j'ai obtenu mes rôles.

Elle s'écroule, ses genoux heurtent violemment le béton trempé. Je m'accroupis devant elle, tente de la calmer.

— Respire, Eleanor. Et explique-moi, s'il te plaît, raconte-moi ce qui s'est passé. Je ne peux pas t'aider si…

La pluie nous mouille toutes les deux, je n'arrive pas à tenir correctement mon parapluie et à la relever. Elle sort son portable et je découvre la photo que j'ai prise à l'hôpital. Celle qui se trouvait sur le portable qui a disparu.

— Ils me traitent de pute, Bette.

— Mais non, tu…

— Pourquoi c'est moi, la pute ? Il a eu des liaisons avec des dizaines de filles ! Pourquoi ça me retombe dessus ?

Elle fait défiler les commentaires. La photo figure sur le profil de plusieurs élèves.

— Je ne suis pas la première. Je voulais juste… Je pensais que si je réussissais à retenir son attention je pourrais lui montrer que j'étais douée.

— Allons chez moi, on sera tranquilles et on réfléchira à la suite.

Elle secoue la tête avec frénésie et détermination.

— Je n'ai aucune envie de te voir là. C'est ta faute, Bette ! Si tu n'avais pas pris ces photos…

J'essaie de lui prendre les mains pour l'emmener à l'abri de la pluie, mais elle part en courant.

— On m'a volé mon téléphone ! je lui crie, me lançant à ses trousses.

Elle me sème rapidement. Il tombe des seaux d'eau maintenant. Je n'arrive même pas à voir les réverbères à quelques mètres de moi. Le sol est trop glissant, le vent souffle trop fort. J'essaie de ne pas tomber, mon parapluie manque de s'envoler à plusieurs reprises. Je rebrousse chemin vers le conservatoire. Je m'engouffre dans le hall, dégoulinant de pluie et de culpabilité. J'entends aussitôt une voix masculine, provenant de l'un des studios.

— Que se passe-t-il ? je demande à l'agent à l'accueil.

— J'ai l'impression que quelqu'un a des ennuis…

Une surveillante me repère. Elle accourt et m'attrape par l'épaule.

— Tu es en retard.

Elle est en colère, comme si ça risquait d'avoir des conséquences pour elle.

— Réunion générale, explique-t-elle. Studio D. Tout de suite.

J'ai soudain le mauvais pressentiment que cette convocation a un rapport avec la photo en question. La surveillante me pousse dans la salle.

— Quelqu'un cherche à salir la réputation de Monsieur K., à faire passer sa sollicitude pour quelque chose de répréhensible.

Je n'ai jamais vu le père d'Alec dans un tel état de colère.

— Quelque chose de répugnant, d'inacceptable. Les réseaux sociaux regorgent de sous-entendus salaces et de mensonges. Qu'un tel incident se produise aujourd'hui, alors que nous avions enfin redressé la barre pour le gala de printemps, c'est tout bonnement impensable ! Cette photo ne montre rien d'illégal.

Son visage reste de marbre alors qu'il balaie du regard tous les élèves, espérant que le coupable se trahira. Transpiration, ricanement nerveux, rougissement de peur. Tout le monde conserve le silence, néanmoins.

Un brun, barbu, que je vois pour la toute première fois, prend la parole à son tour.

— Je suis Kevin McCafferty, le vice-président du Conseil du conservatoire. Beaucoup d'entre vous ne me connaissent pas, mon rôle se déroule surtout en coulisses. Cette distance me permet de conserver mon objectivité dans une situation de ce genre. Vous le savez, le Conseil ne prend pas ces accusations à la légère. Nous allons devoir enquêter sur l'authenticité de ces photos et l'exactitude des déclarations en ligne. Vos parents ont été avertis de la situation.

Il promène son regard sur l'assemblée. Des murmures se propagent dans la salle, ricochent sur les murs nus et les miroirs, se répandent comme un feu de forêt incontrôlable. J'en profite pour m'esquiver et partir à la recherche d'Eleanor.

Je ressors sous la pluie. Toujours aucun signe d'elle. Je cours jusqu'au café du coin de la rue. La serveuse me répond qu'elle n'a pas vu un danseur de la journée. La mort dans l'âme, je rentre au conservatoire.

— Est-ce que des élèves sont arrivées en retard à la réunion ? je demande à l'accueil.

— À part toi, j'en ai vu une autre.

Il sort à peine le nez de son journal. Je suis tentée de le lui arracher des mains et de frapper son bureau avec pour lui faire comprendre la gravité de la situation.

— C'était Eleanor ?

— Je ne connais pas vos prénoms, la miss. Elle était trempée et en larmes.

Je cours aux ascenseurs. Je ne le remercie pas, même quand il me crie :

— Et de rien !

Je regarde les étages défiler sur l'écran de l'ascenseur jusqu'au 11e. Je fonce à notre chambre. Elle est fermée à clé.

— Eleanor ?

Je frappe plusieurs fois et répète son nom plus fort. Je tambourine de toutes mes forces, la porte vibre sous mes coups, mais elle ne répond toujours pas. Je sors mes clés de mon sac et entre.

La télé est allumée, c'est l'enregistrement d'une vieille représentation d'Adele, volume au maximum.

— Eleanor ?

J'aperçois de la lumière sous la porte de la salle de bains. Je frappe. Pas un bruit. Je tourne la poignée et la porte s'entrouvre difficilement : une chaise la bloque. Je donne un coup d'épaule et la chaise se renverse. J'entre dans la salle de bains, le cœur battant la chamade.

Eleanor est évanouie dans la baignoire. Son bras pend dans le vide, par-dessus le rebord. Il y a des entailles sur son poignet. L'eau se colore de rouge, et mes comprimés sont éparpillés sur le tapis de bain à poils longs.

J'appelle à l'aide en hurlant, tente de sortir Eleanor de l'eau. Son corps est trop léger, plus je tire et plus il m'échappe pour s'enfoncer dans l'eau.

— Réveille-toi, Eleanor. Ouvre les yeux, allez !

Je réussis à la sortir à moitié de la baignoire et à envelopper son corps nu dans un peignoir et des serviettes. Je hurle tellement que je ne m'entends plus.

Une surveillante finit par débarquer après ce qui me semble une éternité. Elle me repousse. Mes mains poissent de sang, mes cuisses sont tachées d'eau rougie. Je m'écroule sur le tapis de bain bleu que ma mère a acheté. La surveillante tente de me relever, mais je pèse 500 kilos, mes jambes ne me répondent plus, elles se dérobent sans arrêt quand j'essaie de me lever.

Une seconde surveillante débarque, talonnée par des secouristes. Ils m'emmènent dans le couloir, où un attroupement s'est formé. On me pose des questions. Je vois des lèvres remuer. Je sens des mains sur mes bras et mes épaules, cependant je n'entends rien à part mon pouls et le souvenir de mes hurlements. Des images d'Eleanor tournent dans ma tête.

Les entailles sur son poignet.

Sa pâleur.

Le sang dans l'eau.

Les surveillantes demandent à chacune de retourner dans sa chambre. Je ne peux pas bouger. Dès qu'Eleanor est sur un brancard, dans l'ascenseur, je me précipite vers la cage d'escalier. Je dévale les marches deux à deux. Je surgis dans le hall. Monsieur K. est là avec tous les professeurs. Ils se tiennent près des portes du conservatoire. Monsieur McCafferty est dehors, il chasse des photographes avec l'aide d'agents de police.

Le brancard d'Eleanor fait un boucan terrible sur le sol en marbre. C'est la seule chose que j'entends. *Chlac chlac chlac.*

Elle est attachée, un masque à oxygène lui cache la moitié du visage. Un secouriste tient un goutte-à-goutte au-dessus d'elle et crie des instructions à son collègue. Monsieur K. semble se pétrifier en voyant Eleanor, ses yeux sont humectés, il a une main sur la bouche et il est blanc comme un linge. Le gardien de nuit pose une main sur son épaule.

Des flashs crépitent à travers les vitres du conservatoire, ils se mêlent à la lumière bleue et rouge des gyrophares de l'ambulance. Je finis par ne plus rien voir.

Tous mes sens sont accaparés par la voix intérieure qui me dit : *Tu viens de tuer ta meilleure amie.*

39. June

Les secouristes passent avec le brancard sur lequel se trouve Eleanor. Ça fait six ans que je vis ici, et je n'ai jamais entendu un tel silence dans le hall. Un silence d'enterrement. Heureusement ce n'en est pas un. Je colle mon visage à la vitre pour regarder le brancard rejoindre l'ambulance. Je ne suis pas la seule. Le corps d'Eleanor est en grande partie caché par un drap, mais une de ses jambes a glissé sur le côté. Une jambe nue et pleine de sang.

Elle va s'en sortir, je me répète. C'est forcé. Je ne la connais pas si bien que ça, même si je la fréquente depuis dix ans. Elle a toujours été l'acolyte de Bette et, pourtant, grâce à ses rôles dans la danse arabe ou dans le quatuor des cygnes, elle commençait à prendre son indépendance, enfin. J'avais eu vent des rumeurs qui parlaient d'une liaison entre un professeur et une élève. Mais Monsieur K. a souvent été au cœur de rumeurs de ce genre. On lui a prêté une histoire avec Adele, Gigi et d'autres avant. *Monsieur K. n'est pas à un écart près. Il séduit des élèves. Monsieur K. est un prédateur. Monsieur K. préfère les blondes.* Je me souviens d'avoir entendu Sei-Jin et ses amies parler de Monsieur K. et d'Adele – de ce qu'elle avait dû faire pour arriver au sommet et de ce que Bette devrait faire à son tour. « Je me demande s'il a un faible pour les sœurs ? » s'était demandé l'une d'elles, à l'époque. Visiblement, elles se plantaient de fille depuis le début.

Au moment où l'ambulance démarre, un horrible cri fait voler le silence en éclats. Je m'éloigne des vitres, où les élèves sont toujours agglutinés et je vais rejoindre Bette, près de la porte. Ils refusent de la laisser sortir, et elle, elle refuse de battre en retraite. Elle pleure, du mascara dégouline sur ses joues, de la morve coule de son nez. Elle s'en fiche. Je pose un bras sur ses épaules tremblantes. C'est un geste à la fois étrange et familier, un peu comme lorsqu'on enfile de nouveaux chaussons qui seront parfaits une fois cassés. Elle continue à sangloter. Une surveillante l'entraîne vers l'administration, sans doute pour éviter une épidémie de larmes.

Les autres élèves de 8e année s'attardent devant les ascenseurs, ne sachant pas très bien quoi faire. Monsieur Lucas vient les trouver, il prend la direction des opérations.

— Remontez. Vous n'avez rien à faire ici. Vous pouvez aller dîner, mais le couvre-feu sera exceptionnellement avancé à 20 h 30 ce soir. Et vous ne serez autorisés à sortir que si un parent ou un adulte vient vous chercher.

Auparavant, j'aurais guetté un regard de sa part dans ma direction, une lueur de chaleur ou de complicité. Aujourd'hui, je sais que ça ne sert à rien d'avoir de telles attentes. Et surtout, je me rends compte que je m'en fiche. Il ne m'inspire plus que du dégoût.

Je m'engouffre dans le premier ascenseur, avec les autres. Je file dans ma chambre, qui est vide heureusement. Mon premier réflexe est de foncer aux toilettes, et je me l'interdis, empêche ma main de tourner la poignée. Je m'adosse à la porte de la salle de bains. Si je cède à la tentation, en quoi suis-je différente d'Eleanor ? C'est une forme de suicide aussi, à petit feu.

Je me couche et remonte les draps sur ma tête pour m'isoler du monde extérieur. J'ai toujours adoré le conservatoire, j'en rêvais lors des vacances d'été, je m'y sentais chez moi. Aujourd'hui, j'ai l'impression que c'est terminé. Que je suis prête à tourner la page. La coupe est pleine. Je n'ai jamais été capable de me détendre ici, pas vraiment.

L'esprit de compétition, l'angoisse, la méchanceté ont fini par m'atteindre. Épuisée, je m'abandonne au sommeil.

Il est minuit passé quand je me réveille en sursaut. Mon portable vibre sans cesse. C'est ma mère. Je lui réponds d'une voix ensommeillée :

— Je vais bien, maman.

— Dieu merci ! Tu veux que je vienne te chercher ?

Elle a l'air paniquée. Je secoue la tête avant de me rendre compte qu'elle ne peut pas me voir.

— Non, ça va. Je suis couchée. Je t'appelle demain.

— D'accord, E-Jun. Fais attention. Je t'aime.

Elle raccroche et je me tourne vers le lit de Cassie. Le réverbère dans la rue me fournit assez de lumière pour constater qu'elle n'est pas là. Elle doit être avec ses nouveaux amis de la compagnie ou avec Henri.

Seule dans le noir, je me sens soudain encerclée par les fantômes : papillons, taches de sang, os fracturés. Tous m'assaillent. J'ai envie d'écrire à Jayhe, de lui demander de venir me prendre dans ses bras, ou mieux encore de m'emmener très loin d'ici. Mais je ne peux pas. Pas après tout ce qui s'est passé. Je regarde mon portable, essaie de trouver la force de faire le premier pas vers lui… tout en sachant que je n'y arriverai pas.

L'appel glacial des toilettes me parvient. Je me lève sans réfléchir, comme envoûtée. Je ne m'arrête même pas pour allumer les lumières. Le son de l'eau qui clapote au fond de la cuvette emplit mes oreilles, réveille cet instinct si familier. Je manque de céder à la tentation. De me laisser submerger par la douleur. Je sens déjà la chaleur qui suit la libération de la purge.

Brusquement me parvient le bruit discret d'une conversation dans le couloir. Il enfle, se rapproche. Je me relève et sors de la salle de bains. J'ai failli replonger, baisser les bras. Je prends de profondes inspirations jusqu'à ce que le contenu de mon estomac s'apaise.

Puis je vais ouvrir la porte de la chambre, espérant tomber sur Gigi, Bette ou Riho. Je déboule presque dans le couloir, où se trouvent Sei-Jin et ses amies, en pyjama. Je suppose qu'elles descendent à la salle des élèves.

— June…

Bien que surprise, Sei-Jin a l'air heureuse de me voir.

— On venait justement te chercher, ajoute-t-elle.

Riho me sourit.

— On va regarder des séries coréennes sur grand écran. Les surveillantes sont d'accord. Tout le monde a besoin de se changer les idées. Tu viens ?

Si elle remarque à quel point je suis soufflée par sa proposition, elle le cache bien.

— Viens, ça va être sympa.

Elle me tend la main. Je cherche un prétexte pour refuser, mais elle a l'air si sincère que je finis par accepter sa proposition. Les autres filles s'éloignent et elle me retient.

— Je suis heureuse que tu viennes.

Plus bas, elle ajoute :

— Ne t'inquiète pas, on mettra les sous-titres.

Je réponds par une grimace à son éclat de rire, pourtant intérieurement je rayonne de bonheur.

C'est un beau samedi et je décide de sortir. Après avoir signé le registre à l'accueil, il me faut une heure et demie pour me rendre dans le Queens en métro. Je dois faire un changement, et il y a beaucoup d'attente entre les deux métros. J'aurais dû mettre un manteau plus chaud, parce que les températures restent fraîches pour la fin avril.

Il y a une semaine qu'Eleanor a tenté de se suicider, et les choses se sont tassées d'une façon inquiétante. On pourrait croire qu'il ne s'est rien passé du tout. Elle se remet, même si personne ne sait quand elle reviendra, si elle revient un jour. Monsieur K. est toujours là, lui, pendant que l'enquête suit son cours. Quant à moi j'ai, bizarrement, retrouvé des amis. J'ai tenté de frapper à la porte de Bette plusieurs fois, elle ne m'a jamais ouvert. Elle n'a pas assisté à un seul cours de toute la semaine.

Dans le métro, je sors la lettre d'admission de NYU. J'essaie de m'imaginer dans cette fac, avec une robe à pois violets et un rouge à lèvres assorti, dans un cours de théâtre ou d'écriture créative, sur une scène ou peut-être en coulisses. J'imagine aussi les fêtes, les séances de travail à la bibliothèque. Je tente d'anticiper la réaction de Jayhe lorsque je lui annoncerai la nouvelle. Ça me réchauffe le cœur. Je dois avoir l'air d'une vraie idiote, avec mes collants roses et ma veste trop légère, un sourire jusqu'aux oreilles. Pour une fois, je me fiche bien de ce que les autres peuvent penser.

Je descends à Elmhurst et constate que je ne sais pas très bien m'orienter à la sortie du métro – je suis toujours venue en voiture, avec Jayhe. Je ne sais même pas s'il sera au restaurant, il a peut-être déjà pris son temps plein dans la nouvelle adresse à Brooklyn.

Il y a tellement de choses que je ne sais plus… Ça me donne envie de tourner les talons et de remonter dans un métro. Qu'est-ce qui m'a pris ? Le cours de danse de l'après-midi a déjà commencé et, le temps de rentrer, je vais aussi rater mon cours de soutien en maths. Je regarde autour de moi. Ce New York est si différent du mien : l'animation dans la rue, les gens de toutes les origines et de toutes les couleurs. Blancs, Hindous, Coréens et des dizaines d'autres se mêlent, constituent la ligne de basse de ce quartier. Un autre New York, qui fourmille de vie. Où tout n'est pas en verre et en acier. Un lieu moins protégé que le conservatoire… et qui risque moins de voler en éclats.

De la viande grésille dans le restaurant indien sur le trottoir d'en face. Le pizzaïolo installe des chaussons dans la vitrine derrière moi. Je ne vois pas le restaurant du père de Jayhe. Pourtant, les noms des rues me disent quelque chose, les magasins aussi. Je ne dois pas être loin. Le feu change et je traverse. Soudain, un klaxon retentit et je fais un bond en arrière. Le feu est toujours vert pour moi, c'était donc bien à moi de m'engager. Je repose le pied sur le passage piéton, mais le klaxon retentit à nouveau. Je finis par tourner la tête dans sa direction. C'est Jayhe, dans ce vieux tas de ferraille noir où on s'est embrassés un nombre incalculable de fois. Il a l'air sonné de me voir, ce qui ne l'empêche pas de me faire signe d'approcher. J'ouvre la portière côté passager et monte.

Il se gare et me dévisage un instant.

— Il t'en a fallu du temps.

Ce sont les premiers mots, et les seuls, qui franchissent ses lèvres. Son expression ne me fournit aucun indice. La balle est clairement dans mon camp.

— Je ne savais pas que tu attendais.

Je tiens l'enveloppe à la main et je dois faire beaucoup d'efforts pour ne pas me contenter de la lui donner, pour la charger, elle, de toutes les explications.

— Je pensais que tu ne voulais plus me voir. Mais j'ai décidé de ne pas te laisser le choix.

Il ne dit rien. La colère n'est pas loin, je sens sa chaleur, elle imprègne le silence. Je lui tends l'enveloppe.

— Je suis désolée, Jayhe. Je suis désolée d'avoir disparu. Je suis désolée de t'avoir repoussé. Je suis désolée que tu m'aies vue… dans cet état.

Je sais qu'il a remarqué l'enveloppe, reconnu l'emblème dans le coin, analysé l'épaisseur du courrier à l'intérieur et interprété ma présence ici. Pourtant il ne dit toujours rien. Je me demande s'il est trop tard pour nous. Il faut quand même que j'aille jusqu'au bout.

— J'essaie de changer. Il y a du travail. Mais j'essaie vraiment.

Je sors ma tablette de mon sac et la lui tends.

— Regarde. Ça fait partie de mon traitement, un journal de mes repas, de mes séances avec ma psy, de mes heures d'entraînement et de mes rendez-vous avec les kinés. Je suis débordée. C'est vrai, on pourrait imaginer que je n'ai pas eu une minute pour penser à toi.

Il me regarde maintenant. Il attend.

— Et pourtant je l'ai fait. Très souvent.

Il reste silencieux, rive ses yeux sur la petite tablette, pianote sur les touches. Je comprends qu'il consulte les menus, et les notes que j'ai prises. Il découvre que je me suis sentie parfois bien, parfois au bord du gouffre, que j'ai souvent eu envie de vomir sans passer à l'acte. Et qu'à certaines occasions, j'ai cédé, j'ai vomi. Je brûle d'envie de lui arracher mes secrets des mains.

Je sais que je dois lui faire confiance et lui ouvrir cette porte, si je veux que ça marche.

— Je fais des efforts. Je ne suis pas parfaite. Je ne le serai jamais. Et je ne guérirai pas complètement. Ça représentera toujours un effort pour moi, peut-être pas comme aujourd'hui…

— Fais-le. Ou ne le fais pas. Mais il n'y a pas d'essai.

— On dirait ton père.

Il éclate de rire.

— C'est une réplique de maître Yoda dans *Star Wars.*

Je ris avec lui. Soudain, il pose sur moi un regard grave et intense. Puis il m'attire vers lui. Il n'y a plus que le levier de vitesses entre nous.

— Ça fait trop mal de te voir t'infliger un truc pareil. Et tu refuses de me promettre…

Je ne sais pas trop comment lui répondre. J'ai postulé à NYU parce qu'il me l'a demandé. Je suis venue jusqu'ici. J'ai tout fait pour arranger les choses. Et lui refuse de céder un pouce de terrain.

— Il n'y a pas de promesses qui tiennent, Jayhe. Elles sont toujours trahies. Par contre, je suis très sérieuse quand je te dis que j'y travaille.

Je ramasse mon sac, ouvre la portière et descends. Il ne me retient pas. Mais j'ai à peine fait quelques pas sur le trottoir que je me retrouve nez à nez avec lui. Il m'enlace de ses bras puissants, et son odeur familière m'enveloppe, une odeur de crayon et papier. Il me regarde en souriant, attend la formule magique.

— *Kiss-jwo !*

Il rit et se penche vers moi. Notre baiser se prolonge une éternité, les voitures klaxonnent dans Union Street, des gens montent dans des bus bondés ou en descendent. On s'embrasse jusqu'à ce que les mots deviennent superflus. On s'embrasse jusqu'à ce que l'oncle de Jayhe sorte du restaurant pour crier :

— *Joka !* Tu vas les faire, ces livraisons, ou quoi ?

Puis il m'aperçoit et je pique un fard.

— Oh, E-Jun, bonjour ! Je ne t'avais pas vue.

Jayhe retourne derrière le volant. Je prends place à côté de lui et le regarde conduire. J'ai bien l'impression que mon sourire ne me quittera plus aujourd'hui. Ou jusqu'à la fin de mes jours, peut-être.

40. Gigi

Je patiente en coulisses. C'est le soir de notre représentation, et il y a de l'électricité dans l'air au Lincoln Center. Je dois me retenir de jeter des coups d'œil à la scène et dans le public, pour voir les visages éclairés par l'excitation et l'émerveillement ; je risquerais de distraire les danseurs qui se préparent pour l'ouverture.

Ce qui ne m'empêche pas de sentir la présence des spectateurs, même s'ils sont plongés dans le noir, même si les projecteurs sont aveuglants et que les grands rideaux les séparent de la scène. Le bruit de leurs mouvements, le grincement de leurs sièges, l'énergie qui se diffuse dans notre direction.

— Lever de rideau dans quinze minutes ! annonce le régisseur.

Je retourne dans les loges. Une mère me fait signe d'approcher. Je me demande quel *petit rat** est le sien.

— Ton front luit, je vais te remettre un peu de poudre.

— Merci.

Elle me sourit.

— Tu es magnifique.

Le compliment me remplit de bonheur. Ce soir, je dois bien danser. Je dois m'assurer que Damien me remarquera.

— Dix minutes ! crie quelqu'un.

Je jette un dernier coup d'œil à mon reflet dans le miroir. Des plumes blanches encadrent mon visage, des lanières de strass se croisent sur le sommet de mon crâne avant de former une couronne, un diamant est posé au centre de mon front. Je respire pour apaiser les battements précipités de mon cœur. Des machinistes équipés de micros vont et viennent, donnent des instructions.

Riho, Isabela et les autres nouvelles de cette année sont agglutinées près de la porte, mourant d'envie de s'approcher de la scène pour suivre le spectacle en coulisses jusqu'à leur entrée. J'essaie de me souvenir de ce que j'ai ressenti lorsque j'ai dansé pour la première fois sur la scène du Lincoln Center, dans *Casse-Noisette*. Je me rappelle la puissance de cette expérience, le cataclysme que c'était, dans ma vie et dans ma tête. L'an prochain, cette scène sera devenue ma seconde maison, il le faut.

June s'habille dans un coin, revêt son premier costume de la soirée, celui de la Baronne, et s'observe dans le miroir. Elle met une perruque. La cascade de boucles noires la transforme en noble du XVIIIe siècle. Je croise son regard dans la glace et elle m'adresse un petit signe de tête.

— Tu es très belle, je lui dis.

— Toi aussi.

— Cinq minutes ! me dit le régisseur alors que d'autres sortent des loges.

Je me tourne vers le miroir pour répéter mon sourire de scène. Je montre les dents puis joins les lèvres pour adoucir mon expression.

En coulisses, je reprends l'échauffement. J'écoute le craquement de la tige de mes pointes, signe qu'elles sont « cassées » à la perfection et soutiendront mes mouvements ce soir. Je pointe, flexe, sautille jusqu'à ce que mes pieds soient bien chauds, prêts à danser.

Des bras m'enlacent par la taille, des bras puissants que je connais si bien.

Alec.

Ses mains s'aventurent dans des endroits secrets qu'il est le seul à pouvoir explorer.

— Tu es prête ? me murmure-t-il.

Son souffle chaud sur mon oreille envoie des frissons le long de ma colonne. Je me tourne vers lui, le laisse presser son corps tout contre le mien, sa chaleur traverse les paillettes, le tulle et même mon corsage. Je suis impatiente de remonter sur scène avec lui. De vérifier que nos sentiments l'un pour l'autre sont intacts. De retrouver de la stabilité dans ce domaine. Je réponds à son étreinte par un long baiser passionné. Même si j'étale un peu mon rouge à lèvres.

— Acte 2 ! crie le régisseur dans notre direction. À vous !

Alec me prend la main et m'entraîne vers la scène.

— Viens.

Enfin ! J'inspire profondément et le suis.

C'est comme la première fois. Les lumières, le rose de mes joues, les collants et le tulle qui grattent, la magie. Tout est là, tout me revient. Les spots du Lincoln Center me chauffent les épaules.

Trente secondes avant mon solo. Deux lignes de cygnes bordent la scène. Je suis seule au milieu. Je lève mes jambes, les étire en longues lignes effilées. Mes mains sont gracieuses. Je me fonds dans les lentes mélodies.

Je conclus. Le public applaudit et je profite de chaque seconde de leurs acclamations, consciente que c'est une joie fugace. Je salue et disparais en coulisses pour reprendre mon souffle en prévision de ma prochaine entrée. Je bois un peu d'eau. Une mère m'aide à éponger la sueur, elle me sèche le visage. Je suis tellement essoufflée que je n'arrive pas à trouver ma voix pour la remercier.

Le décor change pour la scène du bal. Henri, qui incarne Rothbart, présente Bette. La musique change, la lumière s'assombrit lorsqu'elle fait son entrée. Elle sourit de toutes ses dents. Chacune de ses arabesques, chacun de ses *piqués** tournés sont parfaits. Elle récolte un tonnerre d'applaudissements.

Tout ce temps, c'est moi qu'on a appelé la « revenante », mais je comprends soudain que ce titre lui revient de droit. Elle a été absente presque six mois, et ça ne se voit pas.

Alec interprète son solo. Il saute si haut que j'entends plusieurs spectateurs retenir leur souffle. Ses mouvements, son sourire montrent son amour pour Odile. Il finit ses pirouettes, et Bette revient au premier plan, entame les fameux trente-deux *fouettés**.

Je retiens mon souffle et ne réalise que j'ai compté les tours dans ma tête qu'au moment où elle termine le dernier. Le public est en liesse. Des coulisses, j'aperçois certaines personnes du premier rang debout. Bette a droit à une standing ovation. Et c'est mérité. Elle est parfaite, irréprochable dans le rôle du cygne noir, vif et tranchant.

Celui qui, au bout du compte, donne tout son piment à l'histoire et toute sa puissance visuelle au ballet.

On approche de minuit, pourtant la soirée est loin d'être terminée. À l'issue de la représentation au Lincoln Center, une autre danseuse va se voir attribuer une place d'apprentie au sein de la compagnie, et deux danseurs. Je me trouve devant le jury dans un studio à l'étage du bâtiment et je retiens mon souffle, priant en silence pour que ce soit moi.

Je croise les doigts et me mordille la lèvre en attendant que Damien Leger livre son verdict. Je repense à la toute première distribution en 7e année : nous étions tous réunis dans le hall, nous préparant à ce que Monsieur K. scelle nos destinées. J'aimerais me retrouver là-bas, face à lui. Mon cerveau n'arrive pas à décoder les mots qui sortent des bouches de Morkie, Damien Leger et Monsieur K. Je n'en saisis que des bribes à travers la brume qui entoure ma tête.

— Impeccable.

— Technique irréprochable.

— Tu as presque retrouvé ton ancienne énergie.

— Tu as la flamme.

Mais, mais, mais…

— Aimes-tu toujours ça ? me demande Madame Dorokhova.

Sa voix grave à l'accent russe transperce le nuage dans mon crâne, résonne aussi fort qu'un coup de tonnerre.

— Pardon ?

— Aimes-tu la danse ?

Je repense à cette dispute avec ma mère, à ce dîner pendant lequel je lui ai dit que je danserais, avec ou sans son soutien.

— Je ne sais pas faire autre chose, je dis sans être certaine que ça réponde à la question. Je ne veux rien faire d'autre. C'est le rêve de ma vie.

— Tu as traversé une épreuve terrible, dit Monsieur K. Et tu es presque redevenue la Gigi d'autrefois, toutefois il te manque quelque chose.

Il marque un silence pour ménager son effet.

— Ce que j'avais tant aimé chez toi, lorsque je t'ai vue danser lors de cette toute première audition.

J'en reste sans voix. Cette chose qu'il avait perçue chez moi… qui me distinguait des autres. C'est sans doute la seule qui m'a permis de rester ici.

— Gigi, reprend Madame Dorokhova, nous pensons que tu es une jeune femme talentueuse et charismatique, mais nous avons été face à un vivier de talents exceptionnels cette année. Bien au-delà de nos espérances. Nous voyons quelque chose en toi, cependant l'épreuve que tu as traversée a laissé des traces… Peut-être qu'avec le temps…

Mon expression doit me trahir, parce que ses traits se radoucissent.

— Je me revois en toi, à l'époque où je dansais au Bolchoï. Oui, voilà. Tu danses comme je le faisais autrefois.

C'est au tour de Damien de prendre la parole, il a un air désolé.

— Gigi, nous voyons un énorme potentiel en toi. Cependant, nous avons le sentiment qu'il te faut plus de temps pour te consacrer à ta guérison. Physiquement et mentalement.

Il griffonne quelque chose sur un papier.

— Cela étant dit, j'aimerais continuer à te suivre et compte sur toi pour venir nous trouver avant d'accepter une autre offre.

J'ai du mal à donner du sens à ses mots. Je n'ai pas d'autre proposition. Je n'ai passé aucune audition. Je n'entends qu'une seule chose : j'ai échoué.

— Tu peux me le promettre ? insiste-t-il avec douceur, inquiétude.

— Ça veut dire que je n'ai pas la place ?

— Pas cette année, non, ajoute-t-il avec un sourire triste.

Je hoche la tête et quitte le studio sans un regard pour aucun d'eux.

J'ai échoué. Ils ne veulent pas de moi. Le poids de mon échec m'écrase et je manque de trébucher dans le couloir. Je m'adosse au mur et glisse à terre. J'abandonne ma tête sur mes genoux. Mon cœur tambourine au rythme des mots de Damien. *Pas cette année, non…*

41. Bette

Je patiente devant le studio du Lincoln Center où Damien, Madame Dorokhova et Monsieur K. reçoivent les élèves de 8e année. Tout le monde est déjà passé, des garçons fous de joie et des filles en larmes. D'abord June, Sei-Jin et toute la clique. Elles sont parties depuis longtemps, le visage marbré, mouillé. Je n'ai pas vu Gigi ressortir.

Je demande à une danseuse en larmes :

— Gigi y est encore ?

Elle est effondrée par terre, la tête entre les genoux. Elle lève vers moi son visage. Les larmes dessinent des ruisseaux sur ses joues poudrées, des larmes d'humiliation, brûlantes. Son mascara forme des motifs complexes et lui donne un air un peu inquiétant.

— Non, elle est déjà partie.

Elle ponctue sa réponse de reniflements. Je voudrais lui demander si Gigi était heureuse ou si elle pleurait. Mais elle se remet à sangloter, se lève et file. Je presse les mains contre la porte. Un mélange d'anglais et de russe la traverse. Je ne distingue aucun mot précis. Je me mets à faire les cent pas dans le couloir, en pensant à ma prestation. Tout le temps où j'étais sur scène, j'ai entendu la voix d'Adele dans ma tête. J'ai tourné pour effacer chacune de mes mauvaises actions, chacune des accusations dont j'ai été l'objet. J'étais animée par toutes les vexations subies – de la part de Will, Alec, Monsieur K. même. Pour toutes les victoires à côté desquelles je suis passée, pour Adele, pour Eleanor, pour Gigi, pour June… et pour moi.

Quoi qu'il arrive ce soir, j'aurai toujours ça. Ce moment de grâce auquel je pourrai toujours revenir, un souvenir qui m'accompagnera éternellement. Ce soir, je me suis surpassée. Ce soir, j'ai atteint la perfection.

La porte s'ouvre et je sursaute. L'assistante de Damien sort.

— Bette Abney, dit-elle d'une voix douce. Ils sont prêts à vous recevoir.

Ils sont tous assis en rang, derrière une table : Damien, Monsieur K., Morkie et Dorokhova. J'ai l'impression d'avoir six ans, de passer ma première audition pour le conservatoire, un *petit rat** en collants roses rêches et justaucorps. À l'époque, ça n'avait aucune importance. Je savais que ma place m'attendait, avant même de franchir le seuil du studio. J'étais une Abney. Aujourd'hui, il se peut que ce ne soit pas suffisant.

J'ai l'impression de devoir faire mille pas pour me retrouver devant eux. J'observe la démarche de l'assistante, fluide et élégante. Je me demande si c'est une danseuse ratée. Si elle avait des rêves de grandeur, comme moi, et n'a pas été tout à fait à la hauteur.

Je me demande si je serai à sa place, d'ici un an ou deux, m'accrochant désespérant à ce monde, pour en faire partie coûte que coûte. Ça me fait penser à Eleanor et à nos rêves de petites filles. Ceux dont on discutait tard le soir, repoussant l'heure du coucher. J'aimerais la voir heureuse, dansant quelque part. Je l'imagine dans cinq ans environ, pas très loin de New York. Elle aurait une école de danse pleine de *petits rats** triés sur le volet, et elle redeviendrait la Eleanor d'autrefois. Elle danserait avec les enfants, leur enseignerait tout ce que cet endroit lui a apporté de positif : la magie de la scène, la grâce des applaudissements, le frou-frou des tutus étincelants, le maquillage, l'odeur poudrée de la colophane. Autant de choses que j'ai fini par oublier, tellement obnubilée par la compétition et l'idée d'écraser les autres. Autant de choses dont il faudra que je me souvienne si je veux avoir une chance de poursuivre ce voyage dans le monde de la danse.

L'assistante me fait asseoir sur la chaise vide face au jury. Je me prépare à embrasser mon destin.

La moindre fibre de mon être voudrait interpeller Monsieur K., lui dire que je sais très bien ce qu'il a fait et que je ne le laisserai pas s'en tirer à bon compte. Pourtant ce n'est ni le lieu ni le moment. Je dois d'abord connaître mon avenir.

Monsieur K. ouvre la bouche pour parler, mais Damien est plus rapide.

— Bette Abney, je ne t'ai jamais vue aussi bien danser que ce soir, lors de la représentation du *Lac des cygnes*. Nous espérons cependant que tu es capable de donner davantage.

Ses mots tonnent dans mon crâne.

— Je te l'ai déjà dit, Bette, tu possèdes quelque chose qui me rappelle Adele. Et ça, ça ne m'intéresse pas. J'ai déjà une Adele.

Le rouge monte du creux de mon ventre vers ma poitrine et mon visage. Une boule dans la gorge, j'attends la suite : *Non, Bette, tu ne mérites pas une place d'apprentie au sein de l'ABC.*

— Mais ta façon de danser est aussi très différente de la sienne.

Il se frotte le menton. Je compte les battements de mon cœur dans le silence.

— Tu es incisive, Bette, et c'est ce qui te permet de te distinguer. À l'American Ballet Company, nous ne recrutons que ceux qui sortent du lot.

Il pose une main sur ses lèvres et se tourne vers Madame Dorokhova. La sévérité de sa bouche est transformée par ce qui pourrait ressembler à un sourire.

— Bette Abney, nous aimerions t'offrir une place d'apprentie au sein de l'American Ballet Company.

Elle attend que je dise quelque chose, n'importe quoi. Les mots sont englués dans ma gorge. Mon regard passe de Monsieur K. à Madame Dorokhova puis à Damien. Il se racle la gorge.

— Nous pouvons en déduire, je suppose, que tu acceptes cette place, Bette ?

Je hoche la tête, retrouve enfin ma voix.

— Avec la plus grande joie du monde, monsieur Leger.

— Formidable. Nous te verrons donc en cours une fois que tu auras terminé ton année au conservatoire, conclut Madame Dorokhova.

Je fais la révérence avant de filer dans le couloir. Je sais qu'Adele et ma mère m'attendent dans le hall, redoutant le pire, se préparant, une fois de plus, à ce que je les déçoive. Mais pas aujourd'hui. Aujourd'hui, je vais les rendre fières.

42. June

C'est mon dernier jour en tant qu'élève du conservatoire de l'ABC. Après plus de dix ans entre ces murs, je m'apprête à dire adieu au seul endroit que j'aie considéré comme mon chez-moi.

Je suis dans ma chambre pour emballer mes dernières affaires. Jayhe a commencé à descendre les autres, il a fait plusieurs allers-retours. Il est garé en double file et s'inquiète d'avoir une contravention. Il ne peut pas se permettre de perdre de l'argent pour des bêtises de ce genre, maintenant que la rentrée à NYU se profile. Je repense au soir du gala, la semaine dernière, au moment où Damien Leger m'a annoncé que, si j'étais une excellente danseuse avec une technique irréprochable, j'avais toutefois fait mon temps à l'American Ballet. *Les talents étaient trop nombreux cette année, E-Jun, j'ai bien peur que nous ne soyons pas en mesure de t'offrir une place au sein de la compagnie.*

Et voilà. Mon ultime échec. Ma carrière de danseuse, détruite en quelques instants, non pas avec fracas mais dans un petit gémissement. J'ai pleuré cette nuit-là. Beaucoup. Et je refuse de recommencer aujourd'hui.

Je range la bouilloire électrique et ma boîte à thé dans le dernier carton, avant de me remémorer le jour de la rentrée, lorsque j'ai découvert Cassie dans ma chambre. Je prends conscience que j'ai laissé cet événement infléchir le cours de l'année tout entière. Je suis déçue par moi-même, sincèrement. Je sais qu'il aurait pu en aller autrement si j'avais pris les rênes ce jour-là et décidé moi-même du chemin que je voulais prendre. *Enfin je suis quand même arrivée à destination,* je me dis. Je suis avec Jayhe, j'ai été acceptée dans l'une des meilleures universités du pays, ma relation avec ma mère s'est enfin apaisée. Et ma santé s'améliore de jour en jour.

Je scotche le dernier carton, puis jette un dernier coup d'œil dans la chambre pour vérifier que je n'ai rien oublié. Cassie a déménagé ses affaires la semaine dernière : elle s'est installée dans un des appartements de la compagnie. Bon débarras. Ça m'a permis de profiter en paix de mes derniers jours ici, au moins. Même si c'était un peu trop calme. Je soulève le carton pour aller prendre l'ascenseur. J'appuie sur le bouton du 2e, où je dois rendre ma clé. C'est dur de dire au voir au conservatoire. Mais il est temps de passer à autre chose, d'aller de l'avant.

Je suis dans l'ascenseur quand mon portable vibre. Je ne connais pas le numéro alors je bascule directement l'appel vers mon répondeur. Je rends mes clés. Je m'apprête à sortir du bâtiment lorsque mon portable se remet à vibrer. Le même numéro. D'agacement, je décroche, prête à hurler.

— E-Jun Kim ?

C'est une voix masculine, douce, qui n'a rien de familier.

— Oui ?

Je pose le carton devant les vitres du conservatoire. J'aperçois Jayhe dans la camionnette, il est en train de dessiner.

— Je suis ravi de vous avoir en direct.

Peut-être que c'est au sujet de ma requête concernant le dortoir de NYU ? J'aimerais une chambre seule, ce qui est inhabituel pour une première année.

— Alan Willis, du Salt Lake City Ballet. Nous nous sommes vus lors de votre audition à New York, en février.

— Oui, oui, je m'en souviens. J'ai été enchantée de faire votre connaissance.

— Réciproquement, E-Jun. J'ai bien conscience que nous avons un peu tardé à vous contacter, et vous avez peut-être déjà accepté une proposition, mais nous avons pris du retard dans le recrutement cette année. Nous aimerions que vous preniez le temps de réfléchir à la possibilité d'intégrer notre corps de ballet ici, à Salt Lake City.

Je suis tellement sonnée que je n'arrive pas à parler.

— Votre interprétation d'Odile nous a tous bluffés, tout en fougue contenue. Je n'ai pas cessé d'y penser et j'aurais aimé vous contacter plus tôt. Enfin bref… Je voulais vous faire part de notre offre, même si je comprendrais très bien que vous ayez déjà accepté des engagements ailleurs. Et quoi qu'il en soit je profite de vous avoir au bout du fil pour vous remercier d'avoir pris le temps de passer cette audition. Bonne chance…

— Attendez, monsieur Willis.

Les mots jaillissent soudain d'une traite, se bousculent, j'espère que je n'ai pas l'air trop désespérée.

— J'aimerais beaucoup avoir le temps de réfléchir à votre proposition. J'ai plusieurs paramètres à prendre en compte et… est-ce que vous me laisseriez quelques jours pour vous répondre ?

— Évidemment. Je vais vous envoyer par mail toutes les informations. Prenez le temps nécessaire. Je suis ravi, E-Jun, tout espoir n'est pas perdu, alors ? Je serais tellement heureux de savoir que vous acceptez de rejoindre notre compagnie… Mais ne vous pressez pas, revenez vers moi une fois que vous aurez pris votre décision.

— Je vous remercie, monsieur Willis.

Il raccroche et je me retrouve plantée comme une idiote, sans savoir quoi faire. Au moment où je vais franchir la porte j'entends mon nom.

— E-Jun. E-Jun ! Je suis content d'arriver à temps.

Monsieur Lucas. Mon père.

— J'ai eu peur d'être en retard.

C'est toujours le cas, ai-je envie de lui dire. *En retard ou absent.*

— Je sais que tu plaçais beaucoup d'espoirs dans l'ABC. Et j'ai appris que tu comptais entrer à NYU, et j'en suis ravi.

Je confirme d'un simple signe de tête avant de ramasser mon carton, comptant partir pour de bon.

— Écoute-moi, E-Jun. Je suis au courant pour l'histoire du dortoir. Je veux que tu saches que le problème est réglé. Ta mère…

Il s'interrompt, l'air d'avoir perdu le fil de ses pensées. Il sort un trousseau de clés de sa poche.

— Elle m'a expliqué que tu attendais une réponse de la fac. Et, bon, tu n'auras pas besoin d'une chambre là-bas.

Il me tend les clés, guette une réaction. Un sourire, un câlin ? C'est trop tard pour tout ça.

— Ce n'est qu'un studio d'une quarantaine de mètres carrés, mais il est sur Waverly, à deux pas de la fac, dans un immeuble sécurisé, avec portier. Il vient d'être refait. Quand je l'ai vu, j'ai pensé à toi.

— Ah bon ? Tu as pensé moi ? C'est bien la première fois.

Il paraît surpris un instant – ce n'était pas la réaction à laquelle il s'attendait bien sûr.

— J'ai souvent pensé à toi, E-Jun. Même si je n'ai pas pu te le montrer.

Il presse les clés dans ma paume et replie mes doigts dessus. C'est bizarre, ce contact soudain. À la fois inhabituel et dépourvu de chaleur.

— Je sais que tu ne pourras pas le comprendre avant bien des années. L'appartement est pour toi si tu le veux, et tout est réglé. Vous n'avez pas à vous en soucier, ni toi, ni ta mère. Je n'ai pas besoin que tu me dises oui aujourd'hui. Ni d'ailleurs un autre jour. Je ne t'en voudrai pas. Je sais que ce n'est rien en comparaison de toutes ces années…

Il plonge un regard perçant dans le mien.

— NYU est une formidable université. Et tu pourras peut-être y apprendre le coréen… Je regrette de ne pas m'y être mis à l'époque. J'ai beaucoup de regrets, tu sais.

Je hoche la tête. Lui aussi. Il se penche vers moi, comme pour m'étreindre, mais se ravise. Il se dirige vers son bureau. Je sors du conservatoire dans un état second. Alec se trouve devant l'entrée. Il a suivi toute la scène. Il a tout vu. Et il n'a pas l'air sonné. Plutôt soulagé.

— Tu savais, alors ?

Ma question n'attend aucune réponse.

— Tout ce temps, tu m'as laissé croire que j'étais seule.

— Je ne pouvais pas…

Ses oreilles rougissent.

— Je t'en voulais tellement, reprend-il. Alors que ce n'est pas ta faute, bien sûr. Il est le seul responsable… Il m'a fallu du temps pour le comprendre.

Il ne me serre pas dans ses bras, ne me propose pas un coup de main. Rien n'a changé. Il ne va pas se transformer brusquement en frère idéal parce que la vérité a éclaté. Ce qui ne m'empêche pas d'être soulagée de savoir qu'il sait, que je ne suis plus la seule à porter ce fardeau désormais.

— Je dois reconnaître qu'il t'a fallu beaucoup moins de temps qu'à moi pour comprendre que notre père était un gros con, lâche-t-il.

Je lui retourne son sourire.

— J'ai été prise au Salt Lake City Ballet.

Je ne sais pas pourquoi je lui dis ça. Sans doute parce que j'avais besoin de partager la nouvelle avec quelqu'un.

— Génial, June !

Cette fois il me prend dans ses bras. Il est raide, mal à l'aise, mais c'est le geste qui compte.

— Tu vas y aller ? Et NYU du coup ? Tu dois continuer à danser.

J'ai l'impression qu'il vient d'entrer dans ma tête et de résumer tout haut ce que je pense tout bas depuis tout à l'heure. Je dois danser. Évidemment, non ?

— En tout cas, bonne chance, quelle que soit ta décision.

Il me sourit à nouveau puis s'engouffre dans le conservatoire.

Pendant dix minutes, ou dix heures, je ne saurais dire combien de temps exactement, j'attends, à quelques pas de la camionnette, observant Jayhe. Il a posé son carnet de croquis sur le volant, et je reconnais le Lincoln Center, au crayon et à l'encre. Pour immortaliser ce jour, il a dessiné une petite silhouette devant, mélancolique et heureuse à la fois. C'est un reflet parfait de mon existence ces dix dernières années, le conservatoire de l'ABC et son petit univers coupé du reste du monde. Un univers que je m'apprête à laisser derrière moi.

Dans quelques secondes, je vais aller le retrouver, il me sourira, me dira que je suis belle et on partira. Je commencerai le reste de ma vie.

J'imagine les deux avenirs entre lesquels j'ai le choix. D'un côté, Salt Lake, avec de nouvelles personnes et des journées consacrées à mon rêve de toujours, à ce pour quoi je suis faite, je le sais. La danse coule dans mes veines, suinte par mes pores, vibre dans mon âme. Je ne peux imaginer une existence sans danse. Je me vois annoncer la nouvelle à Jayhe, sa déception en découvrant que le futur qu'on s'était inventé vient d'être réduit en poussière. J'entends les paroles faussement rassurantes qu'il me dira. *On fera en sorte que ça marche.*

Mais je pourrais aussi rester ici. Aller à NYU et continuer à construire mon histoire avec lui. Après tout, depuis près d'un mois, j'ai tout préparé, choisi mes cours et pensé aux nouvelles rencontres que je ferai avec lui. Fantasmé sur les longues séances de travail qui se finiront sur le lit. Et, qui sait, je me découvrirai peut-être une nouvelle passion. Bien sûr, la danse restera dans ma vie, simplement à une place différente. Ce sera un passe-temps, un rêve lointain qui, un jour, ne subsistera plus que dans mes souvenirs. *Je dansais autrefois*, je dirai avec nostalgie. *C'était merveilleux.*

Soudain, je sais quelle décision prendre. Il faut juste que je trouve le courage de sauter le pas.

43. Gigi

Toutes mes affaires tiennent aisément dans les trois valises que ma mère m'a envoyées. Elles me fixent avec insistance. Collants, justaucorps, ballerines, rubans, filets et épingles à cheveux. Fragments de ma vie au conservatoire qui vont retourner en Californie et n'auront plus vraiment d'utilité. Je plie mes derniers collants et emballe mes pointes qui peuvent encore servir. Je suivrai sans doute un cours ou deux à San Francisco.

Je boucle mes valises, puis balaie la chambre du regard. Ainsi vide, elle me paraît étrange. J'ai retiré les draps des deux lits. Les murs sont nus. La penderie ne contient plus que des cintres. Le terrarium a quitté le rebord de la fenêtre. Il n'y a aucune trace de mon passage ici.

Ma mère ne m'a jamais asséné qu'elle m'avait prévenue. Elle n'a pas eu l'air heureuse que je rentre, ne m'a pas dit qu'elle se réjouissait. Je crois qu'elle a enfin compris ce que j'ai perdu. Le deuil que je dois faire.

Et ensuite ? Les angoisses et les interrogations sans réponse m'assaillent de toutes parts. La question de Madame Dorokhova tourne en boucle dans ma tête : *Aimes-tu toujours la danse ?*

La question résonne dans tout mon être : *OUI !*

La déception m'étreint une fois de plus. Je n'ai passé aucune audition. J'étais tellement obnubilée par l'ABC que ça ne m'a pas traversé l'esprit. Et aujourd'hui je n'ai plus qu'une solution, rentrer chez mes parents, sans projet. La trêve avec ma mère ne durera qu'un temps :

bientôt, elle me parlera d'études supérieures. Un coup à la porte interrompt ma séance d'apitoiement.

— Entrez.

La porte s'entrouvre. J'aperçois une main blanche et un minuscule avion en origami. Alec glisse sa tête blonde par l'entrebâillement. Je lui prends l'avion des mains. Les plis sont impeccables, les ailes si légères que lorsque je secoue l'appareil elles tressautent.

— Prête ? me demande-t-il.

— Non.

Il glisse une mèche de mes cheveux derrière mon oreille. Nous n'avons pas parlé de ce que nous allions devenir, nous ne savons même pas s'il reste un « nous » à sauver. Il a déjà emménagé dans un appartement de la compagnie. Il a décroché un poste d'apprenti à l'ABC, avec Henri. Sa vie de danseur professionnel l'attend. Une vie que nous aurions dû partager.

— Tu crois que c'est une histoire de karma ?

— Et qu'est-ce que tu paierais ? Tu es quelqu'un de bien, Gigi.

La perplexité brouille son regard bleu.

— Je n'ai pas été moi-même cette année.

— Je crois que ça a été le cas pour tout le monde.

— J'ai laissé ces histoires me transformer en quelqu'un d'autre.

Je repense aux chaussons de Sei-Jin que j'ai trempés dans le vinaigre, aux magazines que j'ai envoyés à Bette, aux cheveux de June que j'ai coupés, au houmous à la cacahuète que j'ai donné à Eleanor, aux photos de June que j'étais prête à afficher partout. Je me souviens du sentiment de puissance sur le moment. Je songe alors à Cassie, à toutes les fois où nous nous sommes retrouvées pour comploter et dire des horreurs sur les autres. Je me rappelle combien j'étais différente l'an dernier.

— J'ai l'impression que peut-être… que si j'avais pardonné à Bette, et même à Will, les choses auraient été différentes.

— Je ne pourrai jamais pardonner à Will.

Il plisse les yeux et serre la mâchoire.

— Je n'arrive toujours pas à croire qu'il ait fait une chose pareille. Rien ne peut justifier son geste.

— Je suis juste fatiguée d'être constamment en colère. J'ai l'impression que je me suis laissé définir par ce sentiment cette année. Distraire. C'est pour ça que je n'ai pas été retenue.

Il secoue la tête, me prend les mains.

— Tout n'est pas perdu, tu peux recommencer.

Mais je n'ai pas envie de recommencer, j'ai envie d'être avec lui. Il me soulève dans ses bras et j'enfouis mon visage dans son cou. Je respire son odeur et essaie de la mémoriser. Je ne sais pas quand je le reverrai. Je ne sais pas si je le reverrai un jour.

— Je regrette qu'on se soit disputés.

Les mots se posent sur sa peau.

— Je regrette qu'on ait perdu ce temps précieux, j'ajoute.

— Moi aussi.

Il m'embrasse dans le cou, puis trouve ma bouche. Sa langue écarte mes dents. Je sens un goût d'ananas – il a dû en manger juste avant. Ses mains se posent sur ma taille comme si nous nous apprêtions à danser un *pas de deux**. Leur chaleur trouve un chemin à travers mes vêtements pour pénétrer ma peau. Je me demande à quoi ma vie aurait ressemblé si j'avais décroché un des deux postes d'apprenties. Nous serions-nous remis ensemble ?

Il suit les courbes de mon visage du bout des doigts. Compte mes taches de rousseur.

— Qu'est-ce que tu fais ?

— J'apprends ton visage par cœur.

Un sourire éclot en moi.

— Je ne veux pas que tu partes.

Ses doigts descendent vers ma bouche, puis mon menton.

— Je ne veux pas quitter New York. Je ne veux pas te quitter.

Dans le couloir, une surveillante annonce que la navette pour l'aéroport est arrivée devant le conservatoire. Mon ventre se noue. Alec me serre une dernière fois contre lui.

— Tu pourras revenir. Il y a d'autres compagnies ici. L'American Ballet Theatre. Le Dance Theatre of Harlem.

— C'est juste que j'avais imaginé…

— Je sais. Moi aussi, Gigi.

Il emporte mes valises dans le couloir. La surveillante les charge sur un chariot pour les descendre par l'ascenseur.

— Gigi, il faut y aller ! me crie-t-elle.

Je m'attarde dans la chambre pour en profiter une dernière fois. Je sors mon portable de ma poche et envoie un texto groupé à ma mère, mon père et tante Leah, les informant que je suis en route vers l'aéroport. Mon doigt effleure le nom de Will dans mon carnet d'adresses.

— Gigi ! Il faut partir maintenant !

C'est Alec qui m'appelle.

Je tape trois petits mots à Will : *je te pardonne.*

J'appuie sur la touche envoi, puis j'efface mon message et bloque son numéro.

Je ferme la porte et quitte le conservatoire de l'American Ballet Company pour la toute dernière fois.

44. Bette

Eleanor est couchée dans son lit à baldaquin de petite fille. Elle a les joues roses, et j'ai l'impression d'avoir six ans à nouveau. La chambre a toujours le même papier peint bouton d'or, Eleanor a gardé sa collection de chevaux en plastique, dans sa bibliothèque. Ça me fait tellement bizarre de la voir dans ce cadre. J'ai l'impression qu'elle n'est plus à sa place ici, après toutes nos années au conservatoire.

J'étais persuadée qu'elle ne voudrait plus jamais me voir, sachant ce qu'elle a vécu. Mais quand j'ai appelé sa mère pour prendre des nouvelles, elle m'a invitée à passer, m'a dit qu'Eleanor attendait mon coup de fil.

— Comment ça va ?

Je suis allongée sur le lit, la tête sur un oreiller à côté du sien. Je lui fais face. J'aimerais que tout ce qui s'est passé entre nous cette année puisse se dissoudre dans ces draps.

— Mieux.

Je ne sais pas si je la crois. Elle a encore les poignets bandés, des cernes violet foncé sous les yeux. Sa peau est translucide, ses mains agitées de légers tremblements.

— Je suis désolée que la photo ait circulé, je lâche, histoire d'arracher le pansement d'un coup d'un seul. Et je suis désolée pour tout le reste.

— Ce n'était pas ta faute.

— On m'a volé mon portable.

— Je sais, Bette.

Elle me sourit pour la première fois depuis ce qui me semble une éternité, et j'ai l'impression à cet instant que rien n'a changé, même si le monde a pris un aspect méconnaissable.

— Je suis heureuse que tu aies eu la place. Tu as bossé dur.

— Toi aussi.

— Je n'ai pas ce qu'il faut. Pas comme toi, soupire-t-elle. Je n'ai ni ton talent, ni ta résistance, ni ton charisme. C'est pour ça que je me suis sentie obligée de…

Elle s'interrompt, de peur d'en dire trop.

— Tu es plus forte que tu ne le crois, El.

— Mais pas suffisamment.

Elle bascule sur le dos et fixe le plafond. J'ai la sensation de la perdre à nouveau, pour de bon cette fois. Puis le frisson qui la parcourt se propage jusqu'à moi, et je comprends à quoi elle pense. À lui. À eux. À des choses que je ne saisirai peut-être jamais totalement. J'ai toujours cru que j'étais la plus mature, la plus expérimentée de nous deux, or elle a pris tellement d'avance sur moi que je ne la rattraperai sans doute jamais.

— Ce n'est pas ta faute, Eleanor. Personne ne te juge.

— Ils devraient. Je savais ce que je faisais. Ça a commencé par de la drague, juste pour voir ce qui se passerait. Et je me suis laissé prendre au jeu. Son attention, sa vénération. Le regard qu'il posait sur moi. C'était une question de pouvoir, au fond. Et pas du tout de danse.

Je me rapproche d'elle.

— Ce n'est pas ta faute, j'insiste parce qu'elle a besoin de l'entendre. Tout a dérapé. Tu n'étais pas la seule impliquée.

— Bette, je ne peux pas lui en vouloir.

— Mais pourquoi ? Moi, je lui en veux.

Je la force à se tourner vers moi. Ses yeux sont brillants de larmes, et les miens s'embuent à leur tour.

— C'est lui l'adulte, Eleanor. Et ce qu'on dit à son sujet est vrai. Il est avide de pouvoir, c'est un prédateur. Tu n'étais pas la première et tu ne seras sans doute pas la dernière. Sauf si je m'en mêle, Eleanor. Et j'ai bien l'intention de lui faire payer.

— Je te l'interdis, Bette Abney. J'assume les choix que j'ai faits.

Elle cligne des yeux pour chasser les larmes, prend une profonde inspiration.

— C'est moi qui ai décidé d'avoir une histoire avec lui. Moi qui ai fait le premier pas vers lui.

— Mais…

— Je veux tourner la page. La danse ne me rend plus heureuse depuis très longtemps. Elle m'a même abîmée.

— J'espère que tu sais que tu es une danseuse magnifique. Je ne te l'ai pas dit assez souvent.

La vérité, c'est que j'aurais dû le lui répéter en boucle. J'aurais dû m'assurer qu'elle savait combien je l'admirais. J'aurais dû être une meilleure amie. Sa meilleure amie, celle qu'elle a toujours été pour moi. Peut-être qu'elle n'aurait pas été jusque-là. Peut-être qu'elle se serait appuyée sur moi, peut-être qu'elle aurait eu suffisamment foi en ses pieds et en la beauté de ses mouvements pour atteindre son but. Peut-être qu'elle n'aurait pas eu d'histoire avec Monsieur K.

— Je ne sais pas ce que je vais devenir sans la danse, mais je suis impatiente de le découvrir. Je suis impatiente de trouver ce qui me rendra vraiment heureuse.

Je glisse ma main dans la sienne.

— Tu trouveras quelque chose. Je t'aiderai.

— Et toi, tu danseras pour deux.

— Compte sur moi.

Pour la première fois je pénètre dans le bâtiment de l'ABC en tant qu'apprentie, en tant que danseuse professionnelle. Je vais prendre mon premier cours de danse depuis la fin du conservatoire. Je lève les yeux vers le plafond du hall. Des photos des plus grands danseurs de la compagnie semblent flotter au-dessus de ma tête, suspendus par des fils invisibles.

— On dirait Adele.

Je fais volte-face. C'est Alina Rozanova, l'une des solistes de la troupe. Elle ne s'arrête pas pour faire la conversation mais me sourit avant de rejoindre les ascenseurs. Je voudrais lui dire que je m'appelle Bette, que j'ai ma propre personnalité… Trop tard, elle est déjà partie.

— Salut.

Je me retourne et découvre Alec. Il est déjà en tenue pour le cours : collant et tee-shirt blanc moulant. On ne s'est pas vus depuis quelques semaines, et il me paraît transformé, quelque part. Plus grand, plus adulte. Comme si le changement de statut, d'élève à apprenti, l'avait déjà métamorphosé.

— Salut.

Je dois me retenir de lui sauter dessus pour respirer son odeur de propre, boisée. Il garde ses distances avec moi, il reste sur ses gardes et je remarque d'ailleurs que ses oreilles rosissent. Il se frotte la nuque, signe qu'il est mal à l'aise.

Je fais un pas dans sa direction, regrettant de ne pas pouvoir effacer cette distance entre nous. Il recule d'autant, se retrouve presque contre le mur. Sa réaction est on ne peut plus parlante. Il n'y a plus rien entre nous, il n'y a plus de « nous ». Il a un petit sourire gêné.

— Tu es impatiente d'avoir cours ?

Je hoche la tête.

— C'est pareil… et différent en même temps, ajoute-t-il. On est redevenus de tout petits poissons.

— De tout petits poissons entourés de requins. Alors qu'on était les prédateurs, avant.

Moi, en tout cas. Ma blague débile me fait presque rire. Alec finit par sourire. Pour autant, il ne se rapproche pas, ne me prend pas dans ses bras – alors que je n'attends que ça, je m'en rends soudain compte.

— Il faut que j'y aille, je voudrais m'échauffer.

Je dois me retenir de lui proposer qu'on s'étire ensemble. Ça me semble encore si naturel. Je continue à nous considérer comme une entité. Il se dirige vers le studio 3, où les solistes hommes se réunissent. Ils lui serrent la main, l'accueillent avec chaleur dans leur groupe. C'est Alec Lucas après tout, la star du conservatoire, l'héritier légitime.

Je suis légitime, moi aussi. Je dois m'en souvenir.

Je passe à la comptabilité de l'ABC pour remplir des papiers – j'aurais déjà dû le faire la semaine dernière. Je n'ai pas osé venir avant que ce soit officiel. Superstition... Je remplis un formulaire et renseigne les numéros d'Adele et de ma mère dans la case des personnes à prévenir en cas d'urgence. On me remet des documents au sujet de mon salaire et de ma mutuelle. J'ai l'impression d'être une adulte quand j'appose ma signature au bas de plusieurs pages. Je vais toucher un salaire. La danse est mon métier maintenant, plus seulement ma passion. Une fois que je me suis acquittée de ces formalités, on me libère.

Je prends l'ascenseur jusqu'au vestiaire près du studio 10. Je retire les vêtements qui font de moi une fille quelconque pour enfiler mon nouveau justaucorps, mes collants, mes jambières et un cache-cœur pour ce grand jour. Je me fais le plus gros et le plus parfait des chignons, puis je retouche mon maquillage. J'ouvre un tube neuf de rouge à lèvres Chanel, rose évidemment, et l'applique sur ma bouche. Je me regarde dans le miroir. Je suis définitivement une parfaite réplique d'une ballerine de boîte à musique.

J'entends quelqu'un fredonner dans le couloir. Je jette un coup d'œil et vois Monsieur K. se diriger vers les ascenseurs. Il remue la tête, la démarche fière et sautillante. Mon souffle se précipite. Je sens monter une bouffée de chaleur. Je pourrais m'évanouir, je crois.

Je sors du vestiaire.

— Monsieur K.

Il se retourne et me sourit.

— Quelle joie de te voir ici, Bette. J'ai toujours su que tu réussirais. Tu as ce qu'il faut.

— C'est-à-dire ?

— La volonté de dédier ta vie à la danse. De faire les sacrifices nécessaires.

Il me tapote l'épaule comme si j'étais un caniche en quête de réconfort.

— Eleanor avait cette passion elle aussi.

À ce nom, il a un mouvement de recul. Il bascule son poids d'avant en arrière, semble vouloir détaler. Un membre de la compagnie emprunte le couloir, salue Monsieur K. au passage et disparaît dans un studio.

— Bon cours, Bette, j'espère que tout se passera bien. Que tu nous rendras tous fiers.

Je vais me placer juste devant lui. Il essaie de faire un pas sur la gauche, puis sur la droite. Je lui bloque le passage.

— Vous avez ruiné sa vie, je murmure.

— La danse peut faire beaucoup de dégâts… il faut être solide. Tu n'as pas d'inquiétude à avoir, toi.

Il me regarde droit dans les yeux et ajoute :

— Tu t'en sortiras ici. Tu sauras te mettre en avant, parce que c'est bien ce dont il est question dans ce monde. Ceux qui ne savent pas s'imposer ne restent pas. Ceux qui s'imposent restent, quoi qu'il arrive. Je te parle d'expérience.

Il me contourne et s'engouffre dans un ascenseur. Je réfléchis à ce qu'il vient de me dire pendant quelques secondes, abattue. A-t-il raison ? Tout tient-il aux héritages, aux lignées, à l'argent ? Ou le talent a-t-il le pouvoir de nous porter aux nues, ainsi qu'on nous l'a toujours fait croire ? Serais-je ici si je ne portais pas le nom Abney ? Si Monsieur K. a raison, je n'ai rien à perdre. Alors que lui, oui. Et il finira par payer. J'y veillerai.

Je suis la première dans le studio. Je m'y sens déjà comme chez moi. Je m'étire au sol. Je me concentre pour donner le meilleur de moi lors de ce premier cours, encore plus qu'avec Morkie. J'entends des bruits de pas et me redresse, pensant qu'une danseuse de la compagnie m'a rejointe.

C'est Cassie, qui me toise.

— Ne prends pas trop tes aises, Bette. Tu ne vas pas rester longtemps.

Décidant de l'ignorer, j'ouvre les jambes en V et m'allonge à plat ventre entre mes cuisses.

— Ça aurait dû être Gigi.

Je reste focalisée sur le parquet et ma respiration.

— Tu sais ce qu'on dit sur le karma.

Je marque un silence pour l'effet.

— Ta chance ne va pas tarder à tourner.

— Je crois, moi, que c'est toi qui vas rapidement dégager.

Je me lève et la bouscule au passage.

— Je ne compte aller nulle part, Cassie, arrête de te faire des films.

Elle sourit, me suit.

— Tu as retrouvé ton portable ?

— Comment sais-tu que je l'avais perdu ?

Mon pouls se précipite. Je serre les poings. Je me retourne vers elle et elle a un sourire cruel de chat face à une souris.

— Je t'avais dit que je n'oublierais pas. Je ne te pardonnerai jamais ce que tu m'as fait, Bette.

Son regard luit de rage.

— Je t'avais dit que j'étais prête à tout.

— C'est toi qui as posté la photo d'Eleanor.

Je me rapproche d'elle.

— À cause de toi, ma meilleure amie a tenté de se tuer.

J'ai envie de la frapper, de chasser ce sourire si suffisant de son visage. Je tremble.

— Ce n'est pas pire que ce que tu m'as fait.

Elle me repousse.

— Tu ne devais pas revenir, poursuit-elle. Tu ne devrais pas être là.

Son visage est écarlate de la pointe du nez aux lobes de ses oreilles. Alec rougit de la même façon.

— Tu devrais être exclue de toutes les compagnies du pays. Je vais faire en sorte que ce soit le cas, d'ailleurs.

— Et voilà que tu recommences à délirer comme une folle. Quelqu'un devrait prendre ce problème au sérieux. Te renvoyer à l'asile.

Je prends un air innocent, faussement innocent.

— Où est passé ton garde du corps ? Tu as fini par faire peur à Henri ?

— Ne le mêle pas à ça. Il m'a raconté tout ce que tu avais fait pendant ma rééducation. Comment tu avais torturé Gigi et les autres. Tu es démoniaque, Bette.

— Démoniaque, moi ? Inquiète-toi plutôt pour ton copain… Il a failli faire tuer cette pauvre Gigi, et il a complètement bousillé Will. Il est immonde, tu en es consciente ? Et pour ta gouverne, en ton absence, il n'a pas arrêté de baver sur moi.

— Ne te fais pas de fausses idées, Bette. C'est moi qui lui avais demandé de se rapprocher de toi.

Elle éclate de rire.

— Tu lui avais aussi demandé de m'embrasser ?

Elle se décompose soudain, les yeux déformés par la rage.

— Parce que, laisse-moi te le dire, il a pris sa mission très à cœur. Il avait beaucoup de mal à se contenir en ma présence. Je me demande s'il a sorti le grand jeu à Will aussi. Peut-être que je pourrais l'appeler pour…

— Tu mens.

— Non, et tu le sais aussi bien que moi.

On se trouve nez à nez maintenant, si près l'une de l'autre qu'elle peut sentir mon parfum Chanel et l'odeur de mon rouge à lèvres.

— Demande-lui ce qu'il pense du grain de beauté sur mon ventre. Il saura parfaitement le situer. Maintenant si tu as terminé, je voudrais finir de m'échauffer.

Elle m'attrape par le bras.

— Tu n'as pas gagné, Bette ! Adele et Eleanor ont souffert à cause de toi… Tu es responsable de tout ce qui leur est arrivé. Tu as pris cette photo. J'ai rendu service à Eleanor en la postant. Et tu devais passer par la trappe, pas Adele. C'était pour toi ! Comment arrives-tu encore à te regarder dans un miroir ?

Elle se met à me griffer le bras, laisse des traces rouges, sanguinolentes.

— Si tu penses que j'en ai terminé avec toi, tu es encore plus bête que…

— Cassandra, lâche immédiatement Bette.

Les yeux de Cassie se dirigent aussitôt vers la porte du studio. Madame Dorokhova se tient sur le seuil de la salle, une main sur la poitrine. Elle est secouée mais réussit à conserver son calme. Elle a sorti son portable et compose un numéro à toute allure.

— Damien. J'ai besoin de toi dans le studio des filles. Tout de suite.

45. Gigi

— Et maintenant ? lance tante Leah en mettant le film sur pause.

Affalées sur le canapé de mes parents, jambes entremêlées, nous enchaînons les vieux classiques. Ma mère est dans la cuisine. L'odeur caractéristique du barbecue me parvient du jardin. J'aperçois les épaules de mon père par la fenêtre, penché sur le grill.

— Je ne sais pas trop. Je vais peut-être attendre la prochaine audition pour le San Francisco Ballet, ou tenter ma chance à Portland.

Je tire la couverture sur mes jambes.

— Je n'ai pas envie d'y penser.

— Ta mère voulait que je t'en parle. Que j'essaie de te convaincre de poser ta candidature pour des cours d'été en attendant de présenter des dossiers dans des universités à l'automne.

— Je ne suis pas prête à aller à la fac.

— Et la danse ?

Son pied joue avec le mien. La danse reste plus que jamais ma passion. Et pourtant, si je suis parfaitement honnête, par moments je regrette d'avoir rejoint le conservatoire de l'ABC et je regrette tout ce qui s'y est passé. Certains jours, je me sens encore brisée, et ces deux années m'apparaissent comme vaines : elles ne m'ont même pas permis d'obtenir une place d'apprentie. D'un autre côté, quand je repense à l'accident et à ce que j'ai vécu pour remonter la pente, je rêve encore et toujours de gagner ma place dans ce monde.

— Tu n'as jamais dansé, toi.

— Non, mais ça ne m'empêche pas de comprendre l'art.

Elle se lance dans une digression sur l'univers artistique. Je ne lui dis pas que pour moi la danse est une drogue. Une griserie qui me monte tout droit à la tête – le frisson d'excitation qui accompagne chaque casting, chaque représentation. J'ai toujours voulu baigner là-dedans, dès que les répétitions se terminent, dès que le rideau se referme pour la toute dernière fois, je veux que ça recommence, immédiatement.

Et pourtant la danse peut blesser. Je me demande si le bonheur qu'elle me procure fait le poids face à tous les coups reçus – les critiques, les pieds détruits, en loques, les douleurs qui ne disparaissent jamais complètement. Tout le temps perdu devant les miroirs, à scruter la moindre bouchée que l'on ingurgite et à se demander sur quelle partie du corps les calories vont atterrir. Tout ce temps à penser qu'on n'est pas assez doué.

J'interromps tante Leah en plein monologue sur son métier de conservatrice de musée.

— Je sais que tu ne comprends pas entièrement. J'ai juste besoin que vous me fassiez confiance. Surtout maman. Tu peux lui dire ça de ma part ? Essayer de la convaincre ? Je ne suis rentrée que depuis une semaine.

— D'accord.

Elle me sourit. Je joue avec mon portable pour couper court à la conversation. Une photo de June apparaît dans mon fil d'actualité. Elle est à la barre au ballet de Salt Lake City. Les félicitations pleuvent dans les commentaires. Je prends une grande inspiration avant de taper plusieurs smileys. Je suis heureuse pour elle. C'est vrai.

Ma mère revient du jardin avec de la nourriture. Elle nous tend à chacun un bol avec du maïs grillé aux tomates et aux gombos. Je lui souris. Le téléphone sonne et elle se dépêche d'aller répondre dans la cuisine.

Tante Leah remet le film.

— Gigi ! C'est pour toi.

— Dis à Ella que je la rappellerai, maman !

Ella essaie constamment de me convaincre de sortir avec ses nouveaux amis, ils ont sans doute encore prévu une soirée en plein air, autour d'un feu. Je ne suis pas d'humeur. Pas encore.

— Ce n'est pas Ella, me répond ma mère en agitant le combiné.

Je me lève.

— Allô ?

— Gigi ? C'est Damien Leger, de l'American Ballet Company.

Je retiens mon souffle et ordonne à mon cœur de ralentir, de battre à un rythme moins dangereux pour lui. Mais il ne m'écoute pas, il cogne à toutes forces dans ma poitrine. Je me mets aussitôt à rougir et à transpirer.

— Gigi ? Tu es là ?

— Oui, oui, je suis là, je réussis à confirmer d'une toute petite voix.

— Bon, eh bien, j'appelle parce qu'une opportunité s'est présentée. Nous avons perdu une de nos apprenties et nous aimerions que tu prennes sa place. Tu es toujours intéressée ?

Une vague de panique mêlée d'excitation me traverse. Mon cœur est en surrégime, mon moniteur se déclenche et je vois que ma mère commence à s'angoisser. J'ai envie de hurler.

— Oui ! je crie dans le combiné.

Tante Leah met le film sur pause. Je me transforme en statue pendant que Damien m'explique les détails administratifs à régler pour mon emménagement dans l'un des appartements de la compagnie, les papiers que je dois lui envoyer.

— Tu as tout compris ?

— Oui, oui.

C'est le seul mot que je suis capable d'articuler. Une fois qu'il a raccroché, je garde le combiné contre mon oreille, le temps que mon cœur s'apaise, le temps d'arriver à respirer à nouveau et de pouvoir leur annoncer, à tous, la bonne nouvelle.

Une semaine plus tard, je suis de retour à New York, au Lincoln Center, chez moi. Dans le bâtiment de la compagnie, les vestiaires sont baignés de lumière grâce aux fenêtres au plafond. Je m'assieds pour en profiter une minute. Le soleil me réchauffe les épaules. Je suis en avance pour mon premier cours avec le corps de ballet. Je fais courir mes doigts sur les casiers des solistes et des étoiles, sur les noms les plus célèbres : Becca Thomas, Samantha Haan, Svetlana Barkova, Angela Liao, Michelle Feldman. Cette pièce est trois fois plus grande que son équivalent au conservatoire. Les coiffeuses sont remplies d'épingles et de bombes de laque.

Les portes s'ouvrent. Un membre du corps de ballet entre. Je crois qu'elle s'appelle Maria. Elle me sourit avant d'aller prendre une douche. D'autres filles la suivent. Le cours débutera dans deux heures. Je fais semblant de n'être pas complètement prête pour pouvoir m'attarder et observer les danseuses. Je ne sais pas comment m'occuper. La frénésie monte en moi.

— Gigi !

Bette vient de surgir devant moi.

— Qu'est-ce que tu fais ici ?

Ses mots résonnent autour de nous, se mêlent aux lumières chaleureuses, aux tutus accrochés aux murs et aux nuages de laque. La surprise fait briller ses beaux yeux bleus. Je lui souris.

— Je suis de retour.

— Ça fait plaisir de te voir, dit-elle sous le regard d'autres danseuses de la compagnie.

— Je n'en doute pas, Bette, je n'en doute pas.

Remerciements

Écrire, nous l'avons appris, est une histoire de familles : la famille qui vous donne le jour, et vous aide à atteindre le mot *fin* la première fois, et la famille que vous vous créez. Nous avons la chance d'être entourées par nos deux familles. Pour faire court, mais en y mettant tout notre cœur, nous aimerions remercier nos proches pour leur amour et leur soutien infinis.

Merci aussi à notre agent, petit bout de femme à cent mille volts, Victoria Marini. Merci d'avoir pris le risque de nous représenter et de faire ce saut dans le vide avec nous. Sans toi, nous n'y serions pas arrivées.

Nous voulons aussi exprimer notre gratitude à notre famille chez HarperTeen : nos éditeurs, notre attachée de presse, l'équipe libraires et marketing, tous les gens en coulisses qui rendent ce miracle possible.

Nous n'oublions pas nos adorables premiers lecteurs, qui nous ont aidées à améliorer notre texte grâce à leurs remarques : Alla Plotkin, Ellen Oh, Kathryn Holmes et Renee Ahdieh. Merci mille fois de nous avoir offert votre temps et d'avoir veillé à l'exactitude de nos propos.

Nous serons éternellement reconnaissantes à notre tribu dans l'édition : les membres de We Need Diverse Books – association d'amoureux de littérature jeunesse qui militent pour la publication d'œuvres reflétant la vie de tous les jeunes lecteurs –, pom-pom girls, confidents, filets de sécurité, et épaules sur lesquelles pleurer. Nous sommes si fières d'appartenir à cette organisation dont la mission est capitale.

Enfin et surtout, oui surtout, merci à nos lecteurs, qui nous sont restés fidèles malgré le suspense insoutenable et les coups de sang de nos héroïnes. Merci du fond du cœur de nous avoir lues.

Pour l'éditeur, le principe est d'utiliser des papiers composés de fibres naturelles, renouvelables, recyclables et fabriquées à partir de bois issus de forêts qui adoptent un système d'aménagement durable. En outre, l'éditeur attend de ses fournisseurs de papier qu'ils s'inscrivent dans une démarche de certification environnementale reconnue.

PAPIER À BASE DE FIBRES CERTIFIÉES

hachette s'engage pour l'environnement en réduisant l'empreinte carbone de ses livres. Celle de cet exemplaire est de : 600 g éq. CO_2 Rendez-vous sur www.hachette-durable.fr

Composition et mise en pages : Nord Compo

Achevé d'imprimer en Italie par Grafica Veneta SPA
Dépôt légal 1re publication : septembre 2019
54.2739.4 – ISBN : 978-2-01-709972-7
Édition 01 – Dépôt légal : septembre. 2019

Loi n° 49-956 du 16 juillet 1949
sur les publications destinées à la jeunesse